엘리펀트 헤드

Elephant Head

KB200538

시 라 이 **도모유키** 장편소설

구수영 옮김

엘리펀트 헤드
Elephant Head

내
친구의
서재

차례

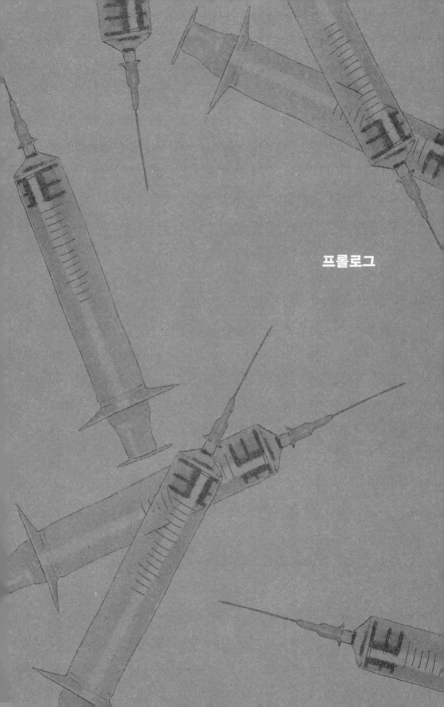

프롤로그

후미야는 지금껏 타이밍이 좋았던 적이 없었다.

"저, fumiya901이에요."

말을 걸 기회는 얼마든지 있었을 텐데. 하필이면 오른손에는 유부우동, 왼손에는 두부 햄버그 정식을 든 채로 그녀에게 말을 걸고 말았다.

그녀는 누가 갑작스레 말을 걸자 비프스튜를 입으로 옮기려던 손을 멈춘 채 두려움과 당혹감이 섞인 눈길을 후미야에게 향했다.

"죄송해요. 저, 여기 아르바이트생인데요, 우연히 스마트폰이 보여서요. 그러니까, ayakayaka 님 맞으시죠?"

그녀의 표정이 더욱 딱딱해졌다. 후미야는 자신의 스마트폰을 보여주고 싶었지만 공교롭게도 양손에 우동과 두부 햄버그 정식이 들려 있었다.

"기억 안 나요? fumiya901. 그러니까 어인탐정 말이에요."

별수 없이 '펄프패러'의 ID를 다시 입에 담았다.

그 순간 그녀는 어안이 벙벙한 표정을 보였다. 오른손에 숟가락을 든 채 벼락에 맞은 듯 어깨를 들썩이더니 눈 깜짝할 속도로 왼손 검지로 스마트폰 화면을 터치하여 펄프패러의 유저 랭킹 페이지를 열었다. S1 클래스 3위에 표시된 어인탐정의 근육질 아이콘과 ID를 들여다본 후 안구가 튀어나올 정도로 눈을 휘둥그레 뜨고는 빼빼 마른 후미야에게 시선을 돌렸다.

"어제 토너먼트전을 같이 한 fumiya901 님?"

후미야는 순간 자신의 오른손으로 향한 그녀의 시선을 느꼈다. 석 달 전까지 산악부 소속이었던 후미야의 손에는 아웃도어 나이프에 찔려서 생긴 커다란 흉터가 있었다.

"ayakayaka 님의 투명탐정, 카운터 공격이 진짜 신들린 것 같았어요."

서둘러 말을 이었다. 그녀는 부끄러움과 기쁨과 놀람이 뒤섞인 표정으로 아, 아니에요, 하고 손을 저었다.

"fumiya 님에 비하면 한참 부족하죠"라고 말하고는, 문득 먼 곳을 바라보는 눈빛으로 "그런데 **이런 곳에서** 펄프패러 플레이어를 만날 줄은 꿈에도 몰랐네요" 하고 혼잣말처럼 중얼거렸다.

후미야도 똑같은 마음이었다.

석 달 전부터 아르바이트 중인 요부코도리 식당은 가가조 시의 종합병원인 가가조 의과대학 부속병원 안에 있다. 병원은 제1, 제2, 제3의 세 병동으로 이루어졌고, 각각 15층, 16층, 13층이다. 이 중 제3병동 8층에서 12층까지가 정신과에 배정되어 있고, 8층이 직원과 환자의 공용 공간, 9층과 10층이 개방병동, 11층과 12층이 폐쇄병동이다. 요부코도리 식당은 이 제3병동 8층, 정신과 공용 공간에 마련되어 있었다.

같은 층에 있는 매점이나 카페와 마찬가지로 요부코도리 식당은 이용객을 제한하지 않는다. 폐쇄병동 환자를 제외한 누구나 식사를 하고 휴식을 취할 수 있다. 이곳에는 의사, 간호사, 임상심리사, 영양사를 비롯한 병원 직원, 면회를 위해 방문한 환자 가족이나 친구들뿐만 아니라, 사회복귀를 준비 중인 개방병동 환자들까지 섞여 있었다.

후미야는 무뚝뚝한 의사에게 우동을, 코카인에 중독된 여성에게 두부 햄버그 정식을 전달한 후 곧바로 ayakayaka 곁으로 돌아왔다.

"준결승 때, LP1의 투명탐정이 '보이지 않는 폭탄'으로 단번에 게이지를 깎은 것이야말로 인간의 기술이 아니던데요!"

테이블에 침이 튀어 손바닥으로 급히 닦아냈다. 테이블 옆에 심긴 드라세나의 잎이 과할 정도로 우거진 탓에 주방에서는 농땡이를 부리며 잡담 중인 후미야의 모습이 보이지 않으리라.

"그렇게 따지면 fumiya 님의 푸르니레 대응은 뭐 거의 전설급이죠. '진홍의 호수'의 어인탐정은 무적이니까요."

'무적' 부분에서 목소리가 커지자 뒤에 있는 마른 남자가 헛기침을 했다. ayakayaka는 어깨를 움츠리며 장난스러운 미소를 지었다.

펄프패러, 즉 펄프 패러럴 패러독스는 캐나다의 노먼 엔터테인먼트사가 개발해 운영 중인 모바일 게임이다. 플레이어는 다섯 명의 탐정과 한 명의 살인마로 나뉜다. 탐정은 각자 능력을 살려 제한 시간 내에 증거를 모으고, 살인마는 탐정을 죽여서 수사를 방해한다. 증거를 모아 살인마를 사형에 처하면 탐정의 승리, 그전에 탐정을 전부 죽이면 살인마의 승리다.

서로 어젯밤의 노고를 칭찬하던 중, ayakayaka가 문득 생각난 듯 스마트폰을 바라봤다. 그녀가 시간을 확인하고는 미안한 듯 몸을 일으켰다.

"죄송해요. 저, 슬슬 가봐야 해서요."

앗, 네, 라고 후미야가 우물쭈물하는 사이 ayakayaka는 알약 케이스에서 꺼낸 캡슐을 삼키고는 "오늘 밤에 또 펄프패러에서 봐요"라고 스마트폰을 흔들며 요부코도리 식당을 나갔다.

후미야가 이 식당에서 일하기 시작한 것은 석 달 전이다. 손을 다친 탓에 동아리를 그만두고 반쯤 자포자기하는 심정으로 시작한 아르바이트였지만, 직원들이 서로 무관심한 이 직장은 후미야의 성격과 잘 맞았다.

일을 시작하고 한 달쯤 지났을 무렵부터 각각의 손님이 왜 그곳에 있는지, 즉 일 때문인지, 환자를 돌보기 위해서인지, 혹은 치료를 받기 위해서인지, 거의 한눈에 알아볼 수 있게 되었다. 정신병동에 익숙한 사람과 익숙하지 않은 사람은 표정이나 몸짓이 다르고, 익숙한 사람이더라도 진료하는 쪽과 진료받는 쪽은 역시 배어나는 느낌이 다르다.

ayakayaka는 후미야와 마찬가지로 고등학생이었다. 성급하고 침착하지 못한 후미야와는 다르게 우등생다운 여유가 느껴졌다. 머리카락에도 건강한 윤기가 흘렀고, 얼핏 보면 친구를 만나러 온 평범한 10대처럼 보인다.

하지만 언제나 똑같은 흰 파자마 같은 옷을 입고 있다는 점, 자세히 보면 피부가 부어 있다는 점, 정해진 시각, 즉 오후 2시 30분에 찾아와서 정확히 한 시간 만에 돌아간다는 점에서 그녀가 위층 개방병동의 환자라는 점은 틀림없었다.

비프스튜 쟁반을 부엌으로 옮겼다. 계산대 앞을 지나는데 매니저 아주머니가 뾰족한 눈썹을 더욱 날카롭게 치켜세우며 후미야를 노려봤다. '어디서 뭐 하고 있었어?'라고 얼굴에 쓰여 있었다.

평소라면 변명이라도 했겠지만 후미야는 아주머니의 두루미 눈썹을 무시하고 테이블을 닦으러 갔다. 뭐라고 생각하든 알게 뭐람. 아주머니는 후미야의 진짜 재능을 모르지 않나.

그날 밤, 후미야는 샤워도 하지 않고 침대에 누워서는 창밖이 밝아올 때까지 펄프패러를 플레이했다. ayakayaka와는 한 번도 매칭되지 않았지만, 그녀의 톡톡 튀는 목소리가 고막에 달라붙은 듯 사라지지 않았다.

ayakayaka와 알고 지낸 지 이틀 후. 아침부터 기온이 올라가 상쾌한 바람이 드라세나 잎을 흔드는 3월의 오후였다.

후미야는 평소처럼 배식과 정리를 하면서 ayakayaka에게 말을 걸 기회를 찾고 있었다.

오후 3시가 지나자, 많지 않던 손님이 더욱 뜸해졌다. 머릿속으로 대본을 외우며 평소의 자리로 다가서는데, 그녀 맞은편에 흰 옷을 입은 남자가 앉아 있었다.

그 남자의 얼굴은 낯이 익었다. 키가 훤칠하고 얼핏 선이 고운 미남처럼 보이지만, 자세히 보면 어깨와 가슴이 굵고 몸이 탄탄하다. 40대 중반 정도일 텐데 스무 살을 갓 넘긴 것처럼 피부가 탱탱했고, 후미야는 이 남자가 올 때마다 매니저 아주머니의 목소리가 한 옥타브씩 높아진다는 사실을 알고 있었다.

요리를 나르다가 명찰을 본 적이 있다. 분명 기사야마라는 이름의 정신과 의사였다.

ayakayaka는 주변의 시선을 피하고 싶은 듯 어깨를 움츠린 채 자신의 손끝만 내려다보고 있다. 저 남자가 주치의일까. 소곤소곤 무슨 이야기를 나누고 있을까. 후미야는 테이블을 닦으며 두근거리는 마음으로 두 사람에게 다가갔다.

"돈이라면 주고 있잖아."

기사야마의 속삭이는 목소리가 들렸다.

"얼마나 더 필요한데?"

ayakayaka가 죽은 사람 같은 눈으로 기사야마를 바라보며 무어라고 대답했지만 잘 들리지 않았다.

"그냥 조금 즐겨보겠다는 거잖아."

후미야의 기색을 눈치챘는지 기사야마의 목소리가 더욱 낮아졌다. 멀쩡한 의사가 입에 담을 만한 말은 아니다.

"갑자기 부끄러워졌어?"

땅동, 하고 벨이 울렸다. 어딘가에서 손님이 호출 버튼을 누른 모양이다.

근처에 있는 직원이 반응하지 않으면 기사야마의 의심을 살 것이다. 후미야는 혀를 차고 싶은 마음을 누르며 모니터에 표시된 테이블로 향했다.

"내일 밤, 방으로 갈게."

기사야마의 끈적거리는 목소리가 들렸다.

"기대되는데?"

ayakayaka는 다음 날에도 같은 자리에 앉아 있었다.

평소와 다르지 않은 모습으로 자신이 고안했다는 '보이지 않는 폭탄'을 이용해 퀴르텐에게 카운터 공격을 하는 방법을 설명했지만, 후미야의 머릿속에는 어제 들은 의사의 말이 계속해서 맴도는 탓에 일반인의 솜씨로는 믿기지 않는 기술에 관한 이야기에도 엉뚱한 맞장구밖에 치지 못했다.

"저기, ayakayaka 님."

3시 27분. 그녀가 식당을 나서기 3분 전이 되어서야 후미야는 겨우 말을 꺼냈다.

"혹시, 기사야마 선생에게 무슨 일 당하고 있는 건 아닌가요?"

ayakayaka는 살짝 숨을 들이쉬고는 후미야의 시선을 피했다.

"역시 어제 들었나 보네요."

"아니, 그러니까, 엿들은 게 아니라……."

"괜찮아요. 신경 쓰지 마세요."

그녀는 양손으로 앞머리를 쓸어올렸다. 잠시 울먹이는 듯했지만, 금세 표정이 바뀌었다. 그녀는 알약 케이스를 주머니에 넣고는 눈길을 피한 채 몸을 일으켰다.

그날 그녀는 "펄프패러에서 봐요"라고 말하지 않았다.

폐점을 알리는 쇼팽의 음악이 멈춘 오후 6시 10분.

서둘러 마감 업무를 마치고 요부코도리 식당을 빠져나온

후미야는 집에 가는 척하며 계단을 올라 사람이 드나들지 않을 것 같은 방, 다시 말해 먼지를 뒤집어쓴 의료기기가 빼곡히 들어찬 창고에 숨어들었다.

기사야마는 미성년 환자에게 음란한 행위를 강요하고 있는 것이다. ayakayaka의 약점을 쥐고 있는지, 아니면 그 녀에게 경제적인 사정이 있는지는 알 수 없지만, 그 남자가 제멋대로 행동하도록 둘 수는 없다. 그 녀석은 오늘 밤에 ayakayaka의 방으로 찾아가겠다고 말했다. 후미야는 기사야마가 숨어드는 모습을 스마트폰으로 촬영한 후, 그를 협박해 악행을 멈추게 할 생각이었다.

음소거를 한 채 펄프패러를 플레이하다 보니 어느새 시간이 훌쩍 흘러버렸다.

오후 10시, 숨을 죽인 채 문을 열었다. 병동 조명이 꺼져 있었다. 슬리퍼를 벗고 녹색 유도등 불빛에 의지해 복도를 나아갔다.

모퉁이 너머로 간호사 스테이션 불빛이 보였다.

"901호의 아야카 씨, 못 보셨어요?"

젊은 여성의 숨 가쁜 목소리가 들렸다.

"아야카 씨, 방에 없어?"

중년 여성이 목소리를 높였다. 젊은 여성은 울 것 같은 목소리로 죄송하다는 말만 반복했다.

온몸에서 피가 끓어올랐다.

기사야마가 억지로 ayakayaka를 데리고 나간 걸까. 아니면 ayakayaka가 기사야마에게서 자신을 지키고자 도망친 걸까. 어느 쪽인지는 모르지만 이대로는 위험하다.

후미야는 창밖을 바라보았다. 그때 두 그림자가 주차장을 가로질렀다. 가로등에 가까워지자 키가 큰 남자와 몸집이 작은 소녀, 즉 기사야마와 ayakayaka의 모습이 보였다. 옅은 미소를 지은 채 ayakayaka에게 말을 거는 기사야마. 불안한 듯 주위를 둘러보며 생각에 잠긴 발걸음으로 뒤를 따라가는 ayakayaka.

후미야는 엘리베이터로 뛰어들었다. 1층으로 내려가서 출입구를 찾았다. 경비원의 목소리를 무시한 채 출입문을 열고 주차장으로 뛰어나갔다.

기사야마가 ayakayaka의 허리에 손을 얹은 채 재규어의 문을 열려는 참이었다.

"그 아이에게서 떨어져!"

기사야마가 어깨를 움찔 떨고는 의심스러운 눈초리로 후미야를 바라봤다. 엘리베이터 문이 열리고 간호사들이 달려오는 소리가 들렸다.

"혹시 요부코도리 직원분?" 중년 여성의 목소리가 들렸다. "기사야마 선생님에다가 아야카 양까지. 이런 데서 다들 뭐 하고 계신 거죠?"

"여러분, 진정하세요. 저는 그저……."

기사야마가 양손을 들고 억지 미소를 머금었다. 이런 녀석의 변명 따위 들어줄 생각은 없다. 후미야는 주머니에 숨겨둔 칼을 꺼냈다.

"우왓!"

기사야마는 순간 목을 움츠렸지만 곧장 복서 같은 스텝을 밟으며 칼을 피하더니 후미야의 팔을 붙잡고 바깥쪽으로 비틀었다.

"이런 젠장!"

콧등에 주먹을 날리려 했지만 뒤에서 목이 잡혔다. 무릎이 꺾이고 팔이 뒤로 돌아갔다. 손바닥을 잡히자 오래된 상처가 찌르듯이 아파왔다. 고개를 뒤로 돌리자 경비원이 후미야의 손목을 누르고 있었다.

"아야카 씨, 괜찮아요. 진정해요."

익숙한 목소리가 들렸다. 반대쪽으로 고개를 돌리자 식당 매니저 아주머니가 달려오는 모습이 보였다. 뾰족한 눈썹이 파도처럼 위아래로 움직였다.

"천천히 심호흡해요. 그래, 그래. 이제 괜찮으니까." 아주머니는 어째서인지 후미야 앞에서 발길을 멈췄다.

"방으로 돌아가죠, **후미야 아야카 씨.**"

팔꿈치 안쪽으로 아픔이 느껴졌다. 경비원이 누르고 있는 팔에 아주머니가 주삿바늘을 찔러 넣었다.

뭐야, 이건.

쌉쌀하면서도 달콤한, 께느른하고 편안한 기분으로 세상이 녹아내린다.

의식이 끊어지는 순간, ayakayaka가 재규어 건너편에서 얼굴을 내미는 것이 보였다.

ayakayaka는 겁에 질린 눈으로 후미야를 내려다보고 있었다.

눈앞에 천장이 있었다.

오래된 영화 필름처럼 어둡고 더럽지만, 분명 천장이다. 어딘가 낯이 익은 기분이 들지만, 언제 어디서 봤는지는 기억나지 않는다.

"후미야 아야카 씨에 관해 제대로 말해두었어야 했는데 말이야."

멀리서 기사야마의 목소리가 들렸다. 수영장에 잠겨 있는 것처럼 먹먹하게 들렸지만, 알아듣지 못할 정도는 아니었다.

"깨는 거 아니야?"

속삭이는 목소리로 답한 것은 ayakayaka였다.

"괜찮아. 진정제를 주사했으니까."

천장에 사람 그림자가 펼쳐졌다. 후미야를 내려다보듯 머리가 커졌다가 이내 사라졌다.

"22년 전, 아빠가 아직 인턴이었을 때, 후미야 씨가 우리 병원으로 실려왔단다. 당시에는 고등학교 2학년이었던가.

카페에서 아르바이트하던 중에 단골손님에게 갑자기 칼에 찔려서 출혈로 인한 심각한 쇼크 상태에 빠졌지.

후미야 씨는 다행히 목숨을 건졌어. 하지만 손에는 상처가 남았고, 거기에 더해 꽤 강력한 망상 증상이 나타나게 됐지. 의사를 향해 살인자라고 소리치거나 같은 병실 환자에게 도망치라고 말하기도 했어. 소아과 라운지에서 아이처럼 떠드는가 하면, 병원 식당에서 직원처럼 행동하기도 하고 말이야. 처음에는 급성 스트레스 장애나 PTSD의 일종이라고 생각했지만, 그 후에도 전혀 호전되지 않았어. 그녀는 결국 외과에서 정신과로 옮겨오게 됐단다."

이 남자는 도대체 누구 이야기를 하는 중일까.

"최근에는 증상도 좀 가라앉아서 우리도 방심하고 있었어. 이번에는 나를 유괴범처럼 생각한 것 같네. 주방에서 칼을 훔친 거라면 경비 체계도 서둘러 재검토해야겠어."

"그렇구나." ayakayaka는 신중하게 말을 고르듯 천천히 말했다. "그래도 이번 건에서는 그녀가 아빠를 오해한 이유도 조금은 알 것 같아."

"이유?"

사람 그림자가 또다시 시야에 들어왔다.

"어제, 아르바이트 쉬는 시간에 아빠랑 대화했잖아. 내가 봄방학 때도 아르바이트만 한다고 이야기하는 도중에 아빠가 이렇게 말했어."

"돈이라면 주고 있잖아."

"얼마나 더 필요한데?"

"거기다가 내가 펄프패러 이야기를 했더니, 그렇게 재밌다면 같이 해보고 싶다면서 그야말로 딸바보 같은 말도 했잖아."

"그냥 조금 즐겨보겠다는 거잖아."

"갑자기 부끄러워졌어?"

"내일 밤, 방으로 갈게."

"기대되는데?"

"아빠 말투, 환자를 접할 때에 비해 꽤 스스럼없었잖아. 하지만 환자들은 내가 아빠 딸인 걸 모르지. 그러니 우리 대화를 듣고 아빠가 뭔가 나쁜 짓을 꾸미고 있다고 착각한 거 아닐까?"

몇 초간의 침묵 끝에 하하, 하는 웃음소리가 울려 퍼졌다. 머리를 긁는 소리가 이어졌다.

"아니, 뭐, 그랬을 수도 있겠네."

뭐가 뭔지 알 수는 없지만, ayakayaka가 기사야마에게 위협당하는 상황은 아닌 듯하다.

그렇다면 다행이다.

후미야는 다시금, 이번에는 자신의 의사로 달콤 쌉싸름한 꿈결에 몸을 맡겼다.

하룻밤이 지난 3월 27일 아침. 후미야는 12층의 1202호로 병실을 옮겼다. 이중문으로 격리된 폐쇄병동 내 한 병실이었다.

새로운 병실은 노래와 웃음소리, 즐거움으로 가득 찬 혼잣말로 매우 시끄러웠다. 후미야는 담요를 뒤집어쓴 채 몰래 반입한 스마트폰으로 펄프패러를 플레이하며 시간을 보냈다. 코인이 사라질 때까지 토너먼트전에 참가했지만 투명탐정 ayakayaka는 나타나지 않았다.

그리고 닷새가 지나 4월 1일에야 후미야는 폐쇄병동에서 풀려나 익숙한 9층의 901호 병실로 돌아왔다.

곧장 8층의 요부코도리 식당으로 향했지만, 평소와 같은 시간인 오후 2시 30분이 지나도 ayakayaka는 나타나지 않았다.

주방을 들여다보자 그녀처럼 흰 파자마 같은 옷을 입은 여자가 설거지를 하고 있었다. 메뉴를 고르는 척하며 그녀가 고개를 들기를 기다렸지만, 식기 건조기를 닫고 크게 숨을 내쉰 사람은 마흔이 넘어 보이는, 얼굴이 긴 아주머니였다.

ayakayaka는 아르바이트를 그만둔 걸까. 더는 펄프패러 이야기를 나눌 수 없는 걸까. 놀라게 한 것에 대한 사과만이라도 하고 싶었지만, 후미야로서는 아무것도 할 수 있는 일이 없었다.

그로부터 이틀이 더 지난 4월 3일 밤. 화장실을 나서다가 기사야마 선생과 마주쳤다.

"오늘은 상태가 좋아 보이시네요."

그는 순간 후미야의 얼굴을 뚫어지게 바라보더니 곧장 싹싹하게 말을 걸었다.

"선생님 덕분에요." 기가 죽어 저절로 목소리가 잠겼다. "저, 지난번에는 죄송했어요."

"신경 쓰지 마세요. 후미야 씨는 그냥 아픈 거예요. 나쁜 건 후미야 씨가 아니라 병이라는 걸 잊지 마세요."

그는 그렇게 말하며 인자한 미소를 지었다. 뜻밖에도 마음이 풀렸다.

"저, 따님은 이제 요부코도리 식당에 안 오나요?"

"아야카 말인가요?" 기사야마는 눈썹을 치켜세우더니 "실은 그렇습니다. 주방 아르바이트를 그만둔 것 같더라고요."

그는 안타까운 듯 답했다. 그때 지나가던 여자 간호사가 창밖을 보더니 곧장 시선을 돌렸다. 거기에 이끌려서 후미야도 창밖으로 눈을 돌렸다.

"아."

교복 차림의 ayakayaka가 제1병동 앞 교차로를 걷고 있었다. 기사야마는 쓴웃음을 지었고, 여자 간호사는 어깨를 움츠리고는 기사야마에게 고개를 숙였다.

정신을 차렸을 때는 이미 달리고 있었다. 엘리베이터를 타고 1층까지 내려가 출입구를 통해 제3병동을 뛰쳐나갔다. 숨을 헐떡이며 교차로에 도착했을 때 ayakayaka는 이미 병원 앞 횡단보도를 다 건너간 참이었다.

"ayakayaka 님!"

작은 얼굴이 이쪽을 돌아봤다. 눈썹이 올라가고 입에서는 하얀 김이 새어 나왔다.

후미야가 횡단보도를 건너려는 순간, 신호등이 빨간색으로 바뀌었다.

"저기, 요전번에는 제가 착각해서 놀라게 했죠. 정말 미안해요!"

그녀에게 뛰어가고 싶은 마음을 간신히 억누르며 말했다. ayakayaka는 후미야를 바라보며, "아니에요" 하고 손을 흔들었다.

"전혀 신경 쓰실 필요 없어요. 그리고 저를 도와주려고 한 거잖아요."

소형 화물차 한 대가 둘 사이를 지나가며 일으킨 바람에 마구 날리는 앞머리를 누르며 말했다. 그 틈에 무심코 풀어진 입가를 다잡았다.

"아, 오늘은 휴게실에 놓아뒀던 짐을 가지러 온 거예요." ayakayaka가 가방을 두드렸다. "일을 그만둔 건 fumiya 님 때문이 아니에요. 애초에 봄방학 동안만 일할 생각이었거든요. 뭐, 그럭저럭 시급이 좋아서 일만 편하면 계속할까도 했는데, 역시 아빠랑 같은 곳에서 일하려니 마음이 좀 불편해서요. 휴식 시간에 아빠가 말을 거는 것도 싫고, 식당 사람이 그걸 보는 것도 부끄럽고요."

그녀는 로퍼 끝으로 보도블록을 툭툭 차며 말했다.

가슴의 두근거림을 느낀 후미야는 그것에 지지 않게끔 목소리를 높였다.

"언젠가, 마음 내키면 다시 펄프패러로 돌아와주세요."

ayakayaka는 몇 초간 눈을 깜빡이다 곧장 미간을 풀었다.

"게임을 그만둔 건 아니에요. 새로 시작한 아르바이트로 바빠서 밤에 일찍 잠든 것뿐이에요."

책가방을 빙글 돌려 어깨에 둘러멨다.

"또 토너먼트전에서 만나요."

그녀가 웃는 얼굴로 손을 흔들었다. 후미야도 마주 손을 흔들었다.

"그럼 다음에"라고 말하며 ayakayaka가 후미야에게 등을 돌린 참에 겨우 신호가 녹색으로 바뀌었다.

아직 하고 싶은 이야기가 많았다. 횡단보도로 발을 옮기고 싶었지만, 간신히 참아냈다.

그녀와 나는 나이와 생활 환경은 물론, 모든 것이 다르다. 이대로 평생 얼굴 마주치는 일 없이 살아가는 것이 최선이다. 그렇게 정해져 있다.

찬바람이 불어와 상한 머리카락을 흔들었다. 추위로 뻣뻣

해진 손가락을 문지르며 하얀 숨을 내쉬었다. 제3병동으로 걸음을 옮겼지만, 아쉬움이 남아 다시 한번 뒤를 돌아봤다.

그때였다.

처음에는 ayakayaka가 가슴을 젖히는 것처럼 보였다.

목에서 하복부까지가 앞으로 밀려 나왔다. 동시에 척추가 둥글게 휘어지고 목이 으스러졌다. ayakayaka가 부풀고 있었다. 놀란 얼굴이 이쪽을 향했다.

저러다 거대한 공이 되어버리는 것은 아닐까 생각했을 때, 갑자기 펑! 하고 커다란 풍선 터지는 소리가 울려 퍼지며 ayakayaka였던 모든 것이 터져 나왔다. 찢어진 교복이, 피가, 뼈가, 살점이, 무엇인지 알 수 없는 장기 조각들이 불꽃놀이처럼 날아올라 호를 그리며 지면으로 떨어졌다. 저 작은 몸뚱이의 어디에 이렇게 많은 것이 들어 있었을까, 하고 상황에 어울리지 않게 감탄했다.

그 모든 일이 1초도 채 되지 않는 짧은 순간에 벌어졌다.

가슴이 아파서 숨 쉬는 것조차 잊고 있었다는 사실을 깨달았다. 나도 저렇게 터져버리는 것은 아닐까 하는 공포심에 빠져 바닥에 주저앉았다. 머리를 감싸쥐고 주변을 둘러봤다.

포장된 인도에 불발탄이 묻혀 있었을 리는 없다. 병동 창문을 통해 산탄총이 이쪽을 겨누고 있을 리도 없다. 애초에 어떤 무기를 사용한 공격이라면 보다 날카로운 소리가 울렸으리라.

마치 펄프패러의 투명탐정이 나타나 '보이지 않는 폭탄'으로 ayakayaka를 공격한 것만 같다. 물론 그런 일은 있을 수 없다. 나는 여전히 환각을 보는 걸까. 이것도 병의 증세 중 하나일까…….

매달리듯 도로 건너편을 보다가 자전거를 탄 젊은 남성과 시선이 마주쳤다. 흰색 헬멧에 하늘색 유니폼. 뒤쪽 짐칸에 빨간 바구니가 달려 있다. 우체국 직원인 듯했다.

남자는 주저앉은 후미야를 이상한 사람을 보듯 힐끗하고는 속도를 줄이지 않고 보도 옆을 달려 지나갔다. ayakayaka가 있던 주변에 도착했을 즈음 질퍽, 하고 타이어가 기울었다. 자전거가 쓰러지고, 남자가 바닥에 허리를 찧었다. 아스팔트에 손을 짚고 일어선 남자는 보도에 흩뿌려진 것을 둘러보고는 "히익!" 하고 발정 난 강아지 같은 소리를 냈다.

저 남자에게도 시체가 보이는 것이다.

이것은 환각이 아니다.

그 사실을 깨달은 순간, 그제야 후미야의 목에서 비명이 터져 나왔다.

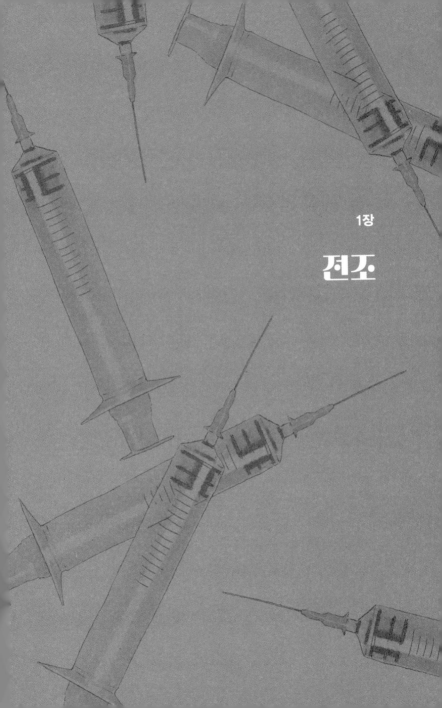

1장

전조

1

'곰 사냥꾼이 곰에게 사냥당한다'라고 하면 먼 나라 이야기 같지만, '정신과 의사가 정신병에 걸린다'고 하면 남의 일 같지 않다. 정신과 의사가 정신병에 걸리기 쉽다는 것은 통계적으로도 널리 알려진 이야기로, 어느 대학교수가 진료실 창문에서 뛰어내렸다느니, 자기 병원 의사가 존재하지도 않는 환자를 진료하기 시작했다느니 하는 소문은 헤아릴 수 없을 정도로 많다.

기사야마 세이타는 자신의 집을 감시하는 여성을 보며 그런 생각을 했다.

가가조 의과대학 부속병원 정신과에서 환자를 진료한 지 23년. 낯선 사람에게 감시당하고 있다며 제발 어떻게 좀 해달라는 말을 들은 것도 한두 번이 아니다. 하지만 자신이 감시당하고 있다고 확신한 것은 이날이 처음이었다.

전문가가 이런 짓을 해도 좋은지 불안해하며 자신의 볼을 꼬집어보았다. 아프다. 신경계 이상 무. 기왕력旣往歷, 약물 복용력 모두 없음. 자신이 흠잡을 데 없을 정도로 건강하다는 사실을 고려하면, 저 여자는 정말로 기사야마의 자택을 감시하고 있다고 봐도 틀림없으리라.

승합차는 자연공원 입구 앞, 도로 건너편 갓길에 세워져 있었다. 기사야마의 집에서 5미터 거리다. 그곳에서 10미터 정도 떨어진 곳에 자주 가는 편의점이 있다.

기사야마는 편의점에 딸린 유리창 달린 흡연실에 들어가 킹배트 담배를 꺼냈다. 지포 라이터로 불을 붙이면서 승합차 사이드미러를 응시했다.

여자는 검은 승합차 운전석에서 거리의 볼록 거울을 통해 기사야마의 집을 감시하고 있었다. 얼굴은 보이지 않지만, 매우 칙칙한 스톨을 어깨에 두르고 있었다. 쥐색, 아니, 물에 젖은 코끼리 색이라고 해야 할까. 귀에는 넥밴드형 이어폰, 목에는 DSLR 카메라. 주간지 기자인가, 아니면……

역시 사이드미러에 비친 모습으로는 아무것도 알 수 없었다. 기사야마는 자동차 번호판의 숫자를 머릿속에 새겨넣고 흡연실에서 나왔다. 문을 두드리면 냅다 도망쳐버리겠지. 마음을 다잡고 보닛 앞으로 돌아가려고 한 그때.

"아빠?"

뒤에서 목소리가 들려왔다.

뒤돌아보자 자연공원에서 나온 남녀가 기사야마에게 손을 흔들고 있었다.

"뭐 해? 보너스가 든 지갑이라도 떨어뜨린 표정이네."

여자가 달려와 기사야마의 등을 두드렸다. 검은색 폴리우레탄 마스크로 얼굴 절반을 가렸지만, 못 알아볼 리 없다. 장녀인 마후유다.

"아니, 그게……."

갓길 쪽에서 거친 엔진 소리가 들려왔다. 마후유가 눈을 번뜩였다. 승합차는 무리하게 교차로를 우회전하더니 끼끽, 하고 사이드미러를 가드레일에 스치면서 맹렬한 속도로 떠나버렸다.

"지금 뭐였어? 아는 사람이야?"

평평하게 다듬은 눈썹이 올라갔다.

기사야마가 "아니" 하고 고개를 젓자 "주간지 카메라맨이겠죠" 하고 딸 옆에 있던 남자, 즉 마후유의 매니저인 무이가 카메라 셔터를 누르는 시늉을 하며 말했다. 마후유를 집까지 바래다주러 온 모양이었다. 오지키 역에서 기사야마의 집까지는 자연공원을 가로지르는 길이 가장 빠르다.

"'아카다마'의 지명도가 높아졌단 증거겠죠. 도가 지나치면 조처해야겠지만, 너무 신경 쓰지 마세요."

무이는 마후유를 안심시키려는 듯 웃으면서 자연스레 집

주변을 쓱 둘러봤다. 그러고는 빠른 말투로 다음 주 일정을 확인한 뒤 기사야마에게 "저는 그럼 이만" 하고 고개를 숙이고 오지키 역으로 돌아갔다.

"뭐, 어쩔 수 없지."

마후유가 마스크 속에서 한숨을 내쉬더니 마음을 추스르듯 고개를 들었다.

"엄마랑 아야카에게는 말하지 마. 걱정할 테니까."

"그래."

현관을 넘어설 때 문 옆에 세워진 로드바이크가 눈에 들어왔다. 핸들에 달린 백미러에 자신의 긴장된 얼굴이 비쳤다.

기사야마는 행복했다. 과할 정도로 행복하다고 해도 좋으리라. 정신과 의사로서 실적을 내는 한편, 아내와 결혼해 두 딸을 낳았다. 아내는 배우로 활약을 이어가고 있고, 딸들도 각자가 선택한 길을 걷고 있다.

스스로도 의아할 정도의 행복이다. 그렇기에 기사야마는 불안했다. 모든 것이 너무 잘 풀리고 있다. 이럴 때는 대개 커다란 불행이 기다리기 마련이다.

백미러에 비친 자신을 바라봤다.

승합차를 탄 여성을 발견했을 때 느낀 말로 표현하기 어려운 감각. 정신병을 앓는 정신과 의사가 된 듯한 불안감이 가슴에 달라붙어 사라지지 않았다.

처음으로 아버지가 죽는 모습을 본 것은 다섯 살 때였다.

TV 속 아버지는 건장한 서양인에 의해 팔다리가 묶였다. 사내들은 아버지를 단두대에 올리고는 밧줄을 잘라 날을 떨어뜨렸다. 절단된 아버지의 머리는 피를 흩뿌리며 데굴데굴 굴러 양철통으로 떨어졌다.

하지만 아버지는 죽지 않았다. 광고가 끝나자 목이 붙어 있는 멀쩡한 아버지가 스튜디오에 등장했고, 출연진들은 과할 정도로 뜨거운 박수갈채를 보냈다.

아버지는 마술사였다.

기사야마 후지오는 과격한 '스테이지 마술'을 특기로 하는 마술계의 이단아로, 단검에 찔리거나 몸통이 절단되는 식의 흔해빠진 연출로는 성에 차지 않는 듯 단두대에서 참수당하거나 손발이 묶인 채 수조에 갇히거나 심지어는 고압 전류가 흐르는 전기의자에 앉는 등 목숨을 건 쇼를 거듭 선보여 이목을 끌었다.

아버지가 후지야마 TV의 프로듀서에게 발탁된 것은 마침 그가 태어났을 무렵이었다고 한다. 첫 TV 출연작인 〈백번 죽은 남자―절체절명 스페셜〉이 높은 시청률을 기록한 것을 시작으로 아버지는 방송에 자주 출연하게 되었다. 별명인 '백번 죽은 남자'라는 말 그대로 아버지는 특집방송 때마다 추를 단 채 북극해에 가라앉거나 몸에 폭탄을 두른 채 캘리포니아에서 폭파당하거나 관에 들어간 채 런던의 지하에 묻혔다.

텔레비전에서는 괴인 같은 불사의 남자를 연기했지만, 평소의 아버지는 온화하고 다정다감했다. 어머니가 싫어했기에 집에서는 마술을 선보이지 않았지만, 그래도 가끔 텅 빈 지갑에서 백 엔짜리 동전을 꺼내거나 갈라진 그릇을 원래대로 되돌리거나 도화지에 그린 장수풍뎅이를 실제로 꺼내 보였다.

그런 온후한 성격이 화근이 된 걸까. '백번 죽은 남자'로 방송 출연을 거듭하는 사이, 아버지는 점차 우울증에 빠지기 시작했다.

스태프에게 심한 대우를 당하지도, 억울한 일을 겪지도 않았다. 방송 관계자들도 안방극장의 인기인이던 아버지를 정중하게 대했다. 하지만 아이러니하게도 그 특별 대우가 아버지를 궁지로 몰아넣었다.

연예인의 '유통기한'은 짧다. 다양한 재능을 가진 사람들이 TV 화면에 등장하지만, 대중은 곧장 싫증을 내고 금세 잊어버린다. 한번 인기가 시들해지면 '퇴물', '한물간 사람'이라는 낙인이 찍히며, 시청자의 조롱거리가 되기도 한다.

아버지는 인기인이 된 후에야 그런 무자비한 시스템을 깨달았다. 스태프나 시청자에게 스타 대접을 받을 때마다 아버지는 그들이 손바닥 뒤집듯 자신을 조롱하게 될 날을 떠올렸다. 그리고 그것이 언젠가 현실이 될 것이라는 상상에 마음이 쇠약해지기 시작했다.

아들이 열 살이 되었을 때, 아버지는 큰마음을 먹고 모나키 산에 별장을 세웠다. '백번 죽은 남자'로 TV에 출연하며 벌어들인 돈을 쏟아부어 만든 그 별장을 아버지는 '불사관'이라고 이름 붙였다.

아버지에게는 두 가지 꿈이 있었다. 스스로 은퇴할 때를 정해 은퇴 후에는 누구의 눈치도 보지 않고 조용히 사는 것. 그리고 때때로 별장에 아이들을 초대해 아침부터 밤까지 마술을 마음껏 선보이는 것. 이 두 가지 꿈을 이루기 위해 세운 것이 불사관이었다. 본관에는 아이들을 재울 수 있는 객실, 별관에는 마술쇼를 위한 비밀 지하실이 준비되어 있었다.

하지만 아버지의 꿈은 이뤄지지 않았다.

마지막 TV 출연이 될 예정이던 〈백번 죽은 남자—마지막 기적〉 촬영 중, 아버지는 지상 10미터 높이에 떠 있는 기구에서 목을 매달다가 그만 땅으로 추락했다. 두개골이 함몰되는 뇌타박상을 입고 병원으로 이송되었다. 수혈과 개두술로 목숨은 건졌지만, 퇴원 후의 아버지는 전처럼 유창하게 말하지도, 똑바로 걷지도 못하게 되었다.

아버지는 마치 다른 사람이 된 것 같았다.

재활을 겸해 나고리 시의 매직 바에서 일하기 시작했지만, 와인병으로 손님을 때려서 석 달 만에 잘렸다. 세상에서 도망치듯 산속의 불사관으로 이사한 후로는 술에 빠져 살았다. 온갖 트집을 잡으며 어머니를 때리고는 "용서해줘"라며 울부짖고, "그냥 죽어버릴래!"라며 칼을 휘둘렀다. 아들인 그를 때리지는 않았지만, 눈길만 스쳐도 "웃지 마"라고 화를 냈고, 심지어 마술쇼 무대가 될 예정이던 지하실에 가두기까지 했다.

아버지는 도대체 어떻게 된 걸까.

내가 어떻게 해야 좋았을까.

기사야마로서는 알 수 없는 것뿐이었지만, 그래도 한 가지 배운 것이 있었다.

아무리 행복한 가정도 단 하나의 작은 균열로 순식간에 잿더미로 변해버린다는 사실을.

아버지가 사고를 당하고 1년 후, 열한 살의 나이로 아동보호시설에 들어간 기사야마는 혼자서 열심히 공부에 매진했다. 열여덟 살에 가가조 의과대학 입학시험에 합격한 후 장학금으로 대학에 다녔고, 6년 후에는 의사 국가시험에 합격했다. 그리고 대학병원에 근무하면서 아내를 만나 두 딸을 두었다.

그럼에도 불구하고.

아니, 그렇기에 오히려.

기사야마는 그 교훈을 단 한 번도 잊은 적이 없었다.

2

기사야마 가의 아침은 바쁘다.

8월 22일, 오전 7시 12분. 기사야마는 어제부터 입기 시작한 새 파자마 소매를 걷고 식탁에 아침 식사를 차렸다.

나무 의자에 앉아 TV를 켜자, 눈밑 애굣살이 유난히 두드러져 보이는 여성 방송인, 이즈 미사키가 자택에서 대마를 키우다 걸린 지역 아이돌 그룹 멤버를 맹비난 중이었다. 자기 가족 일도 아닌데 아침부터 서슬이 시퍼렜다. 지역방송국인 미야기 TV의 아침 프로그램 〈헬로 돗코이쇼 도호쿠〉였다.

볼륨을 낮추고 된장국을 한 입 먹었다. 도루묵 소금구이에 손을 뻗었을 때였다.

"우물우물 박사님 배지, 테이블에 없어?"

아내인 기키가 미닫이문을 열고 거실로 들어왔다. 탄산수 제조기에 물병을 꽂아 가스를 주입하면서 알로에 화분에 물을 준 후에 '다이어트 보조제 슈퍼 효로린'이라는 캡슐을 먹으며 거실을 훑었다. 이 보조제의 효능에 대해서는 의사로서 하고 싶은 말이 많지만, 지금 그것을 지적하면 안 된다는 사실은 원숭이라도 알리라.

"9시 신칸센에 타야 하는데. 어디 간 거야, 박사님!"

캐비닛과 핸드백을 한바탕 뒤진 후에 마치 신의 계시라도 받은 듯 부엌으로 가더니 "찾았다!"라며 식기 서랍에서 작은 핀배지를 꺼냈다. 아내는 곧장 발길을 돌리더니 샤워실로 뛰어들었다.

기키는 배우다. 미야기 현 최대 규모 연예 프로덕션 '화이트 로지'에 소속해 있으며, 지역방송국이 제작하는 TV 드라마나 CF, 무대 등에서 활약 중이다. 사랑스러운 외모와는 반대로 과할 정도로 음식을 많이 먹다 보니 과거에는 먹방 관련 버라이어티 프로그램에만 출연해서 본업이 뭔지 알 수 없게 된 적도 있었다. 하지만 나이를 먹은 요즘에는 실력과 배우로서 입지를 다지는 중이었다.

오늘은 오후부터 하나마키 시내에서 '우물우물 식생활 교육 페스타'라는 이벤트에 출연한다고 했다. 대식가로 알려진 여자 배우가 식생활 교육에 나서는 것이 과연 괜찮은가 하는 걱정도 들지만, 정작 본인은 별로 신경 쓰지 않는 듯했다.

번갯불에 콩 볶듯 빠르게 샤워를 마친 기키가 거실의 미닫이문을 열고는 "오늘도 더워? 이제 좀 지긋지긋한데"라고 말하더니 물방울을 튀기며 폴리우레탄 코르셋의 후크를 잠갔다. 셔츠 원피스를 입은 기키의 복부가 갑자기 다른 사람이 된 것처럼 가늘고 홀쭉해졌다. 젊었을 때는 뭘 먹어도 살이 찌지 않는다고 불안해하던 기키도, 마흔을 넘기고부터는 체형 유지에 애를 먹고 있었다. 탄산수를 즐겨 마시고, 효과가 의심스러운 보조제를 매일 복용하는 것도 그래서였다.

"어라? 우물우물 박사님…….."

"여기 있어."

기사야마가 내민 핀배지를 옷깃에 달고 화장품 파우치와 탄산수병을 가죽가방에 쑤셔 넣은 후, 기키는 "그럼 다녀올게" 하고 외치며 거실을 뛰쳐나갔다. 현관으로 향하는 발소리. 딸깍, 쾅.

"아빠 파자마, 옛날 스파이 영화 속 악당 같아."

타이밍을 맞춘 것처럼 장녀인 마후유가 거실의 미닫이문을 열었다.

목소리를 듣건대, 어젯밤에 본 수상한 자동차에 관해 신경을 쓰는 모습은 아니었다. 리모컨을 눌러 에어컨 설정 온도를 마음대로 낮추더니 전동칫솔을 입에 문 채 부엌으로 가서 저당질 냉동식품 세트를 전자레인지에 넣었다. 에어컨은 찬바람을 내뿜는 대신 쉬익, 쉬익, 하고 김빠진 소리를 내기 시작했다.

슬슬 바꿀 때인가 하고 생각하는데 "저기, 아빵" 하고 마후유가 부엌에서 말을 걸었다. 이를 닦으며 말해서인지 엉터리 간사이 사투리 같았다. 에어컨 모델을 검색하며 "응?" 하고 대답하자 작은딸인 아야카가 거실의 미닫이문을 열었다.

"아빠 파자마, 옛날 추리 영화에서 처음에 살해당하는 사람 같아."

기키에 뒤이어 샤워를 한 듯, 중간길이의 머리카락을 수건으로 닦으면서 TV를 보더니 "앗, 늦었네"라며 서두르기 시작했다. 애굣살이 두드러진 방송인의 말을 자르며 사회자인 미노야 시즈카가 중얼거렸다. "이즈 씨. 대마초는 물론 좋지 않지만, 딱히 사람을 죽인 것도 아니잖아요."

"오늘도 아르바이트해?"

"응."

아야카가 둘둘 말린 드라이어 코드를 풀면서 한 음절로 대답하고는 게임 캐릭터가 그려진 스마트폰 케이스를 열었다.

아야카는 고등학생이다. 2년 전에 입학한 가가조 국제고등학교는 대학 진학률이 높지도 않으면서 교칙은 지나치게 엄격하다. 원래는 교내 동아리 가입도 필수였지만, 아야카는 지병을 핑계로 동아리에 들어가지 않았고, 체육대회나 캠핑 같은 야외 활동도 거의 참가하지 않는다.

그런 아야카가 휴일 아침부터 무슨 준비를 하는가 하면, 바로 아르바이트다. 아야카는 단 한 시간이라도 짬이 나면 근무시간을 집어넣으려고 애쓰는 타고난 아르바이트 마니아로, 여름방학 때는 일벌처럼 아침부터 밤까지 아르바이트에 몰두한다. 방종한 것인지, 아니면 근면한 것인지…… 아버지로서도 잘 모르겠다. 학교에 들키면 그저 혼나는 것만으로는 끝나지 않을 테지만, 그런 부분은 친구와 뒤에서 입을 맞춰 그럭저럭 얼버무리는 듯했다.

"오늘은 엘름이던가? 점심 영업은 11시부터 아니었어?"

엘름은 아야카가 아르바이트를 하는 음식점 중 한 곳이다. 정식 명칭은 '스트리트 키친 ELM'.

"오늘은 다른 곳." 드라이어에서 뜨거운 바람이 나와 아야카의 곧게 자른 앞머리가 부풀어 올랐다. "캠프랜드에서 시음용 코카코카 라임을 나눠주는 일이야."

가기리야마 캠프랜드는 가가조 시의 유일한 캠프장이고, 코카코카 라임은 최근 유난히 TV 광고를 많이 내보내는, 건강에 좋지 않을 것 같은 알코올음료다. 정식 명칭은 '정수리 폭발 코카코카 라임'.

"엉? 40도?"

전동칫솔을 문 채 〈헬로 돗코이쇼 도호쿠〉를 보던 큰딸 마후유가 치약을 뿜었고, 드라이어의 뜨거운 바람에 침방울이 날렸다. "어제에 이어 오늘도 엄청난 더위가 이어질 것으로 보입니다." 기상캐스터가 서늘한 스튜디오에서 말했다. "충분히 수분을 섭취해 온열질환을 예방하세요." 에어컨은 여전히 쉬익 쉬익 이상한 소리를 냈다.

"굳이 이렇게 더운 날에 밖에서 아르바이트라니. 쉬는 게 낫지 않겠어?"

아야카는 선천적으로 신장 혈관 협착을 앓고 있다. 나트륨이나 수분을 충분히 배출하지 못하고 혈압이 높아지기 쉽다. 식후에 혈관을 넓히고 혈압을 낮춰주는 칼슘 길항제를 한 알씩 복용 중이다. 기온이 높은 여름에는 겨울처럼 히트

쇼크(급격한 온도 변화에 따른 혈관 수축과 확장으로 인해 심할 경우 사망에 이르는 것—옮긴이)가 발생할 위험이 낮지만, 그렇다고 해서 너무 무리하지는 않았으면 하는 것이 부모의 마음이었다.

"괜찮아. 마실 거 잔뜩 있거든."

설마 코카코카 라임을 마실 생각은 아니겠지?

잔소리가 입에서 튀어나오려는 참에, 띵, 하고 전자레인지가 울렸다. 아야카가 드라이어 전원을 껐다. "언니, 거기 있는 선크림 좀 집어줘", "싫어", "아, 좀!", "난 네 도구가 아니거든?", "쪼잔해", "시끄러워", "쪼잔해!" 결국 손을 든 마후유가 서랍 속 선크림을 꺼내 아야카의 얼굴을 향해 던졌다. "꺅!" 기상캐스터가 안내봉을 내리고는 "지금까지 날씨를 전해드렸습니다"라며 환한 미소를 지었다.

"이러다 진짜 지각하겠어."

아야카가 TV를 보더니 말했다.

"아빠 로드바이크를 타도 돼."

"싫어."

"왜?"

"못생겼잖아."

아야카는 팔다리에 선크림을 덕지덕지 바르면서 쌀쌀맞게 답했다. 백미러나 미등을 커스텀한 것이 마음에 들지 않는 걸까? 아야카는 마무리로 땀 억제 스프레이를 뿌리더니 "다녀오겠습니다!"라고 말하며 구르듯 거실에서 나가려고 했다.

"언제 와?", "밤에", "혈압약은?", "챙겼어", "조심히 잘 다녀와." 딸깍, 쾅.

마후유가 한숨을 한번 내쉬더니 저당질 음식을 가져왔다. 찬장 서랍에서 꺼낸 '인후 케어 보조제 스즈날' 병을 내려놓더니 나무 의자에 앉았다.

겨우 온화한 아침이 돌아왔나 싶었지만, 마후유의 표정이 조금 딱딱했다. '인후 케어 보조제 스즈날'에 대해서는 의사로서 하고 싶은 말이 있지만, 지금 그것을 지적하면 안 된다는 사실은 원숭이도 안다. 아마도.

"방금 전에 하던 이야기 말인데."

왼손으로 보조제 병을 굴리면서 꿀꺽, 하고 목을 울렸다. 마후유는 긴장하면 음식물이 식도로 역류하곤 했다.

'방금 전에 하던 이야기'가 뭐였는지 바로 떠오르지 않았다. 재빨리 기억을 더듬어 "저기, 아빵"이라고 딸이 엉터리 간사이 사투리로 말을 걸었던 것을 떠올렸다.

"스파이 영화 속 악당이 입은 옷 이야기?"

일부러 장난스레 대답했다.

"만나줬으면 하는 사람이 있어."

다시 한번 꿀꺽, 하고 목이 울렸다.

"남자친구?"

마후유는 고개를 끄덕였다.

큰딸은 대학 동급생과 사귀고 있다. 부모의 뜻이 개입되지 않은 순수한 교제였다.

"그건 뭐 괜찮은데."

갑자기 한가지 가능성이 떠올라 기사야마는 말문이 막혔다. 너무 행복한 일만 이어지면 어느 날 갑자기 커다란 불행이 찾아온다. 그런 우려가 맞아떨어진 것은 아닐까.

"너, 설마……."

"그런 거 아니거든!"

마후유가 입술을 삐죽 내밀었다.

"투어가 시작되면 바빠질 테고, 그전에 제대로 소개하고 싶어서."

올해 10월부터 전국의 일곱 개 도시에서 '아카다마'의 라이브 공연, '날아라 트립 투어'가 시작된다.

장녀인 마후유에게는 두 가지 얼굴이 있다. 하나는 도호쿠경제대학 미디어커뮤니케이션학부에 다니는 대학생. 다른 하나는 음악 유닛 아카다마의 보컬 erimin이다. 고등학교 2학년 때 라이히 프로모션이 주최한 오디션에서 은상을 수상했고 이듬해부터 음악 활동을 시작했다.

마후유가 아카다마의 erimin이라는 사실은 공표되지 않았다. 아카다마는 가면 유닛이라 멤버의 정체나 본명을 공개하지 않고 활동한다. 마후유는 남자친구나 몇몇 친한 친구를 제외하고는 대학 동급생에게도 자신의 음악 활동을 털어놓지 않았다.

기사야마는 처음에 멤버의 정체를 전혀 밝히지 않는다는 기획사의 방침에 의문을 품었다. 하지만 막상 뚜껑을 열자 이 전략은 예상을 크게 뛰어넘는 성공을 거두었다. 디지털 EP로 발매한 〈단팥빵 트립〉이 동영상 플랫폼에서 화제를 모았고, 〈날아라 시럽〉, 〈초콜릿으로 천국〉, 〈사우나에 GO〉, 〈비빔면 비벼 비벼〉, 〈악마새 주의보!〉도 연이어 200만에서 500만 뷰를 기록했다. 10월에 시작되는 '날아라 트립 투어' 티켓은 이미 매진되었고, 드디어 erimin의 실체가 밝혀지는 것이 아니냐며 SNS에서도 화제를 모으고 있었다. 아카다마의 프로듀서 겸 마후유의 매니저를 맡고 있는 무이에 따르면 이미 여러 메이저 음반사에서 제안이 들어오고 있다고 한다.

"무이 씨에겐 말했어?"

"물론이지. 내가 아이돌도 아니고, 진지하게 사귀는 거라면 상관없대."

그 남자라면 그렇게 말하리라. 아카다마의 궂은일을 혼자서 도맡아 하는 무이는 소년처럼 순진무구한 데다가 저래도 좋을까 싶을 정도로 소탈한 면이 있었다.

"그럼 아빠가 거절할 이유도 없지. 언제든 데리고 와."

기사야마가 미소 짓자, 마후유도 겨우 긴장을 누그러뜨렸다.

"너무 무서운 표정은 짓지 마. 하루, 긴장할 테니까."

"그건 내 마음이지."

마후유는 아니, 그게 뭐야, 라며 웃음을 터뜨렸다.

배우로서 확고한 지위를 구축한 아내, 부단한 노력으로 자신의 길을 개척하는 큰딸, 그리고 지병에도 아랑곳없이 당당하게 살아가는 작은딸. 인생을 몇 번 다시 살아도 이렇게 멋진 가족을 만날 수는 없을 것만 같다.

그런 행복을 곱씹을 때마다 기사야마는 격렬한 불안에 휩싸였다. 어딘가에 작은 균열이 숨어 있는 것은 아닐까. 모든 것을 잿더미로 만들어버릴 단 하나의 작은 균열이……

"이즈 씨, 아무리 그래도 그건 말이 좀 지나치신데요?"

날카로운 목소리가 들려 절로 TV로 시선이 향했다. 사회자인 미노야 시즈카가 애굣살이 두드러진 방송인 이즈 미사키를 타이르고 있었다.

"고작 몰카에 불과하잖아요. 이 아이들에게도 미래가 있는데 말이죠."

이번에는 도쿄의 명문 중학교에서 남학생이 여자탈의실을 몰래 불법촬영했다고 한다.

"고작이라니요. 미노야 씨……."

"그렇게 화만 내다가는 제 명에 못 죽어요."

불법촬영이라는 한마디에 승합차 운전석에 앉아 있던 여성의 모습이 뇌리에 되살아났다. 귀에는 이어폰, 목에는

DSLR 카메라를 걸고 있던 여자.

무이는 신경 쓸 필요 없다고 했지만, 주간지에 erimin의 정체가 노출되면 아카다마의 프로모션 플랜은 근본부터 무너진다. 하물며 남자친구가 집에 인사하러 온 장면을 찍히기라도 한다면 마후유의 노력은 전부 물거품이 되리라. 도호쿠 지방에 거점을 둔 인디 음악 기획사에 주간지의 특종을 찍어누를 힘이 있을 것 같지도 않다.

그 여자는 도대체 누구일까. 정체를 파악하고 대책을 세워야만 한다.

기사야마는 옷장을 열고 넥타이를 고르며 말했다.

"오늘은 늦을 거야."

3

"저, 감시당하고 있어요."

시원스러운 눈매와 오뚝한 코, 얇은 입술. 밖은 찌는 듯한 불볕더위지만 남자의 하얀 피부에는 땀 한 방울 맺혀 있지 않다. 아무렇게나 방치한 듯한 긴 곱슬머리는 청결한 느낌을 해치기 일보 직전이지만, 오히려 섹시해 보였다. 환자용 의자에 살짝 걸터앉은 그는 여느 아이돌 그룹의 센터에서 팬들의 새된 함성을 듣고 있다 해도 이상하지 않을 만큼 흠잡을 데 없는 미남이었다.

"오늘 아침에는 악마가 우편물을 뒤졌어요. 저희 우편함, 뚜껑이 빽빽해서 누가 열면 알아볼 수 있거든요."

이 남자와 이야기하다 보면 여기가 성형외과 진료실인가 싶은 기분이 들지만, 공교롭게도 이곳은 정신과 제2진료실이다. 데스크에는 관엽식물인 브리세아가 잎을 펼치고 있고, 스피커에서는 디즈니 오르골 메들리, 지금은 〈Whole New World〉가 흘러나오는 중이다.

기사야마는 과장되지 않을 정도로 어깨를 움츠렸다.

"악마도 참 힘들겠네요. 이렇게 더운데."

"그러게 말이에요. 맞닥뜨리면 물이라도 끼얹어줄까 생각 중이에요."

강한 척하면서도 남자는 끊임없이 손가락을 꼬았다 풀기를 반복했다. 과하게 폭력적인 언행이 눈에 띈다면 치료를 위해 입원을 고려해야 하겠지만, 물을 뿌리는 정도라면 허용 범위에 포함될까.

"상대가 악마라고 해도 난폭하게 대하지는 마세요."

부드럽게 당부하며 태블릿에 표시된 진료기록부로 눈을 돌렸다. 우라시마 가즈토시. 35세. 반년 전 가가조 시내 공원에서 주인과 산책 중인 웰시코기의 목을 조르려다 견주에게 신고당했고, 경찰관은 그를 가가조 의과대학 부속병원 정신과에 인계했다. 자칭 프리랜서 카메라맨이지만 카메라를 들고 다니는 모습은 본 적 없다. 지속해서 피해망상 증상을 보이지만, 알츠하이머병이나 조현병 징후도 없었다. 기사야마는 망상성 장애, 즉 원인불명의 망상증이라고 진단한 상태였다.

"저도 난폭한 짓은 하고 싶지 않은데, 악마가 계속 성가시게 굴잖아요."

우라시마는 과장되게 아래턱을 내밀었다. 마치 오늘 아침에 먹은 도루묵 같다.

"너무 화가 나서 에어컨을 세게 틀고 일본주를 마시고 있자니 이번에는 우두둑, 콰직, 하고 동물을 해체하는 듯한 소리가 들리는 거예요. 길고양이를 해체하는 소리는 아닐까요? 다음엔 제 차례라며 저를 위협한 거예요."

거실 에어컨이 쉬익 쉬익 소리를 내던 것을 떠올렸다. 이 남자가 사는 집의 에어컨도 꽤 오래된 것이리라.

"못된 녀석이네요."

제아무리 엉뚱한 이야기라도 부정하지 않는 것이 환자를 대할 때의 철칙이다. "그건 공기가 역류하는 소리예요"라고는 절대 입에 담아서는 안 된다.

기사야마는 지난 반년간 우라시마와 좋은 관계를 맺고자 노력해왔다. 망상성 장애에 특효약은 없으며, 인지행동치료도 효과가 제한적이다. 증상을 개선하려면 환자와 대화를 거듭해 환자의 의식을 조금씩 대상에서 멀어지게 하는 수밖에 없다. 그러기 위한 첫걸음이자 가장 어려운 일이 환자와 신뢰 관계를 쌓는 일이었다.

"실은 보름 전에 도둑질도 당했어요."

갑자기 불온한 단어가 튀어나왔다.

"뭘 도둑맞았나요?"

"생명 다음으로 중요한 것. 바로 술이에요. 밤늦게 캔맥주 한 팩을 샀는데, 다음 날 아침에 눈을 뜨니 캔이 전부 비어 있더라고요."

자신도 모르게 나오려는 쓴웃음을 참고 "그건 좀 심했네요"라고 말하며 팔짱을 꼈다.

누군가에게 감시당하고 공격받고 있다. 우라시마의 호소는 피해형 망상의 전형적인 예다. 하지만 그의 증상이 모두 교과서적인가 하면, 꼭 그렇지 않은 부분도 있다.

이런 유의 망상은 대부분 구체적인 범인상과 연결되어 있다. 자신을 속이려는 가족, 감시하는 옆집 사람, 소문을 퍼뜨리는 동료, 때로는 음모를 꾸미는 국제기구나 비밀결사일 때도 있다. 하지만 우라시마는 자신을 감시하고 심술궂게 맥주까지 훔쳐 가는 악마의 정체를 구체적으로 말한 적이 없다.

이 남자의 망상은 어디에서 온 걸까. 악마가 있다고 믿게 된 계기가 있다면, 그것은 도대체 무엇일까.

"저, 선생님." 우라시마는 축 늘어진 분홍색 후드 티 소매에서 손가락을 꺼내 오뚝한 코를 긁었다. "만약 선생님이 저처럼 악마에게 감시당한다면 어떻게 하실 건가요?"

검은색 승합차가 뇌리에 떠올랐다.

무심코 눈을 감았다. 그 여자는 실제로 기사야마의 집을 감시했다. 이 남자를 감시하는 악마와는 완전히 다른 실재하는 존재다.

"저는 의사예요. 악마에 맞서 싸우는 법은 배우지 못했죠. 안타깝지만 포기할 수밖에 없겠네요."

그렇긴 하지만, 하고 틈을 두지 않고 말을 이었다.

"이 나라에는 1억 명이 넘는 사람들이 저마다 문제를 안고 나름대로 잘 버티며 살고 있어요. 그러니 악마가 있더라도 그럭저럭 어떻게든 헤쳐나갈 수 있지 않을까요. 뭐, 그렇게 마음 편히 생각하겠습니다."

"그렇군요."

우라시마는 등을 쭉 펴고 오른손을 볼에 가져다 댔다.

"포기한다는 건 꽤 좋은 방법이네요."

그런 몸짓까지 묘하게 그럴싸했다.

4

가가조 의과대학 부속병원 이사장은 인터넷이 두렵다.

이웃해 있던 나고리 종합병원 직원이 "아재 병실, 너무 냄새나"라고 환자를 조롱하는 글을 SNS에 올린 사실이 알려져 비난받았고, 그로부터 2년이 못 되어 폐업에 내몰린 사건이 그 계기였다.

지역 인구 감소로 가뜩이나 경영이 어려운 판국에 직원에 대한 항의성 글이 SNS에 퍼지는 사태가 벌어지면 오랜 기간 지켜온 지역 환자들마저 잃어버리게 된다. 환자에 대한 조롱은 당연히 용서받을 수 없지만, 의사가 이야기를 제대로 들어주지 않았다거나, 이 간호사가 휴게실에서 불평을 털어놓았다거나 하는 아주 사소한 입소문조차 병원에는 치명타가 될 수 있다.

이사장은 연일 인터넷 게시물을 살폈고, 환자를 대할 때의 주의점을 전체 메일로 보내며 병원을 악성 댓글에서 지키고자 했다.

그런 이사장의 불안감 때문에 가장 큰 피해를 본 곳이 정신과라는 점은 틀림없다.

3년 전까지 제3병동 옥상에는 작은 광장이 있었다. 개방 병동 환자들이 자유롭게 햇볕을 쬘 수 있게끔 만든 것으로, 기사야마도 진료 틈틈이 이곳에 들러 환자들 사이에서 담배를 피우곤 했다.

하지만 3년 전, 한국의 대학병원에서 충격적인 사건이 벌어졌다. 정신과 환자가 연이어 옥상에서 뛰어내려 사망한 것이다. 사건은 일본에서도 큰 화제를 불러일으켰고, 병원 안에서 환자에 대한 학대가 있었던 것은 아닌지, 누가 환자를 밀어서 떨어뜨린 것은 아닌지, 종국에는 수년 전에 자살한 환자의 저주 때문이라는 밑도 끝도 없는 추측까지 쏟아져 나왔다.

한국 경찰은 정신병동이라는 폐쇄된 환경 속에서 집단 패닉이 벌어졌다는 지극히 타당한 견해를 발표했고, 현지 전문가들도 이의를 제기하지 않았다.

하지만 가가조 의과대학 부속병원 이사장은 이 뉴스를 접한 뒤 최악의 대응을 선택했다.

같은 사건이 벌어지지 않도록 대책을 세운다면, 환자들이 마음껏 생활할 수 있는 환경을 더욱 늘려서 스트레스 해소에 힘쓰는 것이 타당할 터였다. 하지만 평소 인터넷 풍문을 두려워하던 이사장은 그것과는 정반대 대책을 내놓았다. 환자들의 옥상 출입을 금지한 것이다.

이렇게 해서 제3병동 옥상에는 완전히 인적이 사라진 광장만이 남겨지게 되었다.

"선생에게 묻고 싶은 게 있는데, 항상 만나던 곳에서 어때?"

오후 5시 50분. 기사야마는 13층 의국에서 입원 환자의 진료기록부를 정리하던 중 심하게 탁한 목소리의 남자에게 연락을 받고 계단을 올라 제3병동 옥상을 찾았다.

"병원이란 곳은 왜 이렇게 꿀꿀한 거지?"

모밀잣밤나무 아래 그늘에서 이모쿠보 스즈마가 말을 걸

었다. 그는 난간에 팔꿈치를 대고 건너편 제1병동 복도를 오가는 직원을 바라보며 말을 이었다.

"살아 있는 느낌이 드는 곳은 이 옥상뿐이야."

그러고는 제1병동에 등을 돌리고 누래진 눈으로 옥상을 둘러봤다. 레몬색 벤치에 분홍색 물탱크. 거대한 화분에 심긴 모밀잣밤나무 잎이 흔들렸다. 도호쿠에는 모밀잣밤나무가 거의 자생하지 않는 탓에 마치 저 멀리 있는 공원이 지상 50미터 높이로 떠서 날아온 것 같은 비현실적인 느낌을 주었다.

"무슨 용건이시죠?"

기사야마가 태블릿을 옆구리에 낀 채 나무 그늘로 들어서자 이모쿠보는 컵에 든 아이스 커피를 내밀며 말했다.

"다중인격자라는 게 정말 존재하나? 중학생 딸을 강간하려고 한 쓰레기 자식이 자신은 다중인격이라고 주장하고 있어. 내가 딸을 겁탈할 이유가 없다, 그런 짓을 한 건 캘리포니아에서 자란 제이크라는 변태 새끼다! 하고 말이야."

입만 열면 무지와 편견이 흘러넘치는 이 남자는 가가조 경찰서 형사과 소속 경찰이다.

"금방이라도 자백을 받을 거라고 생각했는데 말이야. 아침부터 밤까지 열두 시간 동안 밥, 물, 휴식도 없이 몰아붙여도 제이크는 존재한다고 주장하며 양보하지 않아."

계급은 경위. 직업윤리는 느슨하지만 나름대로 사건 냄새를 잘 맡는 듯 시내의 취객이며 날치기, 강도, 가끔은 살인범이나 방화범 등을 열심히 쫓아 나름의 성과를 올리고 있다. 10년 전, 시영 주택에서 70대 여성이 살해당한 사건—시체는 토막이 난 채로 10센티미터 간격으로 나란히 놓여 있었다—에 관해 의견을 요구받은 일을 계기로 때때로 조언을 해주고 있었다.

"생각해봐. 나는 이 술에 찌든 뇌로 하나의 인격을 꾸려가기에도 벅차단 말이야. 그런데 그 쓰레기 자식의 뇌에 두 개, 세 개의 인격이 담겨 있다니, 그런 말도 안 되는 이야기가 있을 리 없잖아."

"그 사람을 진료해보지 않은 이상 알 수 없죠. 다만 흔히 말하는 다중인격, 의학적으로 말하면 해리성 정체감 장애는 실존하는 질환입니다. WHO의 진단기준에도 나와 있고, 저도 몇 번인가 진료한 적이 있어요."

몇몇 환자를 떠올리며 답했다.

"그 녀석들은 원래부터 뇌가 커다랗기라도 한 건가?" 이모쿠보는 모밀잣밤나무 잎에서 어깨로 떨어진 진딧물을 가만히 노려보더니 "아니면 나중에 부풀어서 두개골이 꽉 차버리나?"라고 말하며 성가신 듯 튕겨냈다.

"뇌의 크기는 상관없어요. 여러 인격을 가진 해리성 정체감 장애 환자도 딱히 뇌가 몇 배나 더 많은 일을 하는 건 아니거든요."

기사야마는 커피를 들이켜고 컵 뚜껑을 열었다. 그러고는 용기를 두 개로 나누듯 손을 펼쳤다.

"이 병에 걸린 사람은 무언가의 스트레스에 대응하기 위해 인격을 분열합니다. 의식이 들어 있는 그릇을 이렇게 나눔으로써 스트레스가 그릇 전체로 퍼지지 않도록 하는 거죠. 그러니까 뇌의 크기 자체는 다르지 않아요."

이모쿠보는 발밑에 컵을 내려놓고 주머니에서 파란색 카멜 담배를 꺼냈다.

"무슨 말인지는 알겠는데, 왠지 짜 맞춘 거짓말 같단 말이지."

그렇게 말한들 뭐라 더 해줄 말이 없다.

"한마디 덧붙이자면, 저나 이모쿠보 씨의 뇌에 여러 인격이 존재할 가능성이 없는가 하면, 꼭 그렇지도 않아요."

기사야마는 이모쿠보의 컵을 주워 들고 두 개의 용기를 나란히 놓았다.

"우리 뇌에는 이 정도, 아니 실제로는 이걸 훨씬 뛰어넘는 용량이 있다고 합니다."

"인간은 뇌를 10퍼센트밖에 쓰지 못한다든가 하는 그런 거 말이야?"

"그건 헛소문이에요. 그보다는 조금 더 단순한 이야기죠. 이모쿠보 씨는 지상에서 가장 뇌가 큰 동물을 알고 계신가요?"

이모쿠보는 풉, 하고 입으로 방귀를 뀌었다. "알 턱이 있나."

"아프리카코끼리입니다. 뇌는 약 4.2킬로그램. 인간의 뇌가 약 1.4킬로그램이니까 대략 세 배 정도 되겠네요. 아프리카코끼리는 분명 똑똑하지만, 사람의 세 배나 되는 지성을 가지고 있지는 않죠."

"그거야 몸통이 크기 때문이겠지."

"맞습니다. 몸이 큰 동물은 그만큼 뇌도 커지는 경향이 있기에 사람과 아프리카코끼리의 뇌를 있는 그대로 비교할 수는 없어요. 그래서 서로 다른 종의 지성을 비교하기 위해 만들어진 기준 중 하나가 대뇌화大腦化 지수입니다. 뇌의 무게를 체중의 3분의 2제곱으로 나눈 후, 정수를 곱한 수치로 표현하죠."

이모쿠보는 코끼리가 엉덩이를 어루만진 것 같은 표정을 지었다.

"고양이의 대뇌화 지수를 1이라고 치면, 아프리카코끼리는 1.3. 고릴라는 1.5에서 1.8. 침팬지도 2.2에서 2.5입니다. 그런데 우리 인간의 대뇌화 지수는 7.4에서 7.8에 이릅니다."

"그만큼 우리가 똑똑하단 뜻이겠지."

"맞습니다. 하지만 그것만으로는 설명이 되지 않죠. 다양한 동물의 진화 과정을 관찰하면 대부분 뇌와 몸을 동시에 키워왔다는 사실을 알 수 있어요. 그런데 인간은 진화 도중에 몸을 키우는 걸 멈추고 어째서인지 뇌만 키웠어요. 인류의 대뇌화 지수가 현격히 큰 건 오히려 몸이 작기 때문이에요."

기사야마는 이모쿠보의 머리를 가리키고는 말을 이었다.

"실제로 고릴라 뇌의 피질 속 뉴런은 43억 개, 침팬지조차 62억 개 정도인 데 비해, 인간은 차원이 다른 115억 개예요. 여기에 가장 가까운 건 100억 개의 피질 속 뉴런을 가진 아프리카코끼리죠. 아프리카코끼리의 체중은 대략 4천 킬로그램에서 7천 킬로그램 사이니까 이모쿠보 씨의 뇌도 두세 명의 몸을 추가로 움직여도 남을 정도의 성능을 갖추고 있다는 말이 됩니다."

"무슨 말인지 알겠어." 이모쿠보는 컵을 낚아채서는 담배꽁초를 버렸다. "무척이나 재밌는 이야기지만 공교롭게도 나는 낙타에만 관심이 있거든." 카멜 담뱃갑을 흔들며 옥상을 떠나려고 했다.

"아, 잠시만요."

이모쿠보가 귀찮은 듯 걸음을 멈췄다. 기사야마가 근무 중에 전화를 받은 것에는 이유가 있었다. 자신도 이 남자에게 용건이 있는 것이다.

"부탁할 게 있습니다." 태블릿 화면을 터치해 메모해둔 숫자를 읽었다. "이 차의 주인을 알 수 있을까요?"

집 앞에 세워져 있던 검은색 승합차의 번호였다.

"바보 같은 소리 하지 마. 지금이 쇼와 시대(1926년부터 1989년
까지를 일컫는 일본의 연호—옮긴이)인 줄 알아? 개인정보를 흘리면
잘해야 정직, 잘못하면 지방공무원법 위반으로 입건이야."

쇼와 시대에서 그대로 온 듯한 누린내 나는 정장을 입은
남자가 황당한 표정을 지으며 손을 저었다. 밥, 물, 휴식 없
이 용의자를 몰아붙인 주제에 할 말인가.

"그건 알지만요. 이 차가 집을 감시하고 있었거든요."

"신고는 했어?"

"아니요."

집 앞에 차가 서 있었다는 이유만으로는 신고 접수도 불
가능하다.

"그럼 어쩔 도리가 없지." 이모쿠보는 컵을 우그러뜨리려
다가 "아니, 잠깐" 하고 손을 멈췄다.

"방법이 있는 거군요."

"손을 빌려줄 수는 없어. 하지만 자동차 검사등록사무소
에 가면 일반인도 등록번호 공개 청구를 할 수 있지. 몇 가
지 조건이 있긴 하지만, 그럴 마음만 있다면 어떻게든 될
거야."

그렇군. 형사의 손을 빌리지 않고 끝낼 수 있다면 그보다
좋은 것은 없다.

"감사합니다. 알아볼게요."

기사야마가 고개를 숙였다.

"이걸로 빚은 다 갚은 거야. 선생이 귀여운 환자에게 손을 댄다면 그때는 가차 없어."

갑자기 바람이 휙 불어와 모밀잣밤나무 잎이 시대착오적인 남자의 머리를 때렸다.

5

애타게 기다렸는데 여운도 남기지 않고 순식간에 지나가 버린 퍼레이드. 올해 여름을 비유하자면 그런 허무함이 있었다.

7월 말까지 장마전선이 눌러앉아 있을 때부터 좋지 않은 예감에 휩싸였다. 8월에 들어서며 장마가 끝나자, 태풍에 이어 또 다른 태풍. 그사이에도 여름다운 파란 하늘은 통 볼 수 없었고, 어중간한 흐린 하늘이 이어졌다.

그렇게 맞이한 8월 21일. 여름방학도 이제 얼마 남지 않은 날, 드디어 꺼림칙하던 구름이 걷히고 눈부신 햇빛이 열도를 밝혔다. 상쾌하다고 말하기에는 너무 강렬한 햇살이었지만 고대하던 여름이 왔다는 사실에 모두 가슴이 부풀었다. 다음 날인 22일, 우물우물 박사 배지를 가슴에 달고 '우물우물 식생활 교육 페스티벌'에 참석한 기키와 시음용 코카코카 라임을 나눠주러 캠프장으로 향한 아야카도 이전보다는 어딘지 들떠 있는 듯 보였다.

하지만 8월 23일. 열도는 다시 비구름에 휩싸였다.

이건 말도 안 된다. 예년에는 그렇게 질릴 정도로 이어지던 불볕더위가 겨우 이틀 만에 끝날 리 없다. 누구나 그렇게 생각했을 것이다. 하지만 올해 여름, 맑은 날이 이어지는 일기예보는 결국 없었다.

그런 어수선한 분위기에 누구보다 큰 영향을 받는 것이 정신과 환자들이다.

8월 27일. 낯빛이 흐려진 환자들이 연이어 증상 악화를 호소하던 목요일 오후.

"결국 당했어요."

제2진료실의 미닫이문이 완전히 닫힌 것을 확인한 후에야 우라시마 가즈토시가 말을 꺼냈다.

자연스럽게 진료기록부를 다시 확인했다. 지난번 진료가 8월 22일이니 아직 닷새밖에 지나지 않았다.

"저, 포기하려고 했어요. 어차피 악마에게서 도망칠 수 없다면 상대하지 않고 자유롭게 살기로요."

우라시마는 곱슬곱슬한 머리를 쓸어 넘기며 말했다. 침울한 표정에서도 해외의 패션모델 같은 관능적인 모습이 배어나온다.

"그런데 실패였어요. 악마는 결국 제 목숨마저 노리기 시작했거든요."

갑자기 분홍색 후드 티를 들춰 올렸다. 가슴에 붕대 같은 보호대가 감겨 있었다.

"그저께 밤이었어요. 오토바이를 몰고 근처 가게에 맥주를 사러 가는데, 사거리에서 새파란 차가 빠르게 돌진하더라고요. 운전사가 악마에게 조종당했던 거겠죠. 재빨리 피했기에 흉골만 다치고 끝났지만, 그대로 받혔다면 온몸이 산산조각이 나서 지금쯤 구름 위에 있었을 거예요."

오르골 버전 〈When You Wish Upon A Star〉가 의미심장하게 울려 퍼졌다. 후드 티를 내리는 동작도 무척이나 부자연스러웠다.

"그 사건, 경찰에는 신고하셨나요?"

"아니요. 경찰은 악마를 이기지 못하니까요."

과장되게 손을 흔들더니 "아얏!" 하고 가슴을 움켜쥐었다. 사거리에서 일시 정지를 했느냐고 묻고 싶었지만 말을 꾹꾹 눌러 삼켰다.

"우라시마 씨가 무사해서 다행이에요. 환자분의 목숨을 지키는 게 저희의 가장 큰 사명이니까요."

"하지만 괴롭힘은 끝나지 않았어요. 어제는 온종일 아파서 누워 있었는데, 점점 이불에서 심한 악취가 나는 거예요. 그건 분명 독가스였어요. 그 녀석들이 하는 짓은 음습한 데다가 예상할 수가 없어요."

아래턱을 내밀고는 도루묵 같은 얼굴로 중얼거렸다.

"우라시마 씨, 뇌 검사는 해보셨나요?"

"아니요. 저, 머리는 튼튼하니까요."

"혹시 모르니 한번 해봅시다." 클리어 파일에서 MRI 검사 동의서를 꺼내 우라시마에게 내밀었다. "한번 쓱 보시고 문제가 없으면 맨 아래에 서명해주세요."

우라시마는 길고양이처럼 몸을 움츠리고 의심스러운 듯 눈을 가늘게 떴다.

"악마가 뇌에 나쁜 걸 심지는 않았는지 확인해봐야 하니까요."

기사야마가 그렇게 덧붙이자 우라시마는 굳었던 표정을 풀고는 "그것도 중요하겠네요"라고 어린아이 같은 글씨로 서명했다.

"팬 티셔츠 갖고 싶어."

목적지 근처에 자전거를 세울 곳이 없기에 어쩔 수 없이 '콘셉트 호텔 가네샤' 주차장에 로드바이크를 세웠다. 큰길에서 골목으로 들어가 100미터 정도. 허름한 상업빌딩과 말라비틀어진 모밀잣밤나무가 주변의 인상을 어둡게 했다.

"팬티랑 셔츠를 갖고 싶다고?"

펜스와 타이어를 연결하는 체인 자물쇠를 채우고 있자니 형제로 보이는 두 소년이 펜스에 기대서서 아이다운 말장난을 치고 있었다.

"너, 변태 아니야? 팬티랑 셔츠를 갖고 싶다니."

동생이 모밀잣밤나무 가지로 형을 때렸다. 얼굴에 붙은 진 딧물을 발견한 형이 "으엑!" 하고 외쳤다. 호텔에서 일하는 어머니를 기다리는 걸까.

오후 3시 50분. 기사야마는 접수 종료까지 10분을 남겨 두고 가가조 자동차 검사등록사무소로 달음박질했다.

"여기 있습니다."

담당자는 렌즈가 더러운 안경을 쓴 뚱뚱한 남자로, 속눈썹만이 화장한 것처럼 길었다. 남자는 잠시 정체를 의심하듯 기사야마를 노려봤지만, 연필로 체크하며 서류를 확인하고는 등록 정보를 인쇄했다.

"제삼자에게 공개하는 건 규정 위반이니 주의하세요."

속눈썹을 움찔거리며 말했다.

종이로 시선을 내리자, 등록자 이름란에 이즈미 사키라고 적혀 있었다. 이 사람이 기사야마의 집을 감시하던 그 여자인가.

문득 묘한 감각에 휩싸였다. 전혀 모르는 이름인데 최근 어딘가에서 본 느낌이 든다. 환자였을까. 하지만 주소란에는 아오바 시 아사바야시 구라고 적혀 있다. 현에서 가장 많은 인구를 자랑하고 대형병원이 즐비한 아오바 시에서 굳이 가가조 시의 병원까지 진료받으러 오는 환자가 있을 것 같지는 않다.

속눈썹 직원이 '오늘은 업무가 끝났습니다'라고 적힌 팻말을 들고 사무실을 나섰다.

"아, 한 번만 지고 싶다!"

밖에서 소년이 낄낄대며 웃는 목소리가 들렸다.

그런가. 끊어 읽는 위치에 따라 의미가 달라지는 말.

'이즈미 사키'라는 인물은 모른다. 하지만 '이즈 미사키'라면 알고 있다. 미야기 TV의 아침 방송 〈헬로 돗코이쇼 도호쿠〉에서 자주 보는 애굣살이 두드러진 방송인이다. 며칠 전에도 대마를 키우던 아이돌과 여자탈의실을 불법촬영한 중학생에게 크게 분노하던 사람이다. 본명을 살짝 바꿔서 예명으로 쓰는 것이리라.

호텔 주차장으로 돌아가며 스마트폰으로 검색했다. 배우나 모델일 거라 생각했지만 이즈 미사키는 프리랜서 기자였다. 주로 미디어나 연예계 문제를 취재하는 듯했다.

연예 전문 기자가 대체 왜 기사야마의 집을 감시하고 있었을까. 표적은 당연히 아카다마의 erimin, 즉 마후유라는 말이 된다. 아버지가 모르는 사이에 무슨 문제에라도 휘말린 걸까.

많은 지방 음악 기획사가 그렇듯 라이히 프로모션도 절대 깨끗하지만은 않다. 직원이 오디션 응모자에게 성관계를 요구했다거나, 10대 아이돌에게 방송 관계자의 접대를 시켰다거나, 현이 주최하는 이벤트의 테마곡을 발주하도록 공무원을 위협했다거나 하는 소문은 손에 다 꼽을 수 없을 정도로 많았다. 과거에는 영업을 위해 사실을 왜곡한 적도 있었다. 수년 전에 밴드의 멤버가 투신자살했을 때는 애인과의 동반자살이었음에도 "목소리가 나오지 않는 병으로 괴로워하다 그만 홀로 몸을 던졌다"라는 보도자료를 내기도 했다.

하지만 아카다마에 관해서는 매번 프로듀서인 무이가 엄하게 감시하고 있는 데다 데뷔 직후 궤도에 올랐기에 기자의 표적이 될 만한 사태는 발생하지 않았을 테다.

그 여자는 기사야마의 집 앞에서 무엇을 하고 있었을까. 기사야마가 아직 깨닫지 못한 위험이 마후유에게 닥쳐오고 있는 걸까.

고민해도 소용없다. 본인에게 물어보는 것이 가장 빠르다.

기사야마는 종이에 적힌 이즈미의 주소로 눈을 돌렸다.

6

기사야마 가의 아침은 바쁘다.

무거운 구름이 베일처럼 하늘을 온통 뒤덮은 8월 28일. 오전 7시 18분.

스파이 영화 속 악당 같은 파자마를 입은 채 토스트와 양파 수프를 식탁에 내려놓았다. 나무 의자에 앉아 TV를 켰을 때였다.

"망했다! 늦잠 잤어."

분주한 발소리가 계단을 내려왔다. 삐죽 솟은 앞머리를 누르면서 무릎으로 거실의 미닫이문을 연 아야카는 육상부나 수영부로 보일 정도로 완전히 햇볕에 그을려 있었다.

"동아리 들어간 거야?"

"설마." 아야카는 흐트러진 머리를 헤어 왁스로 억지로 정돈하면서 "캠프장에서 코카코카 라임을 나눠줘서 그래"라고 답했다.

정수리 폭발 코카코카 라임. 하필이면 겨우 이틀로 끝나버린 한여름 중 하루에 그런 아르바이트가 들어오다니, 운이 좋은 걸까 나쁜 걸까.

"오늘은?"

"엘름에서 조리대 교환. 임시 특별 업무라서 아르바이트비 20퍼센트 인상!"

"그렇게 벌어서 다 어디에 쓰는 거야?"

"그거야 뭐, 여기저기."

아야카는 양손으로 스마트폰에 메시지를 입력하면서 건성으로 대답했다. 수첩형 커버에는 붕대를 두른 남자 일러스트가 그려져 있다. 게임을 좋아하는 환자에게 들은 적이 있었다. 펄프패러 어쩌고 하는 모바일 게임에 등장하는 캐릭터, 투명탐정이다. 적에게 들키지 않고 이동할 수 있고 '보이지 않는 폭탄'으로 공격도 할 수 있는 최강 클래스의 캐릭터이지만, 장비를 갖추려면 꽤 많은 코인이 든다고. 즉 과금

이 필요하다고 했다.

"됐다! 지팡이가 부러진 할머니를 돕다가 늦은 거로."

책가방에 스마트폰을 집어넣고 현관으로 향하는가 싶더니 "아" 하고 발뒤꿈치에 브레이크를 걸며 TV로 눈을 돌렸다. "안짱이네."

덩달아서 TV를 봤다. 배우인 하제타 안호가 영화 촬영을 위해 열심히 준비했다는 근육을 자랑스레 선보이고 있었다. 사회자인 미노야 시즈카가 대흉근을 쓰다듬더니 과하게 놀란 표정을 지었다. 〈헬로 돗코이쇼 도호쿠〉다.

아야카는 TV를 보며 자신의 배를 쓰다듬고는 티셔츠 너머로 배를 쥐면서 말했다.

"저기, 엄마가 먹는 다이어트 보조제 있잖아."

"슈퍼 효로린?"

"응. 그거, 정말 살 빠져?"

아야카는 지금도 심하게 말랐지만, 이런 것이 10대 여자아이의 마음일까.

"아니, 안 빠져. 살이 쉽게 찌지 않게 하는 효과는 있을지 모르지만, 약을 먹는다고 살이 빠지진 않지. 애초에 아야카는 혈압약을 먹고 있으니 약물 혼용 문제도 있고. 우선 약사에게……."

"아, 네." 아야카는 귀찮다는 듯 손을 흔들었다. 그러더니 TV에 표시된 시각을 보고는 허둥댔다. "앗, 진짜 혼나겠네."

"아빠 로드바이크……."

"안 타."

"약."

"챙겼어."

거실을 나섰다. 딸깍, 쾅.

정신을 가다듬고 토스트에 라즈베리잼을 바르려는 참에 이번에는 마후유가 계단을 내려왔다. 살짝 하품하며 거실을 둘러보고는 말했다.

"엄마는?"

"아직 자. 어제 늦게 들어왔으니까."

"그래?" 하고 답하면서 찬장의 서랍을 열고 '인후 케어 보조제 스즈날'을 꺼냈다. TV에서는 배우인 하제타 안호와 개그맨인 칸톤 가스가야가 오늘 밤 방송 예정인 〈과학탐정 스페셜—시간이란 무엇인가?〉의 매력을 말하는 중이었다.

"저기, 그때 말한 건 말인데." 마후유가 꿀꺽, 하고 목을 울렸다. "이번 주 일요일, 괜찮아?"

목에 힘을 주고 역류하는 소화물을 억누르는 것이 느껴졌다. '그때 말한 건'은 물론 도호쿠경제대학 동급생이자 남자친구인 청년을 집에 데리고 오는 일을 말하는 것이리라.

"괜찮아." 태블릿으로 일정을 확인하며 답했다. "하루 군도 술 마셔?"

"마셔. 대만 맥주를 좋아하는데, 가가조의 버즈에서만 팔아서 내가 대신 가서 사다줄 때가 많아."

꽤 까다로운 취향인가 보다.

일요일이 되기 전에 대만 맥주를 사 오기로 마음먹은 순간, 차임벨이 땡땡 울렸다. 인터폰 모니터에 무이의 눈썹 위쪽이 보였다. 덥지도 않은데 손수건으로 열심히 이마를 닦고 있었다.

"왔네, 왔어."

마후유가 모니터를 터치해서 원격으로 문을 열었다. 딸깍, 하고 자물쇠가 풀리는 소리에 이어 "실례하겠습니다"라고 시원스러운 목소리가 울려 퍼졌다. 몇 초 후, 무이가 깊게 고개 숙여 인사하며 거실의 미닫이문을 열었다.

"꽤 많이 탔네요."

이쪽도 거무스름한 피부가 더욱 검게 변해 있었다. 아야카가 육상부원이라면 무이는 1년 만에 돌아온 참치잡이 어부 같다.

"실은 지난 주말에 애인이랑 바다에 다녀왔거든요."

수줍어하며 짧게 자른 머리를 긁었다. 손목에는 손목시계 자국이 선명하게 남아 있었다.

마치 소년처럼 순수한 남자지만, 무이는 아카다마의 궂은일을 도맡아 하는 실력 있는 프로듀서 겸 매니저였다.

이름에서 짐작할 수 있듯, 무이는 일본인이 아니다. 태국의 송클라 출신으로 본명은 차오왓 어쩌고라고 했다.

6년 전, 무이는 동아시아의 불교 변용을 연구하고자 태국 치앙마이대학에서 멀리 도쿄대학으로 유학을 왔다. 하지만 그곳에서 화려하게 길을 벗어나게 된다. 어째서인지 일본의 음악, 그것도 무명 레코드 회사가 발표하는 삼류 이하의 작품, 즉 노래는 음치인 데다 연주도 초보, 믹싱도 엉터리인 조잡한 노래에 매료되어 그것들을 사 모으는 일에 빠져든 것이다.

유학 연장을 반복한 끝에 비자가 만료될 처지에 놓인 무이는 취업비자를 손에 넣고자 전국의 음악 기획사와 레코드회사에 닥치는 대로 이력서를 보냈다. 수없이 문전박대를 당하던 중, 유일하게 무이를 면접에 부르고 결국 채용까지 한 곳이 아오바 시에 거점을 둔 악명 높은 기획사 라이히 프로모션이었다.

채용 담당자가 어지간히 사람을 잘 믿는 편이었는지, 아니면 외국인 채용에 따른 보조금을 노린 것인지. 어느 쪽이든 음악 업계에 뛰어든 무이는 마치 물 만난 물고기처럼 프로듀싱한 작품을 연이어 히트시키게 된다. '메르시&폭시'를 음악 페스티벌의 메인 스테이지에 올리고, '코카인 베이비스'의 전국 홀 투어를 성공시킨 그가 작년에 만반의 준비 끝에 세상에 선보인 그룹이 수수께끼의 보컬 erimin을 앞세운 음악 유닛, '아카다마'였다.

"제가 바다에 갔다 온 것보다 훨씬 중요한 이야기가 있어요. 아카다마의 신곡 〈마법의 버섯〉이 후지야마TV 계열 채널에서 10월부터 방영하는 드라마 주제가로 결정됐습니다!"

무이가 그을린 손가락을 튕기고는 쇼의 사회자처럼 외치더니 힘차게 손뼉을 쳤다.

드라마는 〈살인밥〉이라는 제목으로, 일가족 몰살이 취미인 연쇄살인범이 살인 현장의 냉장고에서 발견한 온갖 종류의 재료로 깜짝 놀랄 만한 요리를 만드는, 신감각 미식 스토리라고 한다. TV 드라마를 거의 보지 않는 기사야마도 데뷔한 지 얼마 되지 않은 인디 레이블 아티스트의 노래를 주제가로 채택하는 일이 이례적이라는 사실은 쉽게 짐작할 수 있었다.

"방송은 10월부터예요. 주연은 하제타 안호 씨고요."

"대단하지? 안짱의 드라마 주제가야."

이미 이야기를 들은 모양인지 마후유가 봐봐, 하고 TV를 가리키며 펄쩍 뛰었다. 테이블이 흔들리며 양파 수프가 넘칠 뻔했다. TV에서는 하제타 안호와 칸톤 가스가야가 〈과학 탐정 스페셜〉 홍보 중이었다. "당신은 누구입니까?" 사냥모자를 쓰고 인버네스 코트를 입은 하제타 안호가 묻자 "저는 아인슈타인입니다" 하고 백발 가발을 쓴 칸톤 가스가야가 혀를 내밀었다.

"마후유 씨는 다음 달이면 스무 살이 되니까 출연할 수 있는 이벤트도 훨씬 많아집니다. 지금부터 본격적으로 박차를 가해 아카다마를 보다 크게 키워나가고 싶어요."

무이가 흥분한 채 떠들었다. 마후유도 두 주먹을 부르쥐고 기쁨을 감추지 못했다.

문득 가슴이 두근거렸다. 평소의 불안감이 목을 죄어온다.

온갖 일이 순조롭게 흘러간다. 이럴 때일수록 정신을 바짝 차려야만 한다. 바로 옆에 함정이 입을 벌리고 있을지도 모른다.

"앞으로의 진행에 관해 말씀 좀 드려도 될까요?"

무이에게 프로모션 플랜에 관한 설명을 들으면서 오후 진료 후에 이즈미 사키의 집을 방문해야겠다고 결심했다.

"뇌에 이상은 발견되지 않았어요."

모니터에 MRI 촬영 영상을 띄웠다.

"악마의 뜻대로는 되지 않은 거군요. 아, 다행이다."

우라시마는 잠시 평소의 도루묵 얼굴로 모니터를 바라본 후 안도한 모습으로 머리를 긁었다. 분홍색 후드 티는 여전히 보호대 때문에 부풀어 있지만 몸짓은 전보다 자연스러워졌다.

"그래도 그들은 포기하지 않았어요. 드디어 오늘 아침, 악마가 제 방에 들어왔거든요."

그건 큰일이다.

"방에서 마주친 겁니까?"

"설마요. 그랬다면 저는 이미 죽은 목숨이겠죠."

그런가.

"안짱이 나오는 방송을 보면서 완탕면을 먹고 있는데, 갑자기 누가 걸어오는 것처럼 다다미가 흔들렸어요. 그래서 돌아봤더니 다다미가 삐걱삐걱 소리를 내더라고요. 그건 분명 악마의 발소리였어요."

"그렇군요. 그것참, 큰일이네요."

기사야마는 철칙대로 맞장구를 치면서 우라시마의 증상에 관해 생각했다.

이 남자의 망상은 조금 색다르다. 구체적인 부분과 애매한 부분이 섞여 있다. 악마에게 당한 괴롭힘에 관해서는 늘 구체적으로 말하면서 정작 훨씬 더 수다스럽게 떠들어야 할 악마의 정체에 관해서는 거의 말한 적이 없다. 가지와 잎만 있고 줄기가 보이지 않는 나무 같다. 도대체 무엇이 이 남자의 망상을 빚어내고 있을까.

"독가스 공격도 이어지고 있어요. 덕분에 이불에서 비 오는 날의 목장 같은 냄새가 납니다."

인지행동치료의 일환으로 계획적으로 행하는 경우를 제외하고, 의사가 환자의 망상에 적극적으로 개입하는 경우는 없다. 하지만 살짝 금기를 어겨보고 싶었다.

"우라시마 씨의 목숨을 노리는 악마란 도대체 어떤 존재

73

죠?"

"그건……." 갑자기 우라시마의 시선이 흔들렸다. "악마라 고밖에는 말할 수 없어요."

"외모도 인간과는 다른가요?"

"그건 그렇죠. 눈과 입이 확연히 크고, 혀도 두 개 있어요. 날개는 없지만, 몸에는 무서운 무늬가 새겨져 있죠."

그건 틀림없는 악마다.

"그 악마는 왜 우라시마 씨를 감시하고 목숨을 노리는 거 죠?"

"그거라면 확실히 압니다." 우라시마가 거침없이 대답했 다. "악마는 제가 가진 힘을 알고, 제가 세상을 엉망진창으로 만들 걸 두려워하고 있거든요."

펜을 떨어뜨릴 뻔했다.

이 남자, 아무래도 과대망상증도 숨기고 있던 모양이다.

"우라시마 씨에게 어떤 힘이 있는데요?"

"그건, 설명하기 어려운데요." 어째선지 부끄러운 듯 코를 긁었다. "굳이 말로 하자면……. 그렇네요, 세상을 조종하는 힘이라고 할까요."

뭐야, 그게.

"선생님은 양자역학에서 말하는 다중세계 해석에 대해 알 고 계신가요? 이 세상의 온갖 일은 여러 가능성이 중첩된 상 태로 존재합니다. 선생님은 오늘 아침 네이비색 넥타이를

74

고르셨지만, 옆에 있는 베이지색 넥타이를 고른 선생님도 동시에 존재하죠. 믿기 어려우시겠지만 화려한 핑크색 넥타이를 고른 선생님도 있어요. 책상 화분에는 브리세아가 심겨 있지만, 식충식물인 파리지옥이 심긴 세계도 있죠. 스피커에서 디즈니가 아니라 코카인 베이비스가 흘러나오는 세계도 있고요."

"핑크색 넥타이는 갖고 있지 않은데요."

"신사복 가게의 솜씨 좋은 판매원이 선생님께 그걸 권한 세계도 있다는 거죠."

우라시마는 청산유수로 떠들었다. 어디에선가 그런 만화라도 본 걸까.

"실은 저, 천재랍니다. 마음만 먹으면 세상의 온갖 사건을 조작하고 바꾸고 고쳐 쓸 수 있어요."

"그건……." 어떻게든 철칙을 고수했다. "엄청난 힘이네요."

"저도 뭐 이제 다 큰 어른이니 세상을 망치려는 어리석은 생각은 하지 않아요. 그래도 악마는 저를 믿지 않습니다."

"곤란한 일이네요."

기사야마가 속마음을 털어놓자, 우라시마는 보기 드물게 복어처럼 볼을 부풀렸다.

"정말이지 천재로 사는 건 쉽지 않아요."

악마의 정체는 끝까지 알아낼 수 없었다.

간호사의 호출에 11층 폐쇄병동에서 패닉 발작을 일으킨 환자에게 이소미탈을 주사한 후, 기사야마는 엘리베이터를 타고 8층으로 내려가 매점에서 커피를 샀다.

손목시계를 보자, 오후 6시 10분이었다. 오늘은 로드바이크가 아니라 재규어를 끌고 왔으니 대로를 달리면 7시 조금 넘어 아사바야시 구에 도착하리라. 밤샘 취재를 하지 않는 한 이즈미 사키는 집에 돌아와 있을 것이다.

"저기, 배가 나왔어."

8층 로비에서 엘리베이터를 기다리는데 옆의 요부코도리 식당에서 그런 목소리가 들렸다.

이 식당은 직원과 면회객뿐 아니라 개방병동 환자들도 이용할 수 있다. 병원 밖과 비슷한 환경에서 시간을 보냄으로써 사회복귀를 원활히 하려는 목적이다. 그 때문에 다른 병동과는 달리 좋게 말하면 활기찬, 나쁘게 말하면 잡다하고 무질서한 분위기가 감돈다.

"산부인과에서 진료 좀 받아봐."

"오늘 아침 지진, 느꼈어?"

"코카인 베이비스의 미키오 말이야. 여자랑 함께 자살했다며?"

"산부인과의 이쿠타 선생, 음식물 쓰레기 같은 냄새 나지 않아?"

"나도 느꼈어. 제법 민감하거든."

"동반자살이란 말이야? 헐."

"음식물 쓰레기라기보다는 시체."

"민감하다니, 뭐야 그게. 대박."

"정말 연예계는 미쳐 돌아가네."

문득 발걸음을 멈췄다.

그것은 이상하다.

이 여자의 착각일까. 아니, 만약 사실이라면……

바닥이 사라지는 듯한 감각에 휩싸였다. 공기처럼 당연하게 느끼고 있던 것이 사실 완전히 다른 것이었음을 깨달은 것처럼.

식당으로 들어가 목소리의 주인공을 찾았다. 드라세나 화분과 벽 사이에 놓인 테이블에서 담소를 나누는 세 사람에게 시선이 향했다. 기사야마는 그 테이블로 다가섰다.

"실례합니다." 차를 마시던 여성들이 일제히 고개를 들었다. "오늘 아침, 가가조 시에서 지진이 발생했나요?"

"네, 맞아요."

세 명은 얼굴을 마주 보더니 손에 상처가 있는 여자가 답했다. 병실에서 항상 게임을 하는 40대 직전의 환자, 후미야 아야카다. 날에 따라 증상에 차이가 있어서 심할 때는 보호실에 갇혀 지낼 때도 있지만, 오늘은 상태가 괜찮아 보였다. 그녀는 스마트폰을 재빨리 조작해서 기사야마에게 화면을 보여줬다.

"보세요. 오전 7시 32분. 가가조 시는 대부분 진도 2였어요."

지진 속보 앱을 봤다. 기사야마의 집이 있는 오지키도 진도 2였다.

"감사합니다."

인사를 하고 테이블을 떠났다.

역시 그런 거였나.

나는 큰 착각을 하고 있었다. 그렇다면…… 이대로는 위험하다.

통로를 걸으면서 태블릿 전원을 켰다. 환자 데이터베이스에 접속해서 우라시마 가즈토시의 주소를 확인했다. 스마트폰을 꺼내 가가조 경찰서의 이모쿠보에게 전화를 걸었다.

"여, 아프리카코끼리 선생. 선생이 전화를 다 하고, 무슨 일이야?"

이모쿠보는 그다지 바쁘지 않은 듯했다.

"지금부터 말하는 연립주택을 수색해주세요. 급합니다. 가가조 시 가라사와……."

"선생, 몇 번을 말해?" 틱, 하고 라이터로 불을 붙이는 소리. "지금은 쇼와 시대가 아니라니까. 영장도 없이 함부로 들이닥칠 순 없어."

형사 드라마처럼 의자에 앉아 몸을 젖히는 모습이 눈에 떠올랐다.

"그럼 제가 혼자서 하겠습니다. 이모쿠보 씨는 그냥 옆에 있어주세요."

대화가 끊겼다.

기사야마가 덧붙였다.

"환자가 위험하단 말입니다."

저녁노을이 연립주택의 지붕을 하얗게 물들인 오후 6시 24분.

담당 환자인 우라시마 가즈토시가 사는 연립주택 도에이장에서 쓰치노 쓰요시라는 남자가 주거침입 혐의로 현행범으로 체포되었다.

쓰치노는 우라시마가 사는 103호실 바닥 밑에 숨어 있었다. 다다미와 마루판을 벗기고 바닥 밑에 숨어든 후, 흙을 파헤쳐서 깊이 70센티미터 정도의 공간을 만들었다고 한다. 땅에 깔린 비닐 시트에는 담요, 술병, 페트병, 과자 봉지, 담배꽁초, 분뇨가 담긴 비닐봉지, 그리고 지네와 바퀴벌레의 사체가 여기저기 흩어져 있었다.

"여러분, 조심하세요. 그 녀석은 악마가 저를 감시하라고 보낸 괴물 두더지남이 분명해요."

우라시마는 괴성을 지르며 쓰치노에게 달려들려고 했지만, 기사야마가 "천재라면 일단 진정하세요"라고 나무라자 금세 얌전해져서는 "그러게요"라며 부끄러운 듯 볼을 붉혔다.

이모쿠보는 처음에는 무뚝뚝한 표정으로 "아무것도 안 나오면 감방에서 공부 좀 해야 할 거야"라며 과거의 악덕 순사 같은 막말을 내뱉었지만, 바다 밑에서 남자를 발견하고 그 남자가 2년 전의 농협 조합장 총살사건의 용의자라는 사실을 알게 되자 "시민의 정보는 보물 같은 거야"라며 손바닥 뒤집듯 동료들에게 뽐내는 표정을 지었다.

"우라시마 씨의 집에 사람이 숨어 있다는 사실을 어떻게 아셨나요?"

소동이 일단락되어 연립주택 앞 도로에서 담배를 피우려는데 눈을 빛내며 여드름투성이 형사가 질문했다.

"우연히 환자분들이 아침에 난 지진에 관해 이야기하는 걸 들었거든요."

기사야마는 그 지진을 깨닫지 못했다. 자는 동안 흔들렸기 때문이라고 생각했지만, 후미야 아야카가 보여준 앱에 의하면 지진은 오전 7시 32분, 즉 기사야마가 이미 거실에 있을 때 발생했다.

나는 왜 지진을 알아차리지 못했을까.

마침 그 시각, 라이히 프로모션의 무이가 집에 와 있었다. 그가 아카다마의 신곡이 드라마 주제가로 결정되었다는 사실을 밝히자 마후유가 웬일로 펄쩍 뛰며 기쁨을 표현했다.

"대단하지? 안짱의 드라마 주제가야."

테이블이 흔들리고 양파 수프가 흘러넘칠 뻔했을 때, 진도

2의 지진이 바닥을 흔들고 있었으리라. 기사야마는 그 흔들림을 마후유가 좋아서 뛰는 통에 생긴 흔들림이라고 착각한 것이다.

이것 자체는 딱히 별다른 것 없는, 일상에 녹아든 사소한 착각이다. 하지만 거기에 우라시마의 망상을 더하면 또 하나의 진실이 떠오른다.

"안쨩이 나오는 방송을 보면서 완탕면을 먹고 있는데, 갑자기 누가 걸어오는 것처럼 다다미가 흔들렸어요."

우라시마는 오늘 진료 때 그렇게 말했다.

이 바닥의 흔들림은 지진에 의한 것이다. 마후유가 뛰었을 때도 TV에는 하제타 안호가 나오고 있었으니 시간도 맞아떨어진다.

문제는 그다음이다.

"그래서 돌아봤더니 다다미가 삐걱삐걱 소리를 내더라고요."

지진이 발생한 탓에 집이 흔들리며 울린 소리라고 생각할 수 있지만, 또 다른 가능성도 있다.

오늘 아침, 〈헬로 돗코이쇼 도호쿠〉에 하제타 안호와 칸톤 가스가야가 출연한 이유는 오늘 밤 방송 예정인 〈과학탐정 스페셜—시간이란 무엇인가?〉의 홍보를 위해서였다. 마후유가 뛴 후, 즉 지진이 가라앉은 직후에 두 사람은 이런 우스꽝스러운 대화를 나누었다.

"당신은 누구입니까?"

"저는 아인슈타인입니다."

TV에서 이 대사가 흘러나온 것과 우라시마가 삐걱거리는 소리를 들은 것은 거의 동시다. 마치 "당신은 누구입니까?"라는 말에 반응한 것처럼 우라시마의 방에 있는 다다미가 울린 것이다. 그 말은 곧 그 방에 일본어를 이해하는 자가 숨어 있을 가능성이 있다는 말이다.

악마에게 감시당하고 목숨을 위협받고 있다. 우라시마는 그런 망상에 휩싸여 있었다. 그가 마음의 병을 앓고 있는 것은 분명하다.

하지만 그렇다고 해서 우라시마 주변에서 벌어진 기묘한 사건이 전부 망상의 산물이라고 단정할 수는 없다.

"밤늦게 캔맥주 한 팩을 사놨는데, 다음 날 아침에 눈을 뜨니 캔이 전부 비어 있더라고요."

우라시마의 방에 숨어 있던 쓰치노는 방의 주인이 눈치채지 못하게 음식이나 음료를 훔치고 있었으리라. 줄어든 물건은 그것 말고도 있겠지만, 우라시마는 술 이외의 것에 대한 집착은 없었기에 그 사실을 깨닫지 못했다.

"일본주를 마시고 있자니, 이번에는 우두둑, 콰직, 하고 동물을 해체하는 듯한 소리가 들리는 거예요."

우라시마가 그렇게 말한 것은 8월 22일. 그 전날부터 일본 열도는 갑자기 폭염에 휩싸였다. 평소 같았으면 쓰치노는 우라시마가 방에 있는 동안 가만히 숨을 죽이고 있었을 것이다. 하지만 이날만큼은 더위를 견디지 못하고 페트병의 물을 입에 댔으리라. 우두둑, 하고 페트병을 우그러뜨리고 뚝뚝 물방울을 흘리며 물을 목으로 들이부은 것이다.

"오늘 아침에는 악마가 우편물을 뒤졌어요. 저희 우편함, 뚜껑이 뻑뻑해서 누가 열면 알아볼 수 있거든요."

쓰치노가 마신 페트병은 우라시마가 외출한 사이 자판기에서 몰래 사온 것일 터. 하지만 사람과 마주치면 그것으로 끝이다. 방을 나서기 전에는 당연히 문에 달린 우편함을 열어 바깥 상황을 확인했을 것이다.

"점점 이불에서 심한 악취가 나는 거예요. 그건 분명 독가스였어요."

우라시마가 그렇게 말한 것은 8월 27일. 그 이틀 전, 우라시마는 오토바이를 타다 사고를 당했다. 이튿날인 26일, 우라시마는 한 번도 집에서 나가지 않고 이불 위에서 고통에 몸부림치고 있었다. 그때까지는 우라시마가 외출한 사이에 화장실에서 볼일을 보던 쓰치노였지만, 이날은 화장실에 가지 못하고 수중에 있는 비닐봉지에 볼일을 볼 수밖에 없었을 것이다.

그리고 오늘, 8월 28일. 쓰치노가 내는 소리를 알아차린 우라시마는 악마가 방에 들어왔다고 기사야마에게 호소했다.

우라시마는 악마에게 감시당한다고 믿고 있다. 만에 하나 "이봐!", "이리 나와!" 같은 말을 했다면, 쓰치노는 우라시마에게 들켰다고 생각하고 자포자기한 채 우라시마에게 위해를 가했을지도 모른다. 기사야마는 그렇게 생각하고 즉시 이모쿠보 형사에게 연락한 것이었다.

"의사 선생님이라 그런지 역시 머리가 좋으시네요."

얼굴에 여드름이 있는 형사가 메모하면서 중얼거리자, 이모쿠보가 그의 엉덩이를 발로 찼다.

"환자의 목숨을 지키는 게 저희의 사명이니까요."

다음 날 다시 가가조 경찰서에서 경위를 설명하기로 약속하고 기사야마는 현장을 뒤로했다.

7

재규어를 달려 아오바 시 아사바야시 구 호토기초의 아파트, 벨벳 호토기에 도착했을 때는 오후 10시가 지나 있었다.

생각지도 못한 일 때문에 늦어졌지만 아직 해결할 문제가 하나 더 남아 있다. 기사야마는 갓길에 차를 세우고는 준비해둔 두꺼운 블루종을 입고 챙이 긴 모자를 쓴 후 차에서 내렸다.

아파트 주차장을 바라보자, 집 앞에서 본 것과 같은 검은색 승합차가 세워져 있었다. 오른쪽 사이드미러에 긁힌 흠집이 보였다. 그날, 무리하게 사거리에서 우회전한 탓에 가드레일에 스치며 생긴 흠집이다. 그 여자는 여기에 있다.

입구로 들어가 방문객용 인터폰으로 908호를 호출했다. 10초 정도 기다리자 응답이 들렸다.

"누구세요?"

가시 돋친 목소리였다. 보험 판매나 종교 권유라고 생각하는 모양이다.

"기사야마 세이타라고 합니다. 딸에 관해 이야기하고 싶은 게 있습니다."

일주일 전, 이즈미 사키는 기사야마의 얼굴을 봤으니 속여도 소용 없을 테다. 솔직하게 정체를 밝혔다.

"……잠시만요."

몇 초의 침묵 끝에 억양 없는 목소리가 대답했다.

5분 후, 엘리베이터가 움직이는 소리에 이어 스톨을 두른 이즈미가 모습을 드러냈다. 쥐색이라고 부르기에는 칙칙한, 물에 젖은 코끼리 같은 색의 그 스톨이다. TV에서 본 인상보다 더 작아 보였지만, 애굣살은 여전히 엄청나게 컸다.

"저쪽에서."

이즈미가 가리킨 것은 아파트 옆 작은 광장이었다. 가로등이 없고 녹슨 그네가 어둠에 잠겨 있었다. 유령 하나둘쯤은 나올 것 같은 분위기다.

"무슨 용건이시죠?"

커다란 노송나무 앞을 지날 때쯤 이즈미가 돌아봤다. 오른손에는 세븐스타 7밀리그램.

"그쪽이야말로 제 딸에게 무슨 용건이시죠?"

기사야마도 킹배트를 꺼내 한 개비를 입에 물고 불을 붙였다. 이즈미는 발밑에 재를 털더니 작게 한숨을 내쉬었다.

"코카인 베이비스의 미키오 씨가 투신자살했을 때, 라이히 프로모션이 사실과는 완전히 다른 동기를 공표한 일은 알고 계시죠?"

그 이야기는 기사야마도 들은 적이 있다.

"그 밖에도 10대 아이돌에게 TV 관계자를 접대하게 하거나, 이벤트의 테마곡을 수주하기 위해 시 공무원을 협박하기도 했죠. 라이히 프로모션은 지금까지 많은 문제를 일으켰어요. 하지만 저는 그게 빙산의 일각에 불과하다고 생각해요."

"빙산의 숨겨진 부분에서 제 딸도 문제에 휘말려 있단 말인가요?"

"8월 22일 토요일. 따님이 어디에서 무엇을 했는지 아시나요?"

이즈미의 숨이 거칠어졌다. 〈헬로 돗코이쇼 도호쿠〉 스튜디오에서 대마를 키우던 아이돌을 힐난할 때와 똑같은 표정이었다.

이 여자가 집 앞에 나타난 것은 21일이니 22일은 그다음 날이다. 기키는 하나마키의 '우물우물 식생활 교육 페스타'에, 아야카는 가기리야마 캠프랜드로 외출했지만, 마후유는 일도 수업도 없어서 집에 혼자 있었을 것이다.

"집에서 숙제라도 하고 있었을 텐데, 그게 뭐 어쨌단 말이죠?"

이즈미는 순간 미간을 찌푸렸지만, 곧장 표정을 지웠다.

"죄송합니다. 지금은 이 이상 말씀드릴 수 없어요."

뭐가 뭔지 알 수 없다.

"가족을 감시한 주제에 그 이유를 말할 수 없다고요?"

"죄송합니다."

"라이히 프로모션의 아티스트를 지키고 싶은 마음은 같습니다. 저도 돕게 해주시죠."

"죄송해요. 많은 사람의 명예와 프라이버시가 걸린 문제라서요."

밀어도 당겨도 꿈쩍도 않는다.

"알겠습니다." 양손을 블루종 주머니에 넣고 크게 한숨을 내쉬었다. "그럼 더는 딸 주변을 얼씬거리지 않겠다고 약속해주세요."

"죄송합니다."

이즈미는 기계처럼 반복할 뿐이었다.

"어떻게 해도 약속해주실 수 없는 건가요?"

대답은 없었다.

"그럼 어쩔 수 없네요."

블루종 주머니에서 메스를 꺼냈다. 비닐 커버를 벗기고 칼날을 이즈미에게 향했다.

"어쩔 셈이죠?"

이즈미는 어이없다는 듯 얼굴을 찌푸리고는 오른손을 반쯤 내밀었다.

"운동선수의 딱딱한 근육도 찢을 수 있는 칼이에요. 조용히 계시는 게 현명할 겁니다."

점차 얼굴에서 핏기가 사라지는 것이 보였다. 손가락에서 세븐스타가 떨어졌다.

"어라, 그네에 누군가 있네요."

이즈미가 뒤를 돌아본 틈을 노려 목에 팔을 감고 경동맥을 조였다. ……3, 4, 5초. 상반신이 기사야마의 팔로 기울었다. 목 졸라 기절시키기. 의사들이 하는 말로는 경동맥동 반사다.

이즈미의 머리를 무릎에 올린 후에 돌을 주워 귀밑을 때려 턱관절을 탈구시켰다. 입을 크게 벌린 후, 목 안쪽으로 메스를 집어넣었다. 타르와 카페인이 쉰 듯한 악취가 났다.

"사회자 아저씨가 말한 대로 됐네요."

목의 점막에 칼날을 대고 집게손가락에 힘을 실었다. 그러자 피가 배어났다. 그대로 힘을 담아 경동맥을 찢은 후, 피부를 뚫고 나오기 직전에 메스를 뽑았다. 분수처럼 흘러나온 피가 구강으로 솟구쳐 올라왔다.

"그렇게 화만 내다가는 제 명에 못 죽어요."

치아 사이로 피가 넘치려 할 때쯤 기사야마는 이즈미의
턱을 닫았다.

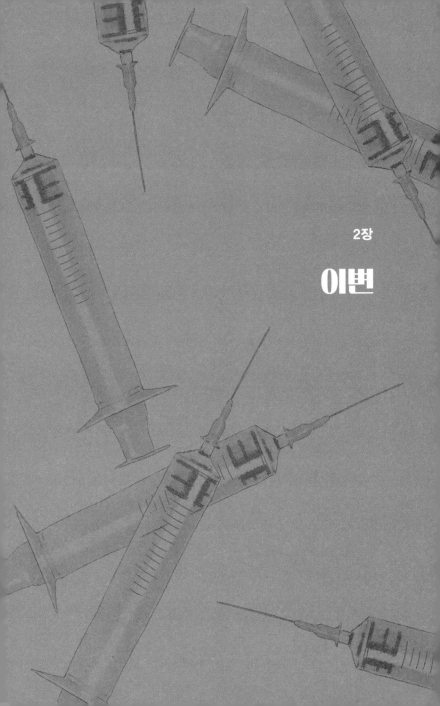

2장

이변

1

모나키 산에서 불어오는 습한 바람이 너도밤나무 가지를 흔들었다.

아버지는 땅에 손을 짚고 고개를 뻗어 절벽 아래를 바라보다 어머니의 시체를 보고는 "히익!" 하고 목을 움츠렸다.

"네가 그런 거니?"

아버지가 이쪽을 돌아보며 물었다.

"맞아."

기사야마는 가슴을 젖혔다. 초등학교 교실에 들어온 커다란 벌을 친구들 앞에서 뭉갰을 때의 기분과 꽤 비슷했다.

"미안하다. 용서해줘." 아버지의 목소리가 떨렸다. "내가 잘못했어."

아버지가 이마를 땅에 짓이겼다. 이가 덜덜 떨렸다.

기사야마는 당황했다.

왜 아버지가 사과하는 거지?

최근 반년 사이의 아버지의 행동은 도무지 이해할 수 없었다. 왜 '백번 죽은 남자'를 그만둔 걸까. 왜 불사관으로 이사했는데 마술쇼를 열지 않을까. 왜 술을 마시는 모습을 봤을 뿐인데 지하실에 가두는 걸까.

하지만 무엇보다 이해할 수 없는 것은 왜 어머니를 죽이지 않을까, 하는 점이었다.

아버지는 틈만 나면 어머니를 때리고 발로 차고 머리카락을 움켜쥐고 욕을 퍼부었다. 상당히 화가 나는 일이 있었음이 분명하다. 그렇다면 벌레처럼 죽여버리면 그뿐인데, 왜 아무것도 하지 않을까. 어머니에게 약점이라도 잡힌 걸까.

기사야마는 원래의 아버지로 돌아오기를 바랐다. 텅 빈 지갑에서 백 엔 동전을 꺼내거나, 깨진 그릇을 고치거나, 도화지에 그린 장수풍뎅이를 꺼내준 그 다정다감한 아버지로.

그래서 기사야마는 한 가지 계획을 세웠다. 어머니를 죽이기로 한 것이다.

불사관을 나오면 바로 오른쪽 수풀에 '추락 주의'라고 적힌 표지판이 있다. 별장을 막 지었을 무렵 아버지가 세운 것이다. 이 표지판 옆으로 너도밤나무 숲을 15미터 정도 지나가면 '이누지니犬死'라는 이름의 절벽이 있었다.

'개가 죽는 곳'이라는 이름대로 절벽 아래로는 야생동물이 자주 떨어졌다. 너구리나 살쾡이, 어미 산토끼와 새끼가 함께 죽은 것도 본 적 있었다.

야생동물은 보통 절벽에서 떨어지지 않는다. 하지만 이 절벽 위는 경사가 심하고 발밑이 고르지 않은 데다가 키가 큰 풀이 우거져 있어 시야가 확보되지 않는다는 점, 그리고 밤이 되면 너도밤나무 가지에 가려 달빛이 닿지 않는다는 점에서 산에 익숙한 야생동물도 실수로 발을 헛디디게 되는 것이다. 20미터 아래의 암반에 부딪힌 산토끼의 머리는 달걀처럼 터져 있었고, 짙은 색 피가 사방에 흩뿌려져 있었다.

기사야마는 산에 이상한 게 있다며 어머니를 데리고 나가 '추락 주의' 표지판을 지나 너도밤나무 숲으로 들어갔다. 어머니는 산토끼만큼 멍청하지는 않은 듯 실수로 발을 헛디디지는 않았지만, 절벽 바로 옆에서 무릎을 걷어차자 "어?" 하고 웃으며 아래로 떨어졌다. 팔다리가 뒤틀린 시체는 마치 춤을 추는 것처럼 우스꽝스러웠다.

눈엣가시 같은 어머니가 사라지면 분명 그 무렵의 자상한 아버지가 돌아올 것이다. 그렇게 믿었는데.

"용서해줘. 너를 괴롭힐 생각은 아니었어."

어머니의 시체를 내려다본 아버지는 어째선지 눈을 빨갛게 물들인 채 입술을 떨고 있었다.

"지하실에 가둔 건 지나쳤어. 사실은 나도 알고 있었어."

아버지는 손을 짚고 일어서더니 절벽 가장자리에서 멀어

지려 했다. 하지만 기구에서 떨어진 이후, 평평한 땅도 제대로 걷지 못하는 아버지가 지면이 고르지 않은 경사면을 오를 수 있을 리 없다. 곧장 발을 헛디뎌 절벽으로 떨어졌다. 목을 빼고 절벽 아래를 바라보자 아버지와 어머니가 즐거운 듯 탱고를 추고 있었다.

뭐가 뭔지 모르겠다. 나는 어떻게 해야 했을까. 도대체 뭐가 잘못된 걸까.

기사야마는 그로부터 한 달가량 절벽 아래의 시체를 계속해서 관찰했다. 시반이 떠오르고 육체가 썩고 까마귀가 살점을 쪼아댈 즈음 기사야마는 마침내 답을 찾았다.

나는 너무 늦은 것이다.

한번 망가진 것은 제아무리 애를 써도 원래대로 돌아오지 않는다. 깨진 그릇이 금간 곳 없이 원래대로 돌아오는 일은 없으며, 그것은 가족 또한 마찬가지다.

그렇기에 소중한 것을 지키려면 그것이 망가지기 전에 균열을 막는 수밖에 없다.

기사야마는 부모의 죽음을 통해 그것을 배웠다.

2

"안쨩이라면 펄프패러의 투명탐정 성우인 그 하제타 안호?"

아카다마의 신곡 〈마법의 버섯〉이 하제타 안호가 주연인 드라마의 주제가로 결정되었다는 말을 듣고 아야카는 빠른 말투로 "대박"을 연발했다. "헐, 대박."

"아카다마가 너무 유명해져서 집에 이상한 사람이 찾아오지는 않았으면 좋겠는데."

기키가 알로에 화분에 비료를 주면서 말했다. 수년 전에 주연을 맡은 드라마가 히트했을 때 스토커에게 시달린 기억이 떠올랐나 보다.

"괜찮아. 내 얼굴은 아무도 모르니까."

마후유가 담담하게 중얼거렸다.

8월 29일, 토요일. 드물게 아무도 약속이 없는 듯 아침부터 느긋한 시간이 흐르고 있었다.

"그러고 보니, 마후유. 지난주 토요일에 뭔 일 있었어?"

칼로 양상추 샌드위치를 비스듬히 자르면서 자연스러운 말투로 물었다. 어젯밤에 이즈미에게 들은 말이 마음에 걸렸다.

"토요일?" 마후유는 팔꿈치를 긁더니 말했다. "딱히 없었는데. 왜?"

"그럼 됐고."

집요하게 물고 늘어지면 어쩌나 싶었는데, 아야카가 "언니, 리모컨 좀 줘"라고 옆에서 끼어들었다.

"난 네 도구가 아니라니까. 항상 말하잖아."

"아, 네, 네. 미안하게 됐네요." 아야카가 손을 뻗어 리모컨을 집어 들고 "최고 기온 24도? 여름은 정말 끝난 거야?"라며 TV를 틀자마자 과하게 한숨을 내쉬었다. 주간 일기예보가 회색 구름으로 가득 차 있었다. 사회자인 미노야 시즈카도 "어떻게 안 될까요?" 하고 중얼거려 기상캐스터를 곤란하게 했다.

카메라가 줌아웃되자, 익숙한 〈헬로 돗코이쇼 도호쿠〉 스튜디오 세트에 세 명의 패널이 앉아 있었다. 평소보다 테이블이 넓어 보이는 것은 패널이 한 명 적은 탓이다. 기자인 이즈 미사키, 즉 이즈미 사키는 차고에 세워둔 재규어의 트렁크 안에 있다.

거실을 둘러보며 조촐한 성취감을 만끽했다. 집을 감시하던 수상한 자는 사라졌다. 아내와 딸들이 깨닫지 못하는 사이에 기사야마는 또다시 작은 균열을 막은 것이다.

그 여자의 주소를 알아내기란 쉽지 않았다. 이모쿠보 형사를 슬쩍 떠본 끝에 자동차 검사등록사무소에서 차량 소유주를 조회할 수 있다는 사실을 알아낸 부분까지는 순조로웠지만, 그다음부터가 난관이었다. 인터넷으로 절차를 알아보자, 일반인이라면 재판 절차에 필요한 경우 등에만 조회가 가능했던 것이다.

그래서 기사야마는 한 가지 꾀를 냈다. 아는 사람의 차를 빌려 망상증 환자인 우라시마 가즈토시를 들이받은 것이다.

이틀 후, 진료를 위해 찾아온 우라시마에게 MRI 검사동의서에 서명하게 했고, 필적을 흉내 내 가짜 위임장을 만들었다. 그것을 들고 자동차 등록검사사무소를 찾아 소송을 위해 차량 소유자를 알고 싶다고 말하며 승합차 소유주 조회를 요청했다. 기사야마는 몸소 조회 이유를 만듦으로써 등록사무소에서 여성의 신원을 알아낸 것이다.

"그러고 보니 내일, 남자친구가 인사하러 올 거야."

보조제 병의 뚜껑을 열면서 마후유가 아무 일도 아닌 것 같은 말투로 말했다. 아야카는 탄산수를 내뿜더니 화려하게 기침했다.

"언니, 설마……."

"안 생겼어."

마후유가 쓴웃음을 지었다. 아야카는 헛소리처럼 "대박"을 반복했다.

기사야마는 오전 10시부터 세 시간 동안 가가조 경찰서에서 '두더지남' 사건 관련해 참고인 조사를 받은 후, 재규어를 서쪽으로 달려 모나키 산의 불사관으로 향했다.

아버지와 어머니가 절벽에 떨어져 죽은 것은 36년 전의 일이다. 불사관은 그 후 누구의 손길도 닿지 않은 채 너도밤나무숲 속에 가만히 방치된 채다.

2년 전, 어떤 이유로 은신처가 필요해진 기사야마는 34년 만에 불사관을 찾았다. 기와가 벗겨지고 벽돌로 마감한 벽은 거지덩굴에 덮여 있었지만, 다행히 불손한 젊은이들의 놀이터로 전락하지는 않은 듯했다. 발전기와 차단기를 교체하자 불사관은 곧장 숨을 되살렸다.

현관 포치 앞에 재규어를 세우고 시동을 껐다. 트렁크를 열고 빵빵하게 부푼 폴리에스테르제 침낭을 꺼냈다. 순식간에 모기와 파리가 주변으로 날아들었다.

현관문에는 지문인식 도어락이 설치되어 있다. 센서에 문제가 있을 때는 키패드로 비밀번호를 입력할 수도 있지만, 실제로 사용한 적은 없다. 플라스틱 커버를 열고 센서에 엄지손가락을 가져다 댔다. 딸깍. 다시 침낭을 안은 채 기대듯 문을 열었다. 들큼한 방향제 향이 났다.

현관홀에 침낭을 굴렸다. 끈을 당겨 지퍼를 열자, 이즈미의 상한 머리카락이 우수수 삐져나왔다. 침낭이 꽉 차 있는 이유는 시체를 담요로 감싸고 틈새에 방부제를 채워 넣은 탓이다. 혹시라도 트렁크에서 냄새가 새어 나와서 가족에게 들킨다면 되돌릴 방법이 없었다.

팔에 앉은 모기를 찌부러뜨리고는 주머니에서 스마트폰을 꺼내 이쿠타 이쿠히코에게 전화했다.

"안녕하세요! 이쿠타입니다."

자위대원도 귀를 막을 것 같은 목소리였다.

"시끄러워." 한숨을 내쉬며 침낭 옆에 쭈그리고 앉아서 머리카락을 잡아당겨 이즈미의 머리를 꺼냈다.

"너, 시체 같은 냄새가 난다고 병원에서 소문이 돌던데. '일'을 마친 후에는 샤워한 다음에 출근하라고 했지?"

"죄송합니다. 죄송합니다."

가느다란 목소리에 자글자글한 노이즈가 겹쳐졌다.

"새로운 일이 있어. 불사관의 시체를 사흘 안에 처리해줘."

"사흘요?" 목소리가 더욱 오그라들었다. "저기, 저 월요일까지 학회 때문에 히로사키에 있는데요."

"너, 본인의 처지 알고 있어?"

커다란 애꿎살에 모기의 사체를 문질렀다. 탁한 안구가 엉뚱한 곳을 향했다.

"죄송합니다. 죄송합니다. 곧장 돌아가겠습니다……."

화면을 터치해 전화를 끊었다.

이즈미는 며칠 내로 해체되리라. 육체는 산산조각이 나서 까마귀와 쥐의 위장으로, 뼈는 재가 되어 모나키 강으로 사라진다. 이즈미 사키는 이 세상에서 모습을 감춘다.

기사야마가 손을 쓰지는 않는다. 마술 천재였던 아버지가 기구에서 떨어진 것처럼 사람은 반드시 실수를 저지른다. 엄청난 수고가 따르는 시체 처리라면 더욱 그렇다. 위험을 없애려면 다른 사람에게 일을 시키고 그것을 감시하는 측이 되는 것이 최선이다.

이쿠타 이쿠히코는 가가조 의과대학 부속병원 산부인과

에 근무하는 의사다. 증조부 대부터 의사 집안 출신으로, 분가한 쪽까지 포함하면 스물두 명이나 되는 친족이 가가조 의과대학 관련 병원에서 일한다. 그는 자신이 태어났을 때 모친이 양수색전증으로 사망한 것을 계기로 초등학생 무렵부터 산부인과를 지망했다. 지금은 임상과 연구 양쪽 측면에서 가문의 이름에 부끄럽지 않은 실적을 쌓고 있다.

기사야마와는 무관한 이야기지만 명가의 자손에게는 나름의 고충이 있었던 모양이다. 이쿠타를 몰아붙인 것은 친척의 높은 기대와 그에 응하지 못한 자에 대한 용서 없는 조소였다.

"이쿠히코는 정말 착한 아이야."

"의지가 약한 모친 탓에 고생했지."

"형은 3수 끝에 겨우 약사가 됐으니 말이야."

"네 아버지가 너를 반만이라도 닮았다면 좋았을 텐데."

"그래도 이쿠히코만은 정말 착한 아이야."

만에 하나 잘못을 저지르면 자신도 곧장 비웃음거리가 된다. 뛰어난 실력을 갖춘 의사인 이쿠타조차 그런 불안감에서 벗어나지 못했다.

계속해서 우등생으로 있어야 한다는 것을 견디지 못하게 된 걸까. 이쿠타는 서른을 넘겼을 무렵부터 불법 카지노에 빠졌다.

그 이후의 일은 순식간이었다. 반년도 채 되지 않아 수억의 빚을 진 이쿠타는 카지노에서 알게 된 중국인 '쓰샨慈善', 본명 리우 투의 독촉을 받아 불법행위에 손을 물들였다. 처음에는 발주서를 바꿔치기해 여분의 진통제를 빼돌리는 수준이었지만, 쓰샨의 요구는 점차 심해졌다. 거부하면 그동안의 불법행위를 폭로하겠다고 협박했고, 1년 후에는 태아 판매를 강요하기에 이르렀다.

쓰샨이 고안한 방법은 치밀했다. 임신 30주 전후의 임신부에게 인플루엔자나 B형 간염 바이러스의 불활성화 백신이라고 속인 뒤 자궁수축제를 투여해 아기를 조산시킨다. 구급 조치를 취하는 척하며 아기를 격리하고 산소공급 장치가 달린 방음 상자에 넣는다. 임신부에게는 아이를 구하지 못했다고 거짓말하고, 장례 절차를 대행하겠다고 약속한다. 그리고 병원에서 방음 상자를 가지고 나와 쓰샨에게 넘기는 식이다.

5년 전 봄. 논문 초록을 정리한 후 심야에 병원을 나서던 기사야마는 이쿠타와 마주쳤다. 주차장을 두리번거리며 여행용 가방을 끌던 이쿠타는 말라리아 환자도 흘리지 않을 만큼 대량의 식은땀을 흘리고 있었다.

기사야마는 이쿠타를 추궁해 사정을 알아냈다. 이쿠타는 이때까지 일곱 명의 아기를 쓰샨에게 팔아넘긴 상태였다.

기사야마는 쓰샨을 사고로 위장해 죽이는 방법을 제안했고, 이쿠타는 그것을 실행했다.

"선생님 덕에 겨우 지옥에서 빠져나올 수 있었습니다."

이쿠타는 눈물을 흘리며 기사야마에게 감사를 표했지만, 사실은 복종하는 상대가 바뀌었을 뿐이었다.

이즈미의 턱을 잡고 침낭에서 몸을 당겨 꺼내려고 했다. 그런데 무언가 단단한 물건에 걸려서 제대로 되지 않았다. 손을 집어넣어 살펴보자 걸려 있던 것은 브래지어였다.

캐비닛 서랍 속에서 접이식 칼을 꺼냈다. 침낭에 손을 넣어 옷을 찢고 브래지어를 벗겼다. 생각보다 커다란 가슴이 빠져나왔다. 10엔 동전처럼 생긴 유두를 누르며 억지로 상반신을 꺼냈다.

"젠장."

땀을 닦으며 몸을 일으켜 칼날을 아래로 향한 채 접이식 칼을 떨어뜨렸다. 가슴을 노렸지만 쑤욱, 하고 오른쪽 눈에 칼날이 박혔다. 걸쭉한 유리체가 애굣살을 덮었다. 칼의 성능, 이상 무.

캐비닛 서랍에서 킹배트를 꺼냈다. 뚜껑을 열고 한 개비 물고 지포 라이터로 불을 붙였다. 달콤한 연기를 폐에 가득 채웠다.

기사야마가 피우는 것은 담배가 아니다. 담뱃갑과 궐련지 모두 킹배트지만, 내용물은 대마초였다.

대마초의 주성분인 카나비노이드에는 강력한 정신 활성 작용이 있다. 그러면서도 의존성은 낮고 암이나 호흡기 질환의 위험성도 적다. 기사야마는 학창 시절부터 궐련지로 말고 허브로 냄새를 가린 이 대마 담배를 애용했다. 산부인과의 이쿠타를 복종시킨 후에는 대마초 구입부터 궐련지에 싸는 것까지 모두 이 남자에게 시켰다.

후우, 하고 연기를 내뿜었을 때 스마트폰이 진동했다. 홈 화면에 알림이 떴다. '⟨아야카야카⟩가 생방송을 시작했습니다!'

스트리밍 앱인 스내치를 열자, 미라처럼 붕대를 감은 남자가 밤의 공원을 달리고 있었다. 퍼리파리 어쩌고 하는 게임 속 캐릭터, 투명탐정이다. 공원 화장실의 문이 열리고, 머리에 손전등을 매단 남자가 사냥총을 겨누었다. 화면 왼쪽 아래에서는 헤드셋을 착용한 아야카가 "앗!" 하고 외쳤다. "죽겠어!"

기사야마는 밖으로 나가 재규어 조수석에서 태블릿을 꺼내 불사관으로 돌아왔다. 5미터 정도의 짧은 복도를 지나 본관에서 별관으로 향했다.

작은 홀 한복판의 바닥 타일 하나를 옆으로 젖혔다. 발밑으로 몸이 간신히 들어갈 만한 구멍이 나타났다. 지하를 들여다보자 15미터 정도 아래의 작은 침대에 사람이 누워 있는 모습이 보였다.

벽에 내장된 발전기 스위치를 켜고 엘리베이터 문을 열었다. 안으로 들어가 레버를 당겨 지하실로 내려갔다.

이 지하실은 원래 숨겨진 방이었다. 건축 당시에는 벽난로 뒤편에 엘리베이터 문이 숨겨져 있어 난로를 옆으로 밀어야만 엘리베이터에 탈 수 있었다. 이 지하실에 아이들을 불러 마술쇼를 여는 것이 아버지의 꿈 중 하나였다.

하지만 꿈은 이루어지지 않았다. 기구에서 떨어져 중상을 입은 아버지는 기억을 봉인하려는 듯 마술 도구를 지하실로 옮겼다. 그 이후 아버지는 좀처럼 이 방에 접근하지 않았다. 유일하게 이 방에 찾아올 때는 비위에 거슬리는 아들을 지하실에 가둘 때와 며칠 후 그곳에서 아들을 꺼낼 때뿐이었다.

땡, 하고 벨이 울리고 문이 열렸다. 앞서 젖혀둔 바닥 타일, 이쪽에선 바라보면 천창에서 가느다란 빛이 들어왔고, 사방이 5미터 남짓한 방을 희미하게 밝혔다. 벽돌로 마감된 거무스름한 벽에 썩은 바닥판. 공중을 떠다니는 먼지. 바스락거리는 것은 바퀴벌레의 발소리일까.

건너편 침대에서는 페페코가 코를 골고 있었다.

자물쇠가 달린 사물함을 열어 바이알 병과 주사기를 꺼냈다. 바이알 병의 고무마개에 바늘을 꽂고 액체를 빨아올렸다. 침대에 다가가서 페페코의 팔에 바늘을 꽂았다. 최면 진정제인 이소미탈을 정맥에 주입했다. 이것으로 몇 시간은 눈을 뜨지 못할 것이다.

양철통에 주사기를 버렸다. 나체 상태인 페페코를 반듯이 눕힌 후, 아크릴제 욕실 의자를 머리에 씌웠다. 가랑이를 벌리고 상처투성이인 항문에 윤활액을 발랐다.

페페코는 남자였다. 음경과 음낭은 절제 완료. 사실은 성전환 수술을 통해 질과 외음부를 만들고 싶었지만 기술이 부족해서 단념했다. 그렇지만 일주일에 한 번, 이쿠타에게 정강이털을 밀게 하니까 얼굴만 가리면 외모는 여자와 다르지 않다.

머리를 덮은 욕실 의자에 태블릿을 올려놓았다. 스트리밍 앱인 스내치로 〈아야카야카〉의 동영상을 재생하고 동영상의 왼쪽 아래에 있는 아야카의 얼굴을 핀치 아웃으로 확대했다.

흐트러진 옷차림의 '아야카'가 눈앞에 누워 있었다.

바지를 벗고 음경을 '아야카'의 '그곳'에 삽입했다. '아야카'는 겁에 질린 표정으로 비스듬하게 아래쪽을 보고 있었지만, 기사야마가 허리를 크게 흔들자 "앗, 아앗" 하고 신음하기 시작했다. 늘어진 가슴을 손으로 문질렀다. "위험해." 유두를 핥았다. "아, 기분 좋아." '아야카'의 눈동자를 바라보며 음경을 찔렀다.

"아, 죽겠어!"

쾌감에 몸을 맡긴 그 순간, '아야카'의 얼굴이 미끄러져 떨어졌다.

태블릿이 바닥에 떨어지자 투명한 욕실 의자 너머로 멍과 수염으로 뒤덮인 꼴 보기 싫은 얼굴이 나타났다. 페페코

는 다리를 끌어당겨 기사야마의 배를 찼다. 걸쭉해진 양상
추 샌드위치가 입에서 튀어나왔다. 기사야마는 침대에서 굴
러떨어졌다.

"아, 죽었다."

아야카의 아쉬운 목소리. 고개를 들자, 가슴을 흔들며 엘
리베이터로 달려가는 페페코가 보였다. 문이 닫히고 엘리베
이터가 위로 향했다.

기사야마는 입술을 닦고 몸을 일으켰다. 이런 경우를 대비
해서 불사관의 창문과 문은 전부 바깥에서 막아두었다. 문
제는 현관문이다. 기껏 지문인식 도어락을 달아놨지만, 아까
재규어로 태블릿을 가지러 갔을 때 자물쇠를 해제해둔 상태
였다.

"지금 건 피할 수 없는 거였죠?"

엘리베이터가 돌아오기를 기다려 올라탔다. 1층으로 올라
가 짧은 복도를 빠져나와 본관으로 향했다.

현관홀에 페페코의 모습이 보였다. 기사야마가 따라온 것
을 알아채고 돌아본 참에 침낭에 발이 걸려 커다란 가슴을
바닥에 부딪혔다. 페페코는 곧장 몸을 돌려 기사야마를 노
려보더니 이즈미 사키의 오른쪽 눈에 박힌 칼을 뽑았다. 페
페코의 '그곳'에서 윤활제가 흘러내렸다.

"오지 마."

폐 기능이 떨어진 노인 같은 목소리였다. 나이프를 기사야

마에게 겨누고는 뒷걸음질로 현관으로 향했다.

"이걸로 끝이야. 너도, 기키도."

갈라진 입술이 올라갔다. 페페코의 손가락이 문의 손잡이에 닿는 순간 딸깍, 하고 자물쇠가 잠겼다.

"나이스 타이밍." 기사야마는 휘파람을 불었다. "5분간 내버려두면 알아서 잠기거든."

페페코는 욕을 하며 문을 걷어차고는 어설프게 칼을 휘둘렀다. 기사야마는 칼을 피하고는 팔꿈치를 페페코의 명치에 꽂아 넣고 웅크린 틈을 노려 목을 졸랐다. 남아 있는 왼손으로는 얼굴을 움켜쥐었다. 눈과 코에 손가락을 밀어 넣고 세게 쥐어짰다. 울면서 "죄송해요"라고 반복하는 페페코를 밀어서 쓰러뜨린 후, 질질 끌면서 별관으로 옮겼다.

이소미탈을 너무 많이 맞아서 내성이 생긴 모양이다. 다음에는 플루니트라제팜이나 디아제팜을 가져오라고 이쿠타에게 명령해야겠다.

페페코는 과거, 아내 기키의 스토커였다. 집과 사무소는 물론, 드라마 촬영장, 참석 이벤트, 심지어 딸의 학교까지 온갖 장소에 출몰하여 자신을 사랑해달라, 마음을 받아달라고 강요했다. 구깃구깃한 폴로셔츠에서 페페론치노를 먹은 날의 방귀 같은 냄새가 풍겼기에 사무소 관계자들에게 페페코라고 불렸다.

당시의 기키는 7년 만에 출연한 드라마 〈멀티한 멀티〉에서 연기한 사기꾼 역이 호평을 받아 도호쿠 지역의 로컬 방송 출연이 급증한 상황이었다. 기키는 반년 정도 페페코를 무시했지만, 마후유가 다니는 학교에까지 모습을 나타냈다는 사실을 알게 되자 눈물을 흘리며 남편에게 그자의 존재를 털어놓았다.

가족을 지키려면 어떤 균열도 방치해서는 안 된다.

기사야마는 그 시점에서 이미 기키에게 달라붙던 남자 네 명을 죽인 상태였다.

처음에는 평소처럼 남자를 죽이고 시체를 없애면 된다고 생각했다. 하지만 페페코를 미행하며 그가 아르바이트하는 양식당에서 파스타를 볶는 모습을 바라보는 사이에 기사야마는 이 남자에게 획기적인 쓰임새가 있다는 사실을 깨달았다.

페페코는 유난히 가슴이 컸다. 길을 걸을 때마다 프라이팬을 흔들 때마다 두 개의 지방 덩어리가 붕붕 흔들렸다. 그런 데다가 아이처럼 키가 작고 피부도 매끈해서 묘하게 남자들이 좋아할 만한 몸을 가지고 있었다.

이 무렵, 가가조 의과대학 부속병원에서 근무하는 동년배 남자 중 많은 수가 이혼이나 별거라는 아픔을 겪고 있었다. 원인은 하나같았다. 여자다. 어려서부터 돈에 부족함이 없고, 그런 데다가 청소년기 대부분을 공부에 소진한 도련님들은 대개 성욕이 몇 바퀴쯤 비틀려 있었다. 어디서 굴러먹다 온 것인지 알 수 없는 어린 여자에게 홀려서 아내에게 이혼을 당한 외과 의사가 있는가 하면, 재활센터에서 한눈에 반한 70대 여자에게 수면제를 먹여 형사 처벌을 받은 마취과 의사, 잠든 딸의 국부를 찍은 동영상이 인터넷에 유출되어 아내에게 고소를 당한 소아과 의사도 있었다.

기사야마는 그들의 이야기를 들을 때마다 두려움에 떨었다. 나는 가족을 사랑하지만, 그럼에도 성욕은 있다. 언젠가 나도 그들과 같은 실수를 저지를지 모른다. 만에 하나라도 그럴 우려가 있다면 미리 위험 요소를 없애두어야 한다.

불륜을 피하려면 다른 방법으로 성욕을 풀어야 했다. 그때 눈에 띈 것이 페페코였다.

기사야마는 이성애자다. 페페코를 안더라도 윤리적인 문제는 없다. 성적인 대상이 아닌 자와 몸을 섞는 것은 개를 쓰다듬는 것과 같은 일이다.

기사야마는 발전기를 교체해 불사관을 되살린 후, 지하실의 마술 도구를 빈방으로 옮기고 그곳에 페페코를 가두었다. 처음에는 두세 번 놀고 버릴 생각이었지만, 행위를 거듭하는 사이에 죽이기 아까워져서 결국 이쿠타에게 그를 돌보게 했다.

"……잘못했어요. 용서해주세요."

지하실 바닥에 쓰러진 페페코가 구토하면서 신음했다.

가두었던 당시의 페페코는 강아지처럼 혈기 왕성해서 때

때로 기사야마를 공격하기도 하고 의미도 없이 소리를 지르기도 했으며 벽돌로 마감된 벽을 올라 천창으로 탈출을 시도하기도 했다. 하지만 최근 반년 정도는 완전히 얌전해진 상태였기에 저항을 포기하고 자신의 운명을 받아들인 것으로 착각하고 말았다.

이번 일을 통해 바보 같은 짓을 반복하지 않게끔 제대로 뜨거운 맛을 보여줘야만 한다. 기사야마는 침대의 베개에서 베갯잇을 벗겨 페페코의 머리에 씌웠다. 허수아비 같아진 페페코가 퍼흡, 하고 이상한 소리를 냈다. 누런 베갯잇이 검게 물들었다.

양철통에서 이미 사용한 주사기를 꺼내 얼굴이 있는 부분에 바늘을 꽂았다.

"으윽!"

페페코가 꿈틀거렸다. 천에서 바늘을 뽑고 다시 찔렀다. 푸욱. 천에 피가 배어들었다. 푸욱, 푸욱, 푸욱. 피의 면적이 늘어났다.

베갯잇으로 머리를 덮은 것은 목 아래로 피가 튀지 않게끔 하기 위해서였다. '아야카'와 몸을 섞으려는데 사타구니에 피가 묻어 있다면 최악이다.

아니 잠깐, 하고 페페코를 내려다보며 생각했다. 지금까지 안은 횟수는 적어도 백번이 넘는다. 최대한 조심스레 다뤄왔지만 아무리 그래도 여기저기가 삐걱거리고 있다. 피부는 칙칙하고 가슴은 휘어지고 '그곳'에서는 곧장 똥이 새어 나온다. 집에 있는 에어컨처럼 슬슬 바꿔야 할 때일지도 모른다.

퍼흡, 퍼흡.

새빨갛게 물든 천이 상하로 흔들렸다.

"그럼 오늘은 이 정도로 끝낼게요. 여러분, 함께해줘서 고마워요!"

침대 아래에서 〈아야카야카〉의 목소리가 들렸다.

3

오후 9시 45분. 폐점을 15분 앞두고 대로변의 쇼핑몰 버즈에 달려 들어간 기사야마는 2층의 주류매장에서 6캔이 든 대만 맥주 팩을 두 개 샀다.

계단을 내려오려는데 층계참에 서 있는 낯익은 찌푸린 얼굴이 눈에 들어왔다. 절로 발이 멈췄다. 가가조 경찰서의 이모쿠보다.

"……여기에는 이미 없겠지."

계단 아래로 눈을 돌리자 마후유 정도 나이의 여자가 사람의 시선을 피하듯 토트백을 안고 있었다. 치한이라도 만난 걸까. 옆에는 얼굴에 여드름이 난 형사도 보였다.

얼굴을 마주친다고 해서 딱히 문제 될 일은 없었지만, 사람을 범하고 얼굴을 피투성이로 만든 직후에 형사를 만나는 것은 역시 꺼림칙했다. 기사야마는 계단을 되돌아 반대쪽 계단을 통해 1층으로 내려갔다. 뒤쪽 출구를 통해 쇼핑몰을 빠져나와 주차장으로 향했다.

"가슴 어떠신가요?"

평소에는 지나지 않는 뒷골목을 걷다 보니 네온 컬러 팻말을 든 남자가 말을 걸었다. 팻말에는 '섹시 클럽 마니'라고 적혀 있었다. 상가건물의 좁은 계단 위에서 귀에 익은 애틀랜타 베이스의 노래, 〈단팥빵 트립〉이 새어 나오고 있었다.

끌리지 않았다고 하면 거짓말이다. '아야카'와의 행위가 중간에 끝나버린 탓에 기사야마는 사타구니에 좀이 쑤시는 상태였다.

그렇지만 이런 곳에서 성욕을 발산할 수도 없는 노릇이다. 그럴 거라면 어째서 페페코를 만든 것인지 알 수 없게 된다. 맥주가 든 비닐봉지를 고쳐 들고 아무 말 없이 가게 앞을 지나려고 한 그때였다.

"우와아아앗!"

한 남자가 고무공처럼 팅기면서 계단에서 굴러떨어졌다. 머리를 아스팔트에 부딪히는가 싶더니, 몸이 빙글 돌며 기사야마 발밑으로 쓰러졌다. 얼굴을 보자 앞니가 심하게 벌어져 있었다. 이어서 눈썹이 없는 남자가 계단을 내려왔다.

"엉덩이에 든 거 꺼내!"

대답을 기다리지 않고 앞니남의 엉덩이에서 지갑을 꺼내
열었다.

"한 푼도 없잖아!" 지갑을 내팽개치더니 "얼른 돈 뽑아와"
하고 멱살을 잡았다.

"아니, 정말 죄송합니다. 실은 통장도 텅 비었어요."

앞니남은 헤헤, 하고 머리를 긁었다. 이발사가 도중에 깎
을 의욕을 잃은 듯한 헤어스타일이었다.

"부모한테 전화해."

"어, 그게, 저, 고아인데요."

뒤늦게 사태의 심각성을 깨달았는지 앞니남은 무릎을 꿇
고 머리와 양손을 아스팔트에 대고 조아렸다.

"여자든 친구든 동료든 좋아. 얼른 전화해."

"여자 따위 없어요. 학교도 전혀 안 다녔고, 택배 아르바이
트도 잘렸거든요. 이제 정말 외톨이라고 할까."

팻말을 든 남자가 구두 뒤꿈치로 손등을 밟았다. "으악" 하
고 앞니남이 신음했다.

"가슴 만져 놓고 빈털터리라며 돈을 못 낸다니 그런 바보
같은 소리가 어딨어. 버즈에서 할머니 지갑이라도 훔쳐 오
라고."

"너, 몇 살이야?"

눈썹 없는 남자와 팻말을 든 남자가 동시에 기사야마를
바라봤다. 한발 늦게 앞니남이 고개를 들었다. "저요?"

기사야마가 끄덕였다.

"스물하나인데요."

"집은?"

"나고리 시요."

자동차로 한 시간 정도의 거리다.

"증명할 수 있는 거 꺼내봐."

앞니남은 의아한 듯 고개를 갸웃거리면서 피로 물든 손으로 지갑을 주워 학생증을 꺼냈다. 사진은 붙어 있지 않은 학생증이었다. 하루카와 히나타, 1999년 2월 10일생. 주소는 나고리 시 요코테. 나고리 미술전문학교의 시각디자인학과에 다니는 모양이다.

"지금부터 두 시간 동안 내가 시키는 대로 해."

"네?"

"그런다고 약속하면 대신 돈을 내주지."

앞니남은 눈썹을 팔자로 만든 채 멍한 눈으로 기사야마를 바라봤지만, 10초 정도 후에 마음을 정한 것인지 알랑거리듯 양손을 마주 비볐다.

"아저씨, 정말 멋진 사람이네요."

기사야마가 아귀를 맞춰 2만 2천 엔을 지불하자 눈썹 없는 남자는 어딘지 석연치 않은 표정으로 주머니에 양손을 찔러 넣고 계단을 올랐다. 팻말을 든 남자는 손을 휘휘 저으며 지나가는 샐러리맨에게 말을 걸었다. "가슴 어떠신가요?"

"뭘 하면 되나요?" 앞니남은 점원에게 보이지 않는 좁은 골목에 들어서서는 무릎의 흙을 털어내며 기사야마를 바라봤다. "저, 키가 커서 천장 조명 같은 거 같아 끼울 수 있어요. 아니면 그림 모델이라거나."

얼굴도 못생겼지만 머리도 나쁜 듯하다.

"저기에 갈 거야."

기사야마가 '콘셉트 호텔 가네샤'의 간판을 가리키자, 앞니남은 "아아" 하고 긴장된 미소를 보였다.

22년 전 봄. 기사야마가 인턴, 기키가 무명 극단원이었을 무렵, 미팅에서 만난 기키를 어떻게든 안고 싶어진 기사야마는 단골 바에서 그녀에게 레드와인을 잔뜩 먹이고 대로변의 호텔 가네샤로 데리고 가기로 마음먹었다.

날짜가 바뀌기 전까지 마무리 지을 수 있으리라 우습게 여기고 있었지만, 기사야마의 예상은 크게 벗어났다. 기키는 위장이 클 뿐만 아니라 간도 무척 강했다. 아무리 와인을 마셔도 마치 맨정신으로 보일 정도로 멀쩡했다. 그래도 집요하게 술을 계속 먹인 후 마지막에는 안개비를 핑계 삼아 "젖으면 안 되니까"라며 억지로 호텔로 데리고 들어갔다. 싼 티나는 입구를 넘어섰을 무렵에는 이미 하늘이 밝아오기 시작한 상태였다.

겨우 손에 넣은 열매를 앞에 두고 기사야마의 가슴이 크게 두근거렸다는 사실은 말할 필요도 없다. 하지만 프런트에서 받아 든 룸키로 문을 연 순간, 눈꺼풀이 무거워 보이던 기키가 눈을 반짝거리며 "뭐야, 이게?"라고 중얼거렸다.

크림색 인테리어에 의료용 파이프 침대. 그 옆에는 심전도 모니터와 수액 스탠드. 천장에는 커튼레일마저 달려 있었다. 그곳은 어찌 된 일인지 병실 풍의 방이었다.

기사야마가 햇병아리 의사라는 점은 기키도 알고 있었다. 자기가 하려는 행동은 학교처럼 꾸민 유흥업소에 출입하는 교사 같은 짓이다. 도대체 얼마나 욕구 불만인 거야? 하고 질렸을 것이 분명했다.

기키가 샤워를 하는 사이, 기사야마는 심히 답답한 기분으로 천장의 형광등을 바라봤다. 할 거라면 얼른 하고 싶지만, 하지 않을 거라면 바로 나가줬으면 좋겠다. 괴로워하며 담뱃갑을 손안에 굴렸다.

몇 분 후, 샤워실에서 나온 기키는 베이지 가운의 허리끈을 꽉 조이고 가슴 부분이 가려지도록 옷깃을 단단히 여민 상태였다.

"비, 이제 그쳤으려나?"

장난스러운 미소를 보이더니 어째선지 하얀 옷을 내밀었다.

"옷, 젖었지? 갈아입을 옷 가져왔어."

그렇게 말하며 양손으로 펼친 것은 코스프레용 의사 가운이었다.

도대체 무슨 일인가. 이 여자는 아직 내게 정나미가 떨어지지 않았다. 그러기는커녕 역할극에도 응할 생각인가 보다.

기사야마는 애간장이 탄 나머지 기키를 끌어안으려고 했다. 그런데……

"우에에엑."

몇 시간 늦게 드디어 술기운이 돈 것이리라. 기키는 크림색 바닥에 쭈그려 앉은 채 살면서 한 번도 본 적 없을 정도로 많은 양을 토했다.

……그게 몇 호실이었더라.

샤워실에서 땀을 씻어낸 후 대만 맥주가 든 비닐봉지를 들고 방을 나섰다. 룸키를 보자 앞니남을 데리고 온 곳은 205호실이었다.

옆방 문에는 203이라고 적혀 있었다. 4를 건너뛴 것은 길흉을 따지기 때문인가. 천벌을 받을 것 같은 방만 만들어 놓고 길흉을 따지는 것도 이상하다.

기사야마와 앞니남이 이용한 205호실은 절의 본당 같은 객실이었다. 여전히 쓸데없는 곳까지 디테일에 신경을 썼고, 육각 단상에 앉은 약사여래 앞에는 향로와 목탁까지 놓여 있었다. 벽의 화두창이 종이로 된 가짜라는 점에는 맥이 빠졌지만, 이것만은 어쩔 수 없었으리라. 모텔 객실에 커다란 창문을 만들 수도 없는 노릇이다.

앞니남과의 행위는 꽤 기분 좋았다. 한 차례 일을 마친 후 만 엔을 건네자 앞니남은 "당신은 신 같은 분이군요"라며 기사야마를 칭송하며 음경을 빼고는 "언제든 불러주세요"라며 메모패드에 연락처를 적은 후 춤을 추듯 방을 나갔다.

그 남자를 다음 '아야카'로 만들어도 좋을지 모른다. 꼴사나운 얼굴에는 신물이 넘어오지만 '아야카'와 몸을 섞을 때는 얼굴을 가리니 문제 되지 않는다. 음경을 자르고 가슴에 실리콘을 채워 넣으면 꽤 좋은 여자가 될 것 같다. 가족도 친구도 없다고 했으니 감금하기에도 제격이다.

"기사야마 씨?"

저도 모르게 미소를 지으며 엘리베이터 버튼을 누른 그때 익숙한 목소리가 들렸다.

"오랜만이네요. 출장 마사지 받고 돌아가시는 길인가요? 부럽네요."

실버 액세서리를 짤랑거리며 복도를 걸어온 것은 마약 딜러인 에덴이었다.

슬슬 서른을 넘겼을까. 눈, 코, 입이 전부 크고 발랄한 소년 같은 얼굴의 남자다. 그런데도 20년 전 남성 패션지의 행운 아이템을 전부 몸에 단 것처럼 정신 사나운 차림새인 탓에 어딘가의 의식에서 빠져나온 주술사처럼 보였다.

"걱정하지 마세요. 부인께는 말하지 않을 테니까요."

낄낄 웃으며 오른손을 흔들었다. 손가락 한가운데, 중지골 부근에 E, D, E, N이라고 탄식이 절로 나오는 타투가 새겨져 있었다.

"이런 곳에서 거래하는 건가?"

에덴은 짤랑, 하고 고개를 끄덕였다.

"여기, 관할하는 조직이 없거든요. 그 녀석들, 허세로 가득 차서 이런 부끄러운 호텔은 쓰지 않으니까요."

에덴은 조직폭력배 같은 단체의 휘하가 아니라 독자적인 루트로 해외에서 가져온 대마초나 환각제, 향정신성의약품 등을 팔아 치우고 있다.

이름도 외모도 멀쩡하지 않지만, 실은 이 남자, 13세까지 아역으로 활약한 적이 있었다. 고아 소년 역을 열연한 후지야마 TV의 드라마 〈에덴의 동쪽〉은 30퍼센트가 넘는 높은 시청률을 기록했고, 엔딩 테마곡인 〈낙원을 찾아서〉에서 선보인 성인 못지않은 가창력도 화제를 불렀다. 하지만 최종회 방송이 끝나고 열흘 후, 게스트로 출연한 와이드쇼 녹화 도중 "기분 나빠"라고 중얼거리고 스튜디오에서 나가버렸다. 그리고 그대로 연예계를 은퇴했다.

자신의 과거를 받아들이기 힘들었던 걸까. 에덴은 세상에 알려진 외모를 바꾸고자 피부라는 피부에는 전부 타투를 새겼고 코를 뚫어 금속을 매달고 다녔다. 마약을 팔기 시작한 것도 효율적으로 타투를 새길 비용을 마련하기 위해서라고 한다.

"새로운 그림을 그린 건가?"

세 번째 단추까지 열린 셔츠에서 본 적 없는 뱀이 얼굴을 내보였다. 에덴에게 대마초를 구매한 지 어느덧 10년 정도 됐지만, 최근에는 이쿠타에게 대리 구매를 시키고 있었기에 얼굴을 마주하는 것은 오랜만이었다.

"네. 비단구렁이예요." 에덴이 'E' 손가락으로 셔츠를 펼쳤다. "뱀은 재생과 번영의 상징이라더군요. 탈피를 반복해서 커지기 때문이죠."

"그림 하나로 과장이 심하군."

"그 그림이랑 죽을 때까지 함께하는 거니까요. 애인처럼 싫증 난다고 버릴 수 있는 것도 아니잖아요. 피부에 새겨진 것에는 반드시 큰 의미가 있어요."

진지한 얼굴로 말하더니 부끄러움을 숨기려는 듯 갑자기 큰 목소리를 냈다.

"맞다. 엄청난 거 들어왔어요. 시스마라고 하는데, 들어본 적 있으세요?"

에덴은 복도에 사람이 없는 것을 확인한 후 크로스백을 열었다. 'E'와 'D'의 손가락으로 꺼낸 것은 비닐 케이스에 든 10밀리그램 앰플이었다.

시스마. 들어본 적 없다. 은어일까. 라벨에는 작게 한글로 보이는 글자가 적혀 있었다.

"기묘한 약이라서요. 반드시 효과가 나타나는 건 아니에요. 작용할 확률이 정확히 50퍼센트. 열 명 중 다섯 명은 맞아도 아무 일도 일어나지 않아요."

기사야마는 쓴웃음을 지었다. 동물은 프로그램이 아니다. 정확히 50퍼센트의 확률로 약제가 작용하는 일은 있을 수 없다.

"그 대신, 약효가 발휘되면 엄청난 효과가 나죠. 어떤 남자는 시스마를 맞고 몇 시간 후 자신의 머리통을 쪼개고 뇌를 빼내어 죽었다더군요. 너무 큰 쾌락에 더는 살아도 의미가 없다고 느꼈다던가."

에덴은 'E'의 손가락으로 미간을 가리켰다.

"그런 이상한 물건을 어디에서 구한 거야?"

"영업비밀이에요."

"사기당한 거 아니야?"

기사야마는 코웃음을 쳤다.

"역시 그렇게 생각하시나요?"

에덴은 어깨를 떨구더니 둘로 갈라진 혀를 날름 내밀었다.

"정말로 효과가 있는지는 저도 몰라요. 제가 직접 테스트해볼 수도 없고요. 죽어도 좋다며 시도해볼 사람이 있으면 좋을 텐데."

문득 뇌리에 엉망진창이 된 페페코가 떠올랐다. 앞니남을 제2의 '아야카'로 삼는다면 그 스토커는 더는 쓸모가 없다. 죽이기 전에 임상실험을 해보는 것도 나쁘지 않으리라.

"그거 얼마야?"

에덴이 눈을 동그랗게 떴다.

"만 엔만 주세요."

"두 개 줘."

에덴은 좋았어! 하고 손뼉을 쳤다.

정말로 50퍼센트의 확률로 작용한다면 두 개 맞았을 때 효과가 나타날 확률은 $1/2+(1/2)^2$로 75퍼센트다. 놀이로는 충분하다.

"매번 감사합니다."

앰플은 두 개. 만 엔짜리 지폐 두 장과 바꾼 참에 202호실의 문이 살짝 열렸다. 구찌 코트를 입은 여자가 에덴을 보더니 기다리다 지친 기색으로 한숨을 내쉬었다.

"아, 뇌가 나오지 않았다고 해서 클레임 거시면 안 돼요."

에덴은 서둘러 크로스백 지퍼를 닫더니 거래 상대가 기다리는 방으로 달려갔다.

4

기사야마 가의 아침은 바쁘다.

하지만 이날, 8월 30일은 평소와는 비교가 되지 않을 정도로 정신없었다.

낮 12시 50분. 평소보다 정성껏 수염을 깎고 옥스퍼드 셔츠 옷깃을 정돈한 후 거실로 나가니, 화이트와인으로 찐 와규 안심 스테이크의 향긋한 향이 거실에 가득했다.

"아야카, TV 꺼. 아빠, 현관에 있는 가족사진, 부끄러우니까 숨겨줘. 엄마, 연예계의 고생담 같은 건 필요 없으니까."

평소 같지 않게 어른스러운 볼 체인 목걸이를 한 마후유가 구강청결제로 입을 헹구며 슈퍼 효로린과 스즈날 용기를 찬장 깊숙이 밀어 넣었다.

"본인도 다른 사람을 도구처럼 쓰면서." 불평하며 TV를 끄려던 아야카가, "아, 언니. 오늘 처녀자리는 무리해서 앞으로 나아가려고 하면 후회할지도 모른대" 하며 복수하듯 언니를 놀렸다. 덩달아서 TV를 보자, 산양자리는 8위. 럭키 아이템은 '새로운 신발'이었다.

"넌 죽을 때까지 점쟁이들 말이나 믿으셔."

마후유가 동생에게서 리모컨을 빼앗아 TV를 끄고 서랍에 던져 넣었다. 기키가 테이블의 스테이크에 마늘 글라세를 곁들였을 때 마후유의 스마트폰이 부르르 진동했다.

"하루, 역에 도착했대. 가서 데리고 올게."

마후유가 꿀꺽, 목을 울리고는 서둘러 현관으로 향했다.

"도착하면 초인종 눌러."

기키가 셔츠 아래로 손을 집어넣어 코르셋의 후크를 조이면서 외쳤다. 딸깍, 쾅. 기사야마는 차갑게 식혀 둔 대만 맥주를 테이블에 놓았다. 아야카는 거울 앞에서 그을린 피부

124

껍질을 벗겨냈다.

"오늘, 아르바이트는?"

"당연히 쉬어야지. 술에 취한 사람들을 상대하고 있을 때가 아니잖아."

아야카답지 않은 말을 하자 허리춤이 잘록해진 기키가 괴로운 듯 웃었다.

마후유가 가족사진을 치우라고 한 것이 생각나 현관으로 향했다. 액자에 들어 있는 사진은 작년 네 식구가 뉴욕 여행을 갔을 때 스태튼 섬에서 찍은 것이다.

기키와 결혼한 지 20년. 사랑하는 가족이 새로운 형태로 바뀌려 한다. 자신은 최고의 가정을 이루었고, 이날까지 그것을 지켜 왔다.

뿌듯한 기분으로 액자를 떼고, 장식대 위의 수납장으로 손을 뻗었다. 문을 열자, 기사야마가 지난달에 산 페라가모 신발이 떨어져 내렸다. 순간적으로 액자에서 손을 떼고 양손으로 신발 밑창을 잡았다. 액자가 바닥으로 떨어지며 방향제 병을 쓰러뜨렸다. 서둘러 병을 세우려다 무릎이 부딪혀 알로에 화분이 쓰러졌다. 호쾌한 소리를 내며 부엽토가 바닥으로 쏟아졌다.

취객이 난동을 부린 듯한 현관을 바라보며 기사야마는 헛웃음이 나왔다. 화분을 일으켜 세우고 액자와 신발을 수납장에 넣었다. 럭키 아이템은 새로운 신발이라더니, 이 무슨 엉터리 점쾌인가.

적신 손수건으로 흙과 아로마 오일이 뒤섞인 것을 닦는데 인터폰이 울렸다. 문의 반투명 유리 건너편에 짙은 회색 양복이 보였다. 시각은 오후 1시 정각이었다.

손수건을 엉덩이 주머니에 쑤셔 넣었을 때, 기키와 아야카가 빠른 걸음으로 다가왔다. 긴장된 얼굴로 문 앞 매트에 나란히 섰다.

"어디서 흙냄새 나지 않아?"

아야카의 날카로운 한마디를 흘려넘기며 기사야마는 문을 열었다.

"안녕하세요."

정장남이 깊게 고개를 숙였다.

"가, 가가미라고 합니다. 처음 뵙겠습니다."

남자는 부자연스럽게 커다란 목소리로 말하더니 천천히 고개를 들었다.

기사야마는 죽을 때까지 그 순간을 잊지 못하리라.

"……어라?"

남자는 기사야마를 바라보더니 입을 멍하니 벌려 벌어진 앞니를 드러냈다.

"어제, 만 엔 주신 아저씨 아닌가요?"

빠른 말투로 말하다가 앗, 하고 얼굴을 굳혔다.

"……무슨 말이야?"

마후유가 아버지와 남자친구 사이에서 시선을 왕복했다.

무슨 일이 벌어지고 있는지 알 수 없었다.

만에 하나 이런 일이 없도록 남자를 호텔로 데리고 가기 전에 일부러 학생증을 확인했다. 이 남자는 하루카와 히나타. 나고리 미술전문학교의 시각디자인학과에 다니며 나고리 시에 거주하는 21세였을 텐데.

"아, 저기에 있는 거, 혹시 어제의 대만 맥주인가요?"

남자는 현관에 몸을 집어넣고 거실을 들여다봤다.

"택배 아르바이트를 해서 패키지 같은 거 잘 기억하거든요. 저 버즈의 비닐봉지, 가네샤 객실의 현관에 놓여 있던 거 맞죠?"

피가 거꾸로 솟았다.

얼버무릴 생각이 없는 건가, 아니면 그저 멍청이인가.

"……가네샤라면, 그 병원 같은 방이 있던 호텔?"

기키도 그 단어를 기억했다. 둘이서 방문한 것은 22년 전이지만, 그 방은 그렇게 쉽게 잊을 리 없다.

"아하. 설마 제가 정말로 애인도 없는 고아라고 생각하셨나요?" 남자는 잇몸을 드러내며 웃기 시작했다. "그런 무섭게 생긴 눈썹 없는 아저씨한테 사실을 말할 수는 없잖아요."

그럼 그 학생증은? 하고 물으려다가 쇼핑몰 계단에서 본 광경이 뇌리에 되살아났다. 찌푸린 얼굴로 피해자에게 이야기를 듣던 형사들. 토트백을 안은 젊은 여성.

이 녀석은 진짜배기 쓰레기다. 돈도 없이 여자의 가슴을 만지고, 돈 때문에 남자의 음경을 빨고, 게다가 쇼핑몰에서 소매치기까지 했을 줄이야.

"무슨 말이야?" 마후유가 올 것 같은 얼굴로 중얼거렸다. "아빠랑 하루가 호텔에 간 거야?"

맥없이 풀썩 바닥에 주저앉았다.

"무슨 일인지 설명해."

말이 나오지 않는 어머니를 보다 못한 아야카가 차갑게 말했다.

작은 균열조차 없던 완벽한 가족이 단번에 산산조각이 나는 소리가 들렸다.

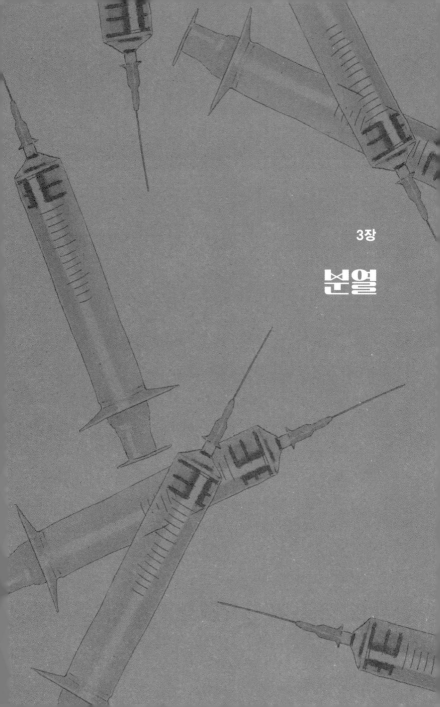

3장

분열

1

쿵⋯⋯. 스르륵.

그런 소리에 잠에서 깼다.

온몸이 땀에 젖어 있었다. 불과 몇 초 전까지 끔찍한 악몽을 꾸고 있었는데 그것이 어떤 꿈이었는지 기억나지 않는다. 불쾌한 감각만이 가슴에 남아 있다.

눈꺼풀을 열었다. 눈에 비치는 것은 달라지지 않는다. 그곳은 완전한 암흑이었다. 엉덩이 아래로 바닥이 있다는 것 외에 알 수 있는 거라곤 아무것도 없었다.

쿵⋯⋯. 스르륵.

소리는 머리 위에서 울려 퍼졌다. 아까보다 조금 커진 상태였다.

이 소리에는 익숙했다. 먼저 왼발을 앞으로 내디디고 오른

발을 끌어당긴다. 아버지의 발소리다. 기구에서 낙하해서 소뇌를 다친 아버지는 퇴원 후 똑바로 걷지도 못하게 되었다.

쿵……. 스르륵.

이곳은 불사관 지하실이리라. 아버지는 집 안에서도 휠체어를 사용한다. 자신의 발로 걷는 것은 지하실이 있는 별관에 올 때뿐. 복도 입구와 출구에 단차가 있기에 휠체어를 쓰지 못하기 때문이다.

쿵……. 스르륵.

아버지는 기분이 나빠지면 때때로 아들을 지하실에 가두곤 했다. 1층의 발전기를 끄면 지하실에서는 엘리베이터를 움직일 수 없다. 게다가 바닥 타일을 막으면 지하실은 완전한 암흑이 된다. 사흘 밤낮, 먹지도 마시지도 못한 채 어둠 속에서 무릎을 안고 있던 적도 있었다.

쿵……. 스르륵.

더욱 소리가 커지더니 갑자기 소리가 멈췄다. 아버지가 별관에 도착한 모양이다.

드디어 이곳에서 나갈 수 있을까. 암흑 속에서 일어서다 문득 숨을 멈췄다.

그럴 리가 없다. 아버지는 이누지니 절벽에서 떨어져서 죽었다.

그렇다면 누가 찾아온 걸까.

엘리베이터가 내려오는 소리. 문이 열리고 주황빛이 망막을 뚫고 들어왔다. 기사야마는 양손을 내밀었다.

"무슨 일인지 설명해."

손가락 사이로 아야카가 차갑게 내뱉는 모습이 보였다.

눈을 뜨자 집은 텅 비어 있었다.

통유리로 들어오는 햇살이 먼지 하나 없는 바닥을 비췄다. 테이블에는 딱딱하게 굳은 스테이크가 다섯 개. TV도 탄산수 메이커도 알로에 화분도 그대로인데 가족만이 사라졌다.

아버지와 남자친구의 대화를 듣고 둘 사이에 일어난 일을 짐작했으리라. 마후유는 남자친구를 집에서 쫓아내더니 "죽어버려", "기분 나빠", "말도 안 돼", "정말로 죽어버려"라고 말한 후에 갑자기 현관에 주저앉아 목이 떠나갈 정도로 오열했다.

"아빠가 나가거나 우리가 나가거나. 둘 중 하나밖에 없어."

어머니를 대신해서 단호하게 내뱉은 것은 아야카였다. 히시오가마 시에 있는 외갓집에 연락해서 자신들이 그곳에 머물러도 되냐고 부탁한 것도 그녀였다.

"줄곧 알고 있었던 것 같아."

집을 나설 때, 볼로 흘러내린 아이섀도를 닦으며 기키가 말했다.

"이런 행복한 생활, 꿈은 아닐까 몇 번이고 생각했어. 역시 진짜가 아니었네."

기키는 작별 인사도 없이 딸들을 데리고 집을 떠났다.

기사야마는 혼자가 되었다.

단 한 번의 실수. 그것도 그 앞니남의 말을 그대로 믿은 탓에 모든 것을 잃게 되었다.

분풀이로 그 남자를 죽여버릴까. 혀를 뽑고 눈알을 뽑아내서 경솔하게 내뱉은 말을 후회하게 해줄까.

쓸데없는 짓이다.

무슨 짓을 해도 가족은 돌아오지 않는다. 부모처럼 나도 절벽에서 몸을 던질까. 깔끔하게 목을 매달까. 아니면 각성제라도 사서 과다복용해버릴까……

문득 주머니에 넣어뒀던 앰플이 생각났다. 시스마.

마약 딜러인 에덴에 따르면 그 약은 절반의 확률로 사용자에게 엄청난 쾌락을 안겨준다고 했다. 과거에 그 약을 맞은 남자는 너무 큰 쾌락에 삶의 의미를 잃고 스스로의 머리를 쪼개고 뇌를 끄집어내서 목숨을 끊었다고 했다.

비닐 케이스에서 앰플을 꺼내 투명한 액체를 바라봤다. 만약 에덴의 말이 사실이라면? 극상의 쾌락을 맛본 후에 목숨까지 앗아가준다면 지금의 나에게는 더할 나위 없는 것 아닐까.

페페코를 감금 중인 불사관 지하실에 최면진정제를 놓기 위한 주사기가 있다. 기사야마는 재규어를 달려 모나키 산으로 향했다.

불사관에 도착했을 때는 하늘이 주황색으로 물들고 그림자처럼 능선이 기와지붕을 내려다보고 있었다. 시각은 오후 5시 40분. 지문인식 도어락을 열고 현관홀로 들어섰다.

이즈미의 상반신이 바닥의 침낭에서 삐져나와 있었다. 구더기 몇 마리가 오른쪽 눈의 상처를 드나들었다. 이쿠타에게 처리하라고 시켰지만 아직 히로사키에서 돌아오지 않은 모양이다. 정수리를 발로 차서 침낭 안으로 이즈미의 몸을 밀어 넣었다.

복도를 통해 별관으로 가서 바닥의 타일을 젖혔다. 엘리베이터로 지하실로 내려가자, 천창으로 들어오는 빛이 페페코를 비췄다. 어제와 마찬가지로 피투성이인 베갯잇을 뒤집어쓴 채 바닥에 뻗어 있었다. 죽은 건가 싶었는데 퍼흡, 하고 베갯잇이 부풀었다.

대마 담배를 물고 지포 라이터로 불을 붙였다. 이것이 인생 마지막 한 모금이 될지도 모른다. 그렇게 생각하자 연기가 가슴에 스며들었다. 필터 근처까지 잎을 태우며 폐를 가득 채운 후 꽁초를 양철통에 던져 넣었다.

사물함의 자물쇠를 열고 주사기를 꺼냈다. 앰플 뚜껑을 비틀어 열고 바늘을 안에 찔러넣었다. 실린더를 당겨 액체를 빨아들였다.

갑자기 정신이 번쩍 들었다.

나는 에덴의 말을 믿나? 물론 아니다. 설령 자신의 머리를 쪼개는 환각은 볼 수 있다고 해도 정말로 뇌를 끄집어낼 리는 없다. 나는 그저 죽음을 뒤로 미루고 있을 뿐이다. 그런데도 이 무슨 감상에 젖어 있단 말인가.

자신의 뻔뻔함에 어이없어하면서 왼쪽 팔에 바늘을 꽂았다. 엄지손가락으로 밀대를 눌렀다. 날카로운 아픔에 어깨가 떨렸다. 주사기가 텅 빈 것을 확인하고 바늘을 뽑았다.

손목시계는 5시 50분을 가리켰다. 10초, 20초, 30초……. 1분이 지나도 예상대로 아무 일도 일어나지 않았다.

약효가 없는 50퍼센트를 뽑은 걸까. 아니면 애초에 약효 따위 존재하지 않는 걸까. 물론 후자일 테지만, 어쩌면 전자일지도 모른다는 생각이 드는 점이 대단하다.

텅 빈 주사기와 앰플을 양철통에 던져넣으려다가 문득 위화감이 느껴졌다.

무언가 이상하다.

사물함. 침대. 베개. 페페코. 양철통. 바닥판. 바퀴벌레. 벽의 벽돌. 천창. 모든 사물의 선명도가 크게 높아진 것 같았다. 액정 TV가 유기 EL 디스플레이로 바뀐 것처럼 세상이 더 또렷해졌다.

어느새 가슴이 격렬하게 뛰고 있었다. 어머니를 이누지니 절벽으로 떨어뜨렸을 때, 해부 실습에서 시체의 가슴에 메스를 꽂았을 때, 혹은 기키를 따라다니던 남자를 처음으로 목 졸라 죽였을 때의 감각과도 비슷했다.

갑자기 현기증이 느껴졌다. 뇌가 가렵다. 바닥에 손을 대고 위액을 토했다. 장이 요동쳤다.

심호흡하면서 고개를 들자 바닥의 페페코가 둘로 나뉘어 있었다.

끈적거리는 손으로 눈꺼풀을 비볐다. 눈의 초점이 흐려진 걸까. 하지만 아무리 눈을 깜박여도 페페코가 줄어들지 않는다. 퍼흡, 퍼흡, 하는 콧김 소리도 두 개가 겹쳐서 들렸다.

"조금 전에 하던 이야기 말인데."

마후유가 말했다. 자택의 거실이었다.

"만나줬으면 하는 사람이 있어."

그건 뭐 괜찮은데.

너, 설마.

"그런 거 아니거든!"

마후유가 쓴웃음을 지었다.

"그저 투어가 시작되면 바빠질 테고 테고, 그전에 그전에 제대로 제대로 소개하고 소개하고 싶은 싶은 싶은 싶은."

무이 씨에겐 말했어?

"물론이지. 아이돌도 아니고, 진지하게 사귀는 거라면 상관없대."

"물론이지. 아이돌도 아니고, 진지하게 사귀는 거라면 상관없대."

마후유가 늘어났다.

"너무 무서운 표정은 짓지 마."

"너무 무서운 표정은 짓지 마."

"하루 하루 하루 하루 하루, 긴긴장장장장할할할할 테테테테테테니까까까까까까."

"하루 하루 하루 하루 하루, 긴긴장장장장할할할할 테테테테테테니까까까까까까."

환각? 아니다.

"저는 그게 빙산의 일각에 불과하다고 생각해요."

"저는 그게 빙산의 일각에 불과하다고 생각해요."

"지난 주말에 애인이랑 바다에 갔다 왔거든요."

"지난 주말에 애인이랑 바다에 갔다 왔거든요."

"경찰은 악마를 이기지 못하니까요."

"경찰은 악마를 이기지 못하니까요."

"지금은 쇼와 시대가 아니야."

"지금은 쇼와 시대가 아니야."

"팬 티셔츠 갖고 싶어."

"팬 티셔츠 갖고 싶어."

"난 네 도구가 아니거든?"

"난 네 도구가 아니거든?"

"난 네 도구가 아니라니까."

"난 네 도구가 아니라니까."

"이런 행복한 생활, 꿈은 아닐까 몇 번이고 생각했어."

"이런 행복한 생활, 꿈은 아닐까 몇 번이고 생각했어."
"이런 행복한 생활, 꿈은 아닐까 몇 번이고 생각했어."
"이런 행복한 생활, 꿈은 아닐까 몇 번이고 생각했어."
이것이야말로 현실.
세상의 진짜 모습이다.
"역시 진짜가 아니었네."
현실이 폭발한다.

2

기사야마 가의 아침은 바쁘다.

하지만 이날, 8월 30일은 평소와는 비교가 되지 않을 정도로 정신없었다.

낮 12시 50분. 평소보다 정성껏 수염을 깎고 옥스퍼드 셔츠 옷깃을 정돈한 후 거실로 나가니, 화이트와인으로 찐 와규 안심 스테이크의 향긋한 향이 거실에 가득했다.

"아야카, TV 꺼. 아빠, 현관에 있는 가족사진, 부끄러우니까 숨겨줘. 엄마, 연예계의 고생담 같은 건 필요 없으니까."

평소 같지 않게 어른스러운 볼 체인 목걸이를 한 마후유가 구강청결제로 입을 헹구며 슈퍼 효로린과 스즈날 용기를 찬장 깊숙이 밀어 넣었다.

"본인도 다른 사람을 도구처럼 쓰면서." 불평하며 TV를 끄려던 아야카가, "아, 언니. 오늘 처녀자리는 무리해서 앞으로 나아가려고 하면 후회할지도 모른대" 하며 복수하듯 언니를 놀렸다. 덩달아서 TV를 보자, 산양자리는 8위. 럭키 아이템은 '새로운 신발'이었다.

"넌 죽을 때까지 점쟁이들 말이나 믿으셔."

마후유가 동생에게서 리모컨을 빼앗아 TV를 끄고 서랍에 던져 넣었다. 기키가 테이블의 스테이크에 마늘 글라세를 곁들였을 때 마후유의 스마트폰이 부르르 진동했다.

"하루, 역에 도착했대. 가서 데리고 올게."

마후유가 꿀꺽, 목을 울리고는 서둘러 현관으로 향했다.

"도착하면 초인종 눌러."

기키가 셔츠 아래로 손을 집어넣어 코르셋의 후크를 조이면서 외쳤다. 딸깍, 쾅. 기사야마는 차갑게 식혀 둔 대만 맥주를 테이블에 놓았다. 아야카는 거울 앞에서 그을린 피부 껍질을 벗겨냈다.

"오늘, 아르바이트는?"

그렇게 묻고 묘한 위화감을 느꼈다.

나는 딸이 다음에 할 말을 알고 있다.

당연히⋯⋯⋯⋯⋯⋯술에 취한⋯⋯⋯⋯⋯⋯⋯⋯⋯있을 때가 아니잖아⋯⋯.

"당연히 쉬어야지. 술에 취한 사람들을 상대하고 있을 때가 아니잖아."

아야카에게서 눈을 돌리고 "그렇구나"라고 건성으로 대답했다. 도망치듯 현관으로 향해 장식장에 손을 얹고 심호흡했다.

뭐야, 이게. 데자뷔치고는 너무 구체적이다.

익숙한 현관문이 눈에 들어온 순간, 갑자기 숨을 쉴 수 없게 되었다.

나는 앞으로 일어날 일을 알고 있다.

인터폰이 울린다. 문을 연다. 마후유의 남자친구가 고개를 숙인다. "가, 가가미라고 합니다. 처음 뵙겠습니다." 남자는 기사야마를 보고 입을 쩍 벌린다. "어제, 만 엔 주신 아저씨 아닌가요?"

그럴 리 없다. 이것은 악몽이다. 아니, 나는 망상에 휩싸여 있는 걸까. 곰 사냥꾼이 곰에게 사냥당하듯, 정신과 의사가 정신병을 앓게 된 걸까.

손수건으로 식은땀을 닦고 천천히 숨을 내쉬었다. 마후유가 가족사진을 치우라고 한 것이 생각났다. 액자를 떼고, 장식대 위의 수납장으로 손을 뻗······.

몇 초 후에 벌어질 일이 확실히 떠올랐다.

수납장 문을 열면 신발이 떨어진다. 액자가 바닥에 떨어진다. 방향제 병이 쓰러지고 알로에 화분에서 부엽토가 쏟아진다. 기사야마는 TV의 엉터리 점괘에 욕을 한다.

틀림없다. 내게는 미래의 기억이 있다.

땀이 멈추지 않아서 매달리듯 대마 담배를 물고는 지포 라이터로 불을 붙였다. 폐로 연기를 들이마시며 필사적으로 두근거림을 가라앉혔다.

대마 담배를 입에 문 채 양손을 들어 올려 신중하게 수납장 문을 열었다. 떨어질 뻔한 신발을 받쳐서 그대로 안쪽으로 다시 집어넣었다. 5초, 10초, 기다려도 신발은 떨어지지 않는다. 방향제 병도 화분도 꿈쩍도 하지 않는다.

미래의 기억은 잘못된 것인가?

아니다. 기사야마가 기억과 다른 행동을 취함으로써 세상이 달라진 것이다.

미래는 바꿀 수 있다.

그렇다면 내가 해야 할 일은 하나뿐이다. 그 쓰레기 같은 앞나남, 가가미 하루가 이곳에 찾아오는 것을 막는다. 그리고 미래의 가족에게 벌어질 균열을 미리 제거한다.

마후유와 하루는 지금 이 집을 향하고 있다. 손목시계를 보자 시각은 낮 12시 55분. 인터폰이 울린 것이 오후 1시 정각이었으니 앞으로 5분 안에 무언가 수를 써야만 한다.

두 대째 대마에 불을 붙였다. 필터를 물고 미간을 강하게 눌렀다.

인터폰 너머로 트집을 잡아 하루를 쫓아낼까. 하지만 환영한다고 선언해놓고는 얼굴도 마주하지 않고 손바닥을 뒤집듯 행동하는 것은 이상하게 여겨지리라.

몸이 안 좋다고 말하고 침실에 틀어박힐까. 공교롭게도 기사야마는 흠잡을 데 없을 정도로 건강한 몸이다. 가족도 그 것을 알고 있다. 더군다나 어떻게든 가족을 속인다고 해도 누군가 구급차라도 부르는 소동이 벌어지면 본말전도다.

두 눈을 감고 천천히 연기를 내뿜었다.

기사야마는 기키의 스토커를 비롯해 가족에게 해를 끼치려던 자를 몇 번이나 제거했다. 지금 해야 할 일도 다르지 않다.

"병원에서 전화가 왔어. 미안하지만 먼저 인사 좀 나누고 있어."

거실에 얼굴을 내밀고 손으로 미안하다는 제스처를 취한 후 곧장 복도로 물러났다. "어?"라고 중얼거리는 아야카를 무시하고 계단을 올랐다. 서재의 금고를 열고 재규어 열쇠를 꺼냈다. 창문을 통해 차고 지붕으로 뛰어내려 뒷마당으로 내려섰다.

차고에 들어가 재규어의 잠금을 해제했다. 두꺼운 블루종에 팔을 끼워 넣었다. 기자 이즈미 사키를 죽인 지 이틀 만이다. 블루종은 사람을 죽일 때 체격을 감추기 위해 준비해 둔 것이었다.

문제는 무엇으로 얼굴을 가릴지다. 전혀 모르는 사람이라면 몰라도, 딸에게서 얼굴을 감추기 위해서는 캡모자나 선글라스로는 부족하다. 대시보드와 글러브박스를 뒤져서 가면 대신 쓸만한 것을 찾았다. 기도하는 마음으로 트렁크를 열자, 젖은 코끼리 같은 색의 스톨이 떨어져 있었다. 이즈미가 어깨에 두르고 있던 그것이다.

천을 펼쳐 붕대를 감듯 얼굴에 감았다. 눈이 보이도록 천을 조절하고 남은 부분을 블루종 옷깃에 밀어 넣었다. 사이드미러를 보자 머리가 부푼 코끼리 같은 남자가 서 있었다.

차고를 뛰쳐나와 사거리의 볼록 거울을 바라봤다. 자연공원의 오솔길을 걷는 마후유와 하루가 보였다. 평소 쓰던 메스는 쓸 수 없다. 옆집 앞마당에 깔린 자갈 중에 큰 돌을 하나 집었다. 연습 삼아 돌을 한 번 휘두른 참에 자연공원 입구에 두 명이 나타났다.

"어?"

마후유가 걸음을 멈췄다. 하루는 기사야마를 바라보더니 빙긋 웃으며 "뭐야 저게"라며 마후유의 어깨를 찔렀다.

기사야마는 다시 한번 공중에 돌을 휘둘러본 후에 둘에게 달려갔다. 스톨이 부풀어 올랐다.

"뭐, 뭐, 뭐야?"

죽어!

입속으로 외치며 기사야마는 돌을 내리쳤다.

3

형광등 아래로 작은 파리가 날아다녔다.

한 시간 가까이 딱딱한 의자에 앉아 있던 탓에 허리가 아팠다.

"마중 나온 건가? 선생도 참 바쁘군."

한 대 피우려고 일어서는데 이모쿠보의 탁한 목소리가 가가조 경찰서 로비에 울려 퍼졌다. 안쪽 통로에서 마후유를 데리고 나오는 참이었다.

습격 사건이 일어난 지 하루가 지난 8월 31일, 오후 4시를 넘긴 시각. 마후유는 어제에 이어 오늘도 오후부터 참고인 조사를 받았다.

"범인의 신상은 파악됐나요?"

"그래. TV를 너무 많이 본 탓에 스스로를 특촬 히어로라고 생각하는 동정에다 은둔형 외톨이야."

이모쿠보는 지금이 어느 시대인가 하는 생각이 들 정도의 폭언을 입에 담았다. 기사야마는 특촬 히어로 방송을 본 적 없고, 동정에다 은둔형 외톨이도 아니다.

마후유와 함께 경찰서를 나섰다. 재규어 조수석에 앉자마자 마후유는 "하아" 하고 어깨를 떨궜다.

"병원에서 연락 왔어?"

"아직 안 왔어."

맡아두었던 스마트폰을 건넸다. 수신 이력은 없었다.

마후유의 남자친구인 하루는 가가조 의과대학 부속병원 구급센터로 이송되어 지금도 치료를 받고 있다. 돌에 맞아

두개골이 함몰되었고 경추가 파열 골절을 일으켰다. 개두술로 출혈 부분을 제거하여 위험한 상태는 넘겼지만 의식은 아직 돌아오지 않았다.

목숨을 빼앗지 못한 것은 아쉽지만, 불과 5분 만에 습격을 감행한 것을 생각하면 합격점이라고 봐도 되리라. 의식을 되찾는다고 해도 기사야마 가족과의 만남은 당분간 연기될 터였다. 가네샤에서의 기억을 잃어버린다면 더할 나위 없겠지만, 그렇지 않더라도 시간만 있으면 입을 틀어막을 방법은 얼마든지 있다.

"오늘은 집에서 쉬도록 해. 연락이 오면 알려줄 테니까."

병원에 가고 싶어 하는 마후유에게 그렇게 말하며 기사야마는 재규어를 몰고 집으로 향했다.

오늘은 가족 모두가 일을 쉬었다. 기사야마는 임시 휴진. 기키도 지역 잡지의 취재를 미뤘고, 아야카도 아르바이트 교대 근무 일정을 바꿨다고 했다.

"나도 조금 쉴게."

마후유의 뒤를 이어 기사야마도 2층 서재로 향했다.

문을 닫고 자물쇠를 잠갔다.

금고 키패드에 비밀번호를 입력했다. 자물쇠가 풀리는 소리. 문을 열자, 안쪽의 후크에 걸린 열쇠가 흔들렸다. 주머니에서 앰플을 꺼내 안에 넣었다.

문을 닫자마자 단번에 어깨의 힘이 확 풀렸다. 하이백 의자에 허리를 파묻고 천장을 향해 숨을 내쉬었다.

어제, 8월 30일. 내 몸에 도대체 무슨 일이 벌어진 것인가.

하루의 머리를 때렸을 때는 아직 무언가 꿈을 꾸는 듯한 감각이었다. 도망치는 척하며 집의 그늘로 숨어든 후, 차고 지붕을 통해 2층으로 올라갔다. 패닉에 빠진 마후유의 부름에 하루의 상태를 확인하고 119를 불렀다. 구급차와 경찰차가 몰려와 집 주변이 소란스러워졌을 무렵에 아무래도 이것은 꿈이 아니다, 나는 시간을 거슬러 오른 것이다, 라고 확신하기에 이르렀다.

나는 한 번 가족을 잃었다. 그것은 사실이다. 자포자기한 나는 에덴에게 산 시스마라는 약을 주사했다. 현실이 뒤틀리고 분열하는 듯한 감각에 빠졌고, 정신을 차렸을 때는 다섯 시간 전의 자택에 있었다.

그렇기는 하지만 나는 정신과 의사다. 환각이나 망상에 사로잡힌 환자를 수없이 목격했다. 인간의 뇌는 때때로 아무렇지도 않게 거짓말을 한다. 시간 역행이라고밖에는 생각할 수 없는 현상을 체험하면서도 동시에 그런 일은 있을 수 없다, 환각의 일종이다, 라고 냉정히 생각하기도 했다.

하지만 참고인 조사를 받은 후, 경찰서 화장실에서 볼일을 마쳤을 때 손수건으로 손을 닦으려고 주머니에 손을 넣었다가 손가락에 닿은 것을 꺼내고서야 기사야마는 그것이 틀림없는 현실이라는 사실을 깨달았다.

에덴에게 산 두 개의 앰플 중 하나가 텅 비어 있던 것이다.

뚜껑을 열지 않는 한, 앰플에서 약액을 꺼낼 수 없다. 그럼에도 뚜껑이 달린 상태인 앰플에서 내용물만이 사라진 상태였다.

이 현상에 관해 논리적으로 생각하면 이렇다.

시스마는 섭취한 자의 시간을 역행시킨다. 온갖 현상이 과거 상태로 되돌아가지만 거기에는 두 가지 예외가 있다.

하나는 섭취한 자의 의식이다. 시스마를 주입하기 전의 기억이 남아 있지 않다면 애초에 시간 역행을 인식하는 것도 불가능하다.

또 하나는 시스마 그 자체다. 시스마는 외부 세계에만 작용할 뿐, 그 자체에는 작용하지 않는다. 따라서 온갖 현상을 되돌리더라도 그것을 불러일으킨 시스마만은 원래대로 돌아가지 않는 것이다.

하지만 예외는 어디까지나 시스마 그 자체일 뿐, 그것이 들어 있던 앰플은 시간 역행의 대상이 된다. 그 때문에 앰플의 뚜껑은 열리지 않았는데 내용물만이 사라진다는, 본래라면 있을 수 없는 상태가 벌어지는 것이다.

이 시스마의 성질, 즉 그 자체에는 효과가 나타나지 않는 이른바 자기독립성에 의해 시스마의 효과에는 제한이 생긴다.

가령 시스마에 자기독립성이 없는 경우를 상상해보자. 어딘가에 오랜 시간 시스마를 소유하고 있던 인물 X가 있다.

X가 시스마를 맞고 시간을 역행한다. 역행한 곳에서의 시간에서는 아직 시스마를 사용하지 않았기에 X는 다시 시스마를 맞을 수 있다. 또 한 번 역행한 곳에서도 시스마를 맞을 수 있다. ……이런 식으로 시간 역행을 반복하면 이론상 X가 시스마를 손에 넣은 순간의 몇 시간 전까지 몇 번이고 시간을 거슬러 오를 수 있다는 말이 된다. 하지만 실제의 시스마는 그 자기독립성에 의해 사용 효과가 한 번으로 제한된다.

거기까지 생각한 후, 두 번째의 앰플을 부주의하게 주머니에 넣어두었던 자신의 안일한 태도를 저주하고 싶어졌다.

기사야마는 가족을 지키기 위해 온갖 수를 써왔지만, 그럼에도 이번 사태를 막지 못했다. 앞으로도 비슷한 일이 벌어질 수 있다. 그럴 때 가족을 되살릴 수 있는 것은 시스마뿐이다. 남은 하나의 시스마를 제아무리 엄중하게 보관하더라도 부족할 따름이다.

하이백 의자에서 상반신을 일으켰다. 눈꺼풀이 끔찍하게 무거웠다. 손목시계를 보자 시각은 오후 5시. 시간을 거스른 뒤 스물여덟 시간 동안 한숨도 자지 않았다. 몸은 그전부터 깨어 있었기에 실제 피로는 그 이상이다.

기사야마는 금고 문이 단단히 닫힌 것을 확인한 후 침실로 향했다.

4

쿵……. 스르륵.

머리 위에서 소리가 들렸다.

눈을 떴다. 암흑. 불사관 지하실이다.

또 이 꿈인가.

쿵……. 스르륵.

소리가 다가온다.

이 소리, 아버지의 발소리는 기사야마가 겁내는 것, 즉 가족의 붕괴를 상징하는 것이리라. 가족이 집을 떠난 직후에 이 꿈을 꾼 것은 알기 쉬운 징조다. 프로이트가 들었다면 휘파람을 불며 기뻐했겠지.

하지만 지금은 다르다. 기사야마는 가족을 되찾았다. 시스마의 힘을 손에 넣은 내게는 두려운 것이 없다.

벽에 손을 짚고 몸을 일으켰다. 발꿈치에 힘을 주고 암흑에 귀를 기울였다.

아버지의 발소리는 들리지 않았다.

이 방에 더 이상의 용건은 없다.

기사야마는 눈꺼풀에 힘을 담았다.

희미한 빛이 비치고 있었다.

눈을 가늘게 뜨고 천천히 주변을 바라봤다.

좁은 상자 안이었다.

멀리 떠 있는 사각형이 낯익었다. 지하실의 천창이다. 잠에서 깼다고 생각했지만 여전히 같은 장소인 듯했다.

고개를 들어 방을 둘러봤다. 교수대, 단두대, 전기의자에 수술대까지. 고약한 취미의 마술 도구가 늘어서 있었다. 자신이 누워 있던 곳은 나무관이었다.

36년 전, 사고로 신체의 자유를 잃은 아버지는 쇼에 사용하던 마술 도구를 전부 지하실로 옮겼다. 페페코를 감금하기 시작했을 때 다른 방으로 옮겼으니 이곳은 그보다 전, 기사야마가 아이였을 무렵의 지하실이라는 말이 된다.

그곳에 사람이 있었다.

"1번이 왔어."

기묘한 목소리였다. 처음으로 들은 듯한, 그럼에도 몇 번이고 들어본 적 있는 듯한⋯⋯.

목소리가 들린 쪽으로 눈을 돌렸다. 다리가 휜 전기의자에 남자가 앉아 있었다. 기사야마와 꼭 닮은 사람이 와인레드색 파자마를 입고 있었다.

"역시 한 명 더 있었군."

기사야마와 눈이 맞자 그 남자가 과장되게 손을 흔들었다. 그 남자는 자신도 잘 아는 인물, **기사야마 세이타**였다.

"일일이 시끄러워."

단두대에서도 목소리가 들렸다. 과하게 소리가 컸고 혀도 꼬여 있지만, 음색은 완전히 같다. 잘린 목을 담아두는 커다란 양철통을 뒤집어 밑판에 엉덩이를 얹고 있었다. 이쪽도 자신과 똑 닮은 기사야마 세이타였다.

"귀찮군."

그는 다리를 떨면서 킹배트 담뱃갑을 꺼냈다. 몸에 걸치고 있는 것은 어제 내가 입었던 옥스퍼드 셔츠였다. 잘 보니 옷 감이 구겨지고 여기저기가 진흙탕에 빠진 것처럼 누렇게 물들어 있었다. 두 눈에는 짙은 그림자가 드리워져 있고, 얼굴 절반 정도가 덥수룩한 수염으로 뒤덮여 있었다.

무척이나 불편한 꿈이다. 어떤 심리의 표현인지는 알 수 없지만, 얼른 잠에서 깨어나고 싶었다. 눈꺼풀을 닫고 현실로 손을 뻗으려 했다.

"잠깐만. 잠에서 깨어나기에는 아직 일러."

눈을 뜨자 파자마를 입은 기사야마가 집게손가락을 이쪽으로 향하고 있었다.

"알겠어? 이건 보통의 꿈이 아니야. 나나 저쪽에 있는 나는 너의 대뇌피질이 만들어낸 엉터리 환각이 아니야. 너처럼 실제로 살아 있는 기사야마 세이타야."

파자마를 입은 기사야마가 폭이 넓은 옷자락을 펄럭이며 집게손가락을 또 다른 기사야마에게 향했다. 그렇군. 마후유의 말대로 옛날 영화 속 악당 같다.

"너는 지금 이렇게 생각할 거야. 자신은 시스마의 효과로 시간을 거슬러 올랐다고."

"아니야?"

"아니야. 너는 시스마에 의해 생겨난 새로운 시간으로 옮겨 간 거야. 시간 역행은 그에 동반한 부작용에 불과하지."

파자마를 입은 기사야마가 방 구석에 있던 나무상자를 열었다. 밧줄, 체인, 낚싯줄, 수갑, 족쇄, 서양검, 잭나이프, 망치, 펜치, 전동드릴, 거기다가 함수폭약, 뇌관, 도화선, 가짜 손목에 가짜 목까지 가득 찬 상자에서 연필과 종이를 꺼냈다. 재빨리 연필을 움직여 계통도를 그려서 보여줬다.

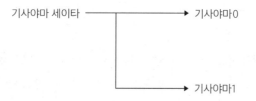

기사야마 세이타 ──────────→ 기사야마0

                    └──────────→ 기사야마1

"네가 시스마를 맞음으로써 그때까지 하나였던 시간선이 둘로 나뉘었어. 위쪽이 원래 시간선, 아래가 새롭게 생겨난 시간선이야.

각각의 시간선에 각각의 내가 있어. 시간선이 둘이 되면 우리도 두 명이 되지. 운이 좋은 너는 새로 생겨난 시간선으로 이동했고, 그러면서 시간까지 살짝 거슬러 올랐어. 반면, 운이 나쁜 나는 원래 시간선에 머물렀지. 시스마가 작용할 확률이 정확히 50퍼센트인 건 이 새로운 시간선으로 이동할 확률이 2분의 1이기 때문이야."

계통도에 비추어 보면 악당 파자마인 그가 기사야마0이고 거기에서 분기한 자신이 기사야마1이라는 말인가. 하지만……

"그렇다면 우리는 두 명이어야 하잖아. 왜 세 명째가 있는 거지?"

오물 셔츠의 기사야마를 슬쩍 보며 말했다.

"행운아는 그런 것도 모르는 거야?"

오물 셔츠가 하하하, 하고 손뼉을 쳤다.

"우리는 다시 한번 시스마를 맞은 거야."

악당 파자마가 오물 셔츠를 노려보며 말을 이었다.

"너와 달리 우리는 첫 번째 시스마 주사로 새로운 시간선으로 이동하지 못했지. 한 시간 정도 의식을 잃었을 뿐, 자신도 세상도 딱히 달라지지 않았어. 예상대로이긴 했지만 실망한 것도 사실이야.

더는 바보 같은 짓은 그만두자. 그때는 그렇게 생각했어. 하지만 같은 날 새벽녘, 나는 다시 시스마를 맞았어. 에덴이 말한 것처럼 약효가 나타날 가능성이 50퍼센트라면, 첫 번째는 우연히 운이 나빴을 수도 있다고 생각했으니까."

악당 파자마는 어이없다는 듯 웃으면서 계통도에 분기를 추가했다.

"그 결과, 또 하나의 시간선이 생겨났어. 나는 새로운 시간선으로 이동했고, 살짝 과거로 거슬러 올랐지. 반면, 저기 있는 안색이 나쁜 나는 원래의 시간선에 남았어."

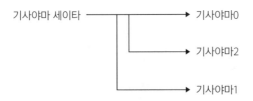

머릿속을 다시 정리했다. 가로로 곧게 뻗어 있는 것이 원래의 시간선, 아래로 나뉜 것이 분기되어 생겨난 시간선이다. 오물 셔츠의 기사야마가 한 번도 분기하지 않은 기사야마0. 자신이 첫 번째 시스마 주사로 분기한 기사야마1. 악당 파자마의 기사야마가 두 번째의 시스마 주사로 분기한 기사야마2라는 말이 된다.

"너도 체험한 것처럼 새로 생겨난 시간선으로 이동하면 동시에 시간도 살짝 거슬러 오르게 되지. 너와 나, 그러니까 기사야마1과 기사야마2는 시간 역행을 한 번씩 경험했지만, 기사야마0은 한 번도 경험하지 않았어."

"기껏해야 약의 힘으로 새로운 시간선이 생겨난다거나 시간이 역행한다거나 하는 일이 있을까?"

기사야마가 여전히 고개를 갸웃거리자, 악당 파자마는 기다리고 있었다는 듯 파자마를 펄럭였다.

"네가 한숨도 자지 않은 어젯밤, 우리는 여기에서 우리 몸에 일어난 일을 논의했고 하나의 가설에 다다랐어. 너도 대학교 1학년 때 교양과목인 양자역학개론에서 배운 양자역학 해석 문제 기억나지?"

당연하다. 이 남자와 나는 어제까지 같은 인물이었으니까.

물질을 구성하는 원자의 요소에는 원자핵 주변을 날아다니는 전자가 있다. 이 전자의 성질은 파동을 나타내는 함수, 즉 파동함수로 나타낼 수 있다. 이것은 전자가 입자가 아니라 여러 가능성이 중첩된 파동 같은 존재라는 점을 의미한다.

하지만 실제로 전자를 관측하면 이것과 모순된 현상이 일어난다. 전자를 추출해 스크린에 충돌시키면 하나의 점이 기록된다. 파동처럼 퍼진 존재였던 전자가 관측이라는 행위로 인해 어째선지 하나의 입자로 변해버리는 것이다.

이 역설적인 현상을 어떻게 이해해야 할까. 이것이 양자역학 해석 문제였다.

"전자는 복수의 가능성이 중첩된 존재이면서도 사람이 관측한 경우에만 하나로 수축해. 그렇다면 이 세계는 어떨까. 우리는 자신의 세계가 단 하나라고 믿고 있지만, 그것도 결국 무수한 원자의 집합에 지나지 않아. 양자역학적인 발상을 확대하면 이 세계 또한 파동처럼 모호한 존재이자 우리가 관측할 때만 하나로 수축한다고 생각할 수도 있지."

악당 파자마는 집게손가락을 세웠다.

"그걸 전제로 만약 한 인간의 뇌에 특수한 약물이 작용해 두 개의 의식이 동시에 존재한다고 가정해봐. 그 인간의 의식은 관측 전의 전자와 마찬가지로 중첩된 상태로 존재해. 두 의식이 각각 세계를 관측하면 세계는 두 개로 수축한다는 말이 되지."

그렇군. 악당 파자마가 무슨 말을 하고 싶은지 알 것 같다.

"왜 기껏해야 약에 의해 새로운 시간선이 생겨났냐고? 네 질문에 답하면 이렇게 돼. 시스마는 인간의 뇌에 작용해 의식 상태를 바꾸는 것에 지나지 않아. 다만 의식이 두 개 중첩된 상태가 되면 관측되는 시간도 두 개가 돼. 결과적으로 우리는 새로운 시간선이 생겨난 것처럼 느끼게 되는 거야."

"간단히 말하면 시스마에는 인격을 늘리는 작용이 있다는 말인가."

흐음, 하고 악당 파자마가 입술을 쓰다듬었다.

"그렇다고도 할 수 있지만, 아니라고도 할 수 있지. 우리의 뇌에 벌어진 일은 해리성 정체감 장애 환자의 뇌에 일어난 일과는 완전히 달라. 그들은 스트레스에 대처하기 위해 인격을 분열시키지. 이른바 커다란 그릇을 칸막이로 나누는 식이야.

한편, 우리 뇌는 의식의 존재 그 자체가 변화해. 고전적인 컴퓨터에서 양자 컴퓨터로 성능이 올라간 것과 같지. 대뇌화 지수가 높은 인간의 뇌가 아니라면 이런 변화에는 도저히 대응할 수 없을 거야."

인간의 뇌는 115억 개나 되는 피질 속 뉴런을 갖고 있다. 이것은 몸무게가 수천 킬로그램인 아프리카코끼리와 거의 같다. 나도 드디어 코끼리와 비슷할 정도로 뇌를 쓸 수 있게 되었다는 말인가.

"그렇다면 의식이 분기된 후 시간이 역행된 건 어떻게 설명하지?"

"귀납적인 추측이지만 우리 의식이 관측 전의 전자처럼 중첩돼 있다면, 역시 파동과 비슷한 성질을 가지고 있다고 생각할 수도 있지. 파동에는 점과는 다르게 가로 폭이 있어. 이 상태의 의식은 하나의 점이 아니라 폭을 가진 채 시간을 진행하게 돼. 이건 분기에 따라 새롭게 생겨난 의식도 마찬가지야. 다만 파동의 폭만큼 새로운 의식은 원래 의식보다 거슬러 오른 곳에서 시간을 다시 나아가야만 해. 결과적으로 새로운 의식은 약간 시간을 거슬러 오른 것처럼 느끼게 되지. 뭐, 이런 게 아닐까?"

참고로, 라고 말하며 악당 파자마가 지하실을 둘러봤다.

"우리는 의식이 분열돼 있을 뿐, 본래는 같은 사람이야. 세계를 관측할 때, 즉 눈을 뜨고 있을 때는 각각의 시간을 살지만, 그렇지 않을 때, 즉 잠자는 중에는 세계가 중첩된 상태로 돌아가지. 그게 바로 이 꿈, 이 지하실이야."

기사야마는 손뼉을 치고 싶은 기분이었다.

시간 역행에 이어 의식 분열까지, 연이어 상식을 벗어난 사태에 휘말렸으면서 고작 하룻밤 사이에 이 정도의 논리를 만들어내다니 역시 내 분신이다.

"우리도 질문할 게 있는데, 괜찮을까?"

악당 파자마는 순간 긴장된 표정을 지은 후, 헛기침하며 말을 이었다.

"네 세계선에선 우리 가족이 어떻게 됐어?"

"쓸데없는 거 묻지 마." 오물 셔츠가 말참견했다. "이 녀석은 우리를 발판으로 삼아 인생을 고쳐 썼어. 들어봤자 밸이 뒤틀릴 뿐이라고."

"너야말로 하나하나 그만 좀 심통 냈으면 하는데." 악당 파자마가 연필 끝을 오물 셔츠에게 향했다. "우리는 정보를 공유해야 해. 하나의 시간선에서 경험할 수 있는 건 한계가 있어. 셋이 정보를 공유하면 우리는 보다 바람직한 인생을 살 수 있을 거야."

악당 파자마의 말대로이리라. 애초에 매일 밤 꿈에서 얼굴을 마주해야만 한다면 일일이 반발해봤자 서로 지치기만 할 뿐이다.

"우리 가족은 괜찮아. 지금도 같이 살고 있어. 하루가 집에 오기 전에 녀석의 입을 막았거든."

하루를 습격한 것에 관해 설명했다.

오물 셔츠는 "지능이 딸리는 방식이군"이라고 독설을 퍼부었고, 악당 파자마는 "용케 성공했네"라며 자신의 일마냥 가슴을 쓸어내렸다.

"너희들, 기사야마0과 기사야마2의 시간선은 어떻게 됐는데?"

오물 셔츠와 악당 파자마에게 동시에 되물었다.

"나 먼저 설명할게." 악당 파자마가 빙글 연필을 돌렸다. "그렇긴 해도 도중까지는 0이랑 같아."

그는 전기의자에서 일어나서 베일에 싸인 장식물로 다가섰다.

"사실 우리는 장광설을 늘어놓지 않더라도 쉽게 기억을 공유할 수 있어."

그렇게 말하며 베일을 벗겼다. 3미터 정도 높이의 거울이었다. 아버지가 목을 매달거나 수조에 잠기거나 할 때 속임수가 없다는 사실을 보여주기 위해 무대에 놓아두던 것이다.

"이 거울을 스크린으로 삼아 내 기억을 상영할게."

"그런 게 가능해?"

"당연하지. 여기는 우리 꿈속이니까."

그렇게 웃으며 거울을 가리켰다. 액자 속은 불사관 지하실이었다.

✖✖

"이런 행복한 생활, 꿈은 아닐까 몇 번이고 생각했어."
"이런 행복한 생활, 꿈은 아닐까 몇 번이고 생각했어."
"이런 행복한 생활, 꿈은 아닐까 몇 번이고 생각했어."
"이런 행복한 생활, 꿈은 아닐까 몇 번이고 생각했어."
이것이야말로 현실.
세상의 진짜 모습이다.
"역시 진짜가 아니었네."
현실이 폭발한다······.

어지러운 여행 끝에 나를 기다리고 있던 것은 해 질 녘에 낮잠에서 깨어난 것처럼 지독하게 나른하고 흔해 빠진 자각이었다.

바닥에 손을 대고 몸을 일으켰다. 머리 위에는 낯익은 천창. 양철통에는 주사기와 텅 빈 앰플, 대마 담배 꽁초. 퍼흡, 퍼흡, 하고 베갯잇을 뒤집어쓴 페페코가 괴로운 듯 코를 골고 있었다. 불사관 지하실이었다.

손목시계를 바라봤다. 오후 6시 50분. 주사를 맞은 지 한 시간이 지났지만, 자신의 머리를 쪼개려고 한 흔적은 없었다. 바보 같은 약에 매달린 스스로가 한심했다. 무심코 페페코의 배를 걷어찼다.

앞서 느낀 기묘한 감각, 세계가 증식하는 듯한 고양감을 통해 짐작건대, 시스마의 정체는 세로토닌 작용을 하는 환각제이리라. 50퍼센트의 확률로 쾌락을 얻을 수 있다니, 좋은 광고 문구다.

계속 악다구니를 쳐도 소용없다. 나는 인생에 패배했다. 깔끔하게 막을 내려야 한다.

침대 가장자리를 잡고 일어나서 엘리베이터로 1층으로 올랐다. 복도를 통해 본관으로 돌아가 캐비닛에서 밧줄을 꺼냈다. 시체 운반에 침낭을 사용하기 전, 비닐 시트로 시체를 감싸던 무렵에 시트를 묶기 위해 준비해둔 것이었다.

역시 목을 매는 것이 최선이리라. 아버지나 어머니처럼 이 누지니 절벽에서 몸을 던질까도 생각했지만, 까마귀나 쥐에게 살점을 뜯기는 것은 견디기 어려웠다.

현관홀 문 앞에 의자를 가져다 놓고 의자 좌판에 올라서서 샹들리에의 둥근 암에 밧줄을 걸었다. 늘어진 밧줄을 목에 두르고 풀리지 않도록 단단히 묶었다.

세상이여, 안녕.

가족들아, 안녕.

의자를 발로 찬 순간, 목 위쪽으로 격렬한 통증이 밀려왔다. 절로 목을 움켜쥐었지만, 체중이 걸린 밧줄은 꿈쩍도 하지 않았다. 숨이 막히는 괴로움도 있었지만, 머리의 통증이 너무 심해서 그것을 신경 쓸 겨를이 없었다.

시야가 점멸한다. 팔다리가 경련한다. 사타구니에서 따뜻한 것이 흘러내린다. 머리에서 온몸으로 퍼져나간 고통이 점차 달콤한 기분으로 녹아내린다.

의외로 싱거운 일이구나, 하고 타인의 일처럼 생각했을 때 머리 위에서 도자기가 깨지는 듯한 소리가 들렸다.

천장이 천천히 멀어진다. 이유도 모른 채 허공을 긁은 직후, 온몸이 바닥에 부딪혔다.

감각이 사라진 손가락으로 겨우 밧줄을 풀고 숨을 몰아쉬었다. 기침을 터뜨리며 고통에 신음하면서 필사적으로 폐를 부풀렸다. 얼굴의 눈물과 침을 닦아내자 샹들리에의 둥근 알 하나가 바닥에 떨어져 있는 것이 보였다.

도대체 무슨 짓을 하고 있나.

너무나도 비참한 기분으로 기사야마의 의식은 어둠에 빨려 들어갔다.

※ ※

"그야 30년도 더 된 샹들리에니까. 목을 매달면 부러지겠지."

새까맣게 변한 거울을 보고 기사야마는 쓴웃음을 지을 수밖에 없었다.

"그 샹들리에에게는 감사할 따름이야. 조금만 더 튼튼했더라면 나는 지금 현관홀에 매달려 진자처럼 흔들리고 있었을 테니까."

악당 파자마가 자신의 팔을 감싸 안았다. 목에 밧줄을 감은 흔적이 남아 있었다.

"그리고 이 일이 앞으로의 내 운명을 크게 좌우하게 돼."

화면을 전환하듯 손가락을 흔들었다. 거울을 보자 의식을 되찾은 듯한 악당 파자마가 현관홀을 바라보고 있었다.

"아무리 그래도 그 고통을 다시 겪고 싶지는 않더라고. 안 그래도 시스마가 한 개 더 있잖아? 기왕 이렇게 된 거 한 번 더 맞을까 하는 생각에 나는 별관 지하실로 돌아갔지."

※ ※

엘리베이터를 타고 지하실로 내려갔다. 금이 간 손목시계가 2시를 가리켰다. 목을 매려고 한 것이 오후 7시쯤이었으니 그때부터 날짜를 넘겨서 일곱 시간 동안 바닥에 널브러져 있었다는 뜻이다.

침대에 걸터앉아 대마 담배를 물었다. 시스마를 맞으려고 지하실로 왔지만, 막상 앰플을 손에 들자 그 여행에 다시 뛰어드는 것이 내키지 않았다.

주머니에서 지포 라이터를 꺼냈다. 휠을 돌리려는데 엄지손가락이 아팠다. 첫째 마디가 빨갛게 부어 있었다. 바닥으로 떨어지며 손가락을 뺀 듯했다.

왼손으로 바꿔 들고 휠을 돌리려는데 이번에는 손목시계에서 유리 파편이 떨어졌다. 엄지손가락이 미끄러지고 타오른 불길이 턱을 쓰다듬었다.

"제길."

간신히 대마 담배에 불을 붙이고, 손목시계를 양철통에 던져 넣었다. 유리 파편을 주우려고 바닥으로 손을 뻗은 찰나, 베갯잇을 뒤집어쓴 고깃덩어리가 눈에 들어왔다.

나는 이런 비참한 일을 당했는데 왜 이 녀석은 태평하게 잠을 자는 걸까. 공연히 화가 치밀어 얼굴 한가운데를 걷어찼다. 목에, 가슴에, 배에, 발꿈치를 꽂아 넣었다. 퍼흡, 하고 베갯잇이 부풀어 오른 뒤 꿈쩍도 하지 않았다. 특기인 자는 척을 하는 것인지, 아니면 정말로 죽어버린 것인지. 마무리로 슛을 때리듯 배 한복판을 걷어차자 페페코의 몸이 뒤집히면서 팔뚝이 비틀리며 ㄱ자로 부러졌다.

천창을 올려다보고 크게 심호흡했다.

대마를 한 개비 다 피우자 겨우 마음이 진정됐다. 사물함을 열고 주사기를 꺼냈다. 앰플 뚜껑을 벗기고 약액을 빨아들였다.

될 대로 되라지.

팔에 바늘을 꽂고 두 번째 시스마를 정맥에 밀어 넣었다.

※※

"여기까지가 나와 기사야마0의 공통된 기억이야. 그림에서 볼 때 기사야마1이 분기하고 나서 기사야마2가 분기하기 전까지의 부분이지."

악당 파자마, 다시 말해 기사야마2가 계통도를 가리켰다. 엄지손가락의 부기는 이미 다 빠진 상태였다.

"여기에서 다시 시간선이 분기했어. 기사야마2, 즉 내 시간선이 생겨났고 그 부작용으로 나는 시간을 거슬러 올라갔지."

※※

무겁게 짓누르는 권태감을 쫓아내며 엎드린 몸에 힘을 넣었다.

뺨에 차가운 바닥이 닿았다. 두 번째 시스마를 맞았다는 사실을 떠올리고 머리를 쓰다듬었다. 뇌를 꺼내려고 한 흔적은 없었다.

"제길."

역시 에덴에게 한 방 먹은 것이리라.

팔꿈치를 짚고 상반신을 일으켰다. 눈앞의 바닥으로 눈길을 돌리자 문득 위화감이 느껴졌다. 지하실의 더러운 나무판이 아니었다. 돌로 만들어진 현관홀 바닥이 거기에 있었다. 발밑에는 의자가 쓰러져 있고, 샹들리에의 둥근 암이 떨어져 있었다.

기사야마는 분명 별관 지하실에서 시스마를 맞았다. 그런데 왜 본관 현관홀로 이동해 있는 걸까. 무의식중에 이동한 걸까?

캐비닛에 놓인 시계를 보고 눈을 의심했다. 오후 9시. 두 번째 시스마를 맞은 것이 오전 2시니까 약 다섯 시간 정도 시간이 거슬러 올라 있다.

그럴 리가 없다. 시계가 안 맞는 것이리라.

짧은 복도를 지나 별관으로 돌아가서 엘리베이터로 지하실로 내려갔다.

문이 열린 순간, 기사야마는 자신의 몸에 일어난 일을 이해했다.

부러져 있어야 할 페페코의 팔뚝이 원래대로 돌아가 있었다. 관절이 없는 부근에서 ㄱ자로 부러졌던 뼈가 언제 그랬냐는 듯이 똑바로 뻗어 있었다. 조심스레 팔뚝을 만져 보자 퍼흡, 하고 베갯잇이 부풀었다.

틀림없다. 나는 시간을 거슬러 올랐다.

31일 오전 2시에 두 번째 시스마를 맞은 나는 약 다섯 시간 전, 목매달기에 실패하고 바닥에 늘어져 있던 30일 오후 9시로 되돌아갔다. 그 때문에 몸이 현관홀로 이동하고 페페코의 팔이 원래대로 되돌아간 것이다.

"……."

현실을 받아들이자 이번에는 후회가 물밀듯이 찾아왔다.

더 이른 시간, 예를 들어 하루가 집에 찾아오기 전의 시간으로 거슬러 올랐다면 그 후의 상황을 크게 바꿀 수 있었으리라. 하지만 가족이 집을 나가고 목을 매단 후의 시간으로 돌아간다고 해서 할 수 있는 일은 없다. 완전히 의미가 없는 역행을 해버렸다. 복권에 당첨된 줄 알았는데 상금을 전부 세무서에 뺏긴 듯한 기분이었다.

엘리베이터를 타고 1층으로 올라갔다. 발전기 스위치를 내리고 휘청휘청 본관으로 돌아갔다.

두 번이나 약을 맞은 탓이리라. 밤을 새운 것처럼 몸이 무거웠다.

가까운 방으로 들어가 침대에 누웠다.

너도밤나무가 흔들리는 소리를 들으며 기사야마는 수마에 몸을 맡겼다.

※ ※

"결국." 기사야마는 쓴웃음을 지었다. "너는 시스마 하나를 완전히 낭비했다는 거군."

양철통에 앉아 무뚝뚝하게 대마 담배를 피우던 오물 셔츠,

즉 기사야마0이 "그 말대로야"라고 말하며 담뱃갑으로 단두대를 두드렸다.

"너, 기사야마1은 오후 5시 50분에 시스마를 맞고 나서 하루가 찾아오기 직전인 낮 12시 50분까지 시간을 거슬러 올랐지. 하지만 저기 있는 바보 녀석, 기사야마2는 두 번째 시스마를 맞기 전에 일곱 시간이나 바닥에 뻗어 있던 탓에 모처럼의 시간 역행을 통째로 날려버린 거야."

두 번째 시스마를 맞기 전에는 같은 인간이었기에 목을 매려다가 뻗어 있던 것은 자신도 마찬가지 아닌가. 하지만 그것은 둘째치고.

시스마 주사의 부작용으로 거슬러 올라가는 시간은 대략 다섯 시간인 모양이다. 악당 파자마, 다시 말해 기사야마2도 곧장 두 번째 시스마를 맞았다면 오후 2시 무렵까지 시간을 거슬러 오를 수 있었을 것이다. 하루가 오후 1시에 집에 온 이상 상황을 크게 바꿀 수는 없었을 테지만, 그렇다고는 해도 완전한 낭비는 되지 않았을 것이다.

"잘도 말하는군. 나는 두 번째 시스마 주사가 완전한 낭비였다고는 생각 안 해."

악당 파자마가 여유 있는 미소를 보였다.

"너와 다르게 한 번이라도 시간 역행을 체험했다는 것에 큰 가치가 있어. 나는 아직 포기하지 않았어. 가족을 되살릴 방법이 반드시 있을 거야. 그 방법을 찾을 때까지 나는 몇 번이든 시스마를 맞을 생각이다."

그때 무언가가 떠오른 듯 거울을 돌아봤다.

"다음은 기사야마0, 너야. 분기한 후부터 지금까지 있었던 일을 알려줘."

덥수룩한 수염과 셔츠의 얼룩을 보면 줄곧 술을 마셔댔을 뿐이라는 것을 알 수 있다. 이번에는 금방 끝나려니 생각했다. 하지만.

"잠깐만."오물 셔츠가 일어나서 입에 대마 담배를 문 채로 악당 파자마를 다그쳤다. "내가 잘못 들은 거로 생각하고 싶지만, 설마 다시 시스마를 맞을 생각이야?"

"응. 내일 당장이라도 에덴을 만나려고."

악당 파자마는 그게 어쨌다는 듯 어깨를 움츠렸다.

"시스마를 맞아도 시간을 거슬러 오를 수 있다고는 단언할 수 없어. 만약 네가 2분의 1의 내기에 이긴다고 해도 그때마다 나 같은 낙오자가 생겨나겠지."

"그렇게 되면 다시 시스마를 맞으면 되잖아……."

오물 셔츠가 악당 파자마의 턱을 때렸다. 악당 파자마가 비틀거리자 곧장 무릎으로 찍었다. 기사야마는 어쩔 수 없이 둘 사이로 끼어들었다.

"멍청한 짓 그만해. 자신과 싸워서 어쩔 건데?"

오물 셔츠는 그럼에도 기사야마의 어깨 너머로 악당 파자마의 먹살을 잡았다. 희번덕이는 눈을 치뜨고 손가락을 세우려던 그때, 갑자기 오물 셔츠가 사라졌다.

자신도 모르게 지하실을 둘러봤다. 오물 셔츠의 모습은 보이지 않았다. 악당 파자마는 흐트러진 옷깃을 가다듬고 어이없다는 듯 숨을 내쉬었다.

"너, 무슨 짓을 한 거야?"

"아무 짓도 안 했어. 기사야마0은 흥분한 나머지 제멋대로 잠에서 깬 거겠지."

쓴웃음을 지으며 거울에 베일을 덮었다.

"기사야마1, 너는 냉정해서 다행이야. 우리는 지금부터 매일 밤 얼굴을 마주해야 해. 기왕이면 친하게 지내야지."

악당 파자마가 입꼬리를 들어 올리며 억지로 만든 미소를 보였다. 말과는 다르게 눈 안쪽에 날카로운 감정이 숨어 있는 것 같았다. 가족을 되돌린 나에 대한 질투, 아니 원망인가.

지금부터 매일 밤, 이런 불편한 꿈을 꿔야만 하는 것인가.

기사야마도 공연히 대마 담배를 피우고 싶어졌지만, 주머니에서 꺼낸 담뱃갑은 이미 비어 있었다.

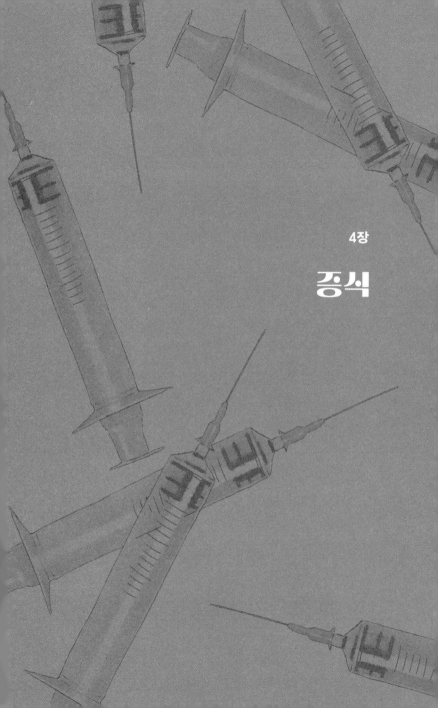

4장

증식

2 복원자

9월 3일, 목요일. 분기 4일 차.

"내가 잘못했어."

히시오가마 역 앞 교차로에 있는 찻집, LOGE. 기사야마
는 테라스석 테이블에 양손을 대고 머리를 숙였다.

"사과할 필요 없어."

기키는 쌀쌀맞게 답하더니 핸드백에서 클리어 파일을 꺼
냈다. 볼이 쑥 들어가고 눈구멍이 움푹 패고 목에 갑상연골
이 튀어나와 있었다. 10킬로그램은 빠진 듯 보였다. 진하게
바른 립스틱이 오히려 나쁜 안색을 두드러지게 했다.

"여기에 서명해." 기키가 펼친 것은 이혼신고서였다. "다른
칸은 이미 적었어. 서명하지 않으면……."

"잠깐만." 기사야마가 과장되지 않게끔 목소리를 떨었다.

"당신이 오해한 거야. 분명 나는 마후유의 남자친구인 하루 군을 호텔로 데리고 갔어. 하지만 거기에는 피치 못할 사정이 있었어."

새빨간 입술이 일그러졌다.

"뭐야, 그게."

"아직 말 못 해."

"그런 말을 믿을 리 없잖아?"

기키가 목소리를 높였다. 길을 걷던 중학생이 "대박"이라고 중얼거리며 발걸음을 빨리했다.

"언젠가 말할 수 있는 날이 올 거야. 그때까지 기다려줘. 부탁이야."

수치심에 기름을 붓듯 기사야마는 의자에서 내려와 바닥에 무릎을 꿇고 납작 엎드렸다.

10초, 20초, 30초⋯⋯. 기키는 아무 말도 하지 않았다.

그녀가 무슨 생각을 하는지는 손바닥 보듯 훤했다. 배우로서도 연예인으로서도 정점을 넘긴 그녀에게는 지금의 생활 수준을 유지하면서 두 딸을 대학에 보낼 만한 수입은 없다. 마후유의 음악 활동은 가계에 보탬이 될 테지만, 무이와 함께 아카다마 활동을 지탱해온 것은 자신이다. 기키에게는 그런 지혜가 없다. 납득할 만한 스토리가 있다면 앞으로도 부부로 지내고 싶은 것이 솔직한 심정이리라.

"맘대로 해."

클리어 파일을 가방에 넣는 소리. 의자가 끌리고 하이힐 소리가 멀어졌다.

바닥에 이마를 댄 채 미소 지었다.

발소리가 들리지 않기를 기다린 후 의자에 앉았다. 물티슈로 손을 닦고 커피잔을 쥐었다.

차가워진 커피를 입에 댔을 때 문득 기키의 말이 되살아났다.

"다른 칸은 이미 적었어. 서명하지 않으면⋯⋯."

그녀는 대체 어떤 수를 준비해둔 걸까.

0 도망자

9월 4일, 금요일. 분기 5일 차.

기사야마는 인터폰 소리에 잠을 깼다.

벽에 달라붙듯 몸을 일으켜 그곳이 자택 거실임을 깨달았다. 어느샌가 불사관에서 돌아와 있었다. 셔츠의 얼룩을 보자 어젯밤에도 술에 취해 잠든 듯했다. 테이블에는 역시나 본 적 없는 술병이 놓여 있었다.

어금니를 악물어 두통을 견디며 인터폰 모니터를 바라봤다. 이모쿠보의 얼굴 왼쪽 절반이 보였다. 옆에는 여드름 형사. 뒤에는 검은 세단. '두더지남' 사건에 어떤 진전이 있는 걸까.

174

통화 버튼을 누르려다가 이상함을 느꼈다.

스마트폰을 꺼냈다. 병원에서 온 수신 이력은 잔뜩 쌓여 있었지만 이모쿠보에게 온 연락은 없었다.

이모쿠보와는 십년지기다. 지난달, 다중인격에 관해 이야기를 들으러 왔을 때처럼 용건이 있으면 전화를 걸면 될 일이었다. 왜 미리 연락도 하지 않고 기습하듯 집으로 찾아왔을까.

기사야마가 멍하니 서 있자, 모니터 속 이모쿠보가 무언가 불평을 터뜨리면서 길을 걸어 사라졌다. 여드름 형사가 그 뒤를 따랐다. 차로 돌아가지 않는 것을 보면 이웃집에 가서 이야기를 들으려는 걸까.

발소리를 죽이며 계단을 올라 서재 창문을 살짝 열었다. 커튼 틈으로 길을 내려다보는데 옆집 현관에서 인터폰 소리가 울렸다.

"경찰입니다. 아침부터 죄송합니다." 전혀 미안해 보이지 않는 뻔뻔한 목소리. "옆집에 사는 사람을 찾고 있는데요. 혹시 어디 갔는지 모르십니까?"

역시 목표는 자신인 모양이다. 병원에서 경찰에 연락한 걸까. 아니면……

"성폭행 혐의로 체포영장이 발부되어서요."

기사야마는 머리가 새하얘졌다.

1 행운아

9월 5일, 토요일. 분기 6일 차.

"너무 꾸며낸 이야기 같지 않아?"

기사야마는 하루가 의식을 되찾았다는 소식을 듣고 가가조 의과대학 부속병원으로 재규어를 달렸다.

"내 생일에 눈을 뜨다니, 드라마도 아니고 말이야."

조수석에 앉은 마후유가 병원으로 향하는 버스 뒷모습을 보며 말했다. 오늘은 마후유의 스무 번째 생일이었다.

"이거, 작년 생일에 하루한테 받은 거야."

기쁜 표정으로 머플러와 장갑을 보여줬다. 아직 9월인데 한겨울 같은 차림새인 것은 그 때문이었나. 둘 다 곰을 모티프로 한 듯, 머플러에는 귀가 달린 후드, 장갑에는 손바닥 젤리 형태의 자수가 달려 있었다. 마후유의 작은 얼굴과 잘 어울린다는 점에 부아가 치밀었다.

"검사는 지금부터야. 아직 안심할 수 없어."

의사처럼 딸을 타일렀다. 가능하면 기억을 전부 잊어주면 좋겠다는 것이 속마음이지만, 그것은 목이 찢어져도 말할 수 없다.

"아빠는 일해야 하니까 여기서부터는 혼자 가."

오전 8시 30분. 주차장 끝에 재규어를 세우고는 넥타이를 고쳐 매며 말했다. 진료 시작까지는 아직 30분이나 남았지만 여기에서 하루를 마주칠 수는 없다.

"같이 안 가?"

마후유가 웬일로 입술을 삐죽 내밀었다.

"갑자기 여자친구네 아버지가 나타나면 하루 군도 깜짝 놀라지 않을까?"

"아, 그것도 그런가."

마후유는 기사야마의 옷깃에 달린 의사 배지를 보고 끄덕였다. 조수석에서 내리고는 "고마워" 하고 손을 흔들더니 곰돌이 귀를 덜렁거리며 구급센터 쪽으로 걸어갔다.

2 복원자

9월 12일, 토요일. 분기 13일 차.

기사야마는 아오바 시 다이햐쿠 구의 고급 아파트, 메릭타워 보니와다이 로비에서 엘리베이터를 기다리는 중이었다.

"다른 칸은 이미 적었어. 서명하지 않으면……."

기키의 대사가 메아리쳤다. 9일 전, 이혼신고서를 내밀며 기키는 그렇게 말했다.

그녀의 속내는 생각지도 못한 곳에서 드러났다. 주정뱅이인 기사야마0이 성폭행 혐의로 경찰에 수배당한 것이다. 마후유가 하루에게 사정을 캐물었고, 대답이 궁해진 하루가 호텔에 강제로 끌려갔다고 거짓말한 것이리라.

기사야마0의 시간선과 자신의 시간선에서 마후유나 하루의 상황에는 차이가 없다. 이쪽의 하루도 아마 같은 변명을 입에 담았을 것이다. 그 말을 들은 기키는 남편이 이혼을 거부하면 경찰에 신고할 생각이었으리라. 체포는 법에서 정한 이혼 사유에는 포함되지 않지만, 이혼 협의가 결렬되었을 때 기키 측에 유리하게 작용하리라는 점은 틀림없었다.

만약 그날, 히시오가마의 찻집에서 기키에게 사죄하지 않았다면 자신도 지금쯤 기사야마0과 마찬가지로 경찰에게 쫓기고 있었을 터였다.

인생에는 곳곳에 함정이 도사리고 있다. 제아무리 주의 깊게 행동해도 모든 것을 피할 수는 없다. 가족을 복원하고 인생을 되찾으려면 역시 시스마가 필요하다.

그건 그렇고 엘리베이터가 느리다. 왼쪽 손목으로 눈을 돌리고는 어딘가에서 손목시계를 잃어버렸다는 사실을 떠올렸다. 주머니에서 스마트폰을 꺼내려는데 그제야 벽에 불이 들어왔다.

"오래 기다리셨습니다."

문이 열리자마자 스리피스 정장에 나비넥타이를 맨 남자가 공손하게 인사했다.

메릭타워 보니와다이의 25층의 한 호실에서는 매일 밤 고액의 포커, 바카라, 크랩스 등이 벌어진다. 나비넥타이남은 불법 카지노 '2510'의 플로어맨이었다.

"기사야마 님이시죠? 오랜만입니다. 이쪽으로 오십시오."

엘리베이터 문을 잡은 채 안쪽으로 손을 향했다.

"오늘은 플레이하러 온 게 아니야."

"네?"

"전직 아역배우에게 볼일이 있어. 불러주지 않겠나?"

"에덴 씨 말인가요?" 남자는 귀찮아하는 기색도 없이 답했다. "죄송하지만, 저희 쪽에는 한동안 오지 않아서요."

눈치채지 못하게 혀를 찼다. 에덴은 바카라가 특기여서 종종 마약으로 번 돈을 때려 넣고는 0의 개수를 몇 개나 늘리곤 했다. 여기에도 없다면, 도대체 어디에서 무엇을 하고 있는 걸까.

"어디 갈 만한 곳 모르나?"

"흐음, 글쎄요."

남자는 관자놀이를 눌렀다.

'2510'의 스태프가 자신을 함부로 대하지 못하는 것에는 이유가 있다.

기사야마는 지금까지 스무 명 이상의 동료에게 '2510'을 소개했다. 불법 카지노로서는 순진한 의사만큼 좋은 먹잇감이 없다. 밑천도 두둑한 데다가 사회적 신용을 잃어서는 안 되기에 경찰에 도박장을 밀고할 리도 없다. 그리고 무엇보다 그들은 어떤 인간보다 자신의 재능을 믿는다.

대다수의 의사는 초중고에서 의대, 그리고 의사 국가시험에 합격할 때까지 좁은 외길에서 성공 체험을 거듭했다. 그들은 자신이 우수하다는 점을 의심하지 않는다. 그런 인간이 한 번이나 두 번, 카지노에서 운 좋게 돈을 따면 그것을 자신의 재능이 발휘된 결과라고 믿는다. 그리고 카지노에 빠져들어 이윽고 '2510'의 매출에 크게 공헌하게 되는 것이다.

"에덴 씨의 사업은 순조로워 보였습니다. 스스로 아오바시를 떠난 것 같지는 않아요."

플로어맨이 관자놀이에서 손가락을 떼고 안타까운 듯 말했다.

"그렇다면 생각할 수 있는 이유는 하나뿐이네요."

가망 없는 환자에게 병명을 선고하는 의사처럼.

"야쿠자에게 찍혀서 뜨거운 맛을 본 건 아닐까요?"

1 행운아

10월 11일, 일요일. 분기 42일 차.

쇼핑몰 버즈의 국제물산 페어에서 산 북경 오리를 한입 베어 물려고 하는데 테이블의 스마트폰이 진동했다. 껍질에 두반장을 바르던 마후유가 손을 닦고 일어나 스마트폰을 들고 거실을 나갔다.

"여보세요?"

기키가 "하여튼" 하고 콧김을 내뿜었다. 기키는 녹화해둔

〈살인밥〉을 보면서 껍질에 오이채를 밀어 넣고 있었다.

"잠깐만. 예정은 비어 있는데, 하루는 괜찮아?"

TV를 보는 시늉을 하며 복도에서 들려오는 소리에 귀를 기울였다. 마후유에게 전화한 것은 남자친구인 하루인 모양이다.

9월 5일, 마후유의 생일에 의식을 되찾은 하루는 순조롭게 회복하여 다음 주인 9월 11일에 재활을 마치고 퇴원했다. 기사야마가 기대했던 기억 손실은 없었고, 후유증도 보이지 않는다.

"그거야 공짜로 온천에 갈 수 있는 건 기쁘지만. 예약하기 전에 상담 좀 해."

마후유의 목소리가 커졌다. 아야카가 복도 쪽을 바라보며 중얼거렸다. "또 싸우는 거야?"

기사야마도 최근 몇 주간, 마후유가 남자친구와 다투는 목소리를 몇 번이고 들었다.

병이나 부상을 계기로 태도가 크게 바뀌는 사람은 드물지 않다. 자신은 불쌍한 일을 당했으니 친절하게 대해줘야 한다는 마음이 평소에는 억누르고 있던 오만함을 드러내게 하는 것이다. 하물며 그 얄팍한 남자다. 입원 중에 마후유가 헌신적으로 돌봐줬기에 함부로 대해도 괜찮다고 말도 안 되는 착각을 하고 있으리라.

"아니, 당일치기니까 괜찮다는 게 아니라."

"죽어, 요네지로!"

TV에서는 하제타 안호가 연기하는 연쇄살인범이 형사의 목에 만두를 쑤셔 넣고 있었다. 무척이나 소름 끼치는 BGM, 콘트라베이스의 불협화음이 흘렀다.

"나, 아카다마의 erimin이야. 너처럼 매일매일 한가하지 않다고."

결국 마후유가 화를 냈다.

식탁 분위기는 엉망이 되었지만, 기사야마는 내심 안도의 한숨을 내쉬었다.

다시 남자친구를 소개하고 싶다고 말하면 어쩌나 생각했지만, 이런 상태라면 앞으로 두 사람은 오래 가지 못하리라.

"언니도 참 고생이네."

아야카가 김빠진 목소리를 내더니, 칼슘 길항제를 입에 넣었다.

2 복원자

11월 2일, 월요일. 분기 64일 차.

"남자 대학생 한 명이 실종돼서 말이야."

매점에서 산 커피를 한 모금 마시려는데 이모쿠보 형사가 말을 꺼냈다.

"전에 사귀었다는 여자를 만났는데 깜짝 놀랐잖아. 그 아

카다마의 보컬이라는 것만으로도 넋이 나갈 지경이었는데,
잘 보니 꽤 익숙한 성씨더라고."

제3병동 옥상에 무신경한 탁한 목소리가 울려 퍼졌다. 누
가 듣고 있지는 않을까 불안했지만, 두 사람 말고 다른 사람
의 그림자는 없었다. 소심한 이사장의 판단으로 3년 전부터
환자의 옥상 출입은 금지되어 있다.

"맥네 큰딸의 전 남자친구는 어디로 사라졌을까? 짚이는
거 없어?"

"있습니다."

기사야마는 나무 그늘 난간에 기대고는 망설이듯 천천히
숨을 내쉬었다.

"하루 군은 야쿠자에게 당한 거겠죠."

바람이 멈추고 모밀잣밤나무의 웅성거림이 사라졌다.

"야쿠자?" 이모쿠보의 목소리가 딱딱해졌다. "야쿠자의 여
자에게 손이라도 댄 거야?"

"마후유에게 이야기를 들었다면 제가 가족과 별거 중이라
는 사실은 이미 알고 계시겠네요."

기사야마는 살짝 목이 멘 채로 말했다.

"어, 뭐 그렇지."

"그렇다면 이야기가 빠르겠네요. 결론부터 말하면 그 남자
가 손을 댄 건 여자가 아니에요. 약입니다."

커피로 목을 축인 후 거리로 눈을 돌렸다. 대로변으로 낮

은 빌딩이 늘어서 있었다.

"두 달 전쯤, 버즈의 뒷골목에서 그를 만났어요. 그는 걸스 클럽에서 쫓겨난 참이었죠. 저는 한눈에 그가 암페타민 중독자라는 사실을 알았어요."

구름이 태양을 덮었다. 나무 그늘이 더욱 어두워졌다.

"약을 소지 중이라면 신고하려는 생각에 짐을 뒤지자, 지갑에 학생증이 있었습니다. 거기에 어째선지 들어본 적 있는 이름이 적혀 있더군요. 저는 그 남자가 다음 날 인사하러 올 예정이던 큰딸의 교제 상대라는 사실을 깨달았죠."

하하, 하고 이모쿠보가 연기를 내뱉었다. "그것 참 안됐군."

"제가 어쩔 줄 몰라 하는데, 걸스 클럽에서 험상궂은 인상의 남자가 나오더군요. 하루 군은 가게의 요금을 내지 않던 거예요. 저는 곧장 그의 팔을 잡아끌어 근처 호텔, 가네샤로 데리고 들어갔습니다."

"이상한 객실만 있는 그 호텔 말인가?" 이모쿠보는 거리로 눈을 돌려 그 주변을 보면서 "변태들이 자주 죽어 나오지" 하고 덧붙였다.

기사야마는 끄덕였다.

"제가 생각한 건 하나뿐이었어요. 어떻게 하면 딸이 상처 입지 않고 끝날까. 저는 그를 꾸짖고 약물중독 외래 진료를 받으러 오라고 다짐을 받은 후 가게에 낼 돈을 건넸습니다."

"선생도 한 명의 부모군."

이모쿠보가 쓴웃음을 지었다.

"그런데 다음 날 집에 인사하러 온 하루 군은 저와의 약속을 전혀 기억하지 못하더군요. 게다가 암페타민 작용으로 인해 기억이 혼탁해져 있었겠죠. 저와 가네샤에 들어간 것, 그곳에서 돈을 받았다는 사실을 연결해서는 하필이면 저한테 몸을 팔았다고 말한 거예요."

이모쿠보가 콜록거리더니 누린내 나는 숨을 내쉬었다. "그건 큰일이군."

"제가 한 행동이 잘못된 거였죠."

기사야마는 모밀잣밤나무의 줄기 근처, 그림자가 진한 부근으로 자연스레 이동했다. 왼손으로 측두부를 누르며 최선을 다해 무상함을 표현했다.

"제가 건넨 푼돈은 곧장 사라졌겠죠. 그리고 그는 빚더미에 앉게 된 거예요."

고개를 들어 바다 쪽으로 시선을 향했다.

"지금쯤 어딘가의 열악한 공장에서 일하고 있거나, 장기를 털린 채 아오바 만에 가라앉아 있는 건 아닐까요."

0 도망자

11월 20일, 금요일. 분기 82일 차.

알루미늄 쓰레기통의 뚜껑을 열자, 파인애플을 양념에 절인 듯한 악취가 코를 찔렀다.

기사야마는 안개비가 내리는 가운데 가기리야마 캠프랜드의 쓰레기 처리장을 방문했다. 빈 병에 빈 캔, 과자 봉지, 닭 뼈, 꽁치 대가리, 옥수수 심지, 마늘 꽁지, 기타 크고 작은 다양한 쓰레기가 가득 담긴 봉지에서 먹을 수 있을 만한 것을 꺼냈다.

3일 전에 왔을 때보다 오래 보관할 수 있을 만한 과자가 많았다. 먹을 만한 것을 골라 아웃도어용 가방에 넣고 지퍼를 닫았다. 쓰레기통 옆에 주간지가 떨어져 있기에 내친김에 옆구리 주머니에 쑤셔 넣었다.

"정수리 폭발 코카코카 라임. 시음용 음료를 나눠드립니다!"

캠프장을 빠져나가려는데 입구 쪽에서 혀짧은 목소리가 들렸다. 라임그린색 레인코트를 입은 여자 두 명이 길을 지나는 사람들에게 병을 나눠주고 있었다.

갑자기 갈증이 치밀어 올랐다. 벌써 두 달째 술을 마시지 못했다. 매일 같이 술이 든 병이나 캔을 뒤졌음에도 말이다.

아르바이트생에게 얼굴을 들킨다고 해서 신고당할 우려는 없을 테다. 기사야마는 빨려 들어가듯 라임그린색 텐트에 다가갔다. 레인코트를 입은 여자가 빙긋 웃더니 "여기요"라며 차가운 병을 건넸다. 후드 사이즈가 맞지 않는지, 두껍게 그은 아이라인이 절반 정도 비에 씻겨 내려가 있었다.

너도밤나무숲을 빠져나가 방치된 밭의 밭둑길을 나아갔다. 머리 위까지 뻗은 억새를 헤쳐 나간 끝에 낡아빠진 오두막이 나타났다.

경찰의 수배가 내려진 이상, 오지키의 자택에는 돌아갈 수 없다. 모나키 산의 불사관도 원래는 아버지의 별장이기에 언제 발각되어도 이상하지 않다. 보금자리를 잃은 기사야마는 가가조 시내의 빈집을 전전한 결과, 일주일 전부터 이 폐가에 숨어 지내고 있었다.

미닫이문을 열고 현관 귀틀에 엉덩이를 대고 앉았다. 병뚜껑을 따고 코카코카 라임을 목에 들이부었다. 맛있다. 지금까지 마신 어떤 술보다 알코올이 몸에 스며든다. 뭔지 알 수 없는 향료의 향까지 고급스럽게 느껴질 정도이니 이상하다. 정수리 폭발이란 이런 뜻이었나.

기분이 좋아진 채 벽에 기대 쓰레기장에서 주워 온 주간지를 훑어봤다. 펄럭펄럭 페이지를 넘기다 3면 기사에서 갑자기 손이 멈췄다.

아카다마 erimin의 아버지가 성폭행 혐의로 수배 중!
드라마 〈살인밥〉의 주제가 〈마법의 버섯〉으로 큰 인기를 끌고 있는 음악 유닛, 아카다마. 대망의 첫 라이브 투어도 시작되어 전국 각지의 아카짱(아카다마의 팬)을 열광시키고 있지만, 그런 아카다마의 보컬 erimin(본명 비공개)의 아버지가 성폭행 혐의로 경찰에 지명수배

되었다는 사실이 본지 취재로 드러났다.

erimin의 아버지 S씨는 올해 8월의 사건 발각 이후 실종되었고, 지금도 도피 생활을 이어가고 있다. 자세한 피해 내용은 밝혀지지 않았으며, 소속 사무소인 라이히 프로모션에도 취재를 요청했지만 답변은 없었다. 라이히 프로모션은 코카인 베이비스의 보컬인 미키오가 자살했을 때 무리한 정보 공작을 벌인 것으로도 알려져 있다. 앞으로의 대응에 귀추가 주목된다.

기사야마는 세상에 버려진 듯한 기분으로 기사를 읽었다.

왜 이렇게 되어버린 걸까.

시스마로 인해 분기한 기사야마들 중 한 명은 가족과의 삶을 지켰고, 다른 한 명도 그것을 되찾으려 하고 있다. 그런 가운데 나만 무엇을 하고 있는 것인가. 왜 경찰에 쫓기고 일본 전역에 노출되어야만 하는가.

잡지를 흙바닥에 던져버렸다. 기둥에 세워져 있던 허수아비가 소리를 내며 쓰러졌다. 전에는 밭의 장식으로 사용하던 것이리라. 헛간에는 외발자전거와 경운기가 놓여 있었다.

코카코카 라임을 단번에 비웠다. 어디선가 천진난만한 웃음소리가 들렸다. 허수아비가 웃은 걸까. 물론 그럴 리 없다. 근처에서 아이들이 놀고 있는 것이리라. 아무래도 이 주변도 아이들의 놀이터가 된 듯하다. 딱 좋은 빈집을 발견했다고 생각했는데 오래 있을 수는 없을 것 같다.

"젠장."

기사야마는 신문지가 채워진 허수아비의 머리를 차서 날려버렸다.

1 행운아

1월 3일, 일요일. 분기 126일 차.

"4월 4일 오후에 시간 되시나요? 투어 최종일 다음 날, 신생 코카인 베이비스 쪽에서 이벤트 섭외가 들어왔는데요. 수락하면 오프닝 공연을 맡게 됩니다."

"아. 일단 그날에는 약속이 있는데, 다른 날로 미룰까요?"

"아니요. 원래 일정을 우선하셔도 됩니다."

"그래도 되나요?"

"마후유 씨는 erimin이기 이전에 이제 막 스무 살이 된 대학생이에요. 사생활도 소중히 여겨주세요."

연예인과 매니저의 대사를 엿들으며 주간지의 엉터리 기사를 대강 훑어보고 있자니, 무이가 미닫이문을 열고 거실에 얼굴을 내밀었다.

"여러분, 4월 3일에 열리는 투어 최종일에 오실 수 있나요? 시크릿 게스트도 등장하거든요."

"게스트요?" 아야카가 튕겨 오르듯 스마트폰에서 얼굴을 들었다. "설마……."

"아카다마가 주제가를 부른 드라마 〈살인밥〉에서 주연을 맡은 배우 하제타 안호 씨예요."

아야카는 의자에서 굴러떨어졌다.

"갈게요, 갈게요. 꼭 갈게요."

"봄방학에는 병원 식당에서 아르바이트하는 거 아니었어?"

"그럴 때가 아니지. 안짱은 펄프패러의 투명탐정 성우도 하고 있으니까. 꼭 갈 거야. 아르바이트 잘려도 갈 거야."

"그럼 나도 갈까? 당신은?"

스마트폰으로 문자를 보내던 기키는 달력 앱을 열고 "아" 하고 손가락을 멈췄다. "그날, 〈멀티한 멀티〉 출연진 정기 모임이야."

"중간에 빠져나올 수 없어?"

"안돼. 그 사람들, 전혀 돌아갈 생각을 안 하니까." 우울한 듯 어깨를 떨구더니 말했다. "당신이랑 아야카 둘이 다녀와."

"그럼 두 명 몫의 관계자석을 마련해두겠습니다."

아야카가 승리 포즈를 취했다. 마후유는 어이없다는 듯 웃으며 "언니한테 감사해라"라고 말했다.

기사야마는 홀로 평온한 일상의 소중함을 만끽했다.

우려되는 점이 있다고 하면 마후유가 아직 남자친구와 헤어지지 않았다는 것 정도일까. 하지만 최근에는 전화 통화 소리도 거의 들리지 않는다. 남은 거라곤 타이밍의 문제일 뿐이다.

뭐가 됐든 순조롭다. 무심코 입꼬리가 올라가는 순간, 문득 가슴에 불안감이 엄습했다.

이럴 때야말로 무언가 커다란 불행이 기다리고 있는 것은 아닐까. 몇 달 만에 그런 마음이 부풀어 올랐다.

이것이 기우라고 단정할 수만은 없다는 사실은 자신을 제외한 다른 기사야마들을 생각하면 명백했다. 한 명은 경찰에 수배당해 도망자 신세. 다른 한 명은 가족을 되돌리려고 애쓰고 있지만 그러기 위해 엄청난 고생을 거듭하고 있다.

단 하나의 작은 균열이라도 놓치면 그들과 같은 상황에 놓일 수 있다. 다행히 나는 아직 시스마를 하나 가지고 있지만, 그것을 사용한다고 해도 시간 역행을 할 확률은 50퍼센트. 의지해야 할 에덴의 행방도 알지 못한다.

생각할 수 있는 위험은 전부 제거해둔다. 할 일은 그것 말고는 없다.

기사야마는 조만간 불사관에 가기로 마음먹었다.

0 도망자

1월 8일, 금요일. 분기 131일 차.

살을 에는 바람이 아파트 펜스를 울렸다. 해가 기울며 바람의 기세도 강해졌다. 빨리 잠자리를 찾지 못하면 오늘도 너도밤나무숲에서 밤을 지새우게 된다.

코를 훌쩍이며 어깨를 움츠린 채 걸으면서 좌우로 늘어선 집을 바라봤다. 흙벽이 무너지고 평고대가 노출된 단층집에 눈이 머물렀다. 빈집일까 기대했는데 냉난방기의 실외기 팬이 돌고 있었다. 절로 혀를 차고 싶어졌다.

문득 고개를 드니 아파트 건너편에 가가조 의과대학 부속병원의 세 병동이 보였다. 제3병동 옥상에서 모밀잣밤나무가 격렬하게 흔들리고 있었다. 오늘의 잠자리는 찾지 못한 채 결국 과거의 직장 근처까지 와버린 듯했다.

발길을 돌리려는데 인도를 걸어오는 사람이 눈에 들어왔다.

갑자기 심장박동이 빨라졌다. 모자의 챙을 내리고 윈드브레이커의 옷깃으로 입가를 가렸다.

그 소녀는 아야카와 꽤 닮아 있었다.

교복은 틀림없이 가가조 국제고등학교의 것이다. 손에 든 스마트폰 커버에는 낯익은 붕대남, 투명탐정이 그려져 있다. 체형이 조금 달라진 것 같긴 하지만, 키와 헤어스타일은 똑같다.

고개를 돌려 소녀와 스쳐 지나간 직후, 모자의 챙을 들어올리며 뒤를 돌아봤다.

환각이 아니다. 역시 아야카다. 가가조 의과대학 부속병원에서 나온 것 같은데, 새로운 아르바이트를 시작한 걸까.

문득 지금까지 생각지도 못했던 방법이 떠올랐다.

빈집을 전전하는 것만으로는 해결되지 않는다. 지금 해야 할 일은 이 상황을 바꾸는 것이다. 도망을 그만두고 공격으로 전환해야 한다.

그러기 위해서는 **그 남자**의 도움이 필요하다.

기사야마는 모자를 고쳐 쓰고 가가조 의과대학 부속병원의 병동을 올려다봤다.

2 복원자

3월 8일, 월요일. 분기 190일 차.

기사야마는 결국 소란스럽지만 사랑스러운, 바쁘지만 충실한 가족과의 아침을 되찾았다.

"저기, 여보."

오랜만에 커다란 침대에서 자느라 제대로 잠을 자지 못했다는 기키가 어딘지 긴장된 표정으로 커피잔을 들고 왔다. 평소에는 탄산수만 마시던 그녀가 무슨 꿍꿍이인지 커피에 브랜디까지 섞은 상태였다. 여전히 볼이 쑥 들어가고 눈구멍이 움푹 패었지만, 낯빛이 밝아 보이는 것은 화장 때문만은 아닐 것이다.

"저기, 왜 빨리 진실을 말하지 않은 거야?"

기키는 티스푼으로 커피를 저으며 말했다. 하루가 집에 찾아온 그날에 대해 말하는 것이리라. 물론 대답은 이미 준비되어 있었다.

"마후유를 지키고 싶었거든."

양손으로 감싸듯 컵을 쥐고 한숨을 뒤섞으며 말했다.

"당신과 두 딸의 오해를 풀려면 그 남자가 약물중독이라는 점을 밝혀야만 했지. 그런 남자랑 사귀고 있었다는 사실이 세간에 알려지면 erimin은 곧장 언론의 먹잇감이 돼. 그렇게 되지 않도록 무이 씨가 손을 쓴다고 해도 마후유는 앞으로 계속 꺼림칙한 마음을 품은 채 활동하게 될 거야. 그 아이가 여태까지 노력한 것을 생각하면 도저히 사실을 밝힐 수 없었어."

복도에서 옷이 스치는 소리가 들렸다. 마후유가 귀를 기울이고 있는 것이리라.

"지금은 후회 중이야. 마후유는 그렇게 약하지 않아. 나는 딸을 과소평가하고 있었어."

기키는 티스푼을 내려놓고는 핸드백을 집어 안에서 본 적 있는 종이를 꺼냈다.

"서명하지 않아서 다행이야."

그렇게 말하더니 이혼신고서를 찢어 쓰레기통에 버렸다.

말할 필요도 없이 기키에게 말한 것은 전부 거짓말이었다. 몇 달 전, 제3병동 옥상에서 이모쿠보에게 말한 것과 동일했다. 애초에 하루는 약물중독이 아니었고, 납치한 것은 야쿠자가 아니라 기사야마다. 하루의 입을 막은 뒤 일련의 사건은 딸을 그 남자에게서 지키기 위한 연극이었던 것으로 만들기로 했다. 에덴을 찾지 못한 채 감행한, 실패가 용납되지 않는 계획이었지만 어떻게든 원하는 대로 진행되었다.

기키가 컵을 손으로 집어 들었다. 숨을 내쉰 후에 커피에 입을 대려는데, 스마트폰이 진동했다. 디스플레이를 보고 "앗!" 하고 외쳤다. "큰일이야. 약속이 있다는 걸 깜박했네." 립스틱이 묻은 컵이 쓰러지고, 커피가 셔츠 원피스의 하복부 부근을 적셨다. "앗, 뜨거!" 기키가 의자에서 튕겨 올랐다.

자신도 모르게 웃음이 터질 뻔한 기사야마는 서둘러 입술을 깨물었다.

역시 기사야마 가의 아침은 이래야만 한다.

기키가 셔츠 원피스를 벗으면서 욕실로 달려들었다. 미닫이문이 닫히려는 틈에 마후유가 거실로 미끄러져 들어왔다.

"저기, 아빠. 물어보고 싶은 게 있는데."

마후유는 방금까지 기키가 앉아 있던 의자에 앉아 어째선지 목소리를 낮춘 채 물었다.

"뭔데?"

행주로 커피를 닦으면서 대답했다.

"아빠가 하루를 만났을 때 말인데. 아빠, 거리에서 만난 청년의 학생증을 보고, 그게 내 남자친구라고 깨달았다고 했잖아."

"응, 맞아."

가족에게도 제3병동 옥상에서 이모쿠보에게 한 것과 같

은 설명을 한 상태였다.

"그거, 아무래도 이상해서." 마후유가 비밀 이야기를 하듯 몸을 내밀었다. "왜냐하면 그날, 하루는 학생증을 안 가지고 있었거든."

뭐라고?

"내가 가지고 있었어."

마후유는 스웨트 팬츠 주머니에서 학생증을 꺼냈다. 도호쿠경제대학 미디어커뮤니케이션학부. 사진에는 마후유가 찍혀 있는데 그 오른쪽 칸에 어째선지 하루의 이름이 적혀 있었다.

"하루가 대만 맥주를 좋아한다는 이야기, 기억하지? 가가조의 버즈에서만 그 맥주를 팔아서 내가 자주 사다줬다고 말한 것도."

물론 기억한다. 하루가 찾아오기 전날, 기사야마도 굳이 버즈에 대만 맥주를 사러 갔었다.

"그런데 그때 나는 아직 술을 살 수 없는 열아홉이었잖아. 점원이 신분증을 확인하면 곤란하겠지? 그래서 나, 하루의 학생증을 빌렸거든."

자세히 보니 마후유의 얼굴 사진은 스티커였다. 하루의 사진 위에 스티커를 붙여서 자신의 신분증으로 위장한 것이다. 이름은 가가미 하루니까, 떼어 읽는 위치에 따라 가가 미하루로도 읽을 수 있다. 미하루라면 여자 이름으로도 이상하지 않다.

"아빠랑 만났을 때 하루가 학생증을 가지고 있었을 리 없어. 그걸 보고 내 남자친구라고 알아챘다는 건 거짓말이지?"

마후유의 말이 맞다. 그때 하루가 가지고 있던 학생증은 하루카와 히나타라는 전문대생의 것이었다.

"사실대로 말해줘. 엄마랑 아야카에게는 말하지 않을 테니까."

마후유가 속삭였다. 어두운 동굴에서 울려 퍼지는 듯한 목소리였다.

"그날, 하루랑 뭐 했어?"

0 도망자

3월 16일, 화요일. 분기 198일 차.

지나가는 사람에게 보이지 않도록 우산으로 얼굴을 가린 채 인터폰 버튼을 눌렀다.

비에 젖어 얼룩진 알루미늄 문 건너편에서 띵동, 하고 차임이 울려 퍼졌다. 방정맞은 발소리가 이어지더니, 딸깍, 하고 자물쇠가 열렸다.

"기사야마 선생님?"

아이돌 못지않은 미남이 초롱초롱한 눈을 크게 뜬 채 기사야마의 머리끝부터 발끝까지를 훑듯이 바라봤다. "여기는 어쩐 일로?"라며 곱슬머리를 긁는 동작도 여전했다.

"상태가 말이 아니시네요. 차라도 드릴까요? 페트병이긴
하지만."

우라시마 가즈토시는 고양이라도 밟은 것처럼 "아" 하고
눈알을 뒤집었다.

"TV에서 봤는데, 선생님이 erimin의 아버지라면서요? 게
다가 경찰에 쫓기는 중이라던데. 그럼 당연히 상태가 좋을
리 없겠네요. 그래도 힘들었던 건 선생님뿐만이 아니에요.
저도 마찬가지죠. 새로운 선생님은 제 말을 전혀 믿어주지
않거든요. 그 사람은 돌팔이, 그것도 엄청난 돌팔이예요."

있는 대로 아래턱을 내밀었다. 도루묵 얼굴이 정겨웠다.

"차 좀, 부탁해요." 기사야마는 상대방의 절반 정도의 목소
리로 말했다. "그리고 부탁할 게 하나 더 있어요."

"선생님이 저한테요?"

천천히 끄덕였다.

"실은 저도 악마의 표적이 된 것 같아요."

우라시마는 아아아, 하고 신음하면서 빙글 한 바퀴를 돌더
니 머리를 감싸 안았다.

"세상에, 이게 무슨 일이죠? 선생님한테까지."

"그러니 부탁입니다. 저를 숨겨주실 수 없나요?"

망상증 남자는, 아니, 그러니까, 하고 후드 티 소매를 흔들
었다.

"저, 아무것도 못 하는데요."

"안에 들여주시기만 하면 됩니다. 악마가 나타나면 스스로 몸을 지킬 테니까요."

답을 기다리지 않고 현관 안으로 몸을 집어넣었다.

어째서 이렇게 딱 맞는 은신처가 있다는 사실을 잊고 있었을까. 이곳이라면 만에 하나 누군가에게 들키더라도 곧장 몸을 숨길 수 있다.

"그게, 우라시마 씨의 방바닥 밑에는 절호의 은신처가 있잖습니까."

1 행운아

3월 19일, 금요일. 분기 201일 차.

그동안 현안을 미루고 있었지만 이제 정리해야만 한다. 기사야마는 마음을 정하고 모나키 산의 불사관을 찾았다.

엘리베이터로 지하로 내려갔다. 문이 열린 순간이었다.

"죽어!"

가슴을 흔들며 페페코가 돌진해 왔다.

이렇다면 이야기가 빠르다. 기사야마가 손에 들고 있던 메스를 앞으로 향하자, 페페코는 스스로 그곳으로 달려들었다. 멍투성이의 하복부에 돋아난 메스의 손잡이를 보고, "뭐야, 이게"라고 말하고는 방귀를 뀌었다.

"너는 내 인생의 위험 요소야. 그러니까 사라져줘."

페페코가 침을 흘리며 양손으로 메스 손잡이를 잡았다. 기사야마는 고개를 저었다.

"뽑으면 피가 솟구칠걸? 어차피 죽을 거야. 깨끗하게 죽어."

"싫어!" 침이 좌우로 튀었다. "더럽게 죽어주지!"

외치면서 메스를 뽑았다. 꿀렁, 하고 우롱차 같은 액체가 흘렀다. 메스가 꽂혀 있던 것은 방광이었다.

"진짜로 더럽구만."

기사야마는 배를 차서 페페코를 쓰러뜨린 후 소변 범벅인 메스를 목에 찔러 넣었다.

※ ※

"네가 페페코를 죽였어?"

기사야마가 나타나기를 기다린 모양이었다. 관 안에서 눈을 뜨자마자 다른 기사야마가 멱살을 잡고 말했다.

"질문에 답해. 행운아, 네가 한 거야?"

"이제 막 잠든 참이야. 큰 소리 내지 마."

갑작스레 눈앞에 나타난 찌푸린 얼굴에 당황하면서 천천히 몸을 일으켰다.

행운아라는 것은 기사야마의 별명이다. 매일 밤 얼굴을 마주하는데 언제까지고 1이나 2라고 불러도 기분이 나쁘기에 보름 전에 별명을 정했다. 운 좋게 첫 번째 시스마로 시간 역행에 성공하고 아직 두 번째 시스마를 가지고 있다는 것이 별명의 유래였다.

"나는 기다리다 지쳤다고. 빨리 답해. 네가 페페코를 죽였어?"

아까부터 개처럼 짖어대고 있는 것은 복원자였다. 두 번째 시스마로 시간을 거슬러 올랐지만, 목매달기에 실패해 바닥에 뻗어 있던 탓에 그것을 낭비하고 만 기사야마2. 처음에 이 지하실에서 얼굴을 마주했을 때 와인레드색 파자마를 입고 있던 그 녀석이다. 가족을 복원하기 위해 에덴을 찾아다니고 하루를 납치하는 등 온갖 수단을 다 쓰고 있다는 점이 별명의 유래였다.

복원자는 3월에 들어선 후부터 계속해서 기분이 좋지 않아 보였다. 하루가 약물중독이었다는 엉터리 설명으로 이모쿠보를 속이고 기키의 신뢰를 되찾은 부분까지는 좋았지만, 가족과의 동거를 재개한 직후, 마후유에게 거짓말이 들통난 것이다.

"그래. 내가 페페코를 죽였어. 그게 뭐 어쨌는데?"

자신의 인생이 제대로 풀리지 않는다고 해서 아무 데나 화풀이를 해서는 곤란하다. 기사야마는 관에서 몸을 일으키고는 휘휘 손을 저었다. 뚜껑을 닫고 그곳에 앉으려는데 문득 이상함을 느꼈다.

"잠깐. 어떻게 알았어?"

기사야마는 아직 어제의 일을 그들에게 밝히지 않았다. 어째서 복원자가 이쪽 시간선의 사건을 알고 있는 걸까.

"이쪽의 페페코도 죽었어."

몇 초간 그 말의 의미를 이해하지 못했다.

"퇴근 후에 불사관에 갔더니 페페코가 지하실에서 죽어 있었어. 경부와 하복부에 찔린 상처가 있었고, 하복부 쪽에서는 소변이 흘러넘쳐 있었지. 그런데 날붙이는 보이지 않더군. 물론 외부인이 불사관으로 들어온 흔적도 없었고.

시체를 찬찬히 살펴보니 두 상처의 형태가 내가 사람을 죽일 때 사용하던 메스의 날과 일치했어. 페페코를 죽인 건 아무래도 **나**인 것 같단 말이야. 그런데 **이쪽의 나**는 페페코를 죽이지 않았거든. 그렇다면 생각나는 가능성은 하나밖에 없지."

복원자의 목소리는 낮고 험악해졌다.

"나 이외의 다른 기사야마 세이타가 페페코를 죽인 거야."

최근 7개월, 세 명의 기사야마는 각각의 시간선을 걸어왔다. 세 개의 시간선은 독립되어 있고, 서로에게 영향을 끼치지 않는다. ……그렇게 생각했었다.

"어떤 한 시간선에서 사람이 죽으면 다른 시간선에서도 같은 사인으로 사람이 죽어. 따라서 네가 자신의 시간선에서 페페코를 죽임으로써 내 시간선의 페페코도 죽게 됐어. 이게 합리적으로 도출한 결론이야."

이 세계는 여러 가능성이 중첩된 상태로 존재한다. 세계가 하나로 수축되는 것은 누군가가 그것을 관찰할 때뿐. 따라서 세 가지 의식이 각각 세계를 관측하면 세계는 세 가지 방식으로 수축된다.

그렇지만 엄밀히 말하면 기사야마의 세 가지 의식은 완전히 독립된 상태는 아니다. 하나의 뇌 안에 서로 중첩된 상태로 존재한다고 할 수 있다. 따라서 하나의 시간선에서 사람이 죽으면 중첩된 다른 시간선에도 그 죽음이 파급되어버리는 것이리라.

"왜 페페코를 죽였지?"

복원자가 기사야마를 몰아세웠다.

"위험 요소를 줄이기 위해서야. 페페코는 내 정체를 알고 있고, 과거에도 지하실에서 탈출하려고 했어. 너희 같은 꼴을 당하지 않으려면 죽여야 한다고 판단했어."

복원자는 잠시 기사야마를 노려본 후, 천창을 올려다보며 길게 숨을 내쉬었다.

"이미 엎질러진 물이야. 벌어진 일은 어쩔 수 없지. 하지만 앞으로는 제멋대로 행동하지 마."

"사람을 죽일 때는 네 허가를 받아야 한다는 거야? 다음은 산부인과의 이쿠타를 죽일까 하는데."

곧장 복원자의 콧김이 거칠어졌다.

"당연히 안 되지. 네가 이쿠타를 죽이면 내 시간선에서도 이쿠타가 죽어."

"그게 뭐가 문제인데?"

"나는 하루를 불사관에 감금하고 있어. 너한테는 쓸모가 없더라도 나는 아직 그 남자에게 하루를 돌보게 해야만 해."

그러고 보니 그랬다. 하루의 입을 막는 것뿐이라면 곧장 죽여버리면 그뿐이다. 일부러 지하실에 감금했다는 것은 하루를 제2의 '아야카'로 삼기 위해서이리라.

"그런 말을 해도 말이야. 이쪽에는 이쪽의 사정이 있거든."

"네가 이쿠타를 죽이면 나는 너한테 복수할 거야."

"복수?"

"마후유를 죽이겠어."

깨닫고 보니 복원자의 목을 조르고 있었다.

이 남자는 더는 마후유를 사랑하지 않는 것인가. 거짓말을 간파당한 것도 따지고 보면 자신의 허술함 탓인데 말이다.

"이봐, 자기 자신과 싸워서 어쩔 건데."

어느샌가 단두대에 누워 있던 도망자가 고개를 들어 올린 채 말했다.

이쪽은 두 번의 시스마 주사에서 두 번 다 시간 역행에 실패한 기사야마0이다. 처음에 만났을 때는 술로 얼룩진 셔츠를 입고 있었지만, 우라시마 가즈토시의 방에 숨어들고부터는 분홍색 후드 티만 입고 있다. 성폭행 혐의를 받고 며칠 전까지 빈집을 전전했던 것이 별명의 유래였다.

"어차피 함께 해나가야 하는 처지니까. 서로 싸우면 피곤해질 뿐이야."

도망자는 뒤집은 양철통에 앉아 대마 담배를 꺼내면서 거드름 피우며 말했다. 신변의 안전을 확보한 덕에 불안감에서 벗어난 것인지 요즘의 도망자는 완전히 기분이 좋아 보였다. 불만만 내뱉던 이전과는 마치 다른 사람 같다.

"가족에게 위해를 끼치는 녀석은 죽여버릴 거야." 기사야마는 복원자의 목을 쥔 손에 힘을 실었다. "설령 그게 나 자신이라고 해도 말이야."

"그만 좀 해. 모처럼 피우는 대마초가 맛없어지잖아."

도망자가 귀찮다는 듯 몸을 일으켜 둘 사이에 끼어들었다. 기사야마의 팔을 눌러 복원자에게서 떼어 냈다.

이 남자는 지하실에 나타날 때마다 대마 담배를 한 개비씩 피운다. 꿈속의 복장은 잠자리에 들 때의 것이 반영되기에 주머니에 대마 담배를 넣은 채 침대에 들어가면 꿈속에서도 그것을 피울 수 있다. 물론 현실의 대마 담배가 줄어드는 일도 없다.

"하룻밤에 딱 한 개비만 피울 수 있는 귀중한 잎이야. 조용히 피우게 해줘."

담배 끝을 두 명에게 향하며 말했다.

기사야마도 대마 담배를 피우고 싶었지만, 공교롭게도 가지고 있는 것이 없었다. 8월 30일에 시스마를 맞고 시간을 역행한 직후, 어떻게 하루를 쫓아낼까 생각하며 피운 두 개비가 담뱃갑에 남아 있던 마지막 대마 담배였다. 그 후, 에덴이 행방을 감춘 탓에 새로운 대마초도 손에 넣지 못한 채다. 한 개비라도 남겨두었더라면 매일 밤 꿈에서 피울 수 있었을 텐데. 그렇게 후회해도 이미 늦었다.

"그래도 뭐, 행운아의 마음도 알겠어. 그러니까 규칙을 정하자."

도망자는 유쾌하게 말하고는 콜록대는 복원자의 코 끝에 담배를 내밀었다.

"이건 어때? 규칙 하나. 사람을 죽일 때는 다른 두 명에게 그 필요성을 충분히 설명하고 허락을 구한다. 규칙 둘. 한 명이 살인 허가를 요청하면 나머지 두 명은 자신의 시간선에 미치는 영향을 검토하고 지장이 없는 경우에는 그것을 허락한다."

"그럼 내가 이쿠타를 죽이고 싶다고 말해도 이 남자가 거절하면 그만이잖아."

기사야마가 불평을 터뜨렸다.

"끝까지 들어. 중요한 건 다음이야. 규칙 셋. 만약 누군가가 이 규칙을 어기고 나머지 두 사람의 허락을 받지 않고 사람을 죽인 경우, 그 녀석의 소중한 사람을 한 명 죽인다."

끼익, 하고 단두대의 날을 매단 줄이 삐걱거렸다.

"그런 걸 어떻게⋯⋯."

"간단하잖아. 규칙을 깬 녀석의 소중한 사람을 나머지 중 누군가가 자신의 시간선에서 죽이면 되지. 시간선을 넘어선 연쇄 현상으로 그 사람은 모든 시간선에서 죽게 될 테니까."

그렇군. 과연 **기사야마**가 떠올릴 법한 규칙이었다. 자신들은 언제나 다른 자신의 소중한 사람을 죽일 수 있다. 이른바 인질을 잡은 것 같은 상황이다. 그것을 살인 억제에 활용한다는 말이다.

"죽이기에 적합한 사람은 그 녀석에게는 소중하지만 다른 두 사람은 언제 죽든 상관없다고 생각하는 사람이야. 지금 우리의 경우라면 행운아의 인질은 가족, 특히 복원자가 애정을 잃어버린 장녀 마후유. 복원자의 인질은 산부인과의 이쿠타. 내 인질은 망상증의 우라시마겠지."

대마 담배를 기사야마에게 향하고는 말을 이었다.

"이번에 행운아가 페페코를 죽인 건 문제 삼지 않을게. 다만 이어서 이쿠타도 죽인다면 우선 우리 두 명에게 이유를 설명하고 허락을 구해야 해. 복원자가 용인할 것 같지는 않지만, 그런데도 죽이고 싶다면 마음대로 해. 다만 그때는 나나 복원자가 마후유를 죽이겠어."

어때? 하고 도망자가 양손을 펼쳤다.

이 인질 규칙을 받아들인다면 이전처럼 자유롭게 사람을

죽이지 못하게 된다. 하지만 무엇보다 중요한 것은 가족을 지키는 것이다. 죽음의 연쇄 현상이 확인된 이상, 기사야마는 복원자나 도망자에게서 가족을 지켜야만 한다.

인질 규칙이 있으면 그들이 무분별하게 가족을 죽일 가능성은 줄어든다. 기사야마로서는 이 규칙을 받아들일 때의 이점이 적지 않았다.

그리고……. 기사야마는 빙긋 웃었다.

사람을 직접 죽이지 않는다고 해서 방해되는 자를 없애는 방법이 사라지는 것은 아니다. 기사야마의 머릿속으로는 자신의 손을 쓰지 않고 사람을 죽이는 방법이 떠오른 상태였다.

"좋아."

기사야마는 도망자의 손을 잡았다. 도망자가 복원자를 보며 턱으로 재촉했다. 복원자는 기사야마를 노려보더니 과장되게 한숨을 내쉬고는 "알았어"라며 둘의 손을 잡았다.

"그럼 규칙 성립이야."

도망자는 만족스러운 듯 지포 라이터를 꺼내 대마 담배에 불을 붙였다.

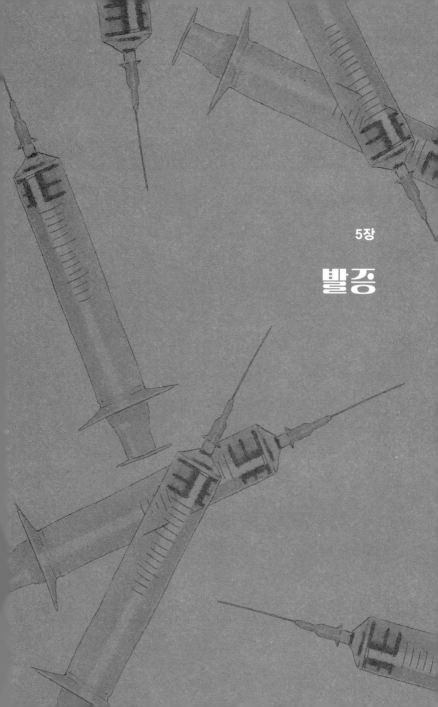

5장

발증

1

"크, 크, 크, 큰일이야. 터무니없는 일이 벌어졌어."

눈을 뜨자, 우스꽝스러운 후드 티를 입은 도망자가 어깨를 붙잡은 채 격렬하게 흔들고 있었다.

기사야마는 관 모서리를 잡고 일어섰다.

"저걸 봐."

도망자가 떨리는 손으로 방구석을 가리켰다. 복원자도 같은 곳을 보고 있었다.

먼지를 뒤집어쓴 목제 수술대.

그곳에 남자가 있었다.

코와 입을 가린 인공호흡기 마스크. 손목에는 수액 바늘. 그 외 대부분의 부위가 붕대에 감겨 있었다.

"뭐가 어떻게 된 거지?" 도망자가 입을 뻐끔거렸다. **"왜 우**

리 꿈에 모르는 남자가 있는 건데?"

"진정해."

기사야마는 숨을 한 번 내쉬고는 수술대 위의 남자에게 다가갔다. 휘유, 휘유, 천식 환자 같은 숨소리가 들렸다.

"우리 꿈에 들어올 수 있는 건 우리뿐이야. 이 남자도 똑같아."

마스크의 고정 장치를 푼 후 얼굴의 붕대를 풀었다. 어차피 꿈속의 일은 현실에 영향을 끼치지 않는다. 테이프째로 거즈를 떼어 내자, 오른쪽 눈꺼풀에서 뺨까지 피부가 찢어져 피와 고름이 뒤섞인 액체가 배어 나오고 있었다.

"끔찍하군."

얼굴의 거즈를 전부 벗겨냈다.

머리가 깎이고 여기저기의 피부가 염증을 일으켜 부풀어 있지만, 그럼에도 자신과 같은 기사야마 세이타라는 사실은 간신히 알아볼 수 있었다.

도망자가 얼굴을 들여다봤다.

"즉, 그건가."

10초 정도 침묵을 지킨 후에 기사야마를 노려봤다.

"행운아, 너 결국 두 번째 시스마를 쓴 거군."

기사야마는 끄덕였다.

"피치 못할 사정이 있어서 말이야."

※※

4일 전, 3월 23일. 오후 8시 55분.

기사야마는 퇴근길에 불사관을 방문했다.

로드바이크에서 내렸을 때 핸들에 달린 백미러에 눈길이 머물렀다. 거울에 비친 수풀 속에 나무판 같은 것이 숨겨져 있었다. 억새를 헤치자, '추락 주의'라고 적힌 수제 표지판이 드러났다.

너도밤나무숲을 지나면 이누지니 절벽이 있다. 아버지가 기구에서 떨어져서 중상을 입기 전, 아직 별장에 아이들을 초대하고자 생각하던 무렵에 절벽을 주의하라는 표지판을 만들어두었던 것이 떠올랐다. 설마 본인이 그 절벽에서 떨어져 죽으리라고는 아버지도 생각지 못했으리라.

볼품없는 표지판을 뽑아낸 참에 자동차 주행음이 들렸다. 더스크블루색 알트가 산길을 올라왔다. 범퍼가 움푹 팬 것은 기사야마가 망상증 환자인 우라시마를 차로 치었을 때 사용했기 때문이다. 오후 9시, 기사야마가 지시한 시각에 알트는 불사관 정면에 정차했다.

"안녕하세요! 이쿠타입니다."

밝은 목소리와는 달리 이쿠타의 얼굴은 새파랗게 질려 있었다.

"딱 맞춰왔군. 이것 좀 들어."

흙투성이 표지판을 들게 했다. 엄지손가락의 진흙을 닦고 문의 센서에 가져다 댔다.

현관홀에 들어서자 바스락바스락 바퀴벌레 발소리가 들렸다. 이쿠타가 불안한 듯 시선을 허공에 띄웠다.

"너에겐 정말로 감사하고 있어. 내가 행복하게 살 수 있는 건 네 덕이야."

기사야마는 의자에 엉덩이를 대고 킹배트 담뱃갑을 꺼냈다. 하나 물고 불을 붙였다. 대마초를 피우고 싶지만 내용물은 안타깝게도 일반 담배였다.

"그런 친구에게 이런 부탁을 하는 게 가슴 아픈데……." 이쿠타에게도 한 개비 내밀었다. "슬슬 죽어주지 않을래?"

이쿠타는 담배를 쥐려다가 곧장 떨어뜨렸다. "네?"

"가능하면 스스로 죽어줬으면 하는데. 너는 나에 대해 너무 많은 걸 알고 있어. 나한테 너는 위험 요소야. 그러니까 죽어줘."

이쿠타가 안고 있는 '추락 주의' 표지판이 떨렸다. "가, 갑자기 그렇게 말씀하셔도."

"딱히 절벽에서 뛰어내리라고 말하는 게 아니야. 방법은 스스로 정해도 돼. 염화칼륨을 써서 심부전증으로 위장하면 보험금도 나오지 않을까."

"싫습니다." 하아, 하아, 하고 개처럼 숨을 내쉬고는 말했다. "죽고 싶지 않아요."

"어떻게 해도?"

"어떻게 해도요."

"그럼 어쩔 수 없군."

기사야마는 발밑을 지나가던 바퀴벌레를 밟아 으깼다.

"사실은 이런 짓 하고 싶지 않지만."

태블릿 전원을 켜고 문서를 열어 이쿠타에게 보여줬다.

"네가 빚을 갚고자 쓰산에게 팔아치운 아기들의 모친 주소야. 그녀들에게 네가 한 짓을 알리는 편지를 보내겠어."

손가락으로 스크롤하면서 말했다. 이쿠타는 표지판을 떨어뜨리고는 흐느적거리며 바닥에 엉덩방아를 찧었다.

"너는 체포돼 온갖 언론에 얼굴과 이름이 보도되겠지. 이쿠타 가문의 이름은 당연히 땅에 떨어질 거야. 너에게 기대했던 친척들의 실망은 이루 말할 수 없이 크겠지. 너는 일족의 오점으로 말년까지 멸시당하고 욕을 먹을 거야."

이쿠타는 으, 으, 신음하면서 표지판에 적힌 '추락'이라는 글자를 바라봤다. 역시 이 남자, 아직껏 친척의 눈을 두려워하는 모양이다.

"일주일만 더 기다려줄게. 가문의 이름에 먹칠할지, 아니면 깔끔하게 삶의 막을 내릴지. 잘 생각해보고 결정해."

기사야마는 자리에서 일어나 바퀴벌레의 내장을 바닥에 짓이겼다.

※ ※

"억지로 자살로 몰고 가면 인질 규칙을 어기지 않고 사람을 죽일 수 있다고 생각한 거야?"

도망자가 참다못한 듯 혀를 찼다.

"너, 제대로 된 인간이 아니구나."

"후회하고 있어. 더는 이런 방법은 쓰지 않아. 그렇지 않다면 이렇게 속내를 드러낼 리 없었겠지."

"갑자기 기특한 말을 하네." 복원자가 기사야마를 힐끔 보더니 수술대로 눈을 떨궜다. "꽤 심한 일을 당했나 봐."

기사야마는 거울 속의 시간을 3일 뒤로 돌렸다.

"이게 어제, 3월 26일의 기억이야. 이날은 가족과 스트리트 키친 엘름에 점심을 먹으러 가기로 약속했어. 11시에 집을 나서는데 차고에서 갑자기 이쿠타가 뛰어나왔지."

귀신 같은 형상의 이쿠타가 죽어, 죽어, 하며 외치면서 다가왔다. 마후유의 비명. 이쿠타는 부엌칼로 기사야마를 베었고, 쓰러진 틈을 타 덮쳐서는 얼굴을 난도질한 후 마무리를 짓듯이 가슴에 칼을 꽂아 넣었다.

"부엌칼은 늑골 사이를 지나 폐까지 도달했어. 죽음을 각오한 나는 119에 신고하는 가족을 곁눈질하며 서재로 달려가 금고에서 시스마를 꺼냈지. 그리고 같이 준비해두었던 주사기로 그걸 맞았고, 정신을 차려 보니 침실에서 천장의 팬을 올려다보고 있었어."

거울 속이 전환되었다. 기사야마가 몸을 일으켜서 스마트
폰을 바라봤다. 시각은 오전 6시.

"악운이 참 긴 녀석이군."

기사야마도 절로 고개를 끄덕였다. 두 번 연속으로 시간
역행에 성공하다니 나는 정말로 운이 좋다.

"나는 서재 창문으로 차고를 감시하다가 이쿠타가 숨어드
는 장면을 찍어서 경찰에 신고했어. 이쿠타는 도검류 관리
법 위반으로 체포됐지.

한편, 운이 나쁜 쪽의 나는 구급차로 이송돼 가까스로 목
숨을 건졌어. 그리고 지금도 병원에서 치료를 받고 있지. 안
그래?"

기사야마가 귓가에 속삭이자, 수술대의 기사야마는 살짝
눈을 뜨고 마스크 안으로 작게 말했다. "죽어버려."

"그렇다면 이 남자는…… 기사야마3?"

"분기한 순서로 번호를 매긴다면 시간 역행으로 습격을
피한 내가 기사야마3. 치료 중인 그가 기사야마1이 되지."

복원자가 작은 나무상자에서 연필과 종이를 꺼내 새로운
계통도를 그렸다.

"이걸로 모두 두 번씩 시스마를 맞은 셈이군. 두 개의 시스
마로 분기할 수 있는 한도만큼의 우리가 다 모인 셈이야."

"별명은 뭐로 하지?"

"살아 있는 송장 꼴이니, 산송장은 어때?"

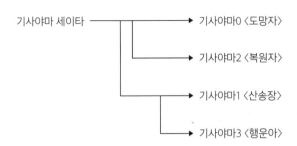

기사야마 세이타 ────→ 기사야마0 〈도망자〉

────→ 기사야마2 〈복원자〉

────→ 기사야마1 〈산송장〉

────→ 기사야마3 〈행운아〉

"그보다 너 말이야." 도망자가 기사야마를 노려봤다. "쓸데없는 짓을 하고 말이야. 만약에 산송장이 죽었다면 연쇄 현상으로 우리 모두 죽었을 거야."

"아, 그래. 미안해."

"문제는 어떻게 이런 식의 부정행위를 막을지야. 모처럼 심플한 규칙을 만들었는데, 너 같은 녀석 탓에 다시 규칙을 늘려야만 하잖아."

"반성하고 있어."

"그럼 지혜를 발휘해봐. 어떻게 하면 우리 중 누군가가 직접 사람을 죽이는 게 아니라 간접적으로 사람을 죽음으로 몰아넣는 걸 막을 수 있지?"

기사야마가 답하는 것보다 빠르게 복원자가 대답했다.

"이렇게 하자. 규칙 넷. 우리 주변의 인간이 연쇄 현상에 의해 죽은 경우에는 그 일이 발생한 원인이 된 시간선의 내가 그 인물을 죽음으로 몰아넣지 않았음을 증명해야만 한다."

"그 일이 발생한 원인이…… 뭐라고?"

"이번 케이스로 말하자면 가령 이쿠타가 고칼륨 혈증으로 죽은 경우, 그 일이 행운아의 언행의 결과가 아니라는 점을 행운아 자신이 증명해야만 한다는 거지. 그러지 못한다면 사람을 죽인 경우와 같이 인질을 죽이면 돼."

복원자가 둘을 바라봤다. 도망자는 "그렇군" 하고 팔짱을 꼈다.

이 추가 규칙이 제안될 것은 예상하던 바였다. 이를 거절한다는 선택지는 없었다. 추가 규칙으로 도망자나 복원자를 묶어두지 않으면 같은 방식으로 가족을 죽여버릴 수 있기 때문이다.

"반론이 없다면 네 번째 규칙도 성립이군."

도망자가 단두대 앞의 양철통에 앉아 평소처럼 대마 담배를 물었다. 복원자도 전기의자로 돌아가 등받이에 몸을 기댔다. 어딘지 모르게 동작이 어색한 것은 갑자기 나타난 네 번째의 기사야마, 즉 산송장을 어떻게 대해야 좋을지 모르기 때문인가.

기사야마도 관에 엉덩이를 얹었다.

휘유, 휘유.

산송장의 괴로운 숨소리가 귀에 선명하게 들려왔다.

2

"산부인과의 이쿠타라는 남자. 도대체 무슨 마음을 먹은 거지?"

옥상 난간에 기댄 채 이모쿠보가 중얼거렸다. 어디선가 구급차 사이렌 소리가 울려 퍼졌다.

"댁네 큰딸의 애인을 습격한 복면남도 그 녀석이라고 봐도 틀림없겠지. 근데 그 녀석, 완전히 입을 다물었어. 원한이 있으면 토해내면 될 걸, 어르고 달래도 말을 안 해."

기사야마의 보복을 두려워하는 것이리라. 아기 모친들의 명단을 보여준 것이 효과를 발휘하는 듯했다. 그렇지만 그런 사실은 성대가 비틀려도 말할 수 없다.

"모르겠네요. 다만……."

기사야마는 난간에서 상체를 내밀어 병동 앞 도로를 내려다봤다. 도로에서는 구급차가 속도를 늦추지 않고 응급실을 향해 달렸다.

"제 아내는 배우고, 큰딸의 가수 활동도 궤도에 올라 있어요. 제 입으로 말하는 것도 그렇지만, 누가 질투하더라도 이상하지 않죠."

이모쿠보는 심하게 찌푸린 표정으로 기사야마를 바라본

후, 수첩에 '가족, 질투?'라고 갈겨썼다. 펜 윗부분으로 턱을 긁고 나서 "그러고 보니" 하고 고개를 들었다.

"라디오에서 들었어. 댁네 가수, 아오바 시에서 라이브한다며?"

관심 없다는 것을 어필하려는 듯 입술을 ㅅ자로 구부리며 말했다. 하루가 습격당했을 때의 참고인 조사에서 마후유는 자신이 아카다마의 erimin이라는 사실을 경찰에게 털어놓은 상태였다.

"네. 모레요. 투어 마지막 공연이 있어요. 저도 둘째랑 보러 갈 예정이에요."

바람이 모밀잣밤나무 가지를 흔들고 나무 사이로 비치는 햇살이 발밑에서 춤을 췄다.

"이상하네. 나도 무심코 부엌칼을 들고 선생네 집에 쳐들어가고 싶어졌어."

이모쿠보는 사람이 없는 광장을 둘러보고는 "당신, 참 행운아군"이라며 어딘가에서 들어본 적 있는 말을 했다.

해를 넘기며 전국 일곱 개 도시에서 개최된 아카다마의 '날아라 트립 투어'는 4월 3일, 아오바 시 이치반초의 유서 깊은 라이브하우스, 애시드룸에서 최종 공연을 맞이했다.

이날의 아야카는 몹시 들떠 있었다. 개장 두 시간 전인 오후 4시 30분에 아버지와 아오바 역에서 내리자, 스마트폰으로 자주 하던 게임, 펄프패러 어쩌고의 콜라보 카페에서 '어인탐정 오징어구이', '거인탐정 점보 오코노미야키', '증식탐정 닭고기덮밥', '투명탐정 바닐라 젤리 타르트'를 모조리 먹어 치웠고, '혈액탐정 석류 크림소다'를 두 잔 마시고는 '전기탐정 강탄산 코카코카 라임'을 주문하려다가 "그 상품은 주류입니다"라며 점원에게 제지당했다.

"모처럼 하제타 안호를 만날 건데 그렇게 먹어서 괜찮겠어?"

"괜찮아. 아침에 슈퍼 효로린 먹고 왔거든."

그야말로 대화의 앞뒤가 맞지 않는다.

그리하여 행사장으로 향할 즈음에는 울먹이는 얼굴로 "위험해", "죽을 것 같아"를 연발하며 크림소다에 각성제라도 들어 있던 것은 아닌지 아버지를 불안하게 했다.

오후 7시 10분. 멤버와 함께 애시드룸 무대에 등장한 마후유는 장례식장에 다녀온 듯한 검은색 정장 드레스에 커다란 토마토 같은 형태의 헬멧을 뒤집어쓴 채였다. 맨살이 드러난 부분은 입가뿐. 오래된 영화 속 사이보그처럼 보였다.

역시 시야가 좁은지 마후유는 몇 번인가 무대에서 떨어질 뻔했고, 〈날아라 시럽〉 연주 중에 기타리스트인 terumo와 부딪히기도 했지만, 그럼에도 마지막까지 투명한 목소리로 노래를 불렀다. 앙코르 때 배우인 하제타 안호가 등장했고, 드라마 주제가인 〈마법의 버섯〉을 듀엣으로 부르자 천이백

여 명의 아카짱은 "에리민!", "안짱!" 하고 기사야마의 귀가 아플 정도로 절규했다.

두 시간 남짓한 라이브가 끝나자 기사야마와 아야카는 스태프의 안내를 받아 대기실을 방문했다. STAFF ONLY라는 플레이트가 붙은 문을 열자, 마후유와 하제타 안호가 포즈를 바꿔가며 사진을 찍고 있었다.

"무리무리무리무리. 나죽어나죽어나죽어나죽어."

당장이라도 도망칠 것 같은 아야카를 마후유가 "동생이에요"라고 소개했다. 하제타 안호는 볼에 보조개를 만들며 "반가워요"라고 인사했다. 아야카는 귀를 새빨갛게 물들이며 버즈에서 산 레몬 버터 케이크를 내밀더니 "디디디디디저트인데 괜찮으시면 드드드드세요"라고 말했다.

하제타 안호가 "고마워요"라고 손을 모은 참에 프로듀서 겸 매니저인 무이가 방에 들어왔다.

"기사야마 씨, 오늘 재밌으셨나요?"

"덕분에요." 어떻게 칭찬하면 좋을지 생각하면서 방을 둘러보다가 마후유가 뒤집어썼던 탈을 집어 들었다. "설마 딸이 토마토가 될 줄은 꿈에도 몰랐네요."

멀리서 봤을 때는 파티용품인 고무 마스크처럼 보였지만, 실물은 석고로 만들어져 있었다. 손수 색을 칠한 듯, 자세히 보니 얼룩덜룩했다. 아무래도 재능 많은 프로듀서가 손수 만든 작품인 듯했다.

"제법 괜찮죠? 〈마법의 버섯〉에서 착안해 버섯 탈을 만들어 봤어요."

토마토가 아니었다.

"아카다마의 세계관과 잘 어울린다고 관계자들 사이에서도 호평이에요."

무이는 빙긋 웃고는 자랑스러운 듯 마후유를 바라봤다. 마후유는 하제타 안호에게 레몬 버터 케이크를 권하는 중이었다. 하제타 안호는 케이크를 한 입 베어 물고, "맛있네요. 두 분도 드세요"라고 말했고, 아야카는 혼이 나간 얼굴로 "네네 네네"라고 답했다.

"3년 전, 라이히 프로모션에 들어왔을 때는 설마 이런 날이 오리라고는 생각지도 못했습니다."

들떠 있는 세 사람의 모습에 눈꼬리를 내리며 무이가 중얼거렸다.

"제가 해온 일은 틀리지 않았어요. 이번 투어로 그렇게 확신하게 됐습니다."

오지키 역에서 자택으로 돌아가는 길, 아야카는 몇 미터 간격으로 스마트폰으로 하제타 안호와 찍은 투샷 사진을 보면서 하앙, 하고 이상한 한숨을 내쉬었다.

"나, 안짱에게 이상한 말 안 했지?"

아야카의 숨이 하얗게 물들었다. 오후 10시 반을 넘긴 자연공원에는 4월이라고는 믿기지 않을 정도로 차가운 바람이 불고 있었다.

"안짱은 멋지고 밴드도 잘 나가고 버섯 탈은 조금 이상했지만 언니의 노래도 좋았고. 나, 벌을 받지는 않을까 걱정이 들 정도야."

마후유는 이치반초의 바를 빌려서 밴드 멤버들과 뒤풀이 중이다. 귀가는 내일이 될 것 같다.

"작년부터 꽤 큰일을 겪었잖아. 조금은 좋은 일이 찾아와도 이상하지 않아."

"아, 그건 그래."

아야카가 밤하늘을 올려다봤다.

"생각해보면 꽤 큰일이 많았지. 이상한 프리랜서 기자가 집을 감시하는가 했더니 언니 남자친구가 습격당하고, 급기야는 산부인과 의사가 집에 숨어들기도 했으니까."

아야카가 손가락으로 숫자를 세며 말했다. 정말 그 말대로다.

"그래도 전부 끝났어. 이제부터는 잘 때 언니 쪽으로 발도 두지 않을 거야."

하하, 하고 웃다가 문득 무언가가 마음에 걸렸다.

기분 탓이리라 생각했지만 생각할수록 위화감이 커졌다. 아, 그렇다…….

"이상한 프리랜서 기자가 집을 감시했다고?"

말이 새어나왔다.

노송나무에 둘러싸인 오솔길에서 발걸음을 멈췄다.

"그건 무슨 의미야?"

아야카도 걸음을 멈췄다. 돌아본 얼굴이 딱딱했다. 일그러진 입가에 아차, 라고 적혀 있었다.

"아니, 그러니까 그런 일도 있었던 것 같은 기분이 들어서……."

프리랜서 기자인 이즈 미사키, 본명 이즈미 사키가 기사야마의 집을 감시한 것은 사실이다. 작년 8월 21일, 그 여자는 집 앞에 검정 승합차를 세우고 가족이 돌아오기를 기다리고 있었다.

하지만 기사야마는 아야카에게 그 이야기를 하지 않았다. 가족에게 걱정을 끼치고 싶지 않다는 마후유의 의견을 따랐기 때문이다. 물론 마후유 또한 그 화제를 입에 담지 않았다.

아야카가 어떻게 이즈미 사키에 관해 알고 있을까.

그 차를 목격한 세 명, 기사야마, 마후유, 무이 중 누군가가 알려줬다는 말이 된다.

기사야마는 처음에 그 여자의 정체를 알지 못했다. 그녀가 프리랜서 기자라는 사실을 알게 된 것은 가짜 위임장을 준비해서 자동차 검사등록사무소에 가서 번호판을 조회한 이후였다.

그런데 아야카는 그 여자가 프리랜서 기자라는 사실을 알고 있다. 아야카에게 그 여자에 관해 알려준 인물은 그녀의 정체를 알고 있었다는 말이 된다.

이즈미는 연예계 문제를 전문적으로 다루는 기자였다. 최근에는 특히 라이히 프로모션에 얽힌 문제를 취재 중이라고 했다. 라이히 프로모션의 직원이라면 그녀가 주변의 냄새를 맡고 다닌다는 사실을 알고 있다고 해도 이상하지 않다.

그 여자에 관해 아야카에게 알려준 것은 무이다.

"아빠, 빨리 가자……."

가슴의 두근거림이 커졌다.

무이에게 아야카는 담당 연예인의 여동생에 지나지 않는다. 평범한 매니저는 연예인이 숨기려고 한 것을 동생에게 밝히지 않는다. 무이와 아야카는 언제부터인가 기사야마에게는 밝힐 수 없는 관계를 맺어온 것은 아닐까.

"무슨 생각을 하는지는 모르겠지만, 분명 아빠의 지나친 생각이야."

아야카가 목소리를 높였다.

사실일까?

바로 몇십 초 전, 아야카는 이렇게 말했다.

"안짱은 멋지고 밴드도 잘 나가고 버섯 탈은 조금 이상했지만 언니의 노래도 좋았고……."

마후유가 그 탈을 쓰고 스테이지에 나타났을 때, 기사야마는 그것이 버섯을 본뜬 것이라고는 생각하지 못했다. 공연이 끝난 후, 무이가 모티프를 설명했을 때 아야카는 하제타 안호를 앞에 두고 허둥지둥거리고 있었고, 무이의 이야기를 듣고 있는 것처럼은 보이지 않았다.

그런데 아야카는 어떻게 그 탈이 버섯을 본뜬 것이라고 알고 있었을까.

역시 지나친 생각이 아니다. 두 명은 기사야마가 모르는 곳에서 어떤 친밀한 관계를 쌓고 있었다.

라이히 프로모션은 지금껏 여러 불미스러운 일로 세간을 떠들썩하게 했다. 하지만 아카다마 프로젝트에 관해서는 유능한 프로듀서가 눈을 번뜩이고 있기도 했기에 과거와 같은 문제는 발생하지 않았다. ……기사야마는 그렇게 믿고 있었다.

나는 말도 안 되는 착각을 하고 있던 것은 아닐까.

"라이히 프로모션은 지금까지 많은 문제를 일으켰어요. 하지만 저는 그게 빙산의 일각에 불과하다고 생각해요."

이즈미도 그렇게 말하지 않았나.

그녀가 특별히 눈여겨보던 사람이 무이였다면? 그날, 그녀가 이야기를 들으려 했던 사람이 마후유가 아니라 아야카였다면?

"아빠, 집에 안 갈 거야?"

아야카가 추위로 빨개진 코를 비볐다. 기사야마가 입을 열려고 하자 부자연스럽게 눈을 피했다. 필사적으로 동요를 숨기려고 애쓰고 있었다.

무이와의 관계를 물어봐야 할까. 아니면 여기선 이쯤에서 넘어가고 다른 곳에서 사정을 알아봐야 할까. 고민하는 사이에 시간이 흘러갔다.

"나 먼저 갈게……"

아야카는 그렇게 말하며 기사야마에게서 등을 돌렸다. 한 줄기의 바람이 아야카의 머리를 흔든, 바로 그때.

평, 하는 소리와 함께 **아야카가 사라졌다.**

딱딱한 것이 얼굴에 부딪힌다. 뜨거운 액체가 쏟아져 내린다. 구토를 부르는 강렬한 냄새.

오른쪽 눈을 덮듯 달라붙은 무언가를 벗겨냈다. 점액 주머니 같은 얇은 봉지에 가득 찬 자홍색 조직. 인간의 신장이다. 얼굴에서 뚝뚝 떨어지는 것은 피가 뒤섞인 걸쭉한 소화물이다. 검게 탄 오징어 조각이 미끈하게 뺨을 타고 흘러내린다.

아야카가 서 있던 곳을 보고 눈을 의심했다. 갈기갈기 찢긴 췌장, 어금니, 장의 조각, 팔찌, 찌부러진 우심방, 삼각근이 달린 쇄골, 어딘가의 뇌, 하악골, 늑골이 붙은 흉골, 장의 조각, 스마트폰, 부러진 요골, 장지신근이 달린 경골, 오그라든 방광, 식도, 엄지손가락, 데님 조각, 반지, 볼의 피부, 혀, 송곳니, 장의 조각, 비복근이 달린 비골, 나팔관이 찢어진 난소, 새끼발가락, 천골이 부서진 골반…… 기타 온갖 인간의 파편이 반경 3미터 정도의 범위로 날아서 흩어져 있었다.

뭐야, 이게.

바로 몇 초 전까지 작은 입술을 삐쭉 내밀던 아야카가 산산조각이 나서 공원의 오솔길을 검붉게 물들였다. **마치 폭발한 것처럼.**

갑자기 공포심이 치밀어 올랐다. 신장을 내팽개치고 건너편 노송나무숲으로 뛰어들었다. 아야카가 있던 곳을 가로지르자 물컹, 하고 피가 튀었다. 노송나무 그늘에 몸을 숨긴 채 조심스레 주위를 둘러봤다.

누군가 총으로 아야카를 쏜 걸까. 하지만 발포음은 들리지 않았고, 화약 냄새도 나지 않았다. 애초에 어딘가에서 쏜 총을 맞은 것이라면 살점이나 피도 같은 방향으로 터져나갔을 것이다. 하지만 아야카의 조각은 원형으로 퍼져 있었다. 그녀 자신이 폭발했다고밖에는 생각할 수 없다.

인간의 몸은 제멋대로 폭발하지 않는다. 교과서에서도, 사례 데이터베이스에서도 그런 이야기는 본 적이 없다.

곰 사냥꾼이 곰에게 사냥당하듯, 정신과 의사가 정신병에……. 그런 말이 진실처럼 느껴진다. 나는 환각에 사로잡힌 걸까?

"아니야."

이 기괴한 사태를 합리적으로 설명할 수 있는 가설이 하나 있다.

아야카는 이 시간선이 아니라 다른 시간선에서 죽었다.

기사야마가 메스로 페페코를 찔러 죽이자 다른 시간선의 페페코도 메스에 찔린 듯한 상처가 난 채로 죽었다. 같은 일이 아야카에게도 일어난 것이리라.

과거 아버지가 불사관의 지하실로 옮겼던 마술 도구 중에는 마술쇼에 사용하는 폭약과 그것을 터뜨리기 위한 뇌관과 도화선이 있었다. 페페코를 가두었을 때 다른 방으로 옮겼지만, 찾고자 하면 금방 찾을 수 있을 터. 다른 시간선의 기사야마가 그 폭약으로 아야카를 폭파했고, 그것이 이쪽 시간선에도 파급된 것이다.

이것은 기사야마들이 정한 인질 규칙, 즉 사람을 죽일 때는 다른 자신들의 허가를 받아야 한다는 규칙에 반한다. 범인을 색출해 인질을 죽여야만 한다. 제멋대로 아야카의 목숨을 앗아갔으니 당연한 응보다.

하지만 지금은 그럴 때가 아니다. 다른 시간선에 관해 생각하기 전에 어떻게 이 현실을 헤쳐 나갈지를 생각해야 한다.

볼에 붙은 액체를 닦아냈다. 딸의 피와 소화물을 뒤집어쓴 모습을 누군가에게 보인다면 변명은 불가능하다. 딸이 갑자기 폭발했다고 호소한들 아무도 믿지 않으리라. 시스마는 이제 없으니 시간을 거슬러 올라 수를 쓸 수도 없다.

다행히 자연공원에는 아무도 없었다. 마후유의 뒤풀이는 아침까지 이어질 테고, 기키도 〈멀티한 멀티〉의 정기 모임은 좀처럼 끝나지 않는다고 했다. 시간은 충분하다.

살과 뼈를 봉지에 모은다. 물을 가져와서 지면을 닦는다. 몸에서 피와 소화물을 닦아내고 살과 뼈가 든 봉지를 불사관으로 옮긴다.

괜찮다. 지금까지도 많은 인간을 죽이고 시체를 처분했다. 친딸이라고 해서 하는 일이 달라지는 것은 아니다.

노송나무 그늘에서 천천히 고개를 들자, 새콤달콤한 냄새가 코를 찔렀다. 노란색의 걸쭉한 무언가가 눈앞의 나무 줄기를 적신 채였다. 이 냄새는…… 그렇다. 아야카가 선물로 가져간 레몬 버터 케이크다.

그 노란색의 걸쭉한 액체와 함께 찌부러진 신장 하나가 버섯처럼 줄기에 달라붙어 있었다.

3

오지키 역에서 열차가 달리는 소리가 들리기 시작한 오전 5시가 넘은 시각.

기사야마는 수면제를 먹고 침대에 누워 억지로 지하실을 찾았다.

다른 자신들의 시간선에서도 아야카는 죽었으리라. 범인은 이미 본인의 짓이라고 털어놓았을까. 혹시 내가 없는 것을 기회로 결석재판이 진행되는 것은 아닐까.

그런 상상을 부풀렸지만, 관에서 깨어나자 지하실에 있던 것은 단 한 명, 수술대에 누워 있던 산송장뿐이었다.

이쿠타의 습격이 있은 지 9일. 얼굴의 거즈는 절반 정도로 줄었지만, 패혈증으로 인한 발열이 가라앉지 않는 듯 인공호흡기 마스크는 여전히 부착된 채였다.

산송장이 아야카를 죽였을 가능성이 있을까? 답은 '아니오'이리라.

인간을 폭발시키기란 쉽지 않다. 폭약과 기폭 장치를 구한 후 의도한 장소로 표적을 불러내거나 혹은 표적을 구속한 채로 폭탄을 설치한 후 그것을 터뜨려야 한다. 자신과 분기한 이후, 병원에서 한 발자국도 나가지 않은 산송장에게 그럴 기회가 있었을 것 같지는 않다.

"너는…… 행운아인가." 산송장이 고개를 들고 갈라진 목소리로 중얼거렸다. 붕대에서 노인의 속옷 같은 냄새가 났다. "오늘은 아무도 안 오는가 했어. 무슨 일이라도 있었던 거야?"

숨겨도 소용없다. 기사야마는 라이브 귀갓길에 아야카가 폭발했다는 사실을 밝혔다.

"아, 아야카가……?"

더욱 목이 갈라졌다. 역시 아무것도 모른 채 어제부터 병실 침대에서 계속해서 잠을 잔 듯했다.

"누가 뭣 때문에 아야카를 폭발시켰다는 거지? 농담하는 거라면 그만해."

"농담하는 거 아니야."

통명스럽게 끼어든 것은 도망자였다. 막 잠에 빠져든 듯 다크서클이 생긴 눈으로 지하실을 둘러보고는 피가 묻은 손가락을 기사야마에게 향했다.

"아야카를 날려버린 게 너야?"

"바보 같은 소리 마. 나는 너희랑은 다르게 가족과 원만하게 살고 있었어. 딸을 죽일 리가 없잖아."

"변명은 됐어. 증거를 보여줘."

도망자는 쌀쌀맞게 말했다.

기사야마는 거울의 베일을 벗기고 약 여섯 시간 반 전, 밤의 자연공원을 걸었을 때의 기억을 거울에 비추었다. "나 먼저 갈게"라고 말하며 기사야마에게 등을 돌린 순간 지뢰라도 밟은 것처럼 아야카의 몸이 사라졌다.

"지금 본 것처럼 나는 아야카에게 손가락 하나 건드리지 않았어. 산탄총을 쏘지도 않았고 딸의 몸에 폭탄을 설치하지도 않았지."

도망자는 "그렇군" 하고 끄덕이고 수술대의 산송장에게 시선을 향했다.

"아무리 그래도 이 녀석은 할 수 없겠지."

산송장은 수술대에 누운 채 고개를 들고는 거울 속의 사건을 보며 숨을 들이마셨다.

"그러는 너는 자신이 범인이 아니라는 사실을 증명할 수 있어?"

도망자에게 공을 넘겼다. 도망자는 잠시 미간에 힘을 준 후 "당연하지"라며 거울에 기억을 비추었다.

"나는 평소처럼 우라시마가 사는 도에이장에 있었어. 우라시마가 편의점에 술을 사러 간 사이에 나는 녀석의 스마트폰으로 스트리밍 앱인 스내치를 열었어. 타이밍 좋게 〈아야카야카〉가 게임 방송을 시작한 참이었지."

거울 속의 도망자가 스마트폰 왼쪽 아래를 손가락으로 핀치 아웃했다. 확대된 아야카가 "자, 그럼 시작해볼까요?"라며 머리에 헤드셋을 썼다.

이쪽 시간선의 아야카는 아카다마의 투어 최종일에 초대받지 못한 듯했다. 기사야마의 시간선에 있는 무이가 자신들을 초대한 것은 기사야마에게 잘 보이기 위해서이리라. 도망자는 경찰에 쫓기는 몸이고, 아야카 한 명만 초대해도 의미는 없었을 것이다.

"오늘 방송은 짧게 할 거예요."

화면 속의 아야카가 콧소리를 내며 어째선지 다리를 들어 올렸다.

"멍하니 있다가 아파트 계단에서 넘어졌거든요. 이것 보세요."

무릎을 카메라에 가까이 갖다 댔다. 테이프로 붙인 거즈가 새빨갛게 물들어 있었다.

"열이 나는 것 같으니 감기약을 먹어야겠어요."

아야카는 오른손으로 투명탐정을 움직이면서 왼손으로 병뚜껑을 열고 캡슐약 세 개를 입에 집어넣었다. 한 손으로 조작하기는 어려웠는지 화면 오른쪽에 "반응 너무 느려", "그쪽이 아니야", "이건 안 되겠네"라는 신랄한 코멘트가 이어졌다.

"이런 분위기의 아야카, 새롭지 않아? 꽤 괜찮다고 생각했는데, 몇 분 후에 이변이 벌어졌어."

거울 속의 기억이 빠르게 돌아간다. 몇 분 후의 도망자는 왼손에 스마트폰을 들고 오른손으로 사타구니를 만지작거리고 있었다.

"아, 또 멍하니 있었다. 역시 오늘 안 되겠네요."

아야카가 눈을 비빈 직후, 펑, 하는 익숙한 소리가 울렸다. 화면에서 아야카가 사라졌다. 카메라 렌즈가 붉게 물들고 살점 파편으로 보이는 그림자가 질질 미끄러져 떨어졌다. 시각은 오후 10시 31분. 이쪽의 아야카가 폭발한 시각과 같았다.

도망자가 떨리는 손가락으로 화면을 축소하자, 투명탐정이 코가 휘어진 남자에게 술병으로 얻어맞고 있었다. You Dead라는 글자가 떠올랐다. 오른쪽 옆에는 "지금 뭐였어?", "몰래카메라?", "무서워무서워" 하는 코멘트가 줄을 이었다.

"나는 우라시마가 돌아오기를 기다려 녀석의 오토바이로 기키와 딸들이 사는 아파트, 샤인 히시오가마로 향했어. 그곳을 찾아간 건 물론 처음이야. 자물쇠를 비틀어 열고 안으로 들어가니 아야카의 방에 살점과 뼈가 흩뿌려져 있었어."

거울 속의 장면이 전환되었다.

도망자가 문을 열자, 바닥에 달라붙어 있던 살점이 밀려서 꿀렁, 하는 소리를 냈다. 자연공원 때와 마찬가지로 아야카가 있던 곳에서 피와 살점이 원형으로 퍼져 있었다. 하이백의자는 뒤로 넘어져 있고 머리카락과 살점이 얽힌 헤드셋이 바닥을 굴러다녔다. 스마트폰 화면에 생긴 금이 폭발의 위력을 보여주는 듯했다.

"보시다시피 아야카가 폭발했을 때, 나는 10킬로미터 떨어진 가라사와의 도에이장에 있었어. 나로선 아야카를 죽일 수 없었어."

"현장이 실내라면 그 자리에 있지 않더라도 방법은 있잖아. 시한폭탄 방식의 폭파 장치를 의자 등받이에 달아둔다거나."

기사야마가 떠오르는 생각을 입에 담았다.

"그랬다면 아야카는 등 뒤에서 테이블 쪽으로 터졌겠지. 보이는 대로 아야카의 피는 원형으로 퍼져 있어. 아야카 자신이 폭발했다고 생각할 수밖에 없지."

도망자가 곧장 답했다. 이미 가능성을 검토한 것이리라.

"애초에 방 안에서 폭탄이 터진 거라면 제아무리 훼손이 심하다고 해도 도화선이나 뇌관 파편이 남아 있어야 해. 구석구석 살펴봤지만 그런 건 보이지 않았어. 몇 번 봐도 상관 없지만, 이 방에 폭탄이 사용된 흔적은 없어."

도망자의 말대로 거울에 비친 것은 아야카의 피와 살점과 뼈뿐. 이 남자는 범인이 아니다. 그렇다면 나머지 한 명이 범인이라는 말이 되는데…….

"나도 아니야."

어느샌가 전기의자에 앉아 있던 복원자가 흥분한 표정으로 말했다.

"백번 양보해서 마후유라면 몰라도, 나를 의심하지 않았던 아야카를 죽일 리가 없어."

"변명은 됐고, 증거를 보여줘."

도망자가 조금 전과 같은 말을 했다.

복원자는 "알고 있어"라고 끄덕이고는 거울 속의 기억을 전환했다.

"폭발이 일어났을 때, 내 시간선의 아야카는 가가조 의과 대학 부속병원 앞 인도에 있었어. 봄방학 때 단기 아르바이트를 했던 요부코도리 식당의 휴게실에 짐을 찾으러 왔던 것 같아."

이쪽의 아야카도 역시 아카다마의 투어 최종일에는 초대받지 않은 듯했다. 무이에게서 기사야마에게 타신이 있던 것은 1월 초였다. 복원자는 그 무렵 아직 가족과 별거 상태였다. 그런 아버지에게 잘 보일 필요는 없다……. 무이는 그렇게 판단했으리라.

"나는 다음 주 초에 있을 콘퍼런스 준비 중이었어. 9층 자판기에서 커피를 사서 의국으로 돌아가려는데, 장기 입원 중인 환자 중 한 명, 후미야 아야카와 마주쳤지. 그녀와 이야기를 나누다 문득 창문을 보자 아야카가 병원을 나서는 모습이 보였어."

거울에 제3병동 복도가 비쳤다. 복도 창문 너머로 교복 차림의 아야카가 보였다. 횡단보도 신호가 바뀌기를 기다리는 듯했다.

"실은 이 두 사람, 약간 친해진 상태였어. 아야카가 요부코도리 식당에서 아르바이트하던 무렵, 후미야 아야카가 말을 걸었다더군. 바로 며칠 전까지 폐쇄병동에 있었는데, 줄곧 아야카를 만나고 싶어했던 것 같더라고. 그녀는 아야카를 발견하자마자 달려가버렸어."

횡단보도를 건넌 아야카를 환자복 차림의 후미야가 불러 세웠다. 둘은 도로를 사이에 두고 대화를 나눈 후 서로에게 손을 흔들었다. 트럭이 지나간 참에 펑, 하고 아야카가 사라졌다. 지나가던 자전거가 쓰러지고 후미야가 비명을 질렀다.

"보시다시피 내가 있던 복도에서 이 인도까지는 직선거리로도 50미터 정도 떨어져 있어. 나는 총기를 가지고 있지 않고, 포장된 길에 지뢰를 묻을 수도 없지. 나는 아야카를 죽일 수 없었어."

지하실이 조용해졌다.

네 명의 시선이 교차했지만, 아무도 말을 꺼내지 않았다.

"믿을 수 없군."

복원자가 소도구가 든 나무상자에서 연필과 종이를 꺼내 빠르게 연필을 움직였다. 빙글 돌려 이쪽으로 향한 종이에는 네 명의 상황이 정리되어 있었다.

아야카 사망 시의 상황

행운아	기사야마와 아야카는 라이브에서 돌아오는 길에 자연공원을 함께 걷고 있었다. 아야카는 오솔길을 걷는 순간 폭발했다.
복원자	기사야마는 병원 복도에서 아야카를 보고 있었다. 아야카는 병원 내의 식당 휴게실에 짐을 찾으러 왔다가 돌아가는 길에 인도를 걷는 도중 폭발했다.
도망자	기사야마는 도에이장에서 게임 스트리밍 방송을 보고 있었다. 아야카는 히시오가마의 아파트에 있는 자신의 방에서 게임 방송 도중 폭발했다.
산송장	기사야마는 중상을 입고 입원해 있었다. 아야카의 상황은 불명.

"인간은 혼자서 폭발하지 않아. 이 안의 누군가가 아야카를 폭발시킨 건 분명해. 그런데 그럴 수 있는 사람이 보이지 않아."

마치 게임에 나오는 '보이지 않는 폭탄'을 사용한 것만 같다.

"뭔가 방법이 있겠지."

"물론이야. 범인은 우리에게 들키지 않고 사람을 죽이는 방법을 찾아냈다는 말이 돼. 이건 좋지 않아. 범인은 인질 규칙에 얽매이지 않고 언제든 사람을 죽일 수 있으니까."

복원자의 말대로였다. 남은 두 명의 가족을 지키려면 범인을 찾아 규칙에 따라 벌을 주는 수밖에 없다.

하지만 범인은 어떻게 아야카를 폭발시킨 걸까?

4

"일어나, 제발."

눈꺼풀을 열자, 기키가 기사야마의 어깨를 거칠게 흔들고 있었다. 시각은 오전 10시 40분. 수면제를 먹은 탓인지 머리가 몹시 무거웠다.

"아야카가 없어. 전화도 안 받고. 같이 마후유 라이브 갔었잖아. 어디 갔는지 몰라?"

기키의 목소리가 가까워졌다가 멀어졌다가 했다. 침을 삼켜 귀에 공기를 통하게 한 후 천천히 몸을 일으켰다.

"놀다 온다고 하길래 먼저 집에 왔어. 아야카, 아직 안 들어왔어?"

생각해둔 대사를 입에 담았다.

범인도 아닌데 거짓말하는 것이 억울했지만, 공원을 걷는 중에 딸이 폭발했다는 잠꼬대 같은 소리를 할 수도 없다. 직접 시체를 처분한 이상, 모르는 척하는 것 말고 다른 방법은 남아 있지 않았다.

　"24시간 영업하는 게임 센터라도 간 거겠지. 퍼푸파푸 어쩌고 하는 콜라보 카페에서 아침밥 먹고 돌아오는 거 아니야?"

　기키를 진정시키며 계단을 내려와서는 잠을 깨고자 탄산수 메이커를 세팅했다. "유괴된 거 아니야?", "배수로로 떨어졌다거나", "이상한 종교에 세뇌되었을지도"라고 다양한 상상을 부풀리는 기키를 달래고 있자니, 2층 방에서 마후유가 계단을 내려왔다.

　"아빠, 어제는 고마웠어."

　어머니와는 대조적으로 무척이나 차분한 말투였다. 아침까지 뒤풀이에 참석했을 텐데 몇 시간의 수면으로 완전히 잠을 깬 듯했다.

　"자동차 좀 빌려도 돼? 운전 연습하고 싶어서." 핸들을 돌리는 제스처를 취하면서 말했다. "재규어가 아닌 쪽으로."

　거절할 이유도 없다.

　기사야마는 2층 서재에 가서 비밀번호를 입력해 금고를 열었다. 코롤라는 꽤 오랫동안 타지 않았다. 안쪽 후크에 걸린 열쇠 중에서 코롤라의 것으로 보이는 전자키를 꺼내 거실로 돌아왔다.

"아마 이거일 거야."

"고마워."

마후유는 간단히 화장을 마친 후 숄더백에 접이식 우산과 장갑을 넣고 현관으로 향했다. 니트에 목걸이라는 가벼운 복장으로, 반나절 전에 천이백 명의 팬을 열광시켰다고는 도저히 보이지 않았다.

"꽤 늦을지도 몰라. 고속도로 타는 연습하려고."

하루가 퇴원하고 얼마 되지 않았을 무렵, 전화로 마후유에게 온천에 가자고 권했던 것이 떠올랐다. 최근에는 그다지 언급이 없었지만 아직 교제를 이어가는 듯했다.

마후유는 곰돌이 귀가 달린 머플러를 옆구리에 끼고 눈이 부신 듯 손을 가리며 현관문을 열었다. 뒤를 따라 현관을 나서자 지붕 건너편에서 밝은 햇살이 비쳤다. 차고 벽의 버튼을 눌러 셔터를 열었다.

"얍!"

마후유가 전자키의 버튼을 눌렀다. 삑, 소리와 함께 코롤라 문이 열렸다.

"1년 정도 안 탔으니 휘발유 바꿔 넣는 게 좋을지도 몰라. 고속도로라고 너무 빨리 달리지 말고."

마후유는 네, 네, 하고 웃으면서 숄더백과 머플러를 조수석에 던져넣었다. 운전석에 올라타서 안전벨트를 매고는 익숙한 손놀림으로 시동을 걸고 기어를 드라이브로 바꿨다. 파워 윈도를 내리고는 "그럼 다녀올게"라고 손을 흔든 후 자연공원 앞의 도로를 달려 나갔다.

집으로 돌아오자 기키가 아야카의 동급생 집에 전화를 걸고 있었다. "죄송합니다"라고 고개를 숙이고 통화를 끊었다. 그것을 네다섯 번쯤 반복한 후에 결국 바닥에 주저앉았다.

"당신도, 마후유도 왜 그렇게 태연한 건데?"

눈이 부은 기키를 보니 가엾다는 마음이 들었다. 시각은 오전 11시. 슬슬 이모쿠보에게 연락을 넣어볼까. 기사야마가 스마트폰을 집어 든 순간이었다.

"나, 찾아보고 올게."

기키가 휘청휘청 일어났다. 탄산이 빠진 물을 맛없다는 듯 비우고는 트렌치코트를 걸치고 거실을 나섰다. 기사야마는 들리지 않게끔 한숨을 내쉬고 "나도 갈게"라며 뒤를 쫓았다.

현관을 나서자 옆집 처마 끝에서 팔뚝이 굵은 남자가 신발을 닦고 있었다.

"오토다 씨, 저희 아야카 못 보셨나요?"

기키가 말을 걸었다. 남자는 눈을 동그랗게 뜨고는 "아니, 못 봤는데요"라고 거무스름한 손가락으로 이마를 긁었다.

"죄송합니다." 옆에서 끼어들었다. "둘째가 늦도록 집에 돌아오지 않아서요. 조금 걱정이 돼서……."

갑자기 해의 그림자가 기울었다.

기키가 쓰러졌다.

오른손으로 입을, 왼손으로 가슴을 누르고 무언가를 애원하듯 기사야마를 바라봤다. 피로로 인한 미주신경반사인가. 이마에는 식은땀이 반짝였다.

"괜찮아? 진정하고 심호흡해봐."

기키는 구토를 참으려는 듯 목에 힘을 줬다.

"뭔가 이상……."

우에에엑, 하고 입을 열고 대량의 피와 함께 커다란 주머니를 토해냈다. 표면이 연분홍색으로 젖어 있고, 가늘고 구불구불한 관이 목구멍으로 뻗어 있다. 위였다.

탁해진 눈동자가 기사야마를 바라본 직후, 우엑, 하고 한층 더 크게 구토했다. 크게 구부러진 관이 꿀렁꿀렁 밀려 나온다. 장이다. 우엑. 폐의 파편이 떨어진다. 우에에엑. 간과 비장이 구른다. 우에엑. 끝내 신장까지 튀어나왔다. 늑골 밑이 종이처럼 얇아졌다.

"크, 큰일이야……."

옆집 남자가 도로로 나와서 소리쳤다. 기키는 낚인 물고기처럼 눈과 입을 열고 뻐끔뻐끔 떨고 있었다. 남자는 허리를 굽히고는 양손으로 기키의 위를 집어 들더니 터무니없게도 입으로 되돌리려 했다. 피투성이의 위는 미끄러지기만 할 뿐 제대로 안으로 들어가지 않았다. 그럼에도 억지로 입으로 밀어 넣으려 하자 송곳니가 막을 찔러 푸슉, 하고 투명한 소화액이 넘쳐흘렀다.

이미 늦었다. 기키는 살릴 수 없다.

말할 필요도 없이 인간이 내장을 토해내는 일은 없다. 다른 시간선의 누군가가 기키의 내장을 끄집어낸 것이다. 두려워하던 일이 벌어졌다.

"이게 도대체 무슨 일이지?"

양손에서 피를 뚝뚝 떨어뜨리며 옆집 남자가 말했다. 자연공원 입구에서도 남녀의 속삭이는 소리가 들렸다. 사람이 쓰러진 것을 깨달은 것이리라.

"남편분, 의사였죠? 도대체 뭐가 어떻게 되면 이런 일이 벌어지죠?"

어떻게 해야 할지 모르겠다. 일단 남자를 죽일까? 하지만 다른 사람이 보고 있으니 그럴 수도 없다.

"……젠장."

기사야마는 발길을 돌려 사거리로 달음박질쳤다.

◆

오른팔에 차가운 것을 느끼고 하늘을 올려다봤다. 집을 나설 때만 해도 맑았는데, 어느샌가 무거운 구름이 하늘을 뒤덮고 있었다. 기분 탓이길 바랐지만 미러 표면에 물방울이 흘러내렸다.

지평선까지 뻗은 도로로 시선을 돌렸다. 앞의 대형 트럭의 컨테이너가 가까워졌다는 사실을 깨닫고 살짝 속도를 줄였다. 처음 보는 외제차가 반대쪽 차선을 달렸다.

양손으로 핸들을 잡은 채로 기사야마 마후유는 자신의 미래에 대해 생각했다.

나는 앞으로 어떻게 될까.

언뜻 보기에는 순탄한 삶을 사는 것처럼 보이리라. 대학에 다니면서 음악 활동에 성공했고, 가족과 친구들, 그리고 조금 제멋대로이긴 하지만 남자친구 복도 있었다.

하지만 마후유는 최근 2년간, 악마가 준비한 우리에 사로잡힌 채였다.

차오왓 크라닷. 이것이 악마의 이름이다. 평소에는 무이라는 애칭으로 불린다.

무이는 꼭두각시 같은 남자였다. 프로듀서로서의 실력은 의심의 여지가 없다. 대중의 마음을 사로잡는 재능도 탁월했다. 하지만 거기에는 혼이 없었다. 좋은 일을 하고 싶다거나 뛰어난 재능을 세상에 알리고 싶다 같은 마음은 조금도 없다. 그저 자신에게 주어진 역할을 다하고 있을 뿐이다.

그렇기에 무이는 아무렇지도 않게 사람을 속인다. 그럴듯한 얼굴로 엉터리 경력을 말하고, 애인과 동반 자살한 밴드맨을 목소리가 나오지 않는 병에 걸린 것으로 만든다. 사람을 사람으로 생각하지 않기에 돈이 되지 않는 연예인은 몸을 팔게 하고, 담당 연예인의 여동생에게도 아무렇지도 않게 손을 댄다.

아야카는 무이와의 관계를 아무도 눈치채지 못했다고 생각한다. 언니가 자신에게만 딱딱하게 구는 것을 이상하게 생각할지도 모르지만, 그 사실로 둘의 관계를 연결 짓지는 않았다.

반면 무이는 어떤가 하면, 진심으로 아야카와의 관계를 숨기려고는 하지 않는 것처럼 보인다. 지금 스캔들이 터지면 잃는 것이 가장 많은 사람이 누구인지 굳이 입으로 말하지 않아도 알기 때문이다.

그럴 정도로 냉담한 남자다. 아카다마의 인기가 사그라지면 눈썹 하나 까닥하지 않고 나를 버릴 것이다.

도로는 시야 끝까지 뻗어 있었다. 어디든 갈 수 있을 것 같지만 도착할 곳은 정해져 있다. 마후유의 인생도 마찬가지다.

차가운 빗방울이 어깨를 적셨다.

핸들 옆의 레버에 손가락을 올린 순간, 얼굴에 강한 충격을 받았다.

시야가 붉게 일그러졌다. 뚝, 뚝, 하고 판자를 부러뜨리는 것 같은 소리. 어째선지 숨을 쉴 수 없다.

"······어?"

백미러를 보고 눈을 의심했다.

얼굴이 일그러져 있었다. 이마가 패고 안구가 튀어나오고 콧날이 깨지고 턱에서 살점이 덜렁거린다. 좌우의 콧구멍과 입술 끝에서 피가 뚝뚝 떨어진다. 귀 주변에서 흘러나오고 있는 것은…… 뇌?

뭐야 이게. **왜 내 머리가 터지고 있지?**

클랙슨 소리가 고막을 관통했다.

놀라서 앞을 바라봤다. 타이어가 가드레일을 스쳤다. 핸들을 움직이려 했지만 팔에 힘이 들어가지 않았다. 페달에 얹은 발도 꿈쩍하지 않았다. 마치 다른 사람의 몸만 같다. 뒤쪽에서 클랙슨이 울려 퍼졌다.

"아, 아……."

이제 틀렸다. 먹색 하늘을 올려다보려는 순간 타이어가 가드레일에 닿았다. 반쯤 회전한 차체를 뒤쪽에서 트럭이 들이받았다. 시트의 감촉이 사라졌다.

프레임이 휘어지고 유리가 깨지는 소리.

아버지의 얼굴이 떠올랐다. 미안. 아빠가 아끼는 건데, 내가 망가뜨린 것 같아.

몇 초 후, 마후유는 차가운 아스팔트를 굴렀다.

나는 죽는다.

이유도 모르고 죽게 된 것은 마음에 들지 않지만, 그것이 운명이리라. 그 악마가 자신에게 한 짓도 전부 암흑 속에 묻힐 것이다. 놈은 이 죽음도 사업에 이용하겠지. 화가 나지만 어쩔 도리가 없다.

의식이 끊기는 순간 눈꼬리에 눈물이 맺혔지만, 몇 초 후에 비가 그것을 씻어내렸다.

5

"마후유 씨가 돌아가셨습니다."

스피커에서 거친 숨소리가 새어 나왔다. 기사야마는 큰소리로 외치고 싶었지만, 스마트폰을 고쳐 쥐고 어떻게든 감정을 억눌렀다.

"교통 경찰대에서 사무소로 연락이 왔습니다. 도호쿠 자동차도로의 이치노세키 인터체인지 부근을 달리다가 사고를 당한 듯합니다. 저도 지금부터 현장으로 향할 건데, 머리 부분이 크게 훼손된 탓에 가족분들이 와서 시신을 확인해달라고 하더군요."

무이가 과장되게 목소리를 삐걱거렸다. 밖을 걷는 중인 듯 비가 우산을 때리는 소리 때문에 목소리가 둔탁하게 들렸다.

"자세한 현장 검증은 지금부터지만, 마후유 씨가 타고 있던 코롤라가 가드레일과 부딪힌 흔적이 있는 걸 볼 때 운전 중에 무언가 과실이 있었던 것은 틀림없다고 합니다. 가까운 시일 내에 회사에서도 보도자료를 낼 예정이지만, 발표 내용은 상담 후에 결정하고 싶습니다."

"마음대로 해."

무이는 몇 초간 말이 없었다.

"아버님. 속상하신 건 알겠지만, 자포자기하시면······."

"아야카에게 무슨 짓을 했지?"

더욱 긴 침묵.

"자네는 제정신이 아니야. 제정신인 프로듀서는 담당 연예인의 동생과 관계를 맺거나 하지 않지. 착한 사람인 척하는 얼굴에 완전히 속았어."

"증거라도 있습니까?"

마치 다른 사람처럼 쌀쌀맞은 목소리였다. 건물에 들어간 것인지 빗소리도 들리지 않았다.

"없어. 아야카도, 마후유도 죽어버렸으니까."

기사야마는 전화를 끊었다.

딸이 제멋대로 행동한 것은 화가 나지만, 이 녀석은 **평범한** 악당일 뿐이다. 보복은 언제든 할 수 있다.

가장 먼저 생각해야 할 것은 가족을 죽인 범인에게 어떻게 맞설 것인가. 이것이다.

도망자, 복원자, 산송장. 그 세 명 중에 범인이 있다는 점은 틀림없다. 범인을 찾아서 저지른 짓을 후회하게 만들어야 한다. 그렇게 하지 않으면 마음이 편치 않다.

하지만 범인을 찾으려면 우선 세 명의 시간별 사건 상황을 알아야만 한다. 오늘 밤, 지하실에 모일 때까지는 지혜를 짜낼 방법이 없다.

경찰은 지금쯤 기키를 남겨두고 도주한 기사야마를 찾고 있으리라. 더는 자택으로 돌아갈 수 없다. 그렇다고 모나키 산의 불사관으로 걸어간다면 도착하기도 전에 밤이 지나가 버린다.

다행히 기사야마에게는 도피 생활의 선배가 있었다. 기사 야마0, 즉 도망자는 이래저래 반년 넘게 경찰의 눈을 피해 숨어 지내고 있다. 그가 지낸 장소 중에서 은신처를 찾으면 큰 위험은 없을 것이다.

11월경, 아직 망상증에 걸린 우라시마의 집으로 들어가기 전에 도망자가 몸을 숨겼던 가기리야마 기슭의 빈집. 기사 야마는 그곳을 오늘 밤의 잠자리로 정했다.

편의점에서 비옷을 사서 후드를 깊게 눌러썼다. 인기척이 없는 뒷길을 골라 오지키의 주택가를 벗어났다.

산길을 한 시간 정도 걸으니 캠프장의 입구가 보였다. 도 망자가 기슭의 빈집에 숨어 있을 무렵, 자주 쓰레기를 뒤지 던 가기리야마 캠프랜드다. 입구 앞에서 라임그린색 레인코 트를 입은 여자 두 명이 코카코카 라임 시음 음료를 나눠주 고 있었다.

반사적으로 목이 말랐지만, 아무리 그래도 술을 마시고 있 을 상황은 아니었다. 여자들에게 들키지 않도록 캠프장 바 로 앞에서 너도밤나무숲으로 들어갔다.

10분 정도 경사면을 오르자 방치된 밭이 나타났다. 무성하게 자란 억새를 헤치며 밭둑길을 나아가자 함석 오두막을 크게 키운 듯한 집이 있었다.

아귀가 잘 맞지 않는 미닫이문을 열었다. 어슴푸레한 거실에 사람 모양의 장식물, 아마 허수아비로 보이는 것이 천이 덮인 채 놓여 있었다. 곰팡이와 흙이 뒤섞인 듯한 축축한 냄새. 쾌적한 잠자리와는 거리가 멀지만, 사치를 부릴 처지는 아니었다.

비옷의 후드를 내리려는데 벽 너머에서 천이 스치는 소리가 들렸다.

누군가가 있다.

설마 경찰관이 잠복해 있는 것은 아니겠지. 앞서 온 손님이 있는 걸까.

조심스레 안쪽 방을 들여다봤다. 모포를 겹쳐 만든 침상에서 남자가 몸을 일으키는 참이었다. 실내임에도 뉴에라의 모자를 쓰고 우레탄 마스크로 얼굴을 가리고 있었다. 긴 다운재킷에 가죽 장갑. 눈가의 인상은 상당히 젊어 보였다. 깔끔한 옷차림을 보면 빚쟁이에게 쫓기고 있는 것처럼은 보이지 않지만, 야쿠자의 여자에게 손이라도 댄 걸까.

"방해해서 미안하군."

꿀꺽 목울대가 위아래로 움직였다. 아무 대답도 없었다.

"잘 곳이 필요해. 빈방 좀 쓸게."

남자가 얼굴을 숙였다. 시선을 따라가자 모포 위에 스마트폰이 있었다. 고대 그리스 병사처럼 중무장한 남자가 작은 피에로와 대치 중이었다. 아니, 자세히 보자 피에로가 작은 것이 아니라 그리스 병사 쪽이 빌딩처럼 큰 것 같았다. 아야카의 방송에서 본 적이 있다. 거인탐정이다.

갑자기 의문이 떠올랐다. 그로부터 한 가지 가능성을 깨달았다.

기사야마는 남자의 멱살을 잡았다. 밀어내려는 손을 뿌리치고 다운재킷의 지퍼를 내렸다. 낯익은 비단구렁이가 목을 치켜들고 있었다.

"여기 있었구나, 에덴."

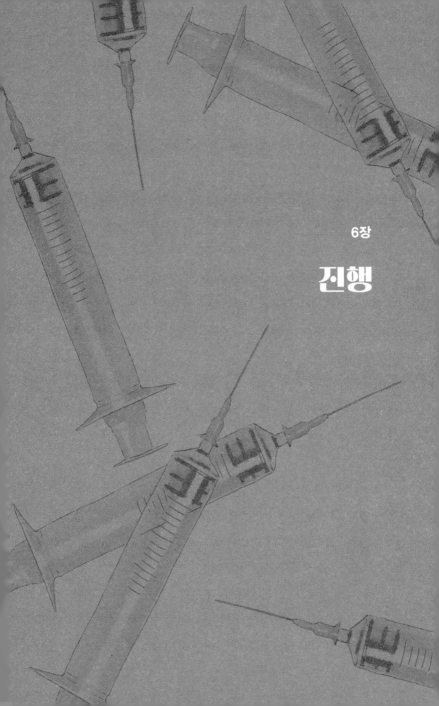

6장

진행

1

　지하실은 광란 상태였다.

　"병원에 갈아입을 옷을 가지고 온 기키가 내장을 쏟아냈다고! 경찰은 나를 의심하고 있어. 이대로라면 감방행이야!"

　산송장이 수술대에 웅크린 채 외치더니 괴로운 듯 가슴을 눌렀다. 그것을 본 복원자가 손가락을 내밀었다.

　"겨우 그 정도로 난리 치지 마. 이쪽은 라이브 중에 마후유의 머리가 날아가버렸어. 무대 위는 피투성인 데다가 관객은 패닉에 빠졌지. 경찰은 완전히 테러 취급이야. 동영상이 떠돌아서 전 세계에서 소동이 벌어졌어. 누구인지는 모르겠지만, 내 시간선을 엉망진창으로 만들고 말이야. 젠장! 젠장!"

　"둘 다 바깥세상에 있잖아? 그럼 뭐 된 거 아니야?" 지친 목소리를 낸 것은 도망자였다. "나는 드디어 경찰에 붙잡혔어. 반년 넘게 도망친 결과가 이거야. 웃기고 앉아 있어!"

"부럽네. 구치소에 있으면 딸의 머리가 터져도 의심받지 않고 넘어갈 테니까."

복원자의 밉살스러운 말에 도망자가 담뱃갑을 바닥에 내던졌다.

"다른 사람을 발판으로 삼은 쓰레기가 어디서 잘난 척 지껄여?"

"봐봐. 본성을 드러냈군."

"이 새끼, 죽여버린다."

"진정해."

기사야마는 둘 사이에 끼어들며 둘의 어깨를 동시에 밀었다.

"한 가지 좋은 소식이 있어."

"뭐야, 운 좋은 자식아. 범인을 알아낸 거야?"

"아니야. 하지만 그에 버금가는 좋은 소식이야."

기사야마가 손가락을 세 개 세웠다.

"우리가 직면한 문제는 이 세 가지야. 첫째, 아야카, 기키, 마후유를 죽인 범인은 누구인가. 둘째, 그 범인은 어떻게 그들을 죽였는가. 셋째, 우리는 그 범인을 어떻게 처벌하면 좋은가."

세 번째 문제를 말할 때 셋은 다들 의아한 표정을 지었다.

"잘 생각해봐. 인질 규칙은 우리가 각각의 삶을 지키려고 했기에 성립한 규칙이야. 모두의 삶이 이만큼 엉망진창이 된 이상 더는 의미가 없지. 범인이 우리 네 명 외의 누군가라면 삶든 태우든 잘라버리든 하겠지만, 우리는 같은 인간이기에 그럴 수도 없어. 따끔한 맛을 보여줄 방법이 없다면 범인을 찾는다고 해서 의미가 없지."

"그러니까 이런 말을 하고 싶은 거야?" 산송장이 목소리에 힘을 담았다. "너는 범인을 응징할 방법을 찾았다고?"

끄덕이는 대신 기사야마는 두 시간 전의 기억을 거울에 비췄다.

※ ※

"기사야마 씨, 제가 거인탐정 플레이어라는 거 알고 있었어요?"

우레탄 마스크를 턱으로 내린 에덴이 침을 흘렸다. 액세서리를 제거한 에덴은 털을 깎은 양처럼 두 사이즈는 작아 보였다.

"알 리 없잖아."

"그럼 어떻게 안 거죠?" 자신의 코를 가리키며 말을 이었다. "이게 저라는 사실을요."

기사야마는 에덴의 다운재킷을 잡았다.

"평범하게 생각하면 이 다운재킷과 장갑은 추위를 막기 위해, 모자와 마스크는 얼굴을 숨기기 위해서겠지. 하지만 사람이 없는 집에서 얼굴을 가리고 있을 필요는 없어. 누군 가가 갑자기 보금자리에 들어온 사실을 깨닫고 재빨리 모자 와 마스크를 착용한 거야."

에덴은 어설프게 끄덕였다. "뭐, 그렇죠."

"하지만 네 스마트폰에는 플레이 중인 게임이 비쳤어. 가 죽 장갑을 낀 채로는 스마트폰을 조작할 수 없지. 너는 조금 전까지 장갑을 벗고 있었고, 내가 문을 여는 소리를 듣고 모 자와 마스크와 함께 그걸 낀 거야."

"그렇군요."

"그렇다면 왜 장갑을 낀 걸까? 아는 사람이 보면 정체를 들킬 만한 특징이 거기에 있기 때문이야. 그런 특이한 손을 가진 사람은 그렇게 많지 않아. 내가 아는 사람 중에는 단 한 명뿐이지. 그리고 그 남자는 반년 전쯤부터 홀연히 행방 을 감춘 상태였어."

장갑을 잡고 벗었다. 집게손가락에서 새끼손가락까지 E, D, E, N이라고 타투가 새겨져 있었다.

"우와, 머리 좋으시네요. 과연 의사 선생님."

모자를 벗고 'E'와 'D'의 손가락으로 머리 뒤편을 긁었다.

"그래도 이걸로 제가 말한 것도 증명된 것 아닌가요?"

무슨 말이지?

"피부에 새겨진 것에는 반드시 큰 의미가 있다. 그도 그럴게 이 타투가 없었다면 선생님의 추리도 성립하지 않았을 테니까요."

여전히 낙천적이다. 기사야마는 적당히 맞장구를 치며 곰팡내가 나는 단칸방을 둘러봤다.

"솜씨 좋은 마약 딜러이던 남자가 폐가 생활이라니, 꽤 화려하게 몰락했군. 역시 야쿠자에게 찍힌 거야?"

"야쿠자." 머리를 긁던 손이 멈췄다. "저, 야쿠자랑 뭐 있었나요?"

아닌 모양이다.

"그럼 왜 이런 곳에 있는데?"

"주간지 카메라맨이 집 주변을 어슬렁거려서요. 어디에서 들킨 건지는 몰라도 '그 사람은 지금 어디에?' 같은 쓰레기 기사라도 실으려는 거겠죠. 몇 곳의 잡지사가 경쟁하듯 여기도 저기도 커다란 카메라 가방을 든 아저씨들이 감시하는 거예요."

과거 천재 아역이라 불리던 남자는 모포 밑에서 장사 도구가 든 크로스백을 꺼냈다.

"뭐, 사진에 찍히는 것뿐이라면 딱히 상관없지만 말이죠. 일하는 모습을 들키는 건 아무리 그래도 위험하잖아요. 죽여서 파묻어버리는 것도 귀찮고. 그래서 잠시 몸을 숨긴 거예요."

갑자기 떠오른 것처럼 "그러고 보니, 전에 사 간 물건, 어땠나요?"라며 팔에 주사를 놓는 시늉을 했다. "머리가 쪼개지지 않은 걸 보니, 약효가 없었나 보네요."

"너무 약효가 좋아서 어쩔 줄 몰라 하던 참이야."

웃음을 참으며 말했다.

네 개의 시간선 속 기사야마는 다들 에덴을 찾고 있었다. 복원자는 보니와다이의 불법 카지노까지 찾아갔을 정도다. 이 행운을 놓칠 순 없다.

"남은 시스마를 사고 싶어. 돈이라면 얼마든지 주지."

"진짜로요?"

에덴이 크로스백 지퍼를 열었다. 안은 텅 비어 있었다.

"모포에서 냄새가 나서 새로운 걸 사러 갔다가 카메라맨 아저씨한테 들켜서요. 집요하게 쫓아오기에 애를 먹었는데, 그때 번뜩 생각이 난 거예요."

이쪽으로, 라며 손을 흔들면서 방을 나섰다. 귀틀에서 흙바닥으로 내려서고는 사람 형태의 장식물, 아까 허수아비라고 생각하던 것에서 천을 걷었다.

"뇌를 끄집어내는 모습을 보고 싶었거든요. 그래서 실험 대상으로 써봤죠."

종이봉두를 뒤집어쓴 인산이 기둥에 묶여 있었다. 벼 이삭처럼 머리가 늘어져 있다. 가슴에는 DSLR 카메라. 소매를 걷어 올린 오른팔에는 붉은 주사 자국이 줄지어 있었다.

"모처럼이라 남아 있던 열여덟 개를 전부 주사했어요."

둘로 갈라진 혀를 날름 내밀었다.

"그런데 실패였어요. 너는 나오지 않았죠. '머릿속이 시끄러워, 죽여줘'라며 울어대길래 조금 기대했는데, 시끄럽다고 소리쳤더니 기둥에 머리를 부딪치고는 곧장 죽어버렸어요."

깨닫고 보니 온몸에 소름이 돋아 있었다.

한 번의 시스마 주사로 의식이 둘로 나뉜다면 이 카메라맨의 머리에는 2의 18제곱, 즉 262,144개의 의식이 동거했다는 말이 된다. 겨우 네 개여도 정신이 혼미할 지경인데, 그래서는 제정신으로 있지 못했을 터.

"그래서 안타깝지만 시스마는 이제 없어요."

"어디서 들여온 건지 알려줘."

"영업비밀이에요."

집게손가락으로 X자를 만들었다. 기사야마는 스마트폰을 꺼내 에덴을 찍었다.

"주간지 편집부에 위치정보와 함께 사진을 보내줄까?"

에덴이 새파랗게 질렸다.

"너무하네요, 진짜로."

"어디에서 들여왔어?"

"아니, 이것 참 곤란하네"라며 팔짱을 끼더니 말했다.

"그거, 한국에서 흘러들어온 거예요."

구멍투성이 입술에 손가락을 대고 목소리를 낮추며 말했다.

"4년 전, 한국의 신촌대학 정신의학연구소에서 정신과 환자들이 잔뜩 뛰어내려 자살한 사건 기억하시나요?"

기사야마는 끄덕였다. 물론 기억한다.

병원 안에서 학대가 있었던 것은 아닌지. 누군가가 환자를 밀어서 떨어뜨린 것은 아닌지. 결국에는 수년 전에 자살한 환자의 저주는 아닌지 하고 당시에는 밑도 끝도 없는 추측이 쏟아져 나왔다. 가가조 의과대학 부속병원 이사장이 환자의 옥상 출입을 금지하는 계기가 된 사건이기도 했다.

"자살한 환자들, 실은 같은 약의 임상실험에 참가했다더라고요. 물론 개발은 중단되고 연구소도 폐쇄됐지만, 이 연구소, 은행이랑 제약회사에서 거액의 대출을 받은 상태였어요. 환자 가족들이 소송을 대거 제기하기도 했기에 대학은 막대한 빚을 지게 됐죠. 그래서 조금이나마 자금을 회수하고 싶었던 그들은 연구소에 보관돼 있던 미승인 의약품을 팔아치운 거예요."

등골이 서늘해졌다. 설마…….

"물론 정식으로는 불가능하니까 마피아나 브로커의 손을 빌려 평양이나 연변에 뿌렸다더라고요. 하지만 약효도 알 수 없는 물건이었기에 큰 값어치는 붙지 않았죠. 그래서 마지막까지 팔리지 않고 남은 것이 바다를 건너 저한테까지 흘러들어온 거죠. 그게 B-시스마틴 용액. 가칭, 시스마예요."

자살한 환자들도 시스마를 투여받은 것이리라. 열여덟 번 투여된 이 남자만큼은 아닐지라도 머릿속에 수많은 자아가 나타나서 제멋대로 떠들어 대면 나는 미쳐버렸다, 더는 살고 싶지 않다고 생각해도 이상하지 않다.

"너는 이 약이 무슨 약인지 알고 있었어?"

"소문은 들었어요. 수상쩍은 이야기뿐이었지만요. 너무 큰 쾌락 때문에 살아갈 의미를 느끼지 못한다거나, 자신의 뇌를 긁어서 꺼냈다는 것도 그중 하나죠."

다른 시간선에서 뇌를 쪼갠 결과, 스스로 뇌를 끄집어낸 것으로밖에 보이지 않는 방식으로 죽은 자가 있었으리라.

"그것 말고는?"

"이런 것도 있었어요. 의식이 분열돼 꿈속에 여러 자아가 나타난다고요."

이 남자, 알고 있었던 것인가.

"뭐, 미심쩍은 것들뿐이죠. 너무나 도시 전설 같은 이야기 아닌가요?" 눈썹을 찌푸린 채 기사야마를 보고는 눈을 크게 떴다. "설마, 기사야마 씨. 의식이 분열된 건가요?"

의식뿐만이 아니다. 시간도, 세계도, 모든 것이 전부 다다.

"아." 에덴이 손뼉을 쳤다. "실은 다른 게 또 있어요." 크로스백의 옆 주머니를 열고 알약이 든 알루미늄 시트를 꺼냈다.

"로센나트륨수화물. 가칭 로센이에요. 브로커에 따르면 이건 시스마의 약효를 억제하기 위해 개발된 거라고 했어요."

억제?

그 말은 곧…….

"분열된 의식을 원래대로 돌린다는 말이겠죠." 그렇게 말하며 'E'로 턱을 긁었다. "뭐, 불가능하겠지만요."

"어째서지?"

"한번 생겨난 의식을 뇌에서 지우는 거예요. 그런 건 태내에서 자란 아기를 수정란으로 되돌리는 거랑 똑같은 거죠. 이런 알약 하나로 그런 일이 가능하다고 생각하세요?"

한쪽 뺨을 일그러뜨리며 불쾌하게도 옳은 소리를 했다.

기사야마는 아무런 답도 할 수 없었다.

※※

"결론부터 말하자면 역시 에덴의 말대로였어. 이 약으로 한번 생겨난 의식을 없앨 수는 없어."

잠자리에 들기 전에 주머니에 넣어 둔 알루미늄 시트를 꺼내며 기사야마는 말했다.

"뭐가 좋은 소식이야? 아무짝에도 쓸모없잖아."

양철통에 앉아 단두대에 팔꿈치를 올린 채 도망자가 욕설을 내뱉었다.

"내 말 아직 안 끝났어. 나는 에덴을 위협해서 현우라는 브로커에게 연락하게 했지. 그러고는 적당한 돈을 지불해 시스마와 로셴의 정확한 약효를 확인했어."

기사야마는 24년 전, 해부 실습에서 관찰한 뇌를 거울에 비 췄다. 스마트폰으로 핀치 아웃하듯 측면의 주름을 확대했다.

"우리 뇌의 모서리위이랑에는 카우프만 피질이라 불리는 신경 집합체가 있어. 카우프만 피질이 해마에 축적된 방대한 정보를 순서대로 정리함으로써 우리는 '시간'을 인식하고 있다고 여겨지지. 시스마는 본래 이 카우프만 피질의 기능이 감퇴해서 시간 인식이 모호해진 노인이나 치매 환자를 위해 개발된 거였어.

하지만 임상실험은 예기치 못하게 흘러갔지. 시스마를 투여받은 인간의 모서리위이랑에서 카우프만 피질 그 자체가 분열, 증식해버린 거야. 우리의 의식, 나아가 시간이 분열한 것도 그게 이유겠지."

복원자가 고개를 갸우뚱하며 전기의자에서 몸을 내밀었다. "그래서?"

"한편 로셴에는 이 카우프만 피질의 작용을 억제하는 작용이 있어. 시스마와 동시에 투여함으로써 시스마의 효능을 제어할 수 있지는 않을까 기대됐지.

하지만 에덴이 말한 대로 한번 분열해버린 카우프만 피질을 제거할 수는 없어. 다만 시스마와 로셴 둘 다를 투여받은 사람은 극히 높은 수준, 거의 자의적이라고 해도 좋을 정도로 카우프만 피질을 제어할 수 있게 돼. 임상실험 담당자의 기록에 따르면 환자 중에서는 특정의 유해한 카우프만 피질

을 뇌에서 격리해서 의식을 냉정하게 유지하는 것에 성공한
사람도 있다고 해."

"카우프만 피질을 격리?"

도망자가 천천히 반복했다.

"그 환자의 뇌에는 하나의 카우프만 피질만이 단백질에
뒤덮여 해마와 뇌간, 그리고 다른 카우프만 피질과 연결이
끊어져 있었다고 해.

해마와 연결이 끊어지면 그 의식은 기억을 잃지. 뇌간과
연결이 끊어지면 그 의식은 육체를 잃어. 그러면 아무것도
할 수 없게 돼. 과거를 떠올리는 것도, 세계를 인식하는 것도
불가능해. 그저 뇌 안에 있을 뿐인 존재가 되지."

"즉 이런 말이군." 복원자가 입술 끝을 들어 올렸다. "로셴
을 먹고 범인의 의식을 격리한다. 그러면 우리 인생은 보호
되고 범인은 아무것도 할 수 없는 곳에서 끝없는 벌을 받게
된다."

산송장도 끄덕였다. "훌륭해."

"남은 문제는 두 개야. 범인은 누구인가. 어떻게 세 사람을
죽였는가. 모두가 납득할 수 있는 방식으로 이 수수께끼를
풀어야만 해."

손가락으로 알루미늄 시트를 굴리면서 세 사람을 둘러봤
다. 반론은 제기되지 않았다.

"기키와 마후유가 죽었을 때, 우리 네 명이 어디서 무엇을

하고 있었는지 확인하고 싶어. 우선 나부터 설명하지."

기사야마는 거울에 기억을 비추고는 두 명이 죽을 때의
상황, 즉 기키가 집 앞에서 내장을 토해낸 것, 기사야마는 손
가락 하나 건드리지 않은 것, 마후유는 도호쿠 자동차도로
를 드라이브하다가 죽은 것, 기사야마는 70킬로미터 이상
떨어진 가가조 시내에 있던 것을 설명했다.

"코롤라의 브레이크를 조작해서 사고를 낸 것 아니야?"

진심인지 농담인지 알 수 없는 표정으로 복원자가 말했다.
기사야마는 "설마" 하고 거울을 가리키며 뉴스 영상을 비췄
다. 유도를 잘할 것 같은 만두 귀의 아나운서가 원고를 읽어
내렸다.

**"관계자에 따르면, 자동차에 고장이나 결함이 있었던 흔적은 없
었으며 사고의 원인은 운전자의 부주의로 추정된다고 합니다."**

"에덴의 스마트폰으로 본 영상이야. 자동차는 조작되지 않
았어. 다른 뉴스에 의하면 시체에서 수면제나 환각제 등도
검출되지 않았다고 나와. 마후유는 내 시간선에서 살해당한
게 아니야. 다른 시간선에서의 연쇄 현상에 의해 운전 중에
목숨을 잃고, 그 결과 이 사고가 벌어진 거야."

"분명 그렇게밖에 생각할 수 없네."

묘하게 여유로운 태도로 도망자가 거울 속을 전환했다.

"하지만 알리바이의 견고함은 내가 몇 단계 위야. 왜냐고?
나는 경찰에 잡혀 있었으니까."

그렇게 말하며 무늬 없는 스웨트 셔츠의 소매를 나풀나풀 흔들었다. 아무래도 지금도 유치장에 있는 듯하다.

"어젯밤, 우라시마의 스마트폰으로 아야카가 터지는 걸 보고 히시오가마의 아파트로 달려갔다는 이야기는 이미 했지? 우라시마의 오토바이로 도에이장으로 돌아온 몇 시간 뒤, 동료를 데리고 이모쿠보가 찾아왔어."

"당신, 주치의를 숨겨주고 있지?"

거울 속의 이모쿠보가 우라시마를 추궁했다. 도망자는 숨을 죽인 채 판자를 벗겨서 바닥 밑으로 숨어들려고 했다.

"어디서 발목이 잡힌 건데?"

"샤인 히시오가마에 뛰어들었을 때, 가족이 사는 505호에 들어가려다가 실수로 506호의 자물쇠를 뜯어냈거든."

엄청 동요한 상태였으리라. 엘리베이터에서 내린 도망자는 501, 502, 503의 문 앞을 재빨리 지나가 그 두 개 옆의 문을 열고 말았다. 공교롭게도 그곳은 506호였다. 요즘에는 보기 드물게 이 아파트는 4가 붙은 번호가 없었다.

"현관의 신발을 보자마자 실수를 깨닫고 다시 복도로 돌아갔어. 이때 욕실에 숨어 있던 집주인 여자가 내 얼굴을 봤다더군. 그 여자가 경찰에 신고했고, 이모쿠보 일행이 CCTV 영상을 추적해 내가 돌아간 곳을 찾아낸 거야."

거울 속에서는 이모쿠보가 판자를 벗기고 바닥 밑에 숨어 있던 도망자를 들여다봤다. 이 남자는 작년 여름에도 같은 곳에서 '두더지남'을 잡은 적이 있다. 당연히 이 방 지하에 사람이 숨을 수 있는 공간이 있다는 사실도 알고 있었다.

"나는 성폭행 혐의로 체포돼 가가조 경찰서 유치장에 갇혔어. 하지만 녀석들의 진짜 목적은 아야카 살해 혐의점을 찾는 거였지. 촌스러운 옷으로 갈아입고 조사를 기다리는데, 정오가 지났을 때쯤 녀석들이 갑자기 소란스러워졌어. 그로부터 한참을 기다리다가 취조실에 들어간 게 밤 8시 넘어서야. 나는 그제서야 기키와 마후유가 죽었다는 사실을 알게 됐지."

"선생, 당신 도대체 무슨 방법을 쓴 거야?"

하얀 담배 연기 너머에서 초췌한 얼굴의 이모쿠보가 카멜을 깨물었다.

"기키는 오전 11시 넘어서 자택에서 참고인 조사 도중에 내장을 토해냈다더군. 마후유는 오후 1시 50분쯤, 보호받고 있던 히시오가마 경찰서의 회의실에서 머리가 터졌다고 하고. 두 사건 모두 나는 가가조 경찰서 유치장 안에 있었어.

조사 도중에는 평생 들을 만한 욕을 다 들었어. 밥도 안 주고 마실 것도 안 주고 휴식 시간도 없었지. 그렇게 다섯 시간 동안 조사받았어. 하지만 내게는 철벽의 알리바이가 있었지. 오전 1시 넘어서 겨우 취조실에서 쫓겨나서 유치장의 얇아빠진 이불 속으로 들어간 거야. 그리고 이곳에 오게 된 거지."

무언가의 시한장치를 사용하면 유치장에 있더라도 원격

살인은 가능할 터. 하지만 그런 장치를 쓰면 반드시 증거가 남는다. 이모쿠보가 "무슨 방법을 쓴 거야?"라고 말한 이상, 그런 단서는 찾지 못한 것이리라.

"자, 보시다시피 나는 가족을 죽일 수 없었어."

도망자는 평소처럼 주머니에서 대마 담배를 꺼내려다가, 아아, 하고 한숨을 내쉬었다. 아무리 그래도 유치장에 대마초가 든 담배를 가지고 갈 수는 없었던 모양이다.

"나는 너랑 다르게 경찰에 잡힐 만한 바보짓은 안 해."

어이없다는 듯 웃으며 복원자가 조용히 끼어들었다. 전기 의자에 살짝 걸터앉은 채 얼굴 앞에 깍지를 꼈다.

"그런 의미에서 너만큼 견고한 알리바이는 없을지도 모르지만, 내가 범인이 아닌 건 분명해. 나는 가족을 되찾기 위해 온갖 방법을 동원했어. 그런 내 거짓말을 간파한 마후유를 꺼림칙하게 여긴 건 사실이지만 그렇다고 해서 죽이지는 않아."

"쓸데없는 감정론은 집어치워. 나 같지 않아."

도망자가 윽박질렀다. 복원자는 어깨를 움츠리더니 말했다.

"내 시간선의 마후유가 죽은 건 라이브하우스의 무대야. 나도 그때 현장에 있었어."

"알리바이는 없다는 말이잖아. 수상하군."

"공교롭게도 내 시간선에 마후유를 죽일 수 있는 사람은 없었어."

복원자는 제3병동 회의실을 거울에 비췄다.

"3일에 병원 앞에서 아야카가 폭발한 후, 나는 밤늦게까지 참고인 조사를 받았어. 그 와중에도 몇 번이고 기키와 마후유에게 전화했지만, 둘 다 연락이 닿지 않았어. 기키는 〈멀티한 멀티〉 정기 모임, 마후유는 투어 최종일 공연 뒤풀이에 참석 중이었고, 결국 아침까지도 연락이 되지 않았어."

복원자의 시간선에서는 기사야마와 아야카 모두 4월 3일의 투어 최종일 공연에 초대받지 못했다. 행운아가 무이에게 초대를 받았을 때, 복원자는 아직 가족과 별거 중이었기 때문이다.

"아침에 집에 돌아가 짧게 잠을 잔 나는 재규어를 달려 아오바 시 아사바야시 구 나카초의 라이브하우스, 몽키 하우스로 향했어. 내 시간선의 마후유는 이날, 이치반초의 호텔에서 휴식을 취한 후, 소속사 선배인 코카인 베이비스가 주최하는 이벤트에 출연하기로 돼 있었지. 나는 한시라도 빨리 딸을 만나려면 직접 이벤트 장소로 갈 수밖에 없다고 생각했어."

거울 속의 복원자는 창구에서 당일권을 사서 두툼한 문을 열고 라이브하우스로 들어갔다. 기사야마의 시간선 속 마후유는 다른 일정을 이유로 이 이벤트 출연을 거절했지만, 복원자의 시간선에서는 시간 여유가 있었던 모양이다.

"예정인 오후 1시를 5분 정도 지났을 때 아카다마의 라이브가 시작됐어. 마후유는 상복 같은 정장 드레스를 입고 거대한 토마토…… 아니, 버섯 탈로 얼굴을 가리고 있었지."

몽키 하우스의 수용 인원은 삼백 명 정도. 전날의 투어 최종일 공연이 열린 애시드룸과 비교하면 수용 인원수는 4분의 1 수준이었다. 공조 설비도 오래된 듯, 복원자 앞에 있던 숱이 적은 남자는 사우나에 있는 것처럼 땀을 흘려댔다. 그럼에도 인기몰이 중인 아카다마가 오프닝 공연에 등장하자 플로어는 매우 혼잡해졌다.

"이날의 마후유는 조금 긴장한 듯 보였어. 역시 자신들의 라이브와 다른 밴드 이벤트는 느낌이 다를 테니까. 목소리도 잘 나오지 않았고, 첫 번째 곡인 〈단팥빵 트립〉 후에는 물을 마시려다가 페트병을 쓰러뜨리기도 했어. 그때는 나까지 식은땀을 흘렸지. 바닥을 닦으러 무이가 나온 건 좀 웃겼지만 말이야."

하하, 하고 웃으며 거울 속의 시간을 진행시켰다.

"그래도 도중부터 상태가 괜찮아진 듯했지만, 이제 공연 시간도 얼마 남지 않은 오후 1시 50분. 마지막 곡이라고 말하며 시작한 〈마법의 버섯〉이 2절에 들어섰을 때, 어째선지 마후유의 노래가 끊겼어. 스테이지를 보자 마후유의 머리가 납작하게 찌부러져 있었어."

거울 속에 비친 마후유는 머리가 있어야 할 부위에서 대량의 피를 흘리며 무대 중앙에 우뚝 서 있었다. 기타를 치는

terumo의 다리가 풀렸고, 무대 근처의 관객들에게서 비명이 터져 나왔다. 마후유는 취한 것처럼 비틀거린 후, 오른쪽 안구와 마이크를 동시에 떨어뜨리며 몇 초 후에 앞으로 쓰러졌다.

"삼백 명의 관객은 패닉에 빠져 두 개밖에 없는 출구로 몰려들었어. 나중에 뉴스에서 보니 백 명 이상의 부상자가 나왔다더군. 나도 목격자로서 경찰 조사를 받았어. 내가 마후유의 아버지라는 사실을 밝히자, 무대에서 시체 확인을 요청받았지."

복원자가 무대로 올라 시체를 내려다봤다. 두개골이 깨지고 뇌와 피와 살점이 뒤섞인 채 플로어 쪽으로 흩뿌려져 있었다. 목도 납작하게 찌부러졌지만, 목 아래쪽은 별다른 이상이 없었다.

"딸입니다. 틀림없습니다."

1미터 정도 떨어진 곳에는 버섯 탈이 떨어져 있었다. 색이 붉은 탓에 얼핏 그저 낙하한 것으로 보이지만, 자세히 보자 마후유의 피가 잔뜩 묻어 있었다.

"보시다시피 마후유가 죽었을 때 나는 플로어 뒤편에 있었어. 물론 그 누구도 삼백 명이 지켜보는 무대 한복판에서 마후유의 머리를 터뜨릴 수는 없어. 내 시간선에 범인은 없어."

다시 한번 폭발 전후의 기억을 확인했지만, 무대 위 마후유에게 접근하는 자는 어디에도 보이지 않았다. 복원자의 말대로 마후유가 이 시간선에서 살해당한 것으로는 생각하기 어려웠다.

"전날에 이어서 몽키 하우스의 대기실에서 형사들에게 조사를 받으며 나는 기키의 스마트폰으로 계속해서 연락했어. 참고인 조사를 마치고 집에 간 건 오후 11시가 넘은 시각이었지. 그때까지 연락이 되지 않았기에 어느 정도 예상은 하고 있었어. 실제로 침실을 들여다보니 차갑게 식은 기키가 침대에 누워 있었지."

그래도 무슨 일이 벌어졌는지까지는 예상할 수 없었으리라. 배가 움푹 들어가고 빈 껍질처럼 변한 기키, 그리고 입에서 침대로 쏟아져 나온 장이나 간 같은 것을 보고 복원자는 "허억" 하고 외치며 벽에 허리를 부딪혔다.

"행운아나 도망자의 말로 유추하면 기키가 죽은 건 오전 11시를 넘긴 시각일 테지. 동창회에서 아침까지 먹고 마신 후, 침대에 누워 있던 도중에 내장을 토해냈을 거야."

기사야마의 시간선 속 기키는 이때 이미 잠에서 깬 상태였다. 복원자의 시간선 쪽이 동창회가 길어져서 귀가도 늦어진 것이리라. 남편과의 별거부터 동거 재개에 이르기까지, 주변에서 캐묻고 싶어 할 만한 화제가 많아서 좀처럼 귀가하지 못한 것일지도 모른다.

"기키가 죽은 시각, 나는 재규어를 타고 나카초로 향하고 있었어. 라이브까지는 아직 시간이 있었지만, 서둘러 가면 어디선가 마후유를 만날 수 있지는 않을까 생각했거든."

거울 속 시간이 거슬러 올랐다. 복원자는 재규어로 낯익은 대로를 달리는 중이었다. 모니터 속 시각은 오전 11시 2분. 분명 알리바이가 있다.

"보시다시피 사람의 내장을 빼낼 수 있을 만한 시한장치가 있던 흔적도 없어. 나는 범인이 아니야."

다시 시간을 돌려 침실. 시체 주변을 둘러봤지만 그런 그럴싸한 장치는 어디에도 보이지 않았다.

"남은 용의자는 산송장인가."

도망자가 수술대에 누운 남자에게 궤적을 돌렸다.

"내가 가족을 죽였다고? 인공호흡기를 단 채 침대에서 내려오기도 힘든 이런 내가?"

산송장은 침대에 팔꿈치를 대고 상반신을 일으켜 꺼끌꺼끌한 목소리를 토했다.

"의심받고 싶지 않으면 제대로 상황을 설명해."

도망자는 쌀쌀맞게 답했다. 산송장은 크게 숨을 들이마시고는 말했다.

"오전 11시 넘어 기키가 내장을 토하며 죽었을 때 나와 기키는 같은 방에 있었어. 기키는 갈아입을 속옷을 건네러 병실에 와 있었지."

휘유, 하고 도망자가 휘파람을 불었다. "같이 있었다고? 의심스럽군."

산송장은 거울에 병실을 비췄다. 침대를 둘러싼 커튼이 젖혀지고 스마트폰을 귀에 댄 기키가 얼굴을 내밀었다. 창문 건너편에는 모밀잣밤나무의 새싹이 흔들리고 있었다.

"그 아이, 도대체 어디에 갔을까."

기키가 불안한 듯 중얼거렸다. 아야카가 폭발한 것은 아직 모르는 듯했다. 산송장의 시간선 속 아야카도 아카다마의 투어 최종일 공연에 초대받았을 테니까 그 귀갓길에 폭발했을 가능성이 크다. 이 시간대라면 이미 시체는 발견되었겠지만, 아직 신원을 알아내지 못했으리라.

"밥 먹고 돌아오는 거 아니야?"

꿈에서 듣고 이미 아야카가 죽었다는 사실을 알고 있던 산송장이 기사야마와 같은 말을 하며 시치미를 뗐다. 병실의 TV가 켜져 있는 듯, 무언가 섬뜩한 BGM, 콘트라베이스의 불협화음이 울려 퍼졌다. 덕분에 산송장의 낙관적인 말에 설득력이 느껴지지 않았다.

"마후유도 제멋대로 나가버리고 말이야. 도대체 무슨 생각을 하는 건지."

기키가 토트백을 어깨에서 내렸다. 산송장이 침대 위에서 자세를 바꾼 것인지 거울 속이 크게 흔들렸다.

"갈아입을 옷 가져왔어."

그때 기키가 시야에서 사라졌다. 창문 바깥의 모밀잣밤나무가 흔들렸다.

"우에에엑."

무언가를 토하는 소리에 뚝, 뚝, 무거운 것이 떨어지는 소리가 겹쳐졌다. 구급차 사이렌이 들리는가 싶더니 소리가 점점 커지고는 금세 작아지며 사라졌다.

산송장이 수액 스탠드를 잡고 상반신을 일으켰다. 기키는 바닥에 팔다리를 뻗고 괴로운 듯 어깨를 위아래로 들썩거렸다.

"지금 본 대로야. 나한테 알리바이가 있냐고 물으면, 그런 건 없어. 기키가 죽었을 때 같은 방에 있었으니 말이야."

거울 속의 시간을 되감아 기키가 커튼을 젖힌 장면을 다시 보여줬다.

"하지만 나는 행운아와 분기한 후 9일간, 병실에서 한 걸음도 나서지 않았어. 병실에 내장을 끄집어낼 만한 도구는 없고, 그런 짓을 할 체력도 없지. 내가 범인이라는 건 황당무계한 이야기야."

도망자를 똑바로 바라본 채 말했다. 도망자는 아무 말도 하지 않았다.

기사야마는 문득 묘한 감각을 느꼈다. 산송장이 거울에 비춘 기억 속 무언가를 자신은 본 적이 있다. 그런 기분이 들었다.

내장을 토해내는 기키의 동작은 기사야마의 시간선 속 기키와 꽤 비슷했다. 하지만 그것만이 아니다. 그것 말고도 이 기억 속 무언가가 자신의 기억과 겹쳐져 있다. 도대체 뭐지?

"그 후에는 어떻게 됐는데?"

기사야마의 동요 따위 알지도 못하는 듯 복원자가 물었다.

"병원에서 경찰에 신고해서 나는 다른 층 병실로 옮겨졌어. 무이가 전화로 마후유의 죽음을 알린 게 그로부터 네 시간 후야. 시체가 발견된 건 가가조 역에서 서쪽으로 200미터 정도 떨어진 지방도로. 마후유는 거기에서 로드바이크를 타고 있었어. 나도 자주 타던 그 자전거 말이야. 앞 바구니에 도서관 책이 들어 있었다고 하니까, 그 앞에 있는 도서관에 가는 중이었겠지. 오후 1시 50분경, 도로변을 달리던 마후유의 머리가 터지는 걸 여러 명의 행인과 자동차 운전자가 목격했어."

분명 혼이 쏙 빠졌으리라.

"거의 동시에 경찰관이 병실을 찾아와서 오지키의 자연공원에서 발견된 변사체가 아야카일 가능성이 크다고 전해줬지. 이 두 가지 사건은 모두 병원 밖에서 일어났어. 당연히 내게는 확실한 알리바이가 있어."

산송장은 반론이 나오지 않는 것을 확인한 후 지친 모습으로 수술대에 누워서 마스크를 누른 채 숨을 크게 들이마셨다.

"또 이렇게 되는 거야?"

복원자가 답답한 듯 중얼거리고는 나무상자를 열었다. 종이를 꺼내 연필을 휘둘렀다.

"네 용의자의 상황을 정리하면 이렇게 돼. 안타깝게도 기키의 내장을 끄집어낸 자도, 마후유의 머리를 터뜨린 자도 알 수 없어."

종이를 세 명에게 향한 채 말했다.

	기키 사망 시의 상황	마후유 사망 시의 상황
행운아	기사야마와 기키가 아야카를 찾으려고 집을 나선 참에 옆집 사람에게 말을 건 기키가 내장을 토하고 사망했다.	기사야마는 경찰에 들키지 않도록 가가조 시내를 이동 중이었다. 마후유는 도호쿠 자동차도로를 주행 중에 머리가 터져 사망했다.
복원자	기사야마는 자동차로 아오바 시나카초로 이동 중이었다. 기키는 동창회에서 돌아온 후 자택 침대에서 내장을 토하고 사망했다.	기사야마는 몽키 하우스에서 아카다마의 라이브를 보는 중이었다. 마후유는 무대에서 노래를 부르는 도중 머리가 터져 사망했다.
도망자	기사야마는 가가조 경찰서 유치장에 있었다. 기키는 자택에서 참고인 조사를 받는 도중 내장을 토하고 사망했다.	기사야마는 가가조 경찰서 유치장에 있었다. 마후유는 보호받던 히시오가마 경찰서 회의실에서 참고인 조사 중 머리가 터져 사망했다.
산송장	기사야마는 중상을 입고 입원 중이었다. 기키는 병실에 속옷을 가져다주러 온 참에 내장을 토하고 사망했다.	기사야마는 중상을 입고 입원 중이었다. 마후유는 자전거로 도서관으로 향하는 도중 머리가 터져 사망했다.

"물론 그럴 리는 없지. 아야카의 경우와 마찬가지로 범인은 우리가 깨닫지 못하는 무언가의 방법으로 기키와 마후유

를 죽였다는 말이 돼."

하지만, 하고 복원자는 목소리를 높였다.

"그런 짓이 정말 가능할까? 아야카가 폭발한 것만으로도 불가사의한데, 범인은 내장을 끄집어내거나 머리만 터뜨리거나 할 수도 있는 듯해. 마치 인간의 몸을 자유자재로 조종할 수 있는 것처럼. 그런 일이 가능해?"

사실은 전부 환각이 아닐까. 복원자는 그런 의심에 사로잡히기 시작한 듯했다.

물론 그렇지 않다. 우리는 아직 제정신을 잃지 않았다.

범인은 반드시 있다. 악마 같은 방법으로 가족을 죽인 범인이.

기사야마는 가족을 위해 살아왔다. 그 가족을 빼앗긴 자신이 지금도 살아 있는 이유는 단 하나다.

범인을 찾아서 끝없는 지옥에 떨어뜨린다.

하지만 그러기 위해서는 범인이 가족을 죽인 방법을 밝혀내야만 한다.

기사야마는 관에 앉아서 알루미늄 시트를 움켜쥐었다.

◆

"각종 언론에 보도된 바와 같이, 그저께 오후 2시경, 당사 소속 아티스트인 erimin 씨가 도호쿠 자동차도로 하행차선을 주행 중 사고를 당해 사망하였습니다. 시신의 훼손이 심한 데다가 가족분들과도 연락이 닿지 않아 발표가 늦어진 점 사과드립니다."

무이가 깊게 고개를 숙였다. 카메라 플래시가 정장을 밝게 물들였다.

"또한 그저께 오전 11시경, erimin 씨의 어머니인 배우 기사야마 기키 씨가 자택 부근에서 숨진 채 발견됐습니다. 아버지와 여동생도 지금 행방을 알 수 없는 상태입니다. 당사에서는 가족의 무사를 기원하며, 경찰 수사에 적극적으로 협조할 예정입니다."

손수건으로 눈꼬리를 닦고는 쥐어짜듯 말을 이었다.

"또한 조만간 당사의 주최로 erimin 씨와의 송별회를 개최할 예정입니다. 녹음을 이미 마친 신곡 〈폰카스〉도 예정대로 발매합니다."

아무리 그래도 너무 빨리 공지한 것은 아닐까 생각했지만, 동영상 사이트 댓글란에는 "눈물 나", "죽을 만큼 울었어", "학교 빠지고 송별회 갈래", "신곡 예약했어" 등의 호의적인 목소리가 줄을 이었다. 거기에 때때로 "유출 사진 봤는데 장난 아냐", "시체 봤는데 무지 혐오스럽더라" 같은 댓글도 섞여 있었다.

무이는 동영상을 켜 놓은 채 브라우저의 탭을 추가해 인기 게시물 모음 사이트에 접속했다. 상단에 '극혐 주의 아카다마 erimin 사고 현장 사진'이라는 기사 제목이 있었다. 모자이크 처리된 섬네일 사진을 클릭하자, 도로에 누운 기사야마 마후유의 시신이 화면 가득 표시되었다.

마후유의 머리는 깨끗하게 파열되어 있었다. 두개골이 깨지고 뇌와 피와 살점이 뒤섞인 채 흩뿌려져 있었다. 목도 납작하게 눌려 있지만, 가슴 아래쪽의 손상은 많지 않았다.

시체 주변에는 1센티미터 정도의 실버볼 몇 개가 굴러다녔다. 목 주변을 자세히 보자 목 왼쪽 위에서 오른쪽 아래를 향해 가느다란 실에 눌린 것 같은 흔적이 있었다.

"경찰 정보에 따르면 erimin 씨가 타고 있던 코롤라는 중앙분리대 가드레일에 부딪히며 급격히 감속했고, 뒤따라오던 차량에 추돌당한 것으로 여겨집니다."

동영상의 무이가 기자의 질문에 답하며 말했다.

"그 충격으로 안전벨트 버클이 파손되어 erimin 씨가 앞유리창을 뚫고 나가 도로에 굴러떨어진 상태로 발견되었습니다."

목걸이가 피부를 짓눌러 목에 상처를 남긴 것이리라. 직후에 와이어가 끊어지고 볼은 도로로 튕겨 나갔다. 마후유의 목숨은 이 목걸이와 함께 흩어져 사라진 것이다.

기사 아래로 이어지는 아비규환의 댓글을 눈으로 훑으며 무이는 자신도 모르게 미소 지었다.

시체 사진을 인터넷에 유출한 것은 무이였다. 경찰관이 보여준 폴라로이드 사진을 몰래 찍고 색을 보정해 게시판에 올렸다.

목적은 사람들의 마음에 erimin의 죽음을 새기는 것이었다. 지금은 텔레비전 뉴스는 물론 SNS에서도 사고에 관한 화제로 들끓지만, 뉴스의 유통기한은 짧다. 눈 깜짝할 사이에 새로운 화제가 사람들의 마음을 훔칠 것이다. 그들의 관심을 붙잡기 위해서는 다른 뉴스에는 없는 시각적인 임팩트가 필요했다.

브라우저의 탭을 모두 닫고 딱딱해진 허리를 쭉 폈다. 지난 사흘간은 경찰에 의한 여러 차례의 참고인 조사와 언론대상 기자회견, 그리고 하루라도 빨리 추모 이벤트를 열기 위한 회장 예약과 스태프 배정 등 눈코 뜰 새 없이 바빴다.

화면에 비친 얼굴을 보고 쓴웃음을 지었다. 눈가가 부어오르고 볼과 턱에는 자르지 않은 수염이 뒤덮여 있었다. 일단 집에 가서 샤워하자. 껌을 입에 넣고 어깨를 돌리며 임대 빌딩의 지하 주차장으로 향했다.

푸가의 도어록을 풀고자 전자키의 버튼을 눌렀다. 문이 반응하지 않았다. 문의 핸들을 당기자 잠금장치가 이미 풀려 있는 상태였다. 어젯밤, 회견장인 호텔에서 사무소로 돌아왔을 때 문을 잠그는 것을 깜빡한 듯했다.

시트에 허리를 파묻었을 때 스마트폰이 울렸다.

수신을 거절하고자 스마트폰을 보자, 오렌지색 아이콘인

'스캐너스' 앱에 눈이 머물렀다. 스캐너스는 두바이의 기술자가 개발한 기밀성이 높은 통신 앱으로, 사기범이나 강도 등 범죄 그룹이 애용 중이다.

껌을 재떨이에 뱉고, 흰자를 드러낸 남자 아이콘을 탭했다.

"네가 erimin을 죽였나?"

위협적인 목소리가 들렸다.

"저였다면 들키지 않게 처리했을 거예요."

"그럼 사고인가? 그게 더 큰 문제야. 인터넷에 시체 사진이 유출됐어. 이대로라면 아무도 우리를 따라오지 않을 거야."

"쓸데없는 참견이군요." 그만 험상궂은 목소리가 나왔다. "당신들은 아무것도 몰라요. 사진을 퍼뜨린 건 접니다. 이 사고로 인해 아카다마는 일본의 팝 뮤직 역사에 이름을 새기는 존재가 될 거예요."

"보스도 화를 내고 있어. 라이히 프로모션이 망하면 너도 끝이야. 마음 편히 누운 채 죽을 수 있으리라 생각하지 마."

남자는 기세에 눌린 듯 몇 초 침묵한 끝에 구닥다리 같은 대사를 내뱉고는 통화를 끊었다.

콘솔박스에 스마트폰을 던져 넣었다. 제멋대로인 녀석들이다.

분노를 잠재우고자 심호흡하자 땀 냄새가 코를 찔렀다. 창문을 열려고 스위치에 손가락을 올린 그 순간.

"스톱."

어깨를 붙잡혔다.

룸미러를 보자 기사야마 세이타가 뒷좌석에 앉아 다리를 꼬고 있었다.

"평소에는 상당히 건방지군. 회견장에 있던 사람 좋아 보이는 청년은 어디 간 거지?"

글러브박스에서 서바이벌 나이프를 꺼내 기사야마의 손등을 향해 휘둘렀다. 기사야마는 팔을 뒤로 빼고는 재킷에서 스마트폰을 꺼냈다. 전화번호와 통화 시간이 표시되어 있었다.

"내 동료가 네 말을 듣고 있어. 내가 돌아가지 않으면 내일 〈헬로 돗코이쇼 도호쿠〉에서 미노야 시즈카가 한숨이 뒤섞인 말투로 이렇게 말하겠지. 눈물의 기자회견으로 주목을 모은 실력파 프로듀서가 erimin 씨의 시체 사진을 유출한 사실을 고백했습니다."

무이는 혀를 찼다. 이 남자는 바보가 아니다. 잘못 대처하면 라이히 프로모션은 치명상을 입는다.

"지난번에 한 질문에 답해주겠어?" 기사야마가 조용히 말했다. "아야카에게 무슨 짓을 했지?"

이 남자는 무이가 한 일을 알고 있다. 시치미 떼도 소용없다.

"조금 데리고 논 것뿐이에요. 그에 걸맞은 수준의 일은 했다고 생각합니다만."

"목적이 뭐야?"

"딱히요. 어차피 귀찮은 일을 하는 거라면 즐겁게 하는 편이 좋지 않나요?"

기사야마는 뚝, 하고 엄지손가락을 꺾으며 소리를 냈다.

"너를 라이히 프로모션에 보낸 건 태국의 마피아인가?"

"뭐, 그렇게 부르는 게 무난하겠죠."

"어째서 밥줄이 음악사무소인 거지? 돈을 벌 거라면 더 쉽고 빠른 방법이 있잖아."

"미끼예요."

솔직하게 답했다.

"K-POP에는 완전히 뒤처졌지만, 일본의 팝 뮤직도 태국이나 베트남에서는 나름대로 알려져 있어요. 당신의 딸 같은 가수를 동경하는 젊은 여성도 드물지 않죠.

제 동료들은 그런 여성을 찾고 있어요. 그리고 나이트클럽에서 제 명함을 내밀고 마법의 주문을 외우는 거죠. ……같이 일본에서 일해보지 않을래요?"

백미러에 비친 자신의 얼굴이 웃고 있었다. 아카다마의 데뷔가 정해졌을 때, 퍼스트 투어의 티켓이 매진되었을 때, 〈마법의 버섯〉이 드라마 주제가로 결정되었을 때, 기사야마에게 보여준 것과 같은 미소였다.

"그녀들이 일본에서 데뷔하는 일은 없죠. 하지만 괜찮아요. 어떤 솜씨 좋은 변호사도 우리를 고소할 수는 없으니까요. 사기라고 말하면 이렇게 답하면 되죠."

"이 명함은 진짜예요. 차오왓 크라닷은 라이히 프로모션에 소속된 진짜 음악 프로듀서입니다."

"저는 그 한마디를 위해 여기에 있는 거예요."

기사야마는 "훌륭하군"이라며 헤드레스트에 머리를 기댔다.

"솔직히 지겨워요. 3년 전에 제가 입사했을 당시 라이히 프로모션의 경영은 발등에 불이 떨어진 상황이었어요. 제가 무언가 하지 않았다면 1년도 버티지 못하고 도산했겠죠. 저는 아티스트를 발굴하고 작품을 히트시키고 오늘까지 라이히 프로모션을 지켜왔어요.

그런데 보스는 그런 것에는 아무 관심이 없죠. 저는 그저 알리바이를 위해 소속돼 있을 뿐인 무능한 사람이라고 생각하는 듯해요. 이렇게 기운 빠지는 일은 또 없습니다."

자신도 모르게 숨이 거칠어진 상태라는 것을 깨닫고 무이는 헛기침했다.

"어쨌든 소속 연예인의 여동생과 조금 놀아난 것 정도로 벌을 받지는 않아요."

"네 고생담은 아무래도 좋아." 통화 중이라는 사실을 상기시키듯 기사야마는 스마트폰을 흔들었다. "부탁이 있어. 나를 해외로 도피시켜줘."

무이는 어이가 없었다. 방금까지 자신을 협박하던 주제에 이번에는 부탁이라니 낯짝도 두꺼운 녀석이다.

"사례는 하지. 나를 태국으로 데려다주면 너를 이 섬나라에서 일하게 하고 단물만 쪽쪽 빼 먹고 있는 보스를 죽여줄게."

하하, 하고 목에서 웃음소리가 새어 나왔다.

"보스는 논타부리에 있는 반쿠안 교도소에 있어요. 당신은 면회조차 못 할걸요?"

"TV를 틀어봐."

잘못 들은 줄 알았다. "네?"

"일단 틀어보라고."

좌석 사이에서 기사야마의 손이 뻗어 나와 내비게이션 화면을 터치했다.

"……지금부터 보여드리는 영상은 3일 오후 10시 반경, 가가조 시내의 자연공원에서 촬영된 영상입니다."

7인치 화면 한복판에서 만두 귀의 아나운서가 미간을 굳힌 채 말하고 있었다.

"비디오카메라를 설치한 건 가가조 시에 거주하는 남성으로, 쇠부엉이의 둥지를 고정 촬영하기 위해 노송나무 줄기에 소형 카메라를 설치했다고 합니다."

내레이션이 여자의 낮은 목소리로 바뀌고, 저화질의 흑백 영상이 흘러나왔다. 노송나무에 둘러싸인 길 한복판에서 남녀가 무언가 대화를 나누고 있었다. 체격과 옷차림을 보건대 기사야마와 아야카로 보였다.

"하지만 다음 순간."

화면 절반 정도에 모자이크가 들어갔다. 카메라가 흔들리고 아야카가 사라졌다. 무수한 살점이 지면에 흩뿌려진 것을 알 수 있었다.

도대체 무슨 일이 벌어진 걸까. 자연공원에 지뢰가 묻혀있을 리는 없다. 그렇다면…….

"내가 한 거야."

기사야마가 귓가에 속삭였다. 무이는 비명을 질렀다.

"태국에 데리고 가준다면 네 부탁을 들어주지." 기사야마는 집게손가락으로 모니터를 가리킨 후, 그 손가락을 무이의 코끝으로 향했다. "내겐 사람을 폭발시키는 힘이 있어. 면회하러 가지 않아도 간단히 너희 보스를 죽일 수 있지."

무이는 화면을 두드려 TV를 껐다.

"조건이 있어요." 목에 힘을 주며 목소리의 떨림을 억눌렀다. "뱃삯이 이백만, 입막음 비용을 포함해서 이백오십만 엔을 준비해주세요."

"그 정도면 거저지."

"또 하나." 솟구쳐 오르는 위액을 삼키고는 이어 말했다. "일본을 떠나기 전까지 두 번 다시 이런 미친 힘은 쓰지 않겠다고 약속해주세요."

기사야마는 순간 주저하듯 허공을 바라봤지만 곧장 이쪽을 다시 보고는 말했다.

"알았어. 약속하지."

언젠가 무이가 지은 것과 같은 미소였다.

2

해가 저물기 전에 가기리야마 기슭에 있는 빈집으로 돌아오니 에덴의 모습은 사라지고 없었다.

침상이 있던 방에 쪽지가 붙어 있었다. 가기리야마 캠프랜드 앞 도로에서 카메라맨과 마주칠 뻔해서 은신처를 바꾸기로 했다고 한다. 흙바닥 기둥에 묶여 있던 남자의 시체도 사라지고 없었다.

기사야마에게도 이곳은 결코 안전한 곳이 아니다. 도망자가 머물렀을 때도 근처에서 아이들이 논 적이 있다고 했었다.

앞으로 어떻게 해야 할까.

이미 마음은 정한 상태였다.

경찰은 사력을 다해 기사야마를 찾고 있을 터였다. 머리가 터진 마후유는 교통사고로 처리할 수 있다고 해도 전신이 폭발한 아야카나 내장을 토한 기키는 어찌할 도리가 없다. 경찰은 사력을 다해 기사야마를 쫓을 것이고, 일단 붙잡으면 어떤 억지를 부려서라도 교도소에 처넣을 것이다.

자신에게 남은 길은 하나뿐이다. 해외로 도망쳐야 한다.

일본에 미련은 없다. 더는 가족이 없으니 이 거리에 머물

러야 할 이유도 없다.

다행히 무이 덕에 태국으로 탈출할 길이 열렸다. 라이히 프로모션 사무소로 향하는 도중 이치반초의 혼잡을 틈타 훔친 스마트폰의 통화 화면을 보여주자 무이는 기사야마의 동료가 이야기를 듣고 있다고 믿었다. 거기다가 TV 뉴스로 아야카의 폭발 영상을 보여주자 기대한 대로 기사야마를 초자연적인 힘을 가진 사람이라고 믿었다.

하지만 아직 안심할 수 있는 상황은 아니다. 기사야마는 푸가 뒷좌석에서 일본을 떠날 때까지는 힘을 쓰지 않겠다고 무이에게 약속했다. 입에서 나오는 대로 그렇게 약속하기는 했지만, 정작 가지고 있다는 힘은 거짓말이기에 통제할 수가 없다. 다른 시간선의 기사야마가 다시 사람을 죽이면 연쇄 현상으로 인해 비슷한 사건이 일어날 수 있다. 그것을 막으려면 범인을 찾아 세계와의 연결을 끊어버리는 수밖에 없다.

기키와 마후유가 죽은 4월 4일 이후, 다른 시간선의 기사야마들은 나에 대한 의심을 키워가고 있었다.

명확한 근거는 없다. 굳이 말하자면 기사야마에게 전과가 있다는 점 정도일까. 아직 인질 규칙이 없던 지난달, 기사야마는 페페코를 죽였다. 그것을 계기로 인질 규칙이 채택되자, 이번에는 이쿠타를 협박해 자살을 종용했다. 이 방법도 추가 규칙으로 인해 봉쇄되었지만, 또다시 새로운 방법을 찾아내 실행에 옮긴 것은 아닐까, 그들이 그렇게 의심하는 것도 이해가 된다.

하지만 무엇보다 그들을 부추기는 것은 기사야마에 대한 질투였다.

시스마를 두 번 맞고 두 번 다 시간 역행에 성공한 것은 한 명뿐. 자신들을 발판으로 삼아 달콤한 꿀을 빤 기사야마에게 이번에야말로 한 방 먹이고 싶다, 그런 마음이 가슴 깊은 곳에 있는 것은 분명하리라.

나를 지키는 방법은 하나뿐이다. 의심할 여지가 없는 추리를 선보여서 진범을 찾는 것이다.

하지만 다른 기사야마들도 그들을 죽이기란 불가능한 것처럼 보였다. 범인은 도대체 어떤 방법을 쓴 걸까.

훔친 스마트폰의 브라우저를 열고 인기 게시물 모음 사이트에 접속했다. 상단 제목을 클릭해서 무이가 올렸다는 시체 사진을 열었다. 머리가 깨진 마후유가 고속도로에 널브러져 있었다. 어지럽게 흩어져 있는 두개골, 뇌, 살점들. 더없이 무참한 시체 주변에 매끈한 목걸이의 실버볼이 굴러다니는 것이 이상했다.

시체의 목에는 가느다란 실을 누른 듯한 흔적이 남아 있었다. 꿈속에서 본 복원자의 시간선 속 시체, 즉 몽키 하우스의 무대에서 머리가 터진 시체에는 이런 흔적이 없었다. 이 흔적은 마후유의 죽음과는 무관하게 이 시간선의 고유한 사건에 의해 발생했다는 말이 된다. 자동차가 감속하고 몸이 튕겨 나갈 때, 목걸이가 피부에 강하게 파고든 것이리라.

사진을 확대해 보기도 하고 SNS 게시물을 뒤져보기도 했지만, 범행 방법을 파악하는 데 도움이 될 만한 단서는 찾지 못했다.

동영상 앱을 열고 뉴스 영상을 재생했다. 쇠부엉이를 고정 촬영하던 카메라에 찍혔다는 그 영상이다. 자연공원 오솔길에서 기사야마와 아야카가 대화를 나누고 있다. 아야카가 걸어 나가는 시점에 오솔길이 모자이크 처리된다. 화면이 흔들리고 아야카의 파편이 지면을 구른다.

무언가 놓친 단서는 없을까. 기대감을 품고 모자이크로 눈을 돌렸지만 역시 새로운 발견은 없었다.

애초에 아야카가 다른 시간선에 의한 연쇄 현상으로 목숨을 잃은 것이라고 하면, 이 시간선에 단서가 남아 있을 리도 없다.

스마트폰 화면을 끄려다가 갑자기 영상 속의 다른 인물, 시체를 내려다보는 자신에게서 위화감이 느껴졌다.

동영상을 되돌려 폭발 순간을 바라봤다. 아야카가 사방으로 흩날리는 것과 동시에 기사야마는 얼굴을 돌렸다. 마치 볼을 얻어맞은 것처럼.

그때의 일을 떠올렸다. 아야카의 신장이 날아와서 기사야마의 얼굴에 달라붙었었다.

하나의 가설이 떠올랐다.

범인은 누구인가. 어떻게 아야카를 죽였는가. 그 답에 달려들려고 하면 발밑 구멍으로 빠지고 만다.

중요한 것은 **어디에서** 폭발이 일어났는가다.

그것만 알면 나머지 의문에 대한 답도 명확해진다.

스마트폰을 내려놓고 회반죽 벽을 바라봤다. 창문으로 암적색으로 물든 빛이 들어왔다. 밤이 깊어지기에는 아직 멀었다.

지하실에서 자신들과 만나는 것이 기다려졌다. 기사야마는 처음으로 그렇게 생각했다.

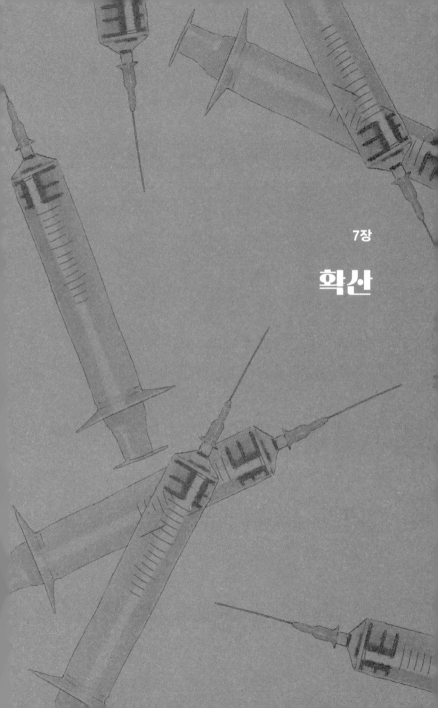

7장

확산

1

눈을 뜨자 무수히 많은 살점이 떠다니고 있었다.

"행운아가 왔군."

까슬거리는 목소리가 들렸다.

관에 살점이 쏟아져 내렸다. 검고 딱딱하게 굳은 섬유질에 청회색 곰팡이가 슬어 있었다. 살점은 기사야마의 얼굴과 팔을 때리고는 그대로 피부에 달라붙었다. 기사야마가 잠들어서 지하실에 나타나기를 기다리고 있었던 것이리라. 점점 몸이 무거워졌다.

양발의 살점을 털어내고 관에서 바닥으로 구르듯 나왔다. 단두대에 선 도망자가 얼굴에 힘을 주고 열심히 손가락을 흔들어댔다. 수렁에 잠긴 채 걷는 것처럼 천천히 지하실을 가로질러 도망자의 목을 잡고 후두부를 기둥에 밀어붙였다.

"뭐 하는 짓이야."

도망자가 지지 않고 기사야마의 앞머리를 잡았다.

"네가 기키랑 딸들을 죽였지? 넌 여기에서 사라져줘야겠어."

기사야마의 입을 살점으로 막았다. 이 살점은, 설마.

"로셴이야." 뒤에서 복원자가 말했다. "에덴을 만나 로셴을 입수했어. 그걸 먹고 잠을 자니 지하실에 살점이 떠다니고 있었어."

시스마와 로셴을 모두 섭취한 자는 거의 자의적으로 카우프만 피질을 제어할 수 있게 된다. 신촌대학 정신의학연구소에서 그것을 투여받은 환자 중에는 특정 카우프만 피질을 단백질로 덮어서 뇌에서 격리하는 데 성공한 자도 있다고 했다.

복원자가 로셴을 먹음으로써 우리도 특정 의식을 단백질로 격리할 수 있게 된 것이리라. 그런 상황에서 유치장에서 잠에 빠져든 도망자가 나타나서 곧장 이쪽의 기사야마, 즉 행운아를 격리하려고 한 것이다.

"너는 거짓말쟁이야. 우리 앞에서는 규칙을 지키는 척하면서 이쿠타를 위협하고 억지로 자살로 몰고 가려 했지. 그게 실패로 끝나서 이번에는 다른 방법으로 가족을 죽인 거잖아."

"아니야." 힘들게 입을 벌리고 목소리를 쥐어짰다. "내 말

좀 들어봐. 사건의 진상을 알아냈어."

살점이 턱을 때렸다. 앞니가 흔들거렸다.

"네 말 따위 듣고 싶지 않아."

좌우 눈꺼풀에 살점이 달라붙었다. 세계가 어둠에 뒤덮인다. 몸이 바위처럼 무거워졌다.

"나는 진실을 알고 있어. 나를 없애면 너희는 평생 그걸 뭐르는 체 살아가게 되다구."

"닥쳐……."

갑자기 살점의 비가 그쳤다. 몸에 달라붙어 있던 살점이 뚝뚝 떨어지고 몸이 가벼워졌다.

"방해하지 마!"

도망자가 외쳤다. 시선 끝에 산송장이 있었다.

"너야말로 제멋대로 행동하지 마."

산송장은 수술대에서 상반신을 일으켜 머리 위에 떠 있던 살점을 털어냈다.

"의심스럽다는 이유만으로 우리 자신을 없앤다면 곧 아무도 남지 않게 될 거야. 행운아가 사건의 진상을 알았다고 하니 우선 이야기를 들어봐야지. 아니면 너는 범인이 세 명을 죽인 방법을 설명할 수 있어?"

도망자가 침묵했다. 복원자는 "일리가 있네"라며 끄덕였다. 공중에 떠 있던 살점이 일제히 바닥으로 떨어졌다.

기사야마는 머리와 팔에 붙은 나머지 살점을 털어냈다. 피비린내를 풍기는 젖은 머리를 쓸어올리고 한숨과 함께 입을 열었다.

"세 명을 죽인 범인은 이 안에 있어. 지금부터 그 정체와 범행 방법을 설명할게."

거울에 덮인 베일을 벗기고 밤의 자연공원을 비췄다.

"우선 아야카 사건이야. 내 시간선 속 아야카는 아카다마의 라이브를 보고 귀가하던 중 자연공원을 걷다가 갑자기 폭발했어. 산송장의 시간선도 그가 입원해 있었기에 현장에 없었다는 점을 제외하고는 거의 같지. 복원자의 시간선에서는 요부코도리 식당 휴게실에 짐을 가지러 갔다가 돌아가는 길에, 도망자의 시간선에서는 히시오가마의 아파트에서 게임 방송 중에 각각 폭발이 일어났어."

평. 거울 속의 아야카가 사라지고 기사야마의 시야가 날아온 신장에 가려졌다.

"마치 게임 속 '보이지 않는 폭탄'이 사용된 것 같지만, 물론 그럴 리가 없지. 인간 폭발이라고 하면 무척이나 생뚱맞게 들리지만, 폭발은 어디까지나 폭발이야. 부엌이나 학교의 과학실, 석유 공장에서 전쟁터까지 지구상의 온갖 곳에서 매일 셀 수 없을 정도의 폭발이 일어나고 있어. 어떤 폭발이든 원인을 규명하는 절차는 같아. 가장 먼저 해야 할 일은 중심의 특정이야."

"중심?" 양철통에 엉덩이를 대고 앉은 도망자가 앵무새처럼 따라 했다. "그거야 뻔하지." 턱으로 거울을 가리키며, "아 야카잖아. 너도 날아가는 모습을 봤을 텐데?"

"내가 말하는 건 아아카의 **어느 부분**이 폭발의 중심이었는 가 하는 점이야.

폭발은 순간적인 연소의 확산이야. 어디가 발화점인지 한 눈에 간파하기란 쉽지 않지. 따라서 현장 조사가 중요해. 가 스 폭발이나 분진 폭발이라면 파손물의 형태나 흩어진 방식 을 통해 폭풍의 방향을 확인하고 중심을 추정하지. 중심을 알게 되면 그 지점에서 폭발이 일어난 원인을 구체적으로 검토할 수 있어.

그렇다면 아야카의 경우는 어떨까. 그 아이의 어디에서 폭 발이 시작됐을까?"

세 명의 기사야마가 일제히 거울을 바라봤다.

"단서는 몇 가지 있어. 하나는 신장이야. 아야카가 폭발했 을 때 신장이 내 얼굴을 직격했어. 그 후, 길을 가로질러 노 송나무 그늘에 숨자, 그 나무에도 또 다른 신장이 달라붙어 있었지.

신장은 몸의 뒤쪽, 위장 아래에 대장, 소장과 겹쳐지는 부 근에 가로로 두 개가 나란히 자리 잡고 있어. 그것들이 서로 반대 방향으로 날아갔다고 하면, 폭발의 중심은 두 신장의 한가운데, 즉 정확히 몸의 중심 부근이었다는 말이 돼. 구체 적으로 말하면 흉추, 복부대동맥, 하대정맥, 그리고 장으로 가득 찬 부근이야."

"그건 좀 이상하네." 복원자가 수상쩍은 듯 눈을 가늘게 떴다. "현실의 폭발은 영화처럼 전부 깔끔하게 일어나지는 않아. 폭발에 휘말린 물건의 수, 크기, 경도, 기타 여러 요인에 의해 확산 방법도 복잡하게 달라질 거야. 우연히 신장이 반대쪽으로 날아갔다고 해서 그곳이 중심이라고 단정할 수는 없어."

"아야카의 토사물도 신장과 같은 결론을 보였어."

"토사물?"

"소화기관에 있던 소화물 말이야."

거울 속의 시간을 진행시켰다. 기사야마의 얼굴에서 딱딱해 보이는 물건이 미끄러져 떨어졌다.

"아야카가 폭발했을 때, 내 얼굴에 닿은 소화물 중에 검게 탄 오징어 파편이 있었어. 아카다마의 라이브 전, 펄피파라 어쩌고 하는 콜라보 카페에서 먹은 '어인탐정 오징어구이'의 잔해겠지. 아야카가 이걸 먹은 건 오후 5시 무렵이었으니 폭발이 일어난 오후 10시 반 시점에는 약 다섯 시간 반이 지난 상황이야. 오징어는 위를 통과해서 소장을 조금 나아간 부근에 있었을 거야.

한편, 길을 가로지른 반대쪽 노송나무에 걸린 소화물에서는 희미하게 레몬 버터 냄새가 났어. 이건 투어 파이널 공연 후, 하제타 안호에게 선물한 레몬 버터 케이크 냄새야. 라이브가 끝나고 대기실에 갔던 게 오후 9시쯤이니까, 폭발 시점에는 한 시간 반 정도밖에 지나지 않았지. 이 케이크는 아직 위 안에 있었을 거야.

위와 장을 비롯한 소화기관은 배 속에 꾹꾹 채워져 있지. 그 소화기관 안의 다른 위치에 있던 소화물이 정반대 방향으로 날아갔어. 이것 역시 소화기관 한복판 부근에서 폭발이 일어났다는 사실을 나타내."

노송나무에 묻은 걸쭉한 소화물을 보고 복원자는 "그렇군"이라며 팔짱을 꼈다.

"그렇다면 구체적으로 폭발은 어디에서 일어났을까. 아야카의 시체를 관찰해보니 여기저기에 장의 자잘한 조각이 흩어져 있었어. 가령 폭발의 중심이 소화기관이 아닌 부근, 예를 들어 등 쪽의 흉추 부근이었다면 위나 장 전체가 앞쪽으로 날아갔을 거야. 물론 그때도 위나 장은 손상될 테지만, 이렇게 잘게 찢기거나 하지는 않겠지.

그렇다면 장 내부에서 폭발이 일어났다고 하면 어떨까. 인간의 소장은 세세하게 구부러진 채로 배에 자리 잡고 있어. 그 안쪽에서 폭발이 일어나면 어떤 부위는 오른쪽, 어떤 부위는 왼쪽, 어떤 부위는 위쪽 같은 식으로 부위별로 다른 방향의 힘이 작용하게 돼. 장이 잘게 찢긴 것도 그 결과야.

이상과 같은 점에서 아야카를 터뜨린 폭발의 중심은 장 내부였던 것으로 추정돼."

산송장이 아무 말 없이 자신의 배를 눌렀다.

"이를 통해 폭발의 원인도 좁힐 수 있어. 말할 필요도 없이 인간의 배는 저절로 폭발하거나 하지 않아. 범인은 미리 아야카의 장에 시한폭탄을 숨겨두고 있었다는 말이 돼."

아니, 잠깐, 하고 도망자가 실소를 터뜨리는 것을 무시했다.

"잘 생각해보면 이 방식은 꽤 합리적이야. 가령 폭발의 중심이 뇌나 심장이라고 하면 범인은 미리 개두술이나 개흉술을 통해 폭탄을 심어두었다는 말이 되지. 기술도 필요하고 엄청난 공을 들여야만 해. 하지만 소화기관이라면 이야기는 다르지. 이렇게 알기 쉬운 곳에 입구가 있으니까."

기사야마는 자신의 입을 가리켰다.

"범인은 미리 아야카에게 '보이지 않는 폭탄'을 먹인 거야."

"말도 안 돼. 그런 게 가능할 리……."

"선천적으로 신장 혈관에 협착이 있던 아야카는 혈압이 올라가지 않도록 매번 식후에 칼슘 길항제를 복용했어. '보이지 않는 폭탄'의 정체는 이거야. 범인은 캡슐약을 시트에서 꺼내서 내용물을 가짜로 바꾼 후에 눈치채지 못하게 시트를 다시 붙여둔 거야."

꺼억, 하고 복원자가 트림했다.

"가짜 캡슐 내용물은 상상할 수밖에 없지만, 예를 들어 알칼리성 금속과 함수폭약을 사용했다고 가정해보지. 알카리성 금속은 물과 반응하면 열이 발생해. 리튬, 나트륨, 칼륨 같은 건 인터넷에서 쉽게 손에 넣을 수 있어. 폭약은 아버지의 마술 도구 안에 있던 걸 사용하면 돼.

아야카는 4월 3일, 아무것도 모른 채 이 캡슐을 먹었어. 용해 시간이 긴 캡슐을 사용하면 그로부터 몇 시간은 아무 일도 벌어지지 않지. 하지만 일단 캡슐이 녹아서 알칼리성 금속이 액체에 닿으면, 산화환원 반응에 의해 열이 발생해. 열은 폭약을 기폭시키고, 아야카는 배 한복판에서부터 산산조각이 나게 되는 거야."

기사야마는 거울 속의 기억을 되돌려 아야카를 다시 한번 폭발시켰다.

"마후유는 어떻게 된 거지?" 도망자가 눈썹을 모으며 말했다. "마후유는 머리가 터져서 죽었어. 캡슐 폭탄을 먹이는 방법은 쓸 수 없잖아. 범인은 마후유의 뇌에 알칼리성 금속과 폭약을 심었다는 건가?"

기사야마는 마후유의 시체 사진을 거울에 비췄다.

"이건 무이가 인터넷에 유출한 사진이야. 네가 말한 대로 터져버린 건 머리뿐이야. 폭발의 중심은 당연히 머리지.

그런데 범인이 행한 방법은 다르지 않아. 하지만 마후유가 죽은 상황을 알고 범인도 놀라지 않았을까? 이건 범인도 상상하지 않았던 일종의 사고였던 거야."

"사고." 복원자가 중얼거리며 반복했다. "사고?"

"마후유는 매일 아침, 스즈날이라는 인후 케어 보조제를 먹었어. 4일 아침, 마후유가 먹은 캡슐약은 앞선 예와 같이 범인이 내용물을 바꿔치기한 거였어.

몇 시간 후, 마후유는 어딘가의 장소에 있었어. 내가 범인이라면 그곳은 고속도로를 달리는 자동차 안. 복원자가 범인이라면 그곳은 몽키 하우스의 무대. 도망자가 범인이라면 그곳은 경찰서 회의실. 산송장이 범인이라면 그곳은 지방도로의 갓길을 달리는 로드바이크 위. 어떤 시간선에서 범행이 이뤄졌는지에 따라 다소의 차이는 있지만, 마후유는 각각 긴장감을 느낄 만한 장소에 있었어. 그리고 그 아이는 긴장하면 위 안의 소화물이 역류하는 버릇이 있지."

아아, 하고 복원자가 목을 눌렀다.

"너무 긴장한 탓에 몇 시간 전에 먹은 캡슐이 녹아내리기 시작한 상태로 목구멍을 향해 올라온 거겠지. 그곳에서 알칼리성 금속이 타액을 만나 열을 발생시켰어. 마후유는 그런 사실은 꿈에도 모른 채 입술을 닫고 소화물을 삼키려고 했겠지. 그 순간, 열이 폭약에 전달됐고 입 안에서 폭발을 일으켰어. 마후유의 머리는 피를 흩뿌리며 터져버렸지."

"기키는?" 도망자가 거친 목소리를 내질렀다. "캡슐 폭탄으로는 아무리 그래도 설명할 수 없잖아. 그도 그럴 것이 내장을 토해내고 죽었으니까."

"그게 꼭 그렇지도 않아. 기키는 매일 아침 슈퍼 효로린이라는 다이어트 보조제를 먹었어. 앞선 방법과 같이 범인은 그 안의 내용물 중 하나를 바꿔치기한 거야.

한편 기키는 체형을 말라보이게 하기 위해 폴리우레탄제 코르셋을 몸에 착용했어. 과거 대식가 배우로 이름을 날리던 그녀가 나이가 들면서 체형 유지를 힘들어했다는 사실은 너희도 잘 알 거야.

캡슐 폭탄을 먹고 몇 시간 후, 알칼리성 금속이 체액을 만나 열이 발생했어. 그 열이 폭약에 전해졌고 장내에서 폭발이 일어났어. 하지만 코르셋이 바깥에서 몸을 덮고 있던 탓에 기키의 몸은 결국 입구에 구멍이 나 있는 항아리 같은 상태가 되어 있었지. 폭발 충격은 단 하나 있던 구멍인 목으로 집중됐어. 그 결과 폭풍과 함께 내장이 밀려 올라가서 입을 통해 호쾌하게 튀어나가게 된 거야."

거울에 기키를 비췄다. 우에에엑, 하고 위를 토해낸 것을 시작으로 차례로 내장을 토해냈다.

"왜 범인은 그런 귀찮은 짓을 한 거지? 가족을 죽이고 싶은 거라면 훨씬 쉬운 방법이 얼마든지 있잖아."

"물론 알리바이를 만들기 위해서야."

기사야마는 도망자를 보고 웃었다.

"그렇긴 해도 평범한 알리바이는 아니야. 수사 기관에 알리바이를 주장하고 싶다면 네가 말한 것처럼 쉬운 방법은 얼마든지 있어. 범인이 만든 알리바이는 여기에 있는 우리를 대상으로 한 거야.

본인은 범인이 아니라고 다른 시간선의 자신들을 설득하기란 쉽지 않아. 불가사의한 상황에서 사람이 죽으면 우리는 그때 자신들이 어디에서 무엇을 했는지 서로 확인하지. 찌르거나 때리거나 차는 등 직접적인 방법은 쓸 수 없어.

그렇다면 간접적인 방법, 지연성 독극물을 먹이거나 무언가의 함정에 빠뜨리는 식의 방법을 사용하면 되느냐 하면 그렇게 단순한 이야기도 아니야. 살해 방법을 알면 역시 우리는 그걸 장치할 수 있었던 시간선의 기억을 서로 확인하려고 들 거야. 자신의 분신들에게 범행을 숨기려면 직접 손을 써서는 안 되고, 거기다가 살해 방법조차 짐작할 수 없는 수단을 이용해야 해. 그게 바로 이거야."

엄지손가락으로 거울 속 기키의 시체를 가리켰다. 도망자가 쓴웃음을 지었고, 복원자가 전기의자 등받이에 목을 기댔다.

"남은 문제는 하나." 거울 속 시체 화면을 지우고 세 명을 둘러봤다. "캡슐약이라는 '보이지 않는 폭탄'을 써서 아야카, 기키, 마후유 세 명을 죽인 범인은 누구인가."

복원자의 목울대가 위아래로 움직였다.

"엄밀히 말하면 여기에 있는 우리 외의 누군가가 이 방법으로 우리 가족을 죽였고, 그게 다른 시간선까지 파급됐을 가능성도 있어. 하지만 범인은 우리 가족이 먹는 약이나 보조제를 몰래 바꿔치기했지. 여기에 있는 네 명 말고 그럴 수 있는 사람이 있을 것 같지는 않아."

"그건 그렇겠지."

"그럼 이 중에서 누가 범인일 수 있을까? 일단 나는 아니야."

곧장 트집을 잡으려는 도망자를 제지하고는 볼이 부푼 아야카를 거울에 비췄다. 젓가락으로 집어 올리는 것은 오코노미야키 덩어리. 테이블 오른쪽에는 닭고기덮밥, 왼쪽에는 오징어구이가 늘어서 있었다.

"내 시간선 속 아야카는 아카다마의 라이브 전에 파레파레 어쩌고의 콜라보 카페를 찾아 배가 어떻게 되지는 않을까 싶을 만큼의 음식을 먹었어. 하제타 안호와 만나기 전에 그렇게 배불리 먹어도 괜찮냐고 물었더니 아야카는 이렇게 답했지."

"괜찮아. 아침에 슈퍼 효로린 먹고 왔거든."

"이날, 아야카는 몰래 엄마의 다이어트 보조제를 먹었어. 그런데 아야카에게는 평소에 약의 혼용을 주의하라고 입에서 신물이 날 만큼 타일렀어. 그런 아야카가 슈퍼 효로린과 혈압약을 같이 먹었으리라고는 생각할 수 없어. 아야카는 이날, 칼슘 길항제를 먹지 않았을 거야."

세 명 모두 석연치 않은 표정을 지었다.

"범인은 기키의 보조제에도 캡슐 폭탄을 섞어 놨잖아? 몰래 먹은 엄마의 보조제가 '꽝'이었어도 마찬가지 아니겠어?"

복원자가 대표로 반론했다.

"글쎄. 기키도 다음 날 캡슐 폭탄을 먹고 목숨을 잃었어. 기키가 딸의 칼슘 길항제를 먹지는 않으니, 이 경우 슈퍼 효로린 용기에는 두 개의 '꽝'이 들어 있었단 말이 돼.

이건 이상해. 용기에 하나의 '꽝'을 넣어두면 표적은 언젠가 그걸 먹을 텐데 두 개의 '꽝'을 넣어두면 경찰에게 증거를 잡힐 위험만 커질 뿐이야."

"그렇게 말하면서 범인이 아닌 척을 하려고 일부러 두 개 넣어둔 거 아니야?"

도망자가 물고 늘어졌다.

"아니야. 아야카가 3일 아침에 엄마의 슈퍼 효로린을 먹을 거라고는 아무도 예상하지 못했어. 예측 불가능한 가능성을 기대해서 '꽝'을 두 개 넣어두었다는 건 논리적으로 이상해."

"알겠어. 너…… 행운아는 범인이 아니야." 복원자가 끄덕였다. "그래서?"

"필연적으로 산송장도 범인이 아니라는 말이 돼."

당사자인 산송장이 미간을 찌푸렸다. "왜?"

"내가 시스마를 맞고 산송장과 분기한 건 3월 26일, 아야카가 죽기 8일 전이야. 산송장이 범인이라면 3월 26일에서 4월 3일까지 사이에 약이나 보조제를 바꿔치기했다는 말이 돼. 하지만 산송장은 한 번도 병실을 나서지 않았어. 지금도 인공호흡기 마스크를 쓴 채지. 그는 범인이 아니야."

산송장이 "그렇군" 하고 마스크를 눌렀다. 나머지 두 명,

복원자와 도망자는 서로를 마주 보았다.

"그럼 도망자는 어떨까. 너의 시간선 속 가족은 작년 8월에 너와 별거한 후, 히시오가마의 아파트에서 살고 있었어. 캡슐 폭탄을 숨기려면 우선 이 아파트에 몰래 들어가야 해. 하지만 그는 아야카 사건이 일어날 때까지 한 번도 그곳을 방문하지 않았지."

복원자가 전기의자에서 허리를 들어 올렸다.

"그거야말로 도망자가 그렇게 말하는 것뿐이잖아."

"분명 우리는 도망자의 기억을 모두 확인하지는 않았어. 거울에 비치지 않은 시간에 샤인 히시오가마에 숨어들었을 가능성도 부정할 수 없지.

하지만 도망자는 4일에 스트리밍 앱으로 아야카가 폭발하는 모습을 보고 현장으로 달려갔을 때, 실수로 이 아파트의 506호 자물쇠를 뜯어내는 실수를 범했어. 만약 그때까지 한 번이라도 505호에 숨어든 적이 있다면 집의 위치 정도는 기억하고 있었을 거야. 아무리 당황한 상태더라도 옆집으로 달려들 거라고는 생각할 수 없어."

"그런 변명을 하기 위해 연극을 했을 가능성은 없어?"

"없어. 이 남자는 집을 착각한 탓에 경찰에게 꼬리를 잡혀 지금 유치장에 들어가 있잖아. 일부러 그런 거라면 대가가 너무 커."

도망자가 "그 말이 맞아"라며 끄덕이고는 빙그레 웃으며 복원자를 바라봤다.

"남은 용의자는 한 명뿐."

부자연스럽게 허리를 뗀 채로 굳어 있던 남자를 보고 기사야마는 말했다.

"캡슐 폭탄을 써서 아야카, 기키, 마후유 세 명을 죽인 범인은 복원자, 바로 너야."

2

복원자는 아무 대답도 하지 않았다.

초점이 맞지 않는 눈이 아무것도 없는 곳을 응시했다. 팔걸이를 잡은 손가락의 손톱이 판자를 파고들었다.

"한 가지 모르겠는 게 있어."

기사야마는 전기의자 앞에 서서 도망자를 흉내 내어 집게손가락을 흔들었다. 바닥의 살점이 두둥실 떠올랐다.

"너는 하루를 불사관에 감금하고 가짜 스토리를 날조해서 무사히 가족을 되찾았지. 마후유에게 거짓말을 간파당했다고 해서 가족을 전부 죽일 이유는 없어. 왜 이런 짓을 한 거지?"

코끝에 살점을 띄운 채 복원자에게 따져 물었다.

"그건……."

복원자는 고개를 숙였다.

"나도 몰라."

천천히 숨을 내쉬었다.

"모른다고?"

"그래. 나로서는 알 수 없어."

그러면서 고개를 들었다. 입가에는 옅은 미소, 두 눈동자에는 짐승 같은 빛이 깃들어 있었다.

"나는 가족을 죽이지 않았으니까."

복원자는 전기의자에서 손을 뻗어 공중에 뜬 살점을 쳐서 떨어뜨렸다.

"나는 두 딸을 폭발시키지 않았고 아내의 내장을 분출시키지도 않았어. 네 추리, 캡슐 폭탄설은 꽤 엉뚱하고 재밌었지만, 안타깝게도 정답은 아니야. 이런 조잡한 추리로 기뻐하다니 같은 기사야마 세이타로서 부끄럽군."

그렇게 말하고는 과장되게 팔을 문질렀다. 깔끔하게 인정하지 않다니, 부끄러운 건 이쪽이다.

"깨끗이 단념하지를 못하는군."

"이걸 좀 봐."

복원자가 거울에 기키를 비췄다. 자택의 거실. 테이블의 커피잔에서 김이 모락모락 피어오르고 있었다.

"서명하지 않아서 다행이야."

기키가 이혼신고서를 찢어 쓰레기통에 버렸다. 3월 8일, 복원자가 가족과 동거를 재개한 날의 기억이었다.

"이상하단 생각 안 들어?"

거울 속의 거실을 둘러봤다. 이쪽 시간선과 다르지 않다. 무슨 말을 하는 걸까…….

"기키 말이야."

복원자가 시간을 멈췄다.

거울에 비친 기키를 자세히 보고는 핏기가 싹 가셨다.

"한 번도 별거한 적 없는 네 시간선 속 기키와는 다르게 내 시간선 속 기키의 몸은 매우 말라 있었어."

볼이 쑥 들어가고 눈구멍이 움푹 패고 목에 갑상연골이 튀어나와 있었다.

"네 추리에 따르면 기키가 입에서 내장을 토해낸 건 코르셋이 폭발의 충격을 안쪽으로 눌렀기 때문이랬지. 하지만 이렇게나 마른 기키가 굳이 체형을 감추기 위해 코르셋을 입었을 것 같아?"

"코르셋의 역할은 체형 보정뿐만은 아니야. 요즘은 요통 치료에 쓰는 경우가 더 많을 정도야. 기키도 그것 때문에 코르셋을 계속 착용한 거겠지."

"우리 아내는 그 코르셋을 꽤나 좋아했나 보네."

복원자가 웃으며 거울 속의 시간을 움직였다.

기키가 컵을 손에 들었다. 입김을 분 후에 커피에 입을 대려는데 스마트폰이 떨렸다.

"큰일이야. 약속이 있다는 걸 깜박했네."

립스틱이 묻은 컵이 쓰러져 커피가 셔츠 원피스의 하복부 주변을 적셨다.

"앗, 뜨거!"

기키가 의자에서 튕겨 올랐다.

"아아."

절로 목소리가 새어 나왔다. 복원자가 더욱 크게 미소 지었다.

"이미 알아챘지? 기키는 하복부에 커피를 쏟고는 곧장 '앗, 뜨거!'하고 소리 지르며 튕겨 올랐어. 이건 뜨거운 커피가 피부에 직접 닿았기 때문에 발생한 척수반사야. **만약 폴레우레탄제 코르셋을 입고 있었다면 엎질러진 커피가 피부에 직접 닿을 리가 없지.**"

거울 속 기키는 이미 화장을 마친 상태였다. 기사야마의 시간선 속 기키라면 코르셋도 몸에 착용했을 터. 즉…….

"내 시간선 속 기키는 이 시점에는 코르셋을 착용하지 않았어. 내장을 토하고 죽은 건 대략 한 달 후야. 이렇게나 말라 있던 기키가 그 사이에 원래 체형으로 돌아갈 리도 없지. 기키에게는 코르셋을 착용할 이유가 전혀 없었어. 따라서 기키의 몸 안에서 폭발이 일어나도 입에서 내장을 토해낼 리 없어."

"그렇다고 해도 두 딸을 죽인 건 너야. 그건 틀림없……."

"하나 더."

복원자가 거울의 경치를 바꿨다. 마후유가 몽키 하우스의 작은 무대에서 마이크를 쥐고 있었다.

"내 시간선 속 마후유가 죽었을 때, 그녀는 버섯을 뒤집어쓰고 〈마법의 버섯〉을 부르는 중이었어. 이 탈은 무이가 석고로 직접 만든 거지. 그런데."

경치가 전환되었다. 복원자가 시체를 확인하기 위해 무대로 오른 순간이었다. 시체에서 1미터 정도 떨어진 곳에 버섯 탈이 떨어져 있었다.

"머리에서 떨어진 탈은 피는 뒤집어쓰고 있었지만 깨지거나 금이 가거나 하지는 않았어. 이건 이상해. **만약 정말로 머리에서 폭발이 일어났다면 이 탈이 멀쩡할 리가 없으니까.**"

아아, 하고 누군가가 숨을 내쉬었다.

"초보자가 석고를 굳혀 만든 탈이니까 폴리우레탄제 코르셋과는 강도가 완전히 달라. 두개골이 터질 정도의 폭발이 일어났는데 그 바깥을 감싸고 있던 탈이 무사할 수는 없어."

"하지만, 그렇다면 마후유는 어째서……."

"네 추리는 전제부터가 틀렸어. 방향이 반대였던 거야. 머리를 터뜨린 힘은 안쪽에서 바깥쪽으로 작용한 게 아니라 바깥쪽에서 안쪽으로 작용했어. 마후유의 머리는 안쪽에서 폭발한 게 아니라 바깥쪽에서 찌부러진 거야. 석고 탈이 무사한 이상, 그렇지 않다면 설명이 되지 않아. 당연히 누군가가 캡슐 폭탄을 먹어서 날려버렸다는 추리도 성립하지 않아."

"거짓말이야."

입으로 내뱉자마자 후회했다. 복원자가 과장되게 눈썹을 들어 올렸다. 마치 욱하며 화를 내는 아이 같지만, 가만히 입을 닫고 있을 수도 없는 노릇이다.

"네 말이 사실이라면 기키나 마후유를 죽일 수 있는 범인은 사라져버려. 그야말로 괴기현상이야. 우리로서는 도저히 맞설 수 없어."

"우리?" 복원자가 풋, 하고 침을 튀겼다. "너희랑 하나로 묶지 말아줘."

"뭐라고?"

도망자가 거친 목소리를 냈다.

"운이 좋다는 이유로 책상다리를 하고 앉아 태평하게 지내온 행운아나 현실과 마주하지 않고 환자의 집에 숨어 있던 도망자랑 하나로 묶지 말아 달라고 한 거야. 나는 이걸 써서 절망적인 현실을 극복해 왔어."

그렇게 말하며 관자놀이를 꾹꾹 눌렀다.

"그렇다면 세 명을 죽인 범인을 알아낸 거야?"

"물론이지." 복원자는 전기의자에서 씩씩하게 일어났다. "3일 전부터 이상하다고 생각했는데 이제야 간신히 머릿속이 정리됐어. 범인은 꽤 머리가 잘 돌아가는 것 같아. 아까부터 묘하게 말수가 적지만, 저기에 있다는 말은 제대로 듣고 있다는 거겠지."

수술대 앞에 서서 거즈 틈새로 보이는 두 눈을 내려다보았다.

"아야카, 기키, 마후유 세 명을 죽인 범인은 산송장, 너야."

3

"말도 안 되는 소리 하지 마."

침묵을 지키는 산송장을 대신해 반론을 제기한 것은 도망자였다.

"이 녀석은 이쿠타에게 찔려서 입원 중이야. 폐를 다쳐 인공호흡기를 달고 있는 녀석이 어떻게 사람을 죽이겠어?"

"그렇게 생각하게 만드는 게 이 남자의 노림수겠지."

끼익, 하고 수술대가 삐걱거렸다. 산송장의 몸이 긴장하는 것이 느껴졌다.

"아야카와 마후유가 죽었을 때 산송장은 현장에서 멀리 떨어진 병원의 침대 위에 있었어. 유일하게 기키만이 병실 바닥에 내장을 토하고 죽었지. ······적어도 산송장은 그렇게 주장하고 있어.

사흘 전 밤, 산송장은 기키가 죽었을 때의 기억을 거울에 비췄어. 하지만 나는 처음 봤을 때부터 그 기억에서 위화감을 느꼈지."

기사야마도 짚이는 데가 있었다. 산송장의 기억 속 무언가를 자신도 본 적 있다. 그런 감각에 휩싸였었다.

복원자는 수술대 가장자리를 잡고 산송장의 얼굴을 들여다봤다.

"만약 내 이야기를 들어줄 생각이 있다면 그 기억을 다시 한번 보여주지 않을래?"

몇 초간의 침묵.

플라스틱 마스크가 입김으로 흐려진 직후, 거울에 병실 커튼이 비쳤다. 스마트폰을 귀에 댄 기키가 그것을 젖혔다. 창문 너머로 모밀잣밤나무의 새싹이 흔들렸다.

"그 아이, 도대체 어디에 갔을까."

"밥 먹고 돌아오는 거 아니야?"

TV가 켜져 있는 듯 무언가 장소에 어울리지 않는 BGM, 콘트라베이스의 불협화음이 울려 퍼졌다.

"마후유도 제멋대로 나가버리고 말이야. 도대체 무슨 생각을 하는 건지."

기키가 토트백을 내려놓았다. 산송장의 시선이 크게 흔들렸다.

"갈아입을 옷 가져왔어."

창문 밖의 모밀잣밤나무가 흔들렸다.

"우에에엑."

무언가를 토하는 소리에 뚝, 뚝, 묵직한 것이 떨어지는 소리가 겹쳐졌다. 구급차 사이렌이 들리는가 싶더니 소리가 점점 커지고는 금세 작아지며 사라졌다.

산송장이 수액 스탠드를 잡고 상반신을 일으켰다. 기키는 바닥에 팔다리를 뻗고 괴로운 듯 어깨를 위아래로 들썩거렸다.

"내가 생각한 대로야. 이 기억에는 모순이 있어."

복원자가 거울을 두드리고는 도망자와 기사야마를 바라봤다. 거울에 비친 것을 곱씹어봤지만 복원자가 무슨 말을 하려는지 알 수가 없었다.

"정말로 한탄스럽네. 모처럼 훌륭한 두뇌가 있으니 너희도 조금 더 활용해야 하지 않겠어?"

복원자는 밉살맞게 어깨를 움츠리고는 말했다.

"우선 주목해야 하는 건 창문 밖의 모밀잣밤나무야. 기키가 커튼을 젖혔을 때, 새싹이 흔들리는 모습이 보였어. 그런데 모밀잣밤나무는 원래 더 따뜻한 지역의 나무야. 도호쿠 대부분 지역에는 자생하지 않지. 가가조 의과대학 부속병원 주변에서 모밀잣밤나무가 있는 곳은 제3병동 옥상, 과거에 정신과 환자가 햇볕을 쬐기 위해 조성된 그 광장뿐이야. 그러면 산송장이 있는 병실 창문으로 보인 모밀잣밤나무도 그 옥상에 있는 것이라는 말이 돼."

"뭐, 그렇겠지."

"가가조 의과대학 부속병원에는 제1동에서 제3동까지 세 개의 병동이 있어. 순서대로 15층, 16층, 13층 건물이야. 창문에서 제3동 옥상의 나무가 보인다는 건 산송장의 병실은 14층 이상이라는 말이 되지."

"그래서 그게 도대체……."

"한편, 기키가 내장을 토했을 때, 병실 바깥에서 구급차 사이렌이 들렸어. 이 구급차는 병동 앞을 지나서 구급센터로 향하는 중이었을 텐데, 이상한 건 그 소리야."

"이렇게 말하고 싶은 거야?"

도망자가 발밑의 살점을 걷어찼다.

"산송장은 14층 이상에 있었을 텐데, 그렇다면 지상을 달리는 구급차 사이렌이 그렇게 확실히 들릴 리 없다고? 과연 훌륭한 뇌를 가진 사람에 걸맞은 지적이군. 그런데 과연 어떨까. 한 층당 천장의 높이를 4미터로 치고, 최상인 16층이어도 4×15로, 지상 60미터야. 구급차가 지나는 도로와 병동이 50미터 떨어져 있다고 가정하고 병실과의 거리를 구하면……."

$$d = \sqrt{60^2 + 50^2}$$

뒤집힌 살점을 굴리며 도망자가 계산식을 쓰듯 손가락을 움직였다.

"대략 78미터야." 그 손가락 끝을 복원자에게 향했다. "사이렌이 들리지 않을 정도의 거리는 아니지."

"분명 네 말이 맞아."

복원자가 점잖게 끄덕였다. 예의 없는 아이를 꾸짖는 듯한 표정이었다.

"사이렌이 들린 것 자체는 전혀 이상한 일이 아니야. 내가 이상하다고 말한 건 그 소리가 **들리는 방식**이야."

거울을 돌아보고는 집게손가락을 귀에 가져다 댔다.

"구급차 사이렌 소리는 커지는가 싶더니 곧장 작아졌어. 물론 정말로 음량 자체가 달라졌을 리는 없지. 소리가 커졌다 작아진 것처럼 들린 이유는 구급차가 이동함으로써 산송장이 있는 방과의 거리가 달라졌기 때문이야. 구급차가 다가오면 소리는 크게 들릴 테고, 멀어지면 작게 들리겠지.

그런데 산송장은 14층 이상의 병실에 있었어. 한 층당 4미터라는 가정에 따르면, 산송장은 4×13으로 지상 52미터 이상의 높이에 있었다는 말이 돼. 구급차와의 사이에 그만큼의 거리가 있다면, 저런 식으로 음량이 확실히 커졌다 작아지는 식으로 들릴 리가 없어."

복원자는 나무상자를 열어 연필과 종이를 꺼냈다.

"도망자를 흉내 내서 산수 놀이를 좀 해볼까? 병동 앞 도로를 구급차가 시속 60킬로미터로 지나갔다고 치자. 통과 후의 시간을 x초, 구급차와 병동의 거리를 y미터라고 하면, 지상 1층의 병실에 있는 경우에는 $f : y = |16.7x|$, 14층 병실에 있던 경우에는 $g : y = \sqrt{(16.7x)^2 + 52^2}$가 돼. 이 그래프를 비교해보면 확실히 차이를 알 수 있을 거야."

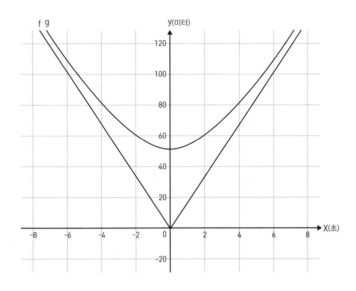

재빨리 그래프를 그려서 세 명에게 보였다. 결과는 일목요
연했다.

"지상 1층에서는 구급차와의 거리가 확실히 증감하는 것
에 비해 14층에서는 완만하게 변화해. 실제로는 병동과 도
로 사이에도 거리가 있으니 소리의 변화는 더욱 모호해지
지. 이건 이상해. 산송장이 정말로 창문에서 모밀잣밤나무가
보이는 병실에 있었다면 저렇게 확실히 소리의 증감이 느껴
질 리가 없으니까.

산송장은 우리에게 거짓말했어. **이 남자가 우리에게 보여준
기억에는 완전히 다른 장소의 것이 뒤섞여 있었다는 말이 되지.**"

복원자는 산송장을 내려다보며 몰아붙였다. 산송장은 천천히 가슴을 위아래로 움직이며 복원자의 말에 귀를 기울였다.

　"노림수는 물론 자신이 가족을 죽인 걸 숨기기 위해서야. 행운아의 말을 빌리자면 다른 자신들을 속일 알리바이를 만들기 위해서지.

　기키가 내장을 토하기 전, 스마트폰을 귀에 댄 채 병실 커튼을 젖히고 딸들에 대한 불평을 말하며 토트백을 내려놓는 부분까지는 실제로 네가 입원해 있을 때의 기억이야. 3월 26일에 이쿠타에게 습격당한 후 퇴원하기까지의 기억 중에서 그럴싸해 보이는 걸 고른 거겠지.

　그런데 그 후, 몸을 뒤척인 것처럼 산송장의 시야가 크게 흔들려. 이 순간, 산송장은 기억을 바꿨어. 틈을 두지 않고 다른 날의 기억을 거울에 비춤으로써 두 장면이 연속된 것처럼 속인 거야."

　"그건 불가능하지 않을까?"

　기사야마는 무심코 중얼거렸다. 복원자가 어깨를 으쓱하며 뒤를 재촉했다.

　"거울 너머로 본 바에 따르면 기키는 분명 병실에서 구토했어. 이런 딱 좋은 기억을 위조할 수는 없을 것 같은데. 잠깐 병실에서 내장을 토하는 흉내 좀 내줘, 같은 이상한 부탁을 해도 당연히 들어주지 않겠지."

"그건 그렇지."

도망자가 손뼉을 쳤다. 하지만 복원자는 여유 있는 태도를 무너뜨리지 않았다.

"행운아의 말대로 그런 딱 좋은 기억을 날조하기에는 무리가 있어. 발상을 역전해봐. 산송장은 내장을 토하게 해서 기키를 살해한 후, 그 장면의 기억을 날조한 게 아니야. 이미 뇌 안에 있던 기억을 재이용하기 위해 내장을 토하게 해서 기키를 죽인 거야."

갑자기 온갖 종류의 소리가 사라졌다.

"우리의 머릿속에 잠들어 있지만, 결코 사건과 연관 지으려 하지 않았던 기억. 그건 23년 전 봄, 극단원이었던 여성에게 아침까지 레드와인을 잔뜩 먹이고 가네샤로 데려갔을 때의 기억이야."

도망자가 얼어붙었다. 크게 뚫린 눈이 어딘지 먼 곳을 바라봤다.

"나는 아직 인턴이었고, 기키도 무명 배우였어. 제대로 확인하지 않고 고른 방에 들어가자 그곳은 공교롭게도 병실처럼 꾸며진 방이었지. 그 호텔이 콘셉트에 얼마만큼 공을 들이는지는 이미 잘 알고 있지? 침대가 의료용인 건 물론, 침대 옆에는 심전도 모니터와 수액 스탠드가 놓여 있고 천장에는 커튼레일까지 달려 있었어.

기키가 샤워를 하는 사이의 참담한 기분은 이루 말할 수 없었지. 학교처럼 꾸민 유흥업소에 출입하는 교사와 같은 부류라고 자백한 것과 다를 바 없었으니까.

그런데 샤워실에서 나온 기키는 '갈아입을 옷 가져왔어'라며 코스프레용 가운을 건넸고, 그 직후 몸을 웅크린 채 대량의 구토를 했어."

모르는 사이에 최면에 걸린 듯한 기분이었다.

불과 3일 전 광경이라고 믿던 것이 실은 23년 전의 것이라는 말인가.

"당시 기키의 식사량은 예사롭지 않았어. 그날의 구토량도 대단했잖아. 아까 산송장이 보여준 기억 속에서 기키는 무언가 묵직한 걸 토했어. 그건 내장이 아니야. 토사물이야. 산송장은 3일 전의 기억을 도중부터 23년 전의 기억과 바꿔치기함으로써 기키가 병실에서 죽은 것처럼 꾸민 거야."

3일 전에 산송장이 거울에 기억을 비췄을 때, 기사야마는 그 안에 있는 무언가를 자신도 본 적 있는 것 같은 감각에 휩싸였다. 기사야마의 기억과 겹쳐 있던 것은 거울 속의 무언가가 아니라, 광경 그 자체였다. 자신도 그때 산송장의 속임수를 눈치채기 일보 직전이었다.

"사실 산송장은 늦어도 아야카가 죽은 4월 3일 시점에는 이미 퇴원한 뒤였어. 이쿠타의 습격으로 입은 부상은 기껏해야 일주일 정도 치료하면 낫는 정도였겠지. 거즈로 얼굴을 가리고 플라스틱 마스크와 환자복을 입은 채 잠에 빠져

듦으로써 그는 그 후에도 계속 입원해 있는 것처럼 속였던 거야."

복원자는 산송장의 머리끝에 서서 마스크가 달린 얼굴을 내려다봤다.

"네가 지금 어디에 있는지는 알 수 없어. 무난한 건 불사관이겠지만, 어딘가 다른 장소에 새로운 거점을 만들었을 수도 있지.

어느 쪽이든 너는 그곳에 가족을 감금했어. 그런 후에 마술 도구 안에 있던 폭약으로 아야카를 폭파하고, 기키의 내장을 긁어내고, 마후유의 머리를 터뜨렸어. 무척이나 잔혹한 방식을 고른 건 우리가 23년 전의 새콤달콤한 기억과의 유사점을 깨닫지 못하게끔 하기 위해서야. 굳이 두 딸까지 날려버린 건 세 건의 잔혹한 죽음 안에 기키의 기묘한 죽음을 묻히게 하기 위해서겠지."

복원자가 마스크에 손가락을 대고 벨트의 잠금장치를 풀었다. 산송장의 어깨가 움찔 요동쳤다.

"남은 의문은 하나야. 너는 왜 가족을 죽였지?"

그렇게 말하며 산송장의 얼굴에서 마스크를 내렸다.

4

산송장은 눈을 희번덕거리며 이를 강하게 깨문 채 환자

복이 달라붙은 가슴을 거칠게 위아래로 움직였다. 마스크를 향해 뻗은 오른팔이 허공을 가르고는 힘없이 떨어졌다. 얻어맞고 찌부러진 바퀴벌레가 마지막으로 발버둥 치는 듯한…… 산송장이 보여준 것은 그런 움직임이었다.

"멋진 연기네. 남우주연상급이야." 복원자는 득의양양하게 마스크를 들어 올렸다. "언제까지 계속할 셈이지?"

하아, 하아, 하고 산송장의 목이 수축했다. 잇몸에 피가 번지고 이마에 땀이 빛났다.

상태가 이상하다.

내게 이런 연기는 불가능하다.

"그만해."

수술대로 달음박질치려다 도망자와 눈이 맞았다. 서로에게 끄덕인 후 복원자의 목을 뒤에서 졸랐다. "제길" 하고 몸을 비튼 복원자의 얼굴에 도망자가 살점을 때려 넣었다. 자세가 뭉개진 틈에 마스크를 집어 산송장의 얼굴에 가져다 댔다.

"연기가 아니야. 이 녀석은 그야말로 진짜 **살아 있는 송장**이라고."

기절하기 직전에 팔의 힘을 빼자 복원자가 바닥으로 구르며 쓰러졌다.

이곳은 꿈속 세계다. 호흡이 멈춘다고 해서 현실에서 목숨을 잃는다고는 할 수 없다. 하지만 오줌을 싸는 꿈을 꾼 아이는 대개 자면서 오줌을 싸고, 슬픈 꿈에서 깨면 정말로 울고 있다는 이야기도 많다.

산송장은 양손으로 마스크를 쥔 채 기침하면서 크게 심호흡한 뒤 힘들게 입을 열었다.

"복원자. 너는 부끄러움도 모르는 놈이로군."

가늘지만 심지가 담긴 목소리였다.

"뭐라고?"

바닥에 엉덩이를 댄 채로 복원자가 파자마 소매를 가다듬으며 산송장을 노려봤다.

"너는 엄청나게 잘난 척하며 행운아의 캡슐 폭탄설을 배제했어. 그래놓고는 본인도 완전히 같은 전철을 밟고 있지."

"도대체 무슨 말……."

"본인 생각에 너무 취한 나머지 지극히도 간단한 오류를 깨닫지 못한 거야. 네가 역설한 기억 대체설에는 치명적인 결함이 있어. 스스로 그 사실을 언급해놓고서 그게 문제라는 점을 깨닫지 못하고 있지."

"무슨 말을 하는 거야."

"모밀잣밤나무야."

산송장은 거울 속 기억을 되감아 다시 한번 재생했다. 기키가 토트백을 내려놓는다. 산송장의 시야가 흔들린다. 기키가 무언가를 토하는 소리가 울려 퍼진다.

"너는 이 병실의 기억 후반부가 23년 전 가네샤를 방문했

을 때의 것이라고 주장했어. 대담한 발상을 떠올린 것까지
는 좋지만 제대로 봐봐. 네가 기억을 연결했다고 주장한 순
간 이후 부분. 즉, 내가 침대 위에서 뒤척인 후에도 내 시야
에는 모밀잣밤나무가 비치고 있어."

거울을 들여다봤다. 기키가 "갈아입을 옷 가져왔어"라고
입에 담은 직후, 창문 밖의 모밀잣밤나무가 흔들리는 것이
보였다.

"그러니까 그곳이 진짜 병실이라고 말하고 싶은 거야? 가
네샤 근처의 뒷골목에도 모밀잣밤나무가 있었어. 너는 그
사실을 알고 있었기에 기억 대체를 감행한 거고."

"그런 건 아무래도 좋아."

복원자의 눈썹이 움찔 떨렸다.

"문제는 모밀잣밤나무가 아니야. **창문으로 모밀잣밤나무가
보인 것 자체가 이상하단 거야.**"

산송장은 크게 숨을 들이마시고는 말을 이었다.

"콘셉트 호텔이라는 이상한 수식어를 붙였지만, 가네샤는
한마디로 그냥 모텔이야. 극히 일부의 고급 지향 모텔을 제
외하고는 이런 모텔 객실에 창문은 없어. 있더라도 막혀 있
는 게 대부분이지. 가네샤 객실에 있던 우리에게 가로수가
보였을 리 없어."

반년 전의 기억을 더듬었다. 걸스 클럽에서 쫓겨난 하루
를 데리고 간 가네샤의 객실, 절의 본당처럼 꾸민 205호실

도 벽에 화두창을 그린 종이가 붙어 있었을 뿐 창문은 없었다. 외부에서 행위가 보이지 않게끔 하려는 것이 가장 큰 이유겠지만, 낮의 이용객이 객실을 어둡게 할 수 있도록, 혹은 묘한 성적 취향을 가진 자가 행위를 밖에 보여주지 못하게끔 하려는 이유도 있을 터였다.

"근거는 그것뿐이야?"

복원자가 목소리를 높였다. 강한 태도에서 오히려 당황한 기색이 전해졌다.

"우리는 가네샤의 모든 객실을 둘러본 게 아니야. 분명 그 앞니남을 데리고 간 객실에는 창문이 없었지만, 23년 전에 기키와 묵었던 병실풍 객실에는 창문이 있었던 거야. 그저 그것뿐이야."

"그렇다면 백 보 양보해서 그곳이 창문을 열 수 있는 객실이었다고 치자."

산송장은 꿈쩍도 하지 않았다.

"그러는 참에 그 훌륭한 뇌를 조금 더 써서 기키가 샤워실을 나섰을 때 입에 담았던 말을 기억해줄래?"

무슨 말이지? 기사야마도 기억을 파헤쳤다.

"기키는 무척이나 술에 강했어. 아무리 술을 먹여도 취하는 기색이 없었지. 나는 아침까지 와인을 먹인 끝에 마지막에는 이슬비를 핑계로 억지로 가네샤로 데리고 갔어. 그런 나를 놀리려는지 기키는 이렇게 말했지."

"비, 이제 그쳤으려나?"

아아, 그렇다.

그 후에 이런 말이 이어졌다.

"옷, 젖었지? 갈아입을 옷 가져왔어."

"만약 네가 말한 것처럼 이 방에 창문이 있고 밖의 모밀잣밤나무가 보였다고 한다면, 기키가 이런 말을 했을 리 없어. **창문 밖을 보면 비가 오는지 안 오는지는 한눈에 알 수 있으니까 말이야.** 23년 전, 내가 기키를 데리고 간 객실에 창문은 없었어. 이건 팩트야."

아니야, 라며 복원자의 입술이 움직였지만 목소리는 나오지 않았다.

"기억을 대체하지 않은 이상, 나는 기키를 죽인 범인일 수 없어. 그리고 덧붙이자면, 내가 입원해 있는 곳은 제2병동 14층 병실이야. 물론 창문으로 보인 모밀잣밤나무는 제3병동 옥상에 있는 거고."

"아니야." 겨우 복원자가 목소리를 냈다. "그렇다면 구급차 사이렌이 그런 식으로 들릴 리 없어."

"그것도 네 지레짐작일 뿐이야. 병실에서 기키가 아야카에 관해 불평을 털어놓을 때, TV에서 듣기 싫은 BGM이 흘러나왔잖아? 그건 하제타 안호가 연기한 연쇄살인범에게 난도질당한 형사가 병원으로 후송되는 장면이었어."

산송장이 불쌍하다는 듯 고개를 저었다.

"난 그때 〈살인밥〉 재방송을 보고 있었어."

5

복원자는 술이라도 마신 듯한 팔자걸음으로 전기의자에
가서 앉더니 "젠장!"이라며 바닥의 살점을 발로 차서 날려버
렸다.

일부러 그래프까지 그려가며 검증한 추리가 얼빠진 착각
에 근거한 것이었으니 쥐구멍이라도 있으면 뛰어들고 싶은
심정이리라. 복원자는 발부리에 붙은 살점을 털어내고는 뒤
통수를 등받이에 갖다 박았다.

"그만해. 자신의 두개골까지 **복원**하는 꼴을 보고 싶지 않
으면."

당장이라도 웃음을 터뜨리려는 도망자의 얼굴에 복원자
가 살점을 쑤셔 박았다. 도망자는 벗겨낸 살점을 능숙하게
조작해서 복원자의 머리를 때렸다.

"싸우고 있을 때가 아니잖아." 기사야마는 한숨을 내쉬었
다. "범인이 캡슐 폭탄을 써서 세 명을 폭발시킨 게 아니었
어. 거울에 비친 기억도 조작된 게 아니었고. 아까부터 사건
의 불가사의한 점만 점점 더 도드라지고 있을 뿐이야. 또 누
군가가 당하더라도 손가락만 빨면서 바라보고 있을 수밖에
없어."

"한마디 해도 될까?"

몇 초 생각한 끝에 그것이 산송장의 목소리라는 사실을 깨달았다. 플라스틱 마스크 안쪽에 하얗게 김이 서려 있었다.

"뭔데? 입에 침이라도 고였어?"

복원자가 욕설을 퍼부었다.

"행운아가 거울에 비쳤던 마후유의 시체 사진을 다시 한 번 보여줄 수 있어?"

산송장은 차분히 가라앉은 모습이었다.

시키는 대로 거울에 사진을 비췄다. 도로에 쓰러진 마후유. 두개골이 깨지고 뇌와 피와 살점이 흘러넘쳐 있었다. 납작하게 찌부러진 목, 흩어진 실버볼.

"하나 더. 네 시간선 속 마후유가 집을 나설 때의 모습도."

기억을 전환했다. 니트에 목걸이라는 털털한 차림새의 마후유가 차고로 향했다. 조수석에 숄더백과 머플러를 던져 넣고 운전석에 올라탔다. 익숙한 손놀림으로 시동을 건 후, 내린 창문으로 "그럼 다녀올게"라며 손을 흔들고 도로를 달려 나갔다.

"역시 그렇군." 마스크에서 새어 나오는 목소리가 약간 들떴다. "너희는 처음부터 아예 잘못 짚었어."

"뭐?"라는 복원자.

"캡슐 폭탄설도 기억 대체설도 같은 전제를 바탕으로 하고 있지. 이 안의 누군가가 우리 가족을 죽였다는 거야. 하지만 그건 올바르지 않아."

"우리 말고 다른 누군가가 범인이라는 말이야?"

제삼자가 무언가의 방법으로 가족을 죽이고, 그것이 다른 시간선에도 파급되었을 가능성도 제로는 아니다. ……하지만.

"아니야. **범인은 존재하지 않아.**"

마스크 안이 단번에 흐려졌다.

"그럼에도 굳이 범인을 지적한다면, 그건 이 세계야."

"너, 드디어 맛이 간 거야?"

복원자가 머리 옆에 손가락을 대고 빙글빙글 돌렸다.

"아까의 마후유 사진을 다시 한번 보여줘. 시체 주변에 실버볼이 굴러다니고 있지? 이건 마후유가 차고 있던 볼 체인 목걸이야."

"그렇지?" 하고 확인하듯 이쪽을 바라봤다. 기사야마는 끄덕였다.

"기자회견에서 무이가 발표한 바에 따르면 마후유가 타고 있던 코롤라는 중앙분리대 가드레일에 닿으며 속도가 줄어들었고, 그때 뒤따르던 차량에 받혔다고 했어. 그 충격으로 안전벨트 버클이 파손됐고 마후유는 앞유리창을 뚫고 나가 도로로 떨어졌어. 동시에 목걸이 와이어가 끊어지고 볼도 도로로 흩뿌려진 거겠지."

"타당한 설명이야. 언뜻 보면 아무 모순도 없어 보여."

산송장이 의미심장한 말투로 말했다.

"그런데 자세히 봐봐. 마후유가 찌부러진 곳은 머리뿐만이 아니야. 목도 마찬가지야. 경추나 식도가 뭉개져 마치 빨대를 납작하게 누른 것 같은 상태가 되었어.

상상해봐. 네가 목걸이를 찬 채로 자동차를 운전하는 중에 갑자기 자신의 목이 납작하게 찌부러졌어. 그러면 목걸이는 어떻게 될까? 당연히 본래 위치보다 앞으로 늘어지게 되겠지. 그런데 시체의 목 주변에 생긴 상처를 한번 봐봐."

모두가 거울로 시선을 향했다. 목 왼쪽 위에서 오른쪽 아래를 향해 가느다란 실을 누른 것 같은 선 모양의 흔적이 남아 있었다.

"보시다시피 마후유의 목에는 목걸이와 꽤 비슷한 형태의 흔적이 남아 있어. 마후유는 전에도 이 목걸이를 착용했지만 이런 흔적이 생긴 건 본 적이 없어. 몸이 차체에서 튕겨 나갈 때, 그 충격으로 목걸이가 피부에 강하게 파고들어서 이 흔적이 생긴 거겠지.

하지만 묘하게도 이 흔적은 평소에 목걸이를 차고 있을 때와 같은 위치에 생겨 있어."

아아, 하고 누군가가 중얼거렸다.

"마후유는 단순한 교통사고로 죽은 게 아니야. 운전 중에 머리가 파열되어 운전을 계속할 수 없게 되어 결과적으로 사고로 이어진 거지. 하지만 머리가 파열된 후, 몸이 차체에서 튕겨 나갈 때까지의 사이, 목걸이는 원래 위치에 걸려 있던 채였어. 왜일까?"

산송장은 양손으로 자신의 목을 잡았다.

"목 주변을 덮고 있던 다른 것에 의해 목걸이가 거기에 고정되어 있었기 때문이야."

"그렇군." 기사야마는 마후유가 집을 나설 때 숄더백과 함께 코롤라 조수석에 던져 넣은 것을 떠올렸다. "머플러구나."

"맞아. 마후유는 차 안에서 그 곰돌이 귀가 달린 머플러를 두르고 있었어. 목이 찌부러진다 해도 어깨에 걸린 머플러는 떨어지지 않고, 머플러를 두른 채라면 목걸이가 떨어질 일도 없지. 무이가 유출한 사진 속 시체가 머플러를 두르고 있지 않은 이유는 자동차에서 튕겨나가 도로로 떨어질 때 벗겨졌기 때문이겠지.

다만 그렇게 되면 또 다른 의문이 생겨나. 집을 떠날 때, 마후유는 머플러를 목에 두르고 있지 않았어. 그런데 왜 고속도로를 달리던 도중에 머플러를 두른 걸까?"

"그거야 뻔하지." 복원자가 파자마 소매를 잡아당겼다. "추워서 그런 거 아니야?"

"맞아. 마후유의 머리가 터졌을 때, 코롤라 안은 머플러를 감지 않고는 견딜 수 없을 정도로 추웠던 거야.

하지만 자동차는 보통 그렇게까지 춥지 않아. 자동차의 히터를 틀면 되니까. 차내가 따뜻해지기 전에 도착하는 짧은 거리의 이동이라면 몰라도 고속도로를 운전하는 데 차 안이

춥다는 건 보통 일이 아니야.

마후유가 운전하던 코롤라는 히터가 고장 나 있었어. 그 탓에 차 안이 따뜻해지지 않은 거야."

기사야마는 보통 다른 차인 재규어를 사용했다. 코롤라에 시동을 건 것은 1년 만이다. 마후유가 집을 나설 때는 날씨가 맑았으니 히터가 고장 나 있다는 사실을 깨닫지 못했다고 해도 이상하지 않다.

"이건 억측이긴 한데, 파워 윈도의 모터가 고장 나서 창문을 닫지 못했을 가능성도 있어. 마후유가 창문을 내리고 행운아에게 손을 흔들며 나간 게 오전 11시경. 이때는 따뜻한 햇볕이 비추고 있었으니 창문을 연 채여도 문제는 없었을 거야. 하지만 오후부터 비가 내리기 시작했고 기온도 낮아졌지. 4월의 도호쿠는 아직 추워. 하물며 도호쿠 자동차도로를 북상하는 자동차 안이야. 급격한 추위를 느낀 마후유는 난방을 켜려고 했어. 그리고 마침내 자동차 히터가 고장 난 사실을 깨달은 거야.

차 안은 점점 더 추워졌지. 창문에서는 살을 에는 듯한 바람이 불어 들어와. 비도 내려. 그런데 휴게소는 멀어. 마후유는 머플러를 두른 채 이를 악물고 추위를 견디며 필사적으로 운전을 계속했어."

"잠깐만. 무슨 말을 하는 거야?" 복원자가 목소리를 높였다. "아무리 추워도 인간의 머리는 터지지 않아."

"체온 저하는 뇌의 정상적인 작용을 빼앗아. 그렇다고 해도 실수로 핸들 조작을 잘못하면 큰 사고로 이어질 거야. 마후유는 필사적으로 핸들을 잡았어. 하지만 마음만으로는 어찌할 도리가 없지. 마후유의 뇌는 저온 장애를 일으켜 정상적인 신진대사를 행하지 못하게 됐어."

"몇 번이나 말하게 하지 말라고. 마후유는 얼어 죽은 게 아니야……."

"한편, 그때. 복원자의 시간선 속 마후유는 몽키 하우스의 무대에 서 있었어."

복원자는 고양이라도 밟은 듯한 표정을 지었다. "응? 어?"

"몽키 하우스는 소규모 라이브하우스야. 플로어는 좁고 공조 설비도 오래됐지. 거기에 삼백 명이나 되는 관객이 가득 들어차 있었어. 네 앞에 있던 머리숱이 적은 남자가 땀을 뻘뻘 흘렸다는 것만 봐도 기온이 꽤 높았음을 알 수 있지. 더욱이 조명이 닿는 무대는 엄청나게 더웠을 거야. 그런 장소에서 마후유는 45분간 퍼포먼스를 이어 갔어."

"그게 어쨌는데?"

"체온이 오르면 사람의 몸은 땀을 흘려 열을 방출하려고 해. 하지만 마후유는 상복 같은 검정 드레스를 입고 머리에는 전혀 통풍이 되지 않는 석고 헬멧을 뒤집어쓴 채였어. 이래서는 열기를 거의 배출할 수 없어.

나아가 운 나쁘게도 마후유는 첫 곡이 끝난 후에 물을 마시려다가 페트병을 쓰러뜨렸어. 그로부터 약 40분 동안 마후유는 물을 입에 대지 않았지. 공연 시간이 끝나갈 즈음이 되어 마후유는 뜨거운 무대에서 열사병을 일으켰어."

산송장이 무슨 말을 하려는 것인지 알 것 같았다.

복원자의 얼굴이 창백해졌다. 도망자도 볼을 움찔거렸다.

"온몸의 체온이 높아졌겠지만, 그중에서도 탈에 뒤덮인 머리 부분은 고온이 됐을 거야. 맡은 일에 최선을 다하는 성실한 성격도 한몫한 탓에 이 열기가 뇌에 치명적인 손상을 주고 만 거야."

아아, 하고 탄식한 것은 도망자였다.

"행운아의 시간선 속 마후유와 복원자의 시간선 속 마후유. 두 명의 마후유는 각기 다른 이유로 목숨을 잃었어. 문제는 두 죽음이 동시에 일어났다는 점이야.

어느 한 시간선에서 사람이 죽으면 연쇄 현상으로 인해 다른 시간선의 그 인물도 같은 원인으로 목숨을 잃게 돼. 그게 시스마로 분열된 시간선의 규칙이야. 그렇다면 한 인간이 두 시간선 속에서 동시에 서로 다른 원인으로 죽으면 어떻게 될까? 더욱이 그게 서로 모순되는 원인에 의한 것이라면?"

복원자가 크게 숨을 들이마셨다.

"하나의 시간선 속 마후유는 저온 장애로 목숨을 잃었어. 다른 시간선 속 마후유는 열사병으로 목숨을 잃었지. 서로가 연쇄 현상을 일으켜 마후유의 몸은 저온체인 동시에 고온체라는 모순된 상태가 되고 말았어."

말도 안 되는 우연이다. 하지만 전혀 불가능하다고는 단언할 수 없다.

"파동함수로 표현되는 전자처럼 마후유의 몸은 여러 가능성이 중첩된 상태였어. 하지만 우리 세계는 각각의 의식이 관측함으로써 이미 하나로 수축되어 있어. 이런 패러독스 같은 상태는 존재할 수 없지.

마후유의 뇌는 파열돼 소멸함으로써 이 모순을 해소했어. 마후유는 누군가에게 살해당한 게 아니야. 그저 세계가 정상으로 존재하기 위해 거기에서 사라져야만 했던 거지."

문득 마약 딜러 에덴의 말이 되살아났다.

"피부에 새겨진 것에는 반드시 큰 의미가 있어요."

과연 그렇군. 그 남자가 말한 대로다. 마후유의 피부에 남아 있던 목걸이 흔적에서 놀랍게도 이런 추리가 도출될 줄이야.

"그럼 나머지 두 명은?"

복원자가 신음하듯 말했다. 산송장은 끄덕였다.

"아야카의 경우, 주역은 행운아의 시간선 속 아야카와 도망자의 시간선 속 아야카야."

도망자는 도둑질이라도 들킨 것 같은 얼굴로 "나?" 하고 자신의 코를 가리켰다.

"아야카는 천성적으로 신장 혈관에 협착이 있어. 나트륨이나 수분 배출이 충분히 이뤄지지 않기에 체내의 혈액이 증가하고 혈압이 높아지기 쉬워. 그 때문에 매번 식사 후 칼슘 길항제를 먹어 혈압을 조절했지.

행운아의 시간선 속 아야카는 3일, 행운아와 아카다마의 라이브를 보러 갔어. 개장 두 시간 전에 이치반초에 도착한 너희는 공연 전에 스마트폰 게임의 콜라보 카페에서 배를 채웠어. 네가 거울에 비춘 기억에는 도저히 1인분으로는 믿기지 않는 요리가 늘어서 있었지. 아야카는 꽤 많은 양의 음식을 먹었을 거야."

그날의 아야카는 완전히 들뜬 상태였다. '어인탐정 오징어구이', '거인탐정 점보 오코노미야키', '증식탐정 닭고기덮밥', '투명탐정 바닐라 젤리 타르트'를 비웠고, '혈액탐정 석류 크림소다'를 두 잔 마셨다.

"게다가 아까 네가 말하길, 이날 아야카는 몰래 엄마의 다이어트 보조제를 먹었다고 했지. 한편 너는 약의 혼용에 주의하라고 신물이 날 정도로 말했고. 즉 아야카는 이날, 혈압을 조절하는 칼슘 길항제를 먹지 않았을 가능성이 커."

"위험하네."

복원자가 중얼거렸다. 산송장도 끄덕였다.

"더욱이 라이브가 끝난 후에는 하제타 안호에게 선물한 레몬 버터 케이크를 먹었다는 거지? 이미 배가 가득 차서 터질 지경이었을 텐데 동경하는 하제타 안호의 권유를 거절할 수는 없었을 거야.

음식을 먹으면 소화를 위해 혈액량이 늘고 혈압이 올라가. 약을 먹지 않았다는 점, 동경하는 하제타 안호와 만나 긴장했던 점도 겹쳐져서 아야카의 혈압은 현저히 상승해 있었어.

마지막 한 방은 자택으로 돌아가는 도중에 자연공원에서 밤바람을 맞은 거야. 밤에는 당연히 기온이 내려가지. 추운 곳에서는 혈관이 수축되니까 혈압이 올라가. 살을 에는 듯한 바람을 온몸으로 맞음으로써 아야카의 혈관은 드디어 한계를 맞이했어. 온몸의 순환계에서 출혈이 다발한 결과, 아야카는 다발성 장기부전에 의해 목숨을 잃고 만 거야."

산송장은 마스크를 누른 채 숨을 들이마시며 도망자에게 눈을 돌렸다.

"같은 시각, 네 시간선 속 아야카는 집에서 게임 방송 중이었지. 이날의 아야카는 감기에 걸려 있었을 거야. 코맹맹이 소리를 냈고 열도 있는 것 같다고 말했지. 게다가 아파트 계단에서 구른 탓에 무릎에서 피를 흘렸어. 거즈가 새빨개져 있던 걸 보면 출혈이 꽤 심했던 게 아닐까.

게임 방송을 시작할 즈음 아야카는 먼저 감기약을 먹었어. 아니, 먹으려고 했어. 하지만 열이 나서 정신이 멍했다는 점, 상처로 인한 아픔을 참고 있던 점, 나아가 한 손으로 게임을 플레이하고 있기도 했기에 감기약이 아니라 평소에 먹던 칼슘 길항제를 입에 넣고 말았어."

"그쪽이 아니야."

방송 화면 오른쪽 옆에 그런 코멘트가 흘렀던 것이 떠올랐다. 그건 혹시 아야카가 손에 든 약에 관한 코멘트였을지도 모른다.

"매번 식후에 한 알씩 먹던 칼슘 길항제를 아야카는 한꺼번에 세 알이나 먹고 말았어. 칼슘 길항제에는 혈관을 확장하고 혈압을 낮추는 작용이 있어. 안 그래도 무릎 출혈로 혈액을 잃은 상태였는데 거기에 약제의 작용이 더해져서 혈압은 급격히 저하했지. 방송을 계속하는 동안 아야카의 의식은 몽롱해졌어. 이윽고 온몸에 산소가 통하지 않게 됐고, 결국 실신. 불행히도 그대로 의식을 회복하지 못한 채 목숨을 잃고 말았어."

아무도 입을 열지 않았다. 산송장은 조용히 계속했다.

"하나의 시간선 속 아야카는 혈압의 급격한 상승으로 인해 목숨을 잃었어. 다른 시간선 속 아야카는 혈압의 급격한 저하로 인해 목숨을 잃었고. 서로에게 연쇄 현상이 일어나 아야카의 순환계는 고혈압이면서 저혈압이라는 모순된 상태에 빠졌어.

존재할 수 없는 상태가 된 아야카의 온몸 혈관은 폭발하고 소멸함으로써 그 모순을 해소했어. 세계가 정상으로 존재하기 위해서 아야카의 몸은 거기에서 사라져야만 했으니까."

남은 퍼즐은 하나. 이미 대략적인 답이 떠올라 있는 것은 나뿐만은 아니리라.

"마지막은 기키야. 주역은 복원자의 시간선 속 기키와 도망자의 시간선 속 기키, 두 명이야."

복원자와 도망자가 눈을 마주치더니 바로 시선을 피했다.

"이 두 시간선 속 기키는 어느 쪽이든 남편의 만행이 드러나 히시오가마의 아파트로 거처를 옮긴 상태였어. 이 소동이 기키에게 큰 스트레스였음은 틀림없어. 실제로 복원자의 시간선 속 기키는 엄청나게 마른 채였지. 아마 도망자의 시간선 속 기키도 마찬가지였을 거야.

하지만 3월에 접어들자 두 시간선 속 기키의 상황은 크게 달라졌어."

산송장은 목의 땀을 닦고 복원자의 얼굴을 바라봤다.

"너는 하루를 납치하고 가짜 스토리를 꾸며냄으로써 가족을 원래 모습으로 되돌리는 데 성공했어. 거울 너머로 본 것만으로도 기키의 혈색은 꽤 좋아진 듯 보였지. 하지만 한번 달라진 식습관은 바로 돌아오지 않아. 4월에 들어선 시점에는 아직 이전처럼 식사량이 줄어든 상태가 이어지고 있었겠지.

그런 상태에서 기키는 〈멀티한 멀티〉 출연자 정기 모임에 참석하게 됐어. 기사야마 기키라고 하면 대식가야. 남을 챙기길 좋아하는 출연자들은 당시와 마찬가지로 기키에게 차례로 요리를 권했겠지. 최근에는 음식 관련 일이 줄어들긴 했지만, 작년 여름에 '우물우물 식생활 교육 페스타' 같은 이벤트에 불려간 것처럼 결코 제로가 된 건 아니야. 식사량이 완전히 줄어버렸다는 사실이 알려지면 대식가 연예인이라는 포지션을 잃게 될 수도 있어. 기키는 무리해서 당시와 같은 양을 위에 집어넣을 수밖에 없었어."

"그 사람들, 전혀 돌아갈 생각을 안 하니까."

기사야마의 시간선 속 기키가 우울한 듯 중얼거린 말이 떠올랐다.

"기키는 거의 기다시피 집에 돌아왔어. 집에 와서 뉴스를 보고 아야카가 병원 앞 도로에서 변사한 사실을 알게 됐지. 패닉에 빠진 기키는 마음을 진정시키고자 탄산수를 마셨을지도 몰라. 장내에서 발생한 가스가 마지막 결정타가 되어 기키의 장은 파열됐어. 대량의 출혈로 인한 쇼크 증상으로 의식을 잃고 그대로 목숨을 잃고 만 거지."

산송장이 기침을 한번 하고는 도망자에게 눈을 향했다. 기사야마와 복원자도 그에 따랐다.

"한편, 네 시간선 속 기키의 상황은 달라지지 않은 채였어. 남편은 여전히 경찰을 피해 계속 도망치는 중이야. 기키도 샤인 히시오가마에서 사람의 눈을 피해 살아가고 있었지. 복원자의 시간선 속 기키와 마찬가지로, 아니 그 이상으로 말라서 쇠약해져 있었음이 분명해.

거기에 결정타를 날리는 듯한 일이 벌어져. 둘째 딸인 아야카가 자기 방에서 폭발하고, 남편이 가라사와의 연립주택에서 체포된 거야."

하하하, 하고 도망자가 힘없이 웃었다.

"아야카에게 무슨 일이 벌어진 건지 형사들은 짐작도 하지 못했겠지. 할 수 있는 일이라고는 동거하던 기키와 마후유를 추궁하는 것 정도야. 별거 중인 네가 몰래 출입했다는 사실에서도 형사들은 같은 아파트에 살던 두 사람이 무언가 사정을 알고 있으리라 생각한 거 아닐까?

형사들은 기키를 엄하게 추궁했어. 너도 알다시피 밥도 안 주고 물도 안 주고 휴식도 없는 게 놈들의 방식이야. 극도의 영양실조에 정신적인 충격, 나아가 장시간의 조사에 의한 육체적인 부하가 더해져서 기키의 몸은 한계에 이르렀어. 그녀가 참고인 조사 도중 목숨을 잃은 건 바로 그 때문이야."

"즉, 그쪽의 기키는 쇠약사한 건가."

구토를 참듯 복원자가 가슴을 눌렀다. 산송장은 끄덕이고는 말을 이었다.

"하나의 시간선 속 기키는 과식으로 인해 목숨을 잃었어. 다른 시간선 속 기키는 영양실조로 인해 쇠약사했지. 서로에게 연쇄 현상이 일어나 기키의 내장은 과식 상태이면서 영양실조라는 모순된 상태에 빠졌어.

존재할 수 없는 상태가 된 기키의 몸은 내장을 육체에서 분리함으로써 그 모순을 해소했어. 세계가 정상으로 존재하기 위해서는 기키의 배 속에 내장이 있어서는 안 됐으니까."

산송장은 크게 어깨를 떨구고는 얼굴의 마스크를 벗고 천천히 지하실을 둘러봤다.

"일련의 사건에 범인은 존재하지 않아. 굳이 말한다면 그건 이 세계 그 자체야. 여러 시간선 사이에서 연쇄 현상이 벌어지는 이상, 거기에는 모순이 생겨날 수 있어. 확률을 생각하면 정신이 아득해지지만, 결코 제로는 아니야. 그 기적 같은 우연이 아야카를 폭발시키고, 마후유의 머리를 터뜨리고, 기키의 내장을 토해내게 한 거야."

산송장의 거친 숨소리에 수술대가 삐걱대는 소리가 겹쳐졌다.

아무도 입을 열지 않았다.

정체를 알 수 없는 세계의 규칙에 대한 무력감만이 지하실을 가득 채웠다.

6

쿵⋯⋯. 스르륵.

그 소리를 듣는 것은 오랜만이었다.

눈꺼풀을 열었다. 암흑. 아아, 다시 이 꿈인가.

쿵⋯⋯. 스르륵.

왼발을 앞으로 내디디고 오른발을 끌어당긴다. 아버지의

발소리다.

쿵……. 스르륵.

소리는 서서히 다가왔다. 지하실에 갇힌 아들을 풀어주러 온 것이리라. 그 남자가 자신의 발로 걷는 것은 불사관 본관에서 별관으로 이동할 때뿐. 복도 입구와 출구에 단차가 있어서 휠체어를 쓰지 못하기 때문이다.

쿵……. 스르륵.

기사야마는 고개를 갸웃거렸다.

이상하다.

이것은 꿈이다.

이 소리, 즉 아버지의 발소리는 기사야마가 두려워하는 것, 즉 가족의 붕괴를 상징하는 것 아니었나.

하지만 아내와 딸이 목숨을 잃은 지금, 과거를 후회하기는 해도 가족의 붕괴를 두려워하지는 않는다. 그런데 왜 또 이 꿈을 꾸고 있는가.

쿵……. 스르륵.

소리가 더욱 가까워진다.

나는 아직 무언가를 두려워하고 있는 걸까?

창고 문을 열자 밤하늘에 하얀 달이 떠 있었다.

주차장을 둘러봤다. 사람은 없었다. 모자를 깊게 눌러쓰고 오토바이로 다가갔다.

몸체가 찌그러지고 왼쪽 백미러가 깨진 그 오토바이는 망상증 환자, 우라시마 가즈토시의 것이었다. 고철과 다름없어 보이는 외견인 이유는 작년 8월, 기사야마가 이쿠타 이쿠히코의 차로 들이받았기 때문이다.

테이프가 덕지덕지 붙어 있는 시트에 앉아 시동을 걸었다. 열쇠는 낮에 우라시마가 맥주를 사러 간 사이에 방에서 슬쩍했다. 그 남자라면 오토바이가 없어져도 악마의 소행이라고 믿을 것이다.

심야의 대로를 따라 북쪽으로 올라가 가가조 시를 벗어났다. 46년간 살던 마을과도 이것으로 작별이다. 어느 정도 감정이 북받쳐 오르지는 않을까 했지만, 마음은 그저 잔잔할 뿐이었다. 자신에게 중요했던 것은 이 마을이 아니라 그곳에 살던 가족이었다.

터널을 빠져나가 가기리야마의 산길을 10킬로미터 정도 달린 참에 너도밤나무숲에서 오토바이를 세웠다. 바닷물 냄새가 코를 간지럽혔다.

포장된 길을 내려가자 히시오가마의 항구가 펼쳐졌다. 호를 그리는 안벽에서 부두 두 개가 뿔처럼 뻗어 있다. 그 좌우로 어선의 뱃머리가 늘어서 있었다.

항구에 낯익은 푸가가 세워져 있었다. 보닛에 기댄 무이가 껌을 씹는 중이었다.

"착수금 백만이야."

봉투를 내밀었다.

무이는 이어폰을 빼고 "감사합니다"라고 말하며 봉투에서 지폐 다발을 꺼냈다. 스마트폰 조명으로 지폐를 비춰보더니 "맞네요"라며 봉투에 되돌렸다.

"나머지 백오십만을 숨겨 놓은 곳은 송클라에 도착하면 알려주지."

무이는 끄덕이며 봉투를 주머니에 넣은 후, 조수석의 문을 열고는 기사야마를 푸가에 태웠다.

무이가 운전하는 차가 항구를 달렸다. 산림과 암벽에 둘러싸인 오솔길을 빠져나온 곳에 미니어처 같은 선착장이 나타났다. 밀수나 밀항에 사용되는 곳이리라. 창고 지붕 아래쪽에 잘 보이지 않게끔 페리가 세워져 있었다.

아기를 안은 여자가 갑판에서 이쪽을 보더니 곧장 계단을 내려갔다. 먼저 온 손님인 듯했다. 조종실에는 피부가 까무잡잡한 남자가 맛없다는 듯 담배를 피우고 있었다.

"기사야마 씨에겐 감사할 뿐이에요."

남자 선원에게 손으로 신호를 보내며 무이가 말했다.

"저는 라이히 프로모션을 망하지 않게 하고자 난폭한 짓을 많이 해왔어요. 그래도 아카다마만은 악곡과 퍼포먼스의 질로 승부했습니다. 이 프로젝트라면 세계와 경쟁할 수 있다고 생각했어요. 마후유 씨에게는 그만큼의 재능이 있다고 믿었거든요. 이런 결말이 나게 돼서 안타깝기 그지없네요."

여동생 아야카에게 손을 대고, 더군다나 마후유의 시체 사진까지 인터넷에 유출한 녀석이 할 말은 아니다. 그렇게 욕하고 싶었지만 참았다. 무이가 아카다마에 자신의 꿈을 건 것은 사실이리라. 이 남자는 자신과 약간 닮았다.

"아, 맞다."

무이가 트렁크를 열고는 작은 숄더백을 꺼냈다.

"이거, 마후유 씨의 유품입니다. 어째선지 사무소로 도착해서요. 경찰이 저희 비품이라고 착각한 거겠죠. 기사야마 씨에게 넘길게요."

4일에 마후유가 집을 나설 때 코롤라 조수석에 머플러와 가방을 던져 넣은 것이 떠올랐다.

"고마워."

가방을 받아 들었다. 생각보다 묵직했다. 지퍼를 열자, 스마트폰, 화장품 파우치, 접이식 우산, 그리고 낯익은 장갑이 들어 있었다.

"그 장갑, 귀엽네요."

부두로 향하며 무이가 중얼거렸다. 장갑 안쪽에는 곰 발바닥 모양의 자수가 새겨져 있었다.

"그런 아이템을 가지고 있다니, 조금 의외였어요."

남자 선원이 뱃전의 난간을 열고 알루미늄제 트랩을 내밀었다. 무이가 그것을 받아 부두에 걸쳤다.

기사야마는 꼼짝도 할 수 없었다.

자신은 지금 중요한 것을 깨달으려 하는 중이었다.

이 장갑은 하루가 마후유의 생일에 선물한 것이다. 그 소름 끼치는 남자는 곰을 모티프로 한 아이템 두 개, 즉 귀가 달린 머플러와 발바닥 자수가 들어간 장갑을 세트로 여자친구에게 선물했다.

마후유가 선물을 마음에 들어 했는지는 알 수 없다. 하지만 어차피 머플러를 가지고 가는 거라면 장갑도 같이 가지고 가려고 생각했으리라. 실제로 마후유는 4월 4일 아침, 이 장갑을 가방에 넣어두었다.

산송장이 선보인 추리, 즉 두 개의 시간선에서 동시에 사람이 죽은 결과, 서로에게 연쇄 현상이 벌어졌다는 패러독스설에 의하면 기사야마의 시간선 속 마후유는 저온 장애로 목숨을 잃었다는 말이 된다. 시체의 목에 남아 있던 선 형태의 흔적이 그 논거가 되었다. 목에 목걸이가 눌린 흔적이 있었다는 점에서 와이어가 끊긴 후에도 목걸이는 떨어지지 않았다, 즉 마후유는 코롤라 안에서 머플러를 두르고 있었다는 결론이 도출되었다.

하지만 마후유가 가지고 있던 방한용품은 머플러만이 아니었다. 조수석의 숄더백에는 장갑도 들어 있었던 것이다.

고속도로 주행 중에 추위로 손가락이 얼면 핸들 조작이 둔해지고 사고로 직결될 수 있다. **만약 정말로 저온 장애로 목숨을 잃을 정도의 추위였다면, 마후유는 머플러뿐만 아니라 장갑**

도 손에 착용하지 않았을까.

산송장의 추리는 이상하다. 마후유가 저온 장애로 목숨을 잃었다는 추리는 성립하지 않는다.

패러독스설은 진실일 수 없다.

"아쉬운 점이 또 하나 있습니다. 반쿠안 교도소에서 보스가 폭발하는 모습을 보지 못하는 게 천추의 한이에요."

무이가 살짝 웃으며 이쪽이요, 라고 트랩을 가리켰다.

지금 우선해야 할 것은 이 시간선 속에서 안전을 확보하는 일이다. 나는 경찰에 쫓기고 있다. 이 나라를 떠나는 것 말고는 선택지가 없다.

트랩에 발을 얹으려는 순간 찌익, 하고 천이 찢어지는 소리가 들렸다. 갑판에 서 있던 남자 선원이 눈을 동그랗게 뜨고 기사야마의 뒤를 봤다.

거기에 이끌려 돌아보자, 무이가 뒤로 넘어진 채였다. 스트레칭이라도 하는 것처럼 두 다리를 벌린 상태였다. 슬랙스의 사타구니 부근이 찢어지고 쥐색 팬티가 엿보였다.

"어?"

기사야마를 보며 울며 웃는 것 같은 표정으로 중얼거렸다.

슬랙스가 완전히 두 갈래 났다. 대전근이 뚝뚝 끊어진다. 피가 솟아오른다. 치골이 부서지고 방광과 직장이 흘러넘친다. 마치 가위질하는 것처럼 가랑이가 차례로 찢어진다.

"안 한다고 약속했잖아요……."

복부를 타고 점차 찢어지는 부분이 올라간다. 복직근이 터지고 장이 꼬불꼬불 튀어나온다. 요추가 부서진다. 갈라진 틈은 가슴을 뛰어넘는다. 대흉근이 끊어진다. 갈비뼈가 퍽퍽 부러진다. 흉골이 튀어 오른다. 심장이 드러난다. 갈라진 틈은 목으로 나아간다. 식도가 열린다. 경추가 드러난다.

거짓말쟁이.

입술이 그렇게 움직인 직후, 두개골이 터졌다. 몸의 오른쪽 절반과 왼쪽 절반이 반대쪽으로 뒤집혔다.

무이는 말 그대로 두 동강이 났다.

인간은 치즈가 아니기에 보통은 똑바로 둘로 쪼개지지 않는다. 기사야마의 가족에게 벌어진 것과 비슷한 일이 무이에게도 일어난 것이다. 다른 시간선에서 목숨을 잃었고, 그것이 이 시간선에도 파급된 것이리라.

하지만 다른 시간선의 무이는 왜 두 동강이 났을까. 몸이 두 개로 찢어지지 않으면 해소되지 않는 모순이 발생한 걸까. 그런 상황이 있을 것 같지는 않다. 그렇다면 다른 시간선의 누군가가 무이를 두 동강 낸 걸까. 누가, 무엇 때문에.

휘융, 하고 공기를 가르는 소리가 들렸다.

오른쪽 어깨에 충격이 느껴졌다.

낚싯바늘을 크게 키운 듯한 금속이 피부에 박혀 있었다. 휘어진 금속 끝이 승모근에서 튀어나온 채였다. 어부가 물고기나 조개를 잡을 때 쓰는 갈고리였다.

고통을 참으며 돌아봤다. 남자 선원이 갈고리가 달린 막대기를 쥐고 있었다.

"악마!"

잇몸을 드러내며 이쪽을 노려봤다. 기사야마에게 묘한 힘이 있다고 착각하는 듯했다.

"내가 한 짓이 아니야."

남자는 갈고리를 어깨에서 뽑아냈다. 오른쪽 어깨의 피부와 근육이 찢어졌다. 도망치려다가 무이의 피에 발이 미끄러졌다. 코를 콘크리트에 부딪혔다. 휘융. 옆구리에 극심한 통증이 느껴졌다.

"난 그냥 인간이야."

끊어지려는 의식을 다잡았다. 무이의 좌반신을 붙잡은 채 몸을 일으켰다.

남자가 다시 갈고리를 뽑았다. 핏발이 선 눈으로 기사야마를 바라봤다. 다음은 머리를 노릴 작정이다.

순간적으로 손에 만져진 딱딱한 것을 집어던졌다. 남자의 정강이에 맞더니 첨벙, 하고 바다에 빠졌다. 무이의 흉추였다.

"제길."

시체를 쓰다듬으며 더 큰 뼈를 찾았다. 말랑말랑한 내장뿐, 적당한 뼈를 찾을 수 없었다.

"악마 자식, 죽어버려!"

남자는 막대기를 들어 올리더니 있는 힘껏 내리쳤다.

눈을 세게 감았다.

빵.

비말이 흩어지는 소리. 화약 냄새.

눈을 뜨자, 남자의 다운 조끼에 피가 스며 있었다. 옆구리를 쓰다듬고는 손가락에 묻은 피를 보더니 목덜미를 움츠렸다.

누군가가 남자를 쐈다. 누가, 왜.

돌아보고 싶지만 목이 움직이지 않았다. 어깨에 힘을 줄수록 눈앞의 경치가 멀어졌다.

달콤한 잠이 세계를 집어삼키기 직전.

빵.

다시 총소리가 들렸다.

고막을 쿡쿡 찌르듯이 똑같은 소리가 집요하게 메아리쳤다. 절로 귀를 틀어막고 싶어진 참에 갑자기 의식이 각성했다.

머리 꼭대기에서 발끝까지를 쓰다듬었다. 어깨와 옆구리가 찢어졌지만, 총상은 없었다.

서둘러 도망쳐야 한다. 몸을 일으켰을 때 그곳이 지하실의 관 속이라는 사실을 깨달았다. 양철통에 앉은 도망자. 수술대에 누운 산송장.

"아, 대마 피우고 싶어."

도망자가 양철통에서 일어나서 나무상자를 뒤지며 중얼

거렸다. 너무나도 변함없는 광경에 나쁜 꿈을 꾼 것 같은 기분이 들었다.

현실의 나에게는 무슨 일이 일어난 걸까. 총성이 울렸는데 왜 총을 맞지 않았을까. 그 선착장으로 돌아가고 싶지는 않지만, 이대로 잠을 자고 있을 때가 아니었다.

"벌써 깨려고?"

다시 관으로 눕는 기사야마를 힐끔 보고 도망자가 중얼거린, 바로 그때.

"행운아는?"

아무도 없던 곳에서 목소리가 들렸다.

무심코 머리를 내밀었다. 전기의자에서 복원자가 일어나던 참이었다.

"잘도 속였군."

복원자는 지하실을 가로질러 기사야마의 셔츠 가슴팍을 잡았다. 빨리 잠에서 깨려고 의식을 집중했지만 복원자의 짜증 나는 얼굴이 눈앞에서 사라지지 않았다.

"무슨 일인지 모르지만 나중에 해줘. 내 시간선에서 큰일이 벌어졌거든. 자고 있을 때가 아니……."

두툼한 살점이 입을 막았다.

"이 녀석은 거짓말쟁이야."

"어째서?"

"무이가 죽었어."

도망자의 눈썹이 치솟았다.

"마후유 사건의 현장 검증 도중에 갑자기 몸이 두 동강 났다더라고. 예의 패러독스설로는 설명이 되지 않아. 이 안의 누군가가 죽인 거야."

재빨리 세 명의 얼굴을 둘러보고는 말을 이었다.

"도망자는 유치장에 있어. 산송장은 병실의 침대. 나는 가가조 경찰서에서 이모쿠보의 욕설을 듣고 있었지. 무이를 죽일 수 있던 건 행운아, 너뿐이야."

입에 달라붙은 살점을 떼어 내자, 뒤이어 1파운드짜리 스테이크가 날아왔다.

"즉, 도망자가 처음에 말한 게 옳았던 거야. 바보 같은 추리는 무시하고 이 남자를 빨리 격리시켰어야 했어."

거울에 기억을 비추려다가 생각에 잠겼다. 무이가 죽을 때 같은 곳에 있던 것은 자신뿐이다. 오히려 무덤을 파는 꼴이 될 수도 있다.

그렇다면 어떻게 하면 좋을까.

"이 녀석이랑은 더는 같이 있을 수 없……."

재빨리 복원자의 턱에 스테이크를 쑤셔 넣었다. 복원자가 측두부를 바닥에 부딪힌 틈에 관으로 뛰어들어가 손에 들고 있던 그것을 복원자에게 향했다.

"미안하지만 시간이 없어. 나는 현실로 돌아갈게. 따끔한 맛을 보고 싶지 않으면 가까이 오지 마."

우앗, 하고 도망자가 입을 오므렸다.

세 명의 시선이 기사야마의 손에 모여들었다.

기사야마가 쥐고 있던 것은 무이의 늑골이었다.

늑골에서 뚝, 하고 피가 떨어졌다.

"딱 걸렸군."

도망자가 목을 울렸다. 산송장이 손가락을 세웠다.

사방에서 살점이 떨어져 내렸다. 얼굴에, 팔에, 가슴에, 배에, 거대한 거머리처럼 살점이 달라붙었다. 몸을 움직일 수없다. 필사적으로 잠에서 깨려고 할수록 오히려 현실이 멀어져간다.

뇌의 다른 부위와 연결이 끊어진 의식은 기억도 육체도 지니지 못하는, 그저 거기에 있을 뿐인 존재가 된다. 뇌의 일부를 잘라 내서 수조에 넣은 것과 같다. 끝을 알 수 없는 공포에 몸서리를 쳤다.

"그만해."

몸이 무겁다. 더는 서 있을 수가 없어서 같은 자세인 채 바닥에 쓰러졌다. 살점의 차가운 감촉이 피부 깊은 곳에 스며들었다.

"두 번 다시 돌아오지 마."

도망자의 목소리가 작게 들렸다.

지하실이 멀어진다. 빛이, 소리가, 냄새가, 암흑으로 녹아내린다……

그리고 세계가 사라졌다.

아무것도 보이지 않는다. 아무것도 들리지 않는다.

존재하는 것은 의식뿐.

마치 태아가 된 것 같다. 육체를 잃은 태아.

세상이란 그렇게나 소란스러운 곳이었구나.

바람에 흔들리는 나무. 흐르는 구름. 구급차 사이렌. 형사의 욕설. 산부인과 의사의 식은땀. 벌어진 앞니. 가슴. 위. 타투. 머플러. 불법 카지노. 콘셉트 호텔. 살인밥. 멀티한 멀티. 펄프 패러럴 패러독스. 투명탐정. 크림소다. 대만 맥주. 코카 코카 라임. 아이스 커피. 탄산수. 대마초. 시스마. 불사관. 이누지니 절벽. 곰 사냥꾼이 곰에게 사냥당한다. 쿵……. 스르륵. 백번 죽은 남자.

모든 것이 사랑스럽다. 더욱 세계를 만끽해야 했다. 그렇게나 듣기 싫던 다른 자신들의 목소리조차 지금은 그립다.

그런 기억의 파편도 순식간에 희미해진다.

여기에는 아무것도 없다.

의식만이 부풀어 오른다.

어디까지나.

어디까지나.

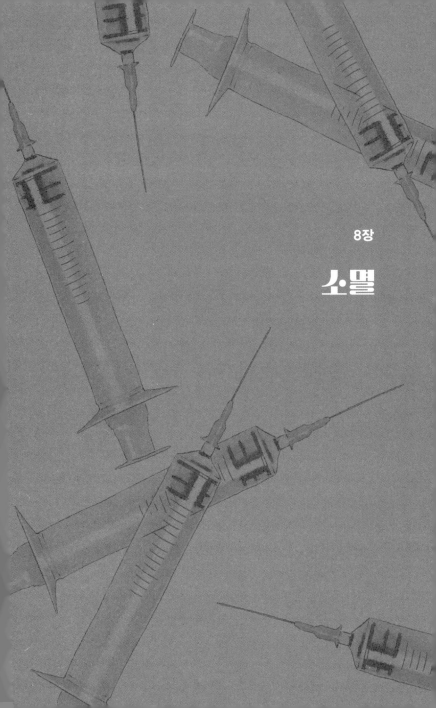

8장

소멸

1

기사야마 가의 아침은 바쁘다.

파자마를 입은 채 토스트와 스크램블드에그, 핸드 드립 커피를 테이블에 올려놓았다. 나무 의자에 앉아 리모컨으로 〈헬로 돗코이쇼 도호쿠〉를 켰다. 오전 7시 13분.

스크램블드에그에 후추를 뿌리고 숟가락으로 뜨려는 참에 샤워를 마친 기키가 거실로 돌아왔다. 헤어 세팅을 마치고 귀에는 무거워 보이는 귀걸이를 찬 상태였다. 거울 앞에서 코르셋의 후크를 조이고는 이너를 겹쳐 입었다.

"오늘은 촬영이야?"

"응. 기타카타에 있는 초등학교에서 식생활 교육 강연회."

코르셋의 방향을 고치면서 답했다. 왜 대식가로 알려진 배우가 식생활 강연을 하느냐고 묻고 싶지만, 본인도 이미 익숙해진 지 오래다. "과도한 다이어트는 좋지 않아요", "즐겁게 먹는 게 가장 좋아요" 같은 뻔한 멘트로 시간을 버티고 있다고 했다.

"다 됐다"라며 우물우물 박사 배지를 재킷에 달고 슈퍼 효로린 캡슐약을 입에 넣었다. 탄산수를 담은 병을 가죽가방에 넣고 셔츠 버튼을 채우면서 "그럼 다녀올게"라며 거실을 나섰다. 딸깍, 쾅.

정신을 차리고 스크램블드에그를 입에 넣으려는 순간, 두 단씩 뛰어내리는 발소리가 계단을 내려왔다. 거실 미닫이문을 연 것은 아야카였다. 오른손으로 눈곱을 떼면서 왼손으로는 스마트폰을 조작해 메시지를 보내고 있었다.

"오늘도 엘름?"

"거기는 리모델링 중. 오늘은 캠프랜드에서 코카코카 라임 나눠주는 일."

그러고 보니 작년 여름방학에도 같은 아르바이트를 했던 것이 떠올랐다. 그날은 찌는 듯한 무더위로, 하필이면 이런 날에 캠프장에서 아르바이트하지 않아도 될 텐데, 하고 한탄했던 기억이 있다. TV를 보자 오늘은 흐리고 때때로 비, 최고 기온은 9도였다.

"그런 건 여름에 차갑게 마셔야 맛있는 거 아니야? 이렇게 추운 날에 그걸 받고 좋아할 사람이 있겠어?"

"있지 않을까? 아빠도 연기로 가득 찬 숯불구이 집에서 담배 피우잖아."

이를 닦으며 답하더니 재빨리 입을 헹군 후, "그럼 다녀올
게"라고 말하고는 스마트폰을 흔들며 거실을 나섰다. "언제
와?", "8시", "약은?", "챙겼어", "조심히 다녀와" 딸깍. "우앗,
언니", "뭔데?"

퉁명스러운 마후유의 목소리가 들렸다. 마침 귀가한 듯했다.

"아, 거기 있는 스니커즈 좀 줘."

"싫어."

"왜."

"네 도구가 아니니까."

"쪼잔해."

아야카가 신발을 신는 소리. 쾅, 하고 문이 닫혔다.

"나 왔어."

거의 하품처럼 말하면서 마후유가 거실로 들어왔다. 어젯
밤은 erimin의 솔로 올나이트 이벤트에 출연했을 터다.

"오늘은 쉬는 날이야?"

"오후에는 대학 수업이야. 대단하지?"

부엌 찬장에서 커피잔을 꺼냈다.

"너무 무리하지는 마."

갑자기, 침묵.

"아빠야말로 괜찮아?"

폴리우레탄 마스크를 턱으로 내린 마후유가 기사야마의

얼굴을 들여다봤다.

"왠지 평소랑 다른 것 같은데?"

듣고 보니 술도 마시지 않았는데 묘하게 머리가 무거웠다. 세계의 윤곽이 흐릿해진 것처럼 느껴진다. 마치 얕은 수막에 뒤덮여 있는 것처럼. 그러고 보니…….

"이상한 꿈을 꿨어." 무언가 뇌리에 되살아났다. "잘 기억나지 않지만 시끄럽고 우울하고, 엄청나게 긴 꿈이었어."

"피곤한 거 아니야? 의사가 자기 몸 먼저 챙겨야지."

마후유는 웃으면서 트렌치코트를 옷걸이에 걸었다.

그러고 보니 정말 몸이 피곤한 것 같았다. 차가워진 스크램블드에그를 입에 넣고 커피를 마셨다.

"오늘은 일찍 퇴근할게."

병원에 도착했을 때는 오전 9시가 넘어 있었다. 이미 오전 진료가 시작되었을 시간이다. 주차장에서 곧장 제2진료실로 향했다.

직원 통로를 걷는데 외래 담당 간호사가 진료실 문을 열고 대기실을 둘러보는 것이 보였다. 진료실로 달려가 뒤에서 어깨를 두드렸다.

"늦어서 죄송해요. 길이 막혀서요."

간호사는 순간 눈을 동그랗게 뜬 후에, "아니요"라며 과장되게 손을 흔들었다. 백의를 걸치고 태블릿을 데스크에 올려놓았다.

"거기가 아니에요."

간호사가 말했다.

진료실을 착각한 걸까. 하지만 책상에는 익숙한 파리지옥이 입을 벌리고 있고, 스피커에서는 코카인 베이비스의 2집 앨범이 흘러나오고 있다.

간호사는 볼을 굳힌 채 환자용 의자를 만졌다.

"이쪽이에요."

뭐?

"무슨 문제가 있나요?"

익숙한 목소리가 들렸다.

모든 소리가 사라졌다.

돌아보자 기사야마 세이타가 직원 쪽 미닫이문을 열고 들어서던 참이었다.

"이건 도대체……."

"진정하세요."

기사야마가 미소를 지었다.

"의자에 앉으세요. 배에 손을 얹고 천천히 심호흡해볼까요? 들이마시고, 내쉬고."

기사야마는 하이백 의자에 앉은 채 자신의 배에 손을 대며 말했다.

"어디 불안한 게 있으신가요? 무엇이든 상담해주세요. 이런 말을 하면 이상하다고 생각할지 몰라, 싶은 것도 괜찮아요."

머릿속을 읽힌 것 같았다.

무심코 말이 입을 뚫고 나왔다.

"머리가 빙글빙글 돌고 왠지 상태가 이상해요. 아까까지 저는 선생님의 가족과 살고 있었어요. 진료를 하러 병원에 왔는데, 지금은 제가 누구인지 모르겠어요. 몇 살인지, 어떤 얼굴을 한 인간인지도 모르겠어요."

"그건 큰일이네요." 기사야마는 태블릿을 보고는 곧장 얼굴을 들었다. "메스껍거나 어지럽거나 하지는 않으신가요?"

"괜찮아요. 그저 머릿속이 몹시 시끄러워서, 마치 커다란 코끼리가 계속 울부짖는 것 같은 기분이에요."

"그것참 곤란하네요." 눈꼬리가 내려갔다. "그래도 안심하세요. 인간의 두개골은 무척이나 튼튼하게 만들어져 있어서 코끼리가 우는 것 정도로는 깨지지 않으니까요."

그런 뜻이 아니라고 말하고 싶지만, 기사야마의 말을 듣다 보니 이상하게도 마음이 진정되었다. 마치 아기를 달래주는 어머니 같다.

동요가 가라앉으면서 엉망진창이던 기억이 서서히 형태를 되찾았다.

"왜 이렇게 된 건지 떠올랐어요." 꿀꺽 침을 삼켰다. "저는 악마의 함정에 빠진 거예요."

"악마, 말인가요."

기사야마가 눈에 힘을 담았다.

"그들은 저를 없애기 위해 누명을 씌우고 저와 세계와의 연결을 끊으려고 한 거예요. 저는 필사적으로 저항했지만 악마를 당해낼 순 없었어요. 저는 기억과 육체를 잃고, 그저 뇌 안에 있을 뿐인 존재가 됐어요."

"큰일을 당하셨네요." 기사야마는 얼굴에 손을 대고 말했다. "그런데 당신에게 누명을 뒤집어씌운 악마는 도대체 어떤 존재인가요?"

"그건……." 절로 시선이 흔들렸다. "악마라고밖에는 말할 수 없어요."

"그 악마는 왜 당신을 없애려고 한 거죠?"

"그건 확실합니다." 이번에는 거침없이 답했다. "악마는 제가 가진 힘을 알고 있고, 제가 세상을 엉망진창으로 만들 걸 두려워하고 있어요."

기사야마의 손에서 펜이 떨어지려고 했다. 동요를 감추듯 헛기침을 한 번. 눈앞의 환자가 숨기고 있는 힘에 경외심을 느낀 것이리라.

"당신에게는 어떤 힘이 있는데요?"

예상대로 기사야마는 물었다.

"그건, 설명하기 어려운데요." 코를 긁으면서 말을 골랐다. "굳이 말로 하자면……. 그렇네요, 세상을 조종하는 힘이라고 할까요."

움찔, 하고 기사야마의 속눈썹이 올라갔다.

"선생님은 양자역학에서 말하는 다중세계 해석에 대해 알고 계신가요? 이 세계의 온갖 일은 여러 가능성이 중첩된 상태로 존재합니다. 선생님은 오늘 아침 분홍색 넥타이를 고르셨지만, 옆에 있는 노란색 넥타이를 고른 선생님도 동시에 존재하죠. 믿기 어려우시겠지만 촌스러운 네이비색 넥타이를 고른 선생님도 있어요. 책상 화분에는 파리지옥이 심겨 있지만, 파인애플과인 브리세아가 심긴 세계도 있죠. 스피커에서 코카인 베이비스가 아니라 디즈니의 오르골이 흘러나오는 세계도 있고요."

"네이비색 넥타이는 갖고 있지 않은데요."

"신사복 가게의 센스 없는 판매원이 선생님께 그걸 권한 세계도 있다는 거죠."

기사야마는 압도당한 것처럼 숨을 들이마셨다.

"실은 저, 천재랍니다. 마음만 먹으면 세상의 온갖 사건을 조종하고 바꾸고 고쳐 쓸 수 있어요."

"그건……." 기사야마는 목소리를 삐걱거렸다. "엄청난 힘이네요."

"저도 뭐 이제 다 큰 어른이니 세상을 망치려는 어리석은 생각은 하지 않아요. 그래도 악마는 저를 믿지 않습니다."

"곤란한 일이네요."

기사야마는 문득 말이 막힌 듯했다. 태블릿에 시선을 떨구고 입을 몇 번쯤 뻐끔거리다 말을 이었다.

"그런데, 지금까지 뇌 검사를 받으신 적이 있나요?"

까끌까끌한 감정이 가슴에 밀려왔다.

"없어요."

"혹시 모르니, 해볼까요?" 클리어 파일에서 MRI 검사동의서를 뽑아 이쪽으로 내밀었다. "쓱 한번 훑어보시고, 문제가 없으면 맨 아래에 서명해주세요."

"돌아가겠습니다."

의자를 걷어차며 일어났다. 이 남자는 나를 정신병 환자로밖에 생각하지 않는다. 감언이설에 속아 넘어간 내가 바보였다.

"진정하세요." 기사야마가 팔을 붙잡았다. "천천히 심호흡해보세요. 들이마시고, 내쉬고."

"그만해!"

팔을 뿌리쳤다.

"당신은 아무것도 몰라. 마음 편한 돌팔이 의사일 뿐이지."

"아하하하하하."

기사야마가 배를 감싸 쥐고 상반신을 뒤로 젖힌 채 웃음을 터뜨렸다.

"분명 검사는 필요 없어 보이네요. 그런 걸 하지 않아도 당신의 뇌 상태는 명확하니까."

눈꼬리의 눈물을 닦고 말을 이었다.

"종양이나 위축은 없죠. 뇌경색이나 뇌출혈도 없고. 그래
도 뇌파에 조금 문제가 있네요. 당신의 대뇌에서 정상치의
네다섯 배나 되는 전기신호가 나오고 있어요. 모서리위이랑
에 여러 의식이 동거하고 있기 때문이죠."

갑자기 세계가 흐릿해졌다. 온몸에 수막이 뒤덮인 듯한 그
감각.

"당신, 알고 있었어?"

"놀려서 미안해요. 하지만 **선생님**도 잘못했죠. 선생님도 나
를 조급하고 의심 많은 망상증 환자라고 생각했잖아요?"

토라진 것처럼 아래턱을 내밀었다.

이 녀석은 기사야마 세이타가 아니다. 기사야마 세이타는
절대로 이런 표정을 짓지 않는다. 이런 도루묵 같은 표정을
짓는 건…….

"우라시마?"

심해에서 단번에 해수면까지 떠오르는 듯한 감각.

두개골 깊숙이 통증이 느껴진 직후, 세상이 빛에 휩싸였다.

기침하면서 주위를 둘러봤다.

본 적 있는 방이었다. 벗겨진 앉은뱅이 밥상에 얄팍한 이
불. 작년 여름, 바닥 밑에서 '두더지남'이 발견된 방. 망상증
환자 우라시마 가즈토시가 사는 도에이장의 단칸방이다.

"뭐가 어떻게 되고 있는 거야."

숨이 무척 가빴다. 얼굴을 쓰다듬자 소나기라도 맞은 것처럼 땀을 흘리고 있었다. 어깨와 옆구리에는 두툼한 거즈가 붙어 있었다.

"안심하세요. 이곳은 세상에서 가장 안전한 곳, 바로 제 집입니다." 우라시마가 빙글 고개를 돌렸다. "선생님을 죽이려고 했던 남자는 더는 없어요. 제가 해치웠거든요."

도대체 무슨 소리지?

"밀항선의 아저씨 말이에요. 그 사람, 선생님을 악마라고 믿었잖아요."

우라시마는 빙그레 웃으며 주머니에서 자동권총을 꺼냈다. 브라우닝 M1910 38구경. 선착장에서 남자를 쏜 것은 이 녀석이었나.

"이건 우리 집 바닥 밑에 살던 남자가 놓고 간 기념품이에요. 아, 죽이지는 않았어요. 선생님의 머리에 구멍을 뚫으려고 하기에 두 발 쏘긴 했지만, 제대로 히시오가마의 병원에 데려다 놨거든요."

"왜 그 항구에 있었지?"

"택시로 뒤를 쫓았어요. 제 오토바이를 훔쳐놓고는 들키지 않으리라 생각한 건가요?"

아래턱을 내민다. 싱싱한 도루묵이다.

"뭐, 그런 건 사소한 일이죠. 선생님을 쫓아간 가장 큰 이유는 선생님이 어떻게 되는지 지켜보고 싶었기 때문이에요."

권총에서 탄창을 뽑으며, 후후훗, 하고 웃었다.

"시스마를 맞고 살아 있다는 것만으로도 놀라운데, 하필이면 이렇게 터무니없는 일을 당하고 있다니. 전 세계 어디를 둘러봐도 이런 사람은 또 없거든요."

무슨 말이지.

왜 이 남자가 시스마를 알고 있는 걸까.

이것조차도 현실이 아닌 걸까?

"안심하세요. 이 방도 저도 진짜예요. 선생님의 의식은 아직 뇌간과의 연결이 끊기지 않았어요. 선생님은 아직 이 세계와 이어져 있어요."

커튼을 젖히더니, 보세요, 하고 하늘을 올려다봤다.

"안타깝지만 다른 선생님들의 시도는 실패로 끝났어요."

그런 것까지 안다는 말인가.

"뭐든 알고 있죠. 선생님이 다른 선생님들에게 행운아라고 불리는 것도, 그 안의 누군가에게 가족을 살해당한 것도."

눈이 부신 듯 다시 커튼을 치고는 대담하게 득의양양한 미소를 지었다.

"물론, 그 사건의 범인도."

그럴 리 없다.

네 명의 기사야마 세이타가 모여서 지혜를 짜내도 결국 진범을 찾아내지 못했다. 그런데 이런 정체도 알 수 없는 남자가 진실을 간파했을 리 없다.

"믿기지 않나요? 그럼 우선 한 가지만."

우라시마는 후드 티 소매에서 집게손가락을 세웠다.

"장녀인 마후유 양을 죽인 건 선생님, 당신이죠?"

심장이 멈추는 듯한 기분이었다.

"그거 보세요. 전에도 말했잖아요?" 우라시마가 후훗, 하고 곱슬머리를 긁었다. "저, 천재랍니다."

◆

"엄청 기분 좋아질 테니까, 기대하세요."

앰플의 뚜껑을 열고 익숙한 손놀림으로 주사기에 약액을 빨아올리면서 남자가 말했다.

"머리가 간질간질해진다면, 그대로 있는 힘껏 저질러주세요."

도대체 무슨 말을 하는 걸까.

기쁜 듯 주사기를 퉁기는 그에게 과거의 천재 아역, 유키 유타의 면모는 없었다. 머리끝에서 발끝까지 모든 피부에 구멍을 뚫고 타투를 새겨 넣었다. 윗입술을 핥는 혀도 두 갈래로 갈라져 있었다.

〈에덴의 동쪽〉이 방송된 지 18년. 한때의 천재 아역배우는 어떤 인생을 살아왔을까. 프리랜서 카메라맨으로서 그늘을 기듯 살아온 우라시마로서는 상상도 되지 않았다.

"그럼, 첫 번째."

우라시마는 기둥에 묶여 있었다. 유타가 숨어 지내던 빈집의 흙바닥. 유타는 우라시마의 셔츠 소매를 걷어 올리더니 익숙한 손놀림으로 바늘 끝을 팔에 가져다 댔다.

"하지 마!"

머리를 내밀어 유타의 가슴을 밀쳤다. 유타는 자세가 무너지며 미닫이문에 허리를 부딪혔다. "아프잖아"라며 다운재킷의 먼지를 털고는 가죽구두로 우라시마의 배를 걷어찼다.

"너, 곱게 죽을 생각은 하지 마."

문득 떠올랐는지 크로스백에서 종이봉투를 꺼냈다. 안에 있던 알루미늄 시트를 크로스백으로 옮기고는 우라시마의 머리에 봉투를 씌웠다. 시야가 베이지색으로 뒤덮였다. 턱을 내밀어 어떻게든 종이를 뜯어내려는 순간, 팔에 통증이 느껴졌다.

"아니, 이제 그만 포기하라니까요."

그로부터 열일곱 번.

유타는 우라시마의 팔에 바늘을 찔러 넣었다.

뇌 안에서 폭발이 일어났다.

나중에 알게 된 사실이지만 B-시스마틴 용액 $120\mu g$는 한 번의 주사로 카우프만 피질을 두 개로 분열시킨다. 그것이 열여덟 번이니까 단순 계산으로도 $2^{18}=262,144$. 실제로는 더 많은 분열이 연쇄적으로 일어난 결과, 우라시마의 뇌는 막대한 수의 의식으로 넘쳐흘렀다. 그 전부가 해마와 연결되면서 끝없는 시간이 생겨났다.

우라시마는 시간의 바다에 내던져졌다. 어느 때는 무한한 자유에 열광했고, 어느 때는 끝이 없는 고독에 제정신을 잃었다. 어느 때는 바다 밑바닥의 유기물에서 생명이 태어나는 순간을 지켜봤고, 어느 때는 태양의 마지막 빛이 사라지는 순간을 바라봤으며, 어느 때는 양자역학의 다중해석 문제를 해결했고, 어느 때는 막대한 수의 세계를 끝에서 끝으로 여행했다. 그럼에도 시간은 끝이 없었다.

끝이 없는 시간에서 우라시마를 건져 올린 것 역시 시간이었다.

인류의 진화를 무수히 왕복할 정도의 시간을 거쳐 우라시마의 뇌는 시간을 길들였다. 카우프만 피질이 막대한 시간을 제어함으로써 과거와 미래를 포함한 모든 것이 우라시마의 손아귀에 들어온 것이다.

온갖 기쁨과 슬픔을 모조리 맛본 우라시마는 조용한 시간을 바랐다. 과거에 살던 21세기 초의 일본으로 돌아가서는 여러 일을 전전하면서 온화한 하루하루를 보냈다.

그런 생활이 2천 년 정도 이어지던 어느 날. 우체국 직원으로서 자전거를 타고 가던 가가조 시의 시가지에서 기묘한 사건을 마주쳤다. 병원에서 나온 한 소녀의 몸이 폭발한 것이다.

소녀에게 무슨 일이 벌어진 걸까. 우라시마는 몇 번인가 시간을 거슬러 올라 정보를 모았다. 그리고 사건 이상으로 흥미를 끈 것이 소녀의 부친, 기사야마 세이타였다.

그 남자는 언뜻 보기에 부드러운 말투의 의사처럼 보였지만, 실제로는 어린 시절부터 살인을 반복해온 사람이었다. 더욱 놀라운 것은 이 남자의 뇌에는 카우프만 피질이 분열되어 여러 의식이 동거하고 있다는 점이었다. 조사를 거듭하자 한국 신촌대학 정신의학연구소에 남아 있던 시스마가 브로커를 거쳐 일본으로 흘러들어와 그 남자의 손에 넘어갔다는 사실을 알게 되었다.

신촌대학에서 진행된 임상실험 참가자는 대부분이 옥상에서 뛰어내려 죽었다. 로셴을 써서 일시적으로 의식 제어에 성공한 자도 보름 후에는 미쳐버렸다. 시스마를 투약한 후에 아무 일도 없는 것처럼 살아가는 자는 그 이후에도 그 이전에도 이 남자뿐이었다.

우라시마에게 고민이 생겨났다.

할 수만 있다면 서로의 고충을 함께 나누고 싶지만, 이런 사람 같지 않은 자와 의기투합할 수 있을 것 같지 않았다. 이 남자의 몸에 일어난 일은 무척이나 흥미롭지만, 경솔하게 다가서다가는 틀림없이 큰일을 당할 것이다.

고민한 결과, 우라시마는 정체를 숨긴 채 일의 전말을 지켜보기로 했다.

기사야마 세이타가 시스마를 투약하기 전의 시간으로 거슬러 올라가서는 망상에 사로잡힌 척하며 웰시코기에게 달려들었고, 경찰관의 손에 이끌려 가가조 의과대학 부속병원의 정신과 외래 진료를 받았다. 기사야마 세이타의 시간선이 분기되자, 우라시마도 각각의 시간선으로 숨어들었다.

그런 기사야마 세이타 일행이 휘말린 것은 전무후무한 살인사건이었다.

온갖 시간, 온갖 장소를 봐온 자신은 더는 어떤 일에도 가슴이 뛸 리 없다고 생각했다. 그런 자신이 단 한 사람의 운명에 이렇게나 열광하고 가슴이 떨릴 줄이야.

우라시마는 기사야마 세이타를 만난 행운에 감사했다.

2

"장녀인 마후유 양을 죽인 건 선생님, 당신이죠?"

우라시마는 우후훗, 하고 웃으면서 권총과 탄창을 마루 밑에 집어넣은 후, 버즈의 비닐봉지에서 대만 맥주와 봉지에 담긴 믹스너츠를 꺼냈다.

"이거, 하루 군이 집에 왔을 때 선생님이 샀던 거예요. 맛있어 보여서 사봤어요. 괜찮으시면 좀 드세요."

대답을 기다리지 않고 캔 두 개를 밥상에 올려놓았다.

"그 대신이라고 하기는 뭐하지만, 부탁이 있어요. 제 명탐정 놀이에 함께해주시겠어요?"

무슨 의미인지 알 수 없었다.

"그게, 전에 선생님이 이 방 밑에 숨어 있던 '두더지남'을 찾아챘잖아요. 그때 선생님을 보면서 저도 한번 명탐정이 돼보고 싶어졌거든요. 사실은 간섭하지 않을 셈이었지만, 목숨도 구해드렸고, 뭐 이제 아무래도 좋다는 생각이 들어서요. 어떻게 범인을 알게 됐는지 전부 말할게요. 아, 선생님께 일어난 일은 이미 전부 알고 있으니 굳이 설명하실 필요 없어요."

"왜지?"

간신히 입에 담은 말이 그것이었다.

어떻게 이 남자는 모든 것을 알고 있는가. 기사야마가 시스마를 맞은 것, 다른 자신들이 생겨난 것, 그들에게 기억과 육체를 뺏길 뻔한 것도 포함해 이런저런 모든 일을…….

"천재라서요."

집요하네요, 라고 말하고 싶은 듯 우라시마는 입술을 삐죽 내밀었다.

"한 가지만 더 덧붙이자면, 저는 선생님보다 몇억 배 더 오래도록 이 세상에서 살고 있어요. 시간의 구조에 대해서도 훨씬 많은 걸 알고 있죠. 선생님께 일어난 일을 조사하는 것 따위 식은 죽 먹기예요."

아, 하고 양손을 내밀고 붕붕 흔들었다.

"컨닝은 하지 않았어요. 피해자가 살해당한 순간이라거나, 진상을 바로 알 수 있는 장면은 보지 않았어요. 그러는 게 훨씬 재밌으니까요."

있을 리 없다.

설령 백번 양보해서 우라시마의 말을 믿는다고 해도, 그 조건으로는 진상을 알아낼 수 없다.

"어떻게 범인을 알게 됐는지 설명해드리죠."

우라시마는 등을 펴고는 딸깍, 하고 캔 뚜껑을 땄다.

"4월 3일 오후 10시 30분경, 처음으로 폭발한 게 차녀인 아야카 양이죠. 이어서 4일 오전 11시경 아내인 기키 씨가 내장을 토했고, 오후 1시 50분경에 마후유 양의 머리가 터졌어요. 순서대로 진행하면 우선 아야카 양의 사건부터 살펴봐야겠지만, 이번에는 마후유 양의 사건부터 이야기를 시작할까 해요. 선생님이 가장 중요한 역할을 맡은 게 이 사건이니까요."

너츠가 든 봉지를 열고는 말을 이었다.

"마후유 양은 코롤라로 도호쿠 자동차도로를 달리던 중에 사망했어요. 선생님은 이때, 현장에서 70킬로미터 이상 떨어진 가가조 시내에 있었죠.

사고로 위장해서 죽이고자 한다면 방법은 여러 가지가 떠오르죠. 브레이크를 조작해둔다거나, 사전에 약을 먹여 의식을 몽롱하게 만든다거나. 하지만 브레이크를 조작한 흔적은 없었고, 시체에서 수면제나 환각제 같은 것도 검출되지 않았어요. 더군다나 마후유 양은 두개골이 터졌으니, 잔재주로는 도저히 이런 일은 할 수 없죠. 게임 세계의 '보이지 않는 폭탄'을 머리에 심어두거나 하지 않는 한 범행은 불가능할 것처럼 보여요. 그런 불가능해 보이는 범행을 선생님이 어떻게 성공시켰을까."

우라시마는 장난꾸러기 같은 미소를 지었다.

"여기서는 선생님들 흉내를 내서 현장에 남겨진 단서를 통해 마후유 양에게 일어난 일을 추측해볼게요. 가장 큰 단서는 역시 마후유 양의 시체에 남아 있던 흔적이에요."

스마트폰을 꺼내 무이가 유출한 시체 사진을 열었다.

"보시는 대로 차에서 튕겨 나간 마후유 양은 참혹한 상태였어요. 머리는 터지고, 뇌는 흩뿌려지고, 목도 납작하게 찌부러졌죠. 하지만 제 마음에 걸렸던 곳은 여기였어요."

목 왼쪽 윗부분을 가리켰다. 거기부터 오른쪽 아래를 향해 가느다란 실을 누른 듯한 선 형태의 흔적이 남아 있었다.

"마후유 양은 전에도 이 목걸이를 찬 적이 있지만, 이런 흔적이 생긴 적은 없었어요. 차에서 몸이 튕겨 나갈 때의 충격으로 목걸이가 피부로 파고들어 흔석이 생긴 거다. 그렇게 생각하는 게 자연스럽겠죠.

3월 26일에 분기된 또 한 명의 선생님, 여러분이 호칭하는 대로 따르자면, 산송장 씨가 선보인 패러독스설도 이런 전제를 바탕으로 했어요. 운전 중에 목이 찌부러졌다면 목걸이도 앞으로 밀려났어야 하는데 목에 생긴 흔적은 어긋나지 않았다. 그로부터 마후유 양이 머플러를 두르고 있었다는 점, 나아가 코롤라의 히터가 고장 나 있었다는 추론을 도출해 냈죠.

하지만 잘 생각해보세요. 마후유 양이 목에 차고 있던 건 볼 체인 목걸이예요. 그게 강하게 눌리면 피부에 어떤 흔적이 남을까요?"

우라시마는 헤이즐넛을 집어 손바닥 위에서 굴렸다.

"가령 볼의 반지름이 5밀리미터라고 가정해보죠. 볼이 일정한 간격으로 늘어선 목걸이를 피부에 누른다면, 거기에 생기는 건 1센티미터 간격의 점선이에요. 그런데 실제로 남아 있던 건 한 줄로 이어진 선이었죠."

바닥이 크게 흔들리는 느낌이 들었다.

분명 그 말대로다.

"볼이 빠져서 떨어지고 와이어만 목에 남아 있던 건가?"

"와이어가 끊어지지 않는 한 볼은 빠지지 않아요. 와이어가 끊긴 목걸이가 목에 걸린 채 남아 있었을 리가 없죠."

"마후유는 목에 머플러를 두르고 있었어. 그 덕에 와이어도 목에서 떨어지지 않은 거지."

우라시마는 아하하, 하고 밥상을 두드렸다.

"정신 좀 차리세요. 마후유 양이 숄더백에 장갑을 넣어둔 걸 보셨잖아요. 그런데 사고가 일어났을 때, 마후유 양은 장갑을 끼고 있지 않았죠. 즉, 자동차 히터는 고장 나지 않았어요. 당연히 차 안에서 머플러를 두를 일도 없죠."

반박할 말이 없었다.

"볼 체인 목걸이가 마후유 양의 목에 흔적을 남긴 게 아니에요. 이게 논리적인 결론이죠.

참고로 가능성을 열거한다면 이 흔적은 선생님의 시간선에서 생긴 게 아니었을 가능성도 생각해볼 수 있죠. 다른 시간선에서 생긴 흔적이 연쇄 현상에 의해 선생님의 시간선 속 마후유 양에게도 반영될 수 있다는 말이에요.

하지만 복원자 씨의 시간선을 들여다보니 라이브하우스 무대에서 사망한 마후유 양의 목에는 이런 흔적이 없었어요. 즉 이 흔적은 마후유 양의 사인과 직접적인 관련은 없는, 어디까지나 선생님의 시간선에서만 발생한 고유한 사건에 의해 생겨났다는 말이 됩니다."

헤이즐넛을 입에 던져 넣고 대만 맥주를 들이켠 후 만족스러운 듯 입술을 닦았다.

"그렇다면 다시 한번 생각해보죠. 무엇이 마후유 양의 목에 이 가느다란 선 형태의 흔적을 남겼는가. 이건 그리 어렵지 않게 떠올릴 수 있어요. 마후유 양은 고속도로를 달리는 자동차 안에 있었잖아요. 그렇다면 반드시 목 언저리에 걸려 있어야 하는 게 있어요."

그렇군. 기사야마는 자신도 모르게 끄덕였다.

"안전벨트인가."

우라시마도 붕붕, 목을 위아래로 흔들었다.

"마후유 양은 안전벨트를 매고 있었어요. 중앙의 가드레일과 접촉함으로써 코롤라는 급격하게 감속했죠. 마후유 양의 몸은 앞으로 강하게 당겨졌어요. 이때 안전벨트가 목을 파고들어 가느다란 선과 같은 흔적이 생긴 거예요. 그 직후에 후속 차량이 들이받아 차체가 찌부러지며 안전벨트의 버클이 파손. 마후유 양의 몸은 앞유리창을 뚫고 도로를 굴렀다는 말이 되죠."

기사야마는 맥이 빠지는 기분이었다.

온갖 이론을 따져 가며 알아낸 것이 겨우 그거란 말인가. 그 성실한 마후유다. 하물며 익숙하지 않은 고속도로라면 안전벨트를 매는 것이 당연하지 않은가.

그런 기사야마의 반응을 보고 우라시마는 우후후, 하고 웃음을 터뜨렸다.

"불만이 가득해 보이네요. 하지만 이 안전벨트가 사건의 수수께끼를 푸는 가장 큰 단서예요."

스마트폰을 기사야마를 향하더니 시체의 목 부분을 가리켰다.

"이 흔적은 목 왼쪽 위에서 오른쪽 아래를 향해 생겨 있죠. 일본 자동차는 오른쪽에 운전석, 왼쪽에 조수석이 있어요. 안전벨트는 보통 차체의 측면에 달린 수납형 장치에 들어 있으니까, 운전석에서는 오른쪽에서 왼쪽으로, 조수석에서는 왼쪽에서 오른쪽으로 벨트를 매게 되죠."

자신의 얼굴에서 핏기가 가시는 것이 느껴졌다.

그렇구나.

"깨달으셨나요? 마후유 양의 시체에 생긴 흔적은 목의 왼쪽 위에서 오른쪽 아래로 향하고 있었어요. 즉 마후유 양은 조수석에 앉아 있었다는 말이 되죠."

우라시마의 목소리가 탄력을 받았다. 눈을 반짝이며 지금 당장이라도 춤을 출 것 같은 표정을 지었다.

"안타깝게도 선생님의 코롤라에는 자동운전기능이 탑재돼 있지 않았어요. 당연히 누군가가 운전하지 않으면 길을 달릴 수도 없죠. 이 차에는 운전석에 다른 누군가가 타고 있었다는 말이 됩니다."

주문처럼 마약 딜러 에덴의 말이 메아리쳤다.

"피부에 새겨진 것에는 반드시 큰 의미가 있어요."

그 남자가 말한 대로다. 시체의 피부에 남아 있던 작은 흔적이 차에 타고 있던 다른 한 명의 존재를 드러나게 할 줄이야.

"그렇다면 마후유 양 옆에서 이 차를 운전하던 건 누구일까요. 그 사람은 당연히 마후유 양과 둘이서 드라이브를 나설 정도로 친한 사람이죠. 한편, 마후유 양은 운전 연습을 하고 싶다고 거짓말을 하며 그 사람과 드라이브를 간다는 사실을 가족에게 숨겼어요. 그 사람은 마후유 양에게 있어서는 관계를 알리기가 꺼려지는 존재였다는 말이 되죠."

"무이인가? 그 녀석은 마후유의 매니저이고, 나한테 말 못할 일만 벌이고 있었으니."

"그 사람은 본인의 푸가를 가지고 있으니 마후유 양에게 코롤라를 빌려오라고 시킬 필요가 없어요.

마후유 양이 딱히 부정을 저지르고 있던 건 아니에요. 그저 이 시점에는 그 사람과의 관계를 그다지 가족에서 알리고 싶지 않던 것뿐이죠. 마후유 양과 그런 관계에 있던 건 남자친구인 하루 군 정도겠죠."

기사야마의 말참견은 아랑곳하지 않고 우라시마는 진실에 다가섰다.

마후유의 마음은 이해할 수 있었다.

수상한 자에게 습격당해 입원했던 하루는 퇴원 후, 이전보다 건방진 태도를 취하기 시작했다. 제멋대로 당일치기 온천 여행을 계획한 것이 그 좋은 예다.

두 사람은 점차 사이가 멀어졌다. 사실은 마후유도 함께 외출하고 싶지 않았을 것이다. 약속한 이상 가는 것은 어쩔수 없지만 여동생이나 부모가 사정을 꼬치꼬치 캐묻는 것은 견딜 수 없다. 마후유는 그렇게 생각했으리라.

"코롤라를 운전한 건 남자친구 하루 군이었어요. 그걸 전제로 생각하면 이 사건은 그렇게 불가사의한 것만은 아니라는 사실을 알게 되죠. 선생님의 행동이나 사건의 상황을 보며 추측건대, 전체적인 윤곽은 이랬겠죠."

우라시마는 밥상에 몸을 내밀고 기사야마의 눈을 들여다봤다.

"행운아 씨, 즉 선생님의 계획은 마후유 양의 전화를 엿듣고 둘이 당일치기 온천에 간다는 사실을 알게 된 것에서 시작됐어요.

가장 먼저 생각한 건 어떻게 직접 손을 쓰지 않고 하루 군의 목숨을 뺏을까, 하는 것이었죠. 복잡한 장치는 얼마든지 생각할 수 있지만, 번거롭지 않고 실패 가능성이 적은 쪽이 바람직하죠. 그러기 위해서는 최대한 단순한 아이디어가 필요했어요.

선생님이 생각한 장치는 이런 식이었겠죠. 하루 군에게 문자를 보내 모지키 산의 별장으로 와달라고 부탁한다. 문자를 보낼 연락처는 가네샤에 갔을 때 이미 본인에게 받았거든요. 그날 호텔에 같이 갔던 사람이라고 밝히면, 그는 꼬리를 흔들며 찾아올 테죠.

다만 별장으로 오는 길을 전달할 때, 거기에 거짓말을 섞는 거죠. 너도밤나무숲을 가로지르는 게 지름길이라고 말해서 그를 이누지니 절벽으로 유도하는 거예요.

그 절벽 위는 발밑이 고르지 않고 키가 큰 풀이 무성해서 시야도 나빠요. 산에 익숙한 야생동물조차 실수로 떨어질 정도인, 그야말로 천연 함정이죠. 선생님의 문자를 믿은 하루 군은 의기양양하게 너도밤나무숲으로 들어가 절벽에서 떨어져 찌부러져 죽어버린다는 식이죠."

아몬드 하나가 밥상에서 바닥으로 떨어졌다.

"하지만 선생님은 이 계획을 실행에 옮기지 않았어요."

곧장 그것을 주워 손으로 빙글 돌렸다.

"그저 생각하고 준비했을 뿐이에요. 구체적으로 말하면 너도밤나무숲 앞에 있던 '추락 주의' 표지판을 뽑고, 하루 군을 이누지니 절벽으로 부르는 문자를 적어두었을 뿐이죠.

다음으로 선생님이 한 행동은 산부인과 이쿠타 선생님을 협박하는 거였어요. 쓰샨에게 팔아넘긴 아기 엄마들에게 진실을 밝히겠다고 협박하고 자살을 유도했죠. 실컷 부려 왔던 이쿠타 선생님을 그리 쉽게 잘라버리다니, 정말 끔찍한 이야기죠.

다만 선생님은 정말로 이쿠타 선생님을 죽이려고 한 건 아니에요. 선생님의 목적은 이쿠타 선생님을 부추겨서 자신을 습격하도록 유도하는 거였죠."

거기까지 알아낸 것인가.

기사야마는 천장을 올려다보고 싶어졌다.

"그리고 맞이한 3월 26일. 가족이 함께 엘름에 가려고 집을 나섰을 때, 이쿠타 선생님이 습격했어요. 중상을 입은 선생님은 서재로 달려가 시스마를 맞았죠. 시간 역행에 의해 선생님의 상처는 싹 사라졌고, 또 한 명의 선생님, 산송장 씨가 태어났어요."

죽어, 죽어. 낯빛을 바꾼 채 부엌칼을 휘두르던 이쿠타의 목소리가 메아리쳤다.

"이건 무척이나 위험한 도박이었어요. 운 좋게 시간을 거슬러 올랐으니 다행이지만, 50퍼센트의 확률로 선생님 쪽이 **산송장**이 될 수도 있었으니까요. 선생님이 그런 위험을 간과했을 리 없죠."

우라시마는 어이없다는 듯 눈썹을 낮추고 피너츠를 두 개로 쪼갰다.

"하지만 망설이지는 않았을 거예요. 선생님은 네 명 중 오직 혼자서만 한 번도 시간 역행에 실패하지 않았어요. 본래의 성공 확률은 2분의 1인데, 자신은 시간을 역행할 수 있다는 근거 없는 자신감이 있던 것 아닌가요? 그저 평범한 운일 뿐인데 자신만이 특별하다고 믿고 있었다는 의미에서는 선생님이 불법 카지노에 소개한 의사들과 똑같네요."

잘난 척 입을 나불대는 것이 거슬리지만, 우라시마가 말하는 내용은 확실히 옳았다.

초중고부터 의대, 그리고 의사 국가시험까지 좁은 외길에서 성공을 거듭해온 의사들은 한 번이나 두 번, 카지노에서

운 좋은 승리를 거두면 그것을 자신의 재능이 발휘된 결과라고 믿는다. 그들을 깔보던 자신도 멀리서 보면 똑같은 무리였던 것이다.

"어찌 됐든 선생님은 2분의 1의 도박에 도전해서 승리했어요. 산송장 씨 입장에서는 패배한 거지만, 어쨌든 선생님은 승리했죠."

쪼개진 너츠를 하나 입에 넣었다.

"거기서 선생님의 역할은 끝났어요. 나머지는 그저 딸이 온천에 가기를 기다릴 뿐이에요.

한편, 선생님의 시간선에서 분기한 산송장 씨에게는 또 하나 중요한 일이 남아 있었어요. 그렇긴 해도 선생님이 무언가 지시한 건 아니죠. 시스마를 맞기 전까지는 같은 인간이었으니 굳이 말하지 않아도 자신이 해야 할 일은 알고 있었어요."

다른 반쪽의 너츠를 들더니 곧장 입에 던져 넣었다.

"산송장 씨가 한 일은 단순해요. 그는 자신의 스마트폰을 조작해서 하루 군에게 문자를 보낸 거예요.

이 문자는 이쿠타 선생님에게 습격당하기 전, 즉 선생님과 산송장 씨가 분기하기 전, 선생님이 준비해둔 거예요. 만에 하나 타이핑을 하지 못할 정도로 중상을 입을 경우를 대비해, 터치 한 번으로 문자를 보낼 수 있도록 해두었겠죠.

이 문자를 보내면 무슨 일이 벌어질까요. 산송장 씨가 중상을 입은 걸 기점으로 산송장 씨의 시간선과 선생님의 시간선에는 **엇갈림**이 생겼어요. 아버지가 입원한 이상, 마후유 양은 온천 여행을 중지할 수밖에 없죠. 자동차 키를 빌릴 수 없으니까요. 물론 렌터카나 다른 교통수단을 쓰는 방법도 있지만, 마후유 양이 남자친구에게 정나미가 떨어져 있었다는 사실을 생각하면, 이 건은 오히려 여행을 피할 좋은 구실이 됐을 거예요.

그리하여 여자친구와의 예정이 사라진 하루 군에게 함께 호텔에 간 적 있는 수수께끼의 부자에게서 문자가 옵니다. 마침 예정도 비어 있죠. 하루 군은 두말없이 초대에 응했을 겁니다.

그리고 맞이한 4월 4일. 하루 군은 너도밤나무숲의 덤불에 들어가 이누지니 절벽에서 추락. 20미터 아래의 암반에 몸을 부딪혀 목숨을 잃었어요.”

우라시마는 버즈의 비닐봉지에서 영수증을 꺼냈다. 뒤집어서 밥상에 올려놓고는 우체국 마크가 있는 볼펜을 휘갈겼다.

“그러면 선생님의 시간선에서는 무슨 일이 벌어질까요. 이쪽의 선생님은 이쿠타 선생님에게 습격당하기 전에 경찰을 부른 덕에 다치지도 않았고 입원도 안 했어요. 마후유 양과 하루 군은 예정대로 당일치기 온천 여행에 나섰습니다.

도호쿠 자동차도로에서 코롤라를 운전한 건 하루 군이에

요. 택배 아르바이트를 했던 걸 생각하면 그가 차를 운전하리라고 충분히 예상할 수 있었겠죠.

도호쿠 자동차도로를 한 시간 정도 달린 시점에 운명의 시간이 찾아왔어요. 마후유 양이 받은 충격은 분명 말로는 표현할 수 없을 정도겠죠. 그도 그럴 것이 핸들을 잡고 있던 하루 군이 갑자기 터져버렸으니까요."

그 자리에 있던 것처럼 눈을 뒤집더니, 볼펜으로 오른쪽에서 왼쪽으로 화살표를 그렸다.

"악몽 같은 상황에 놓인 마후유 양은 조수석에서 핸들을 조작하거나 브레이크를 밟거나 하는 침착한 대응을 할 수 없었을 거예요. 운전자를 잃은 차는 결국 중앙분리대의 가드레일에 접촉. 후속 차량에 받힌 충격으로 안전벨트의 버클이 망가져 마후유 양은 도로로 튕겨 나갔죠. 그리고 다른 후속 차량에 치여서 머리가 산산조각 난 거예요."

우라시마는 즉, 하고 볼펜을 빙글 돌렸다.

"선생님들이 행한 방식은 이렇습니다. 우선 산송장 씨의 시간선에서 하루 군을 죽인다. 연쇄 현상에 의해 선생님의 시간선에서 차를 운전하던 하루 군이 죽는다. 운전자가 없어짐으로써 고속도로를 주행하는 차에 타고 있던 마후유 양이 죽는다. **선생님은 마후유 양을 직접 죽인 게 아니라, 연쇄 현상을 사용해서 간접적으로 죽음으로 몰아넣었어요.** 만약 차가 너무 빨리 출발해서 시간이 어긋나버릴 것 같으면, 열쇠를 잃어버린 시늉을 해서 출발을 늦출 생각이었겠죠."

이번에는 왼쪽에서 오른쪽으로 화살표를 그렸다.

"나머지는 아시는 바와 같아요. 선생님의 시간선 속 마후유 양이 목숨을 잃음으로써 다른 시간선에서도 연쇄 현상이 생겨납니다. 몽키 하우스 무대에서 〈마법의 버섯〉을 부르던 복원자 씨의 시간선 속 마후유 양, 히시오가마 경찰서에 보호 중이던 도망자 씨의 시간선 속 마후유 양, 그리고 로드바이크로 지방도로를 달리던 산송장 씨의 시간선 속 마후유 양의 머리가 동시에 파열됐죠."

마후유를 세 번 두드리고는 펜 끝을 하루에게 옮겼다.

"말도 안 되는 발상이에요. 선생님은 하루 군을 완전히 물건 취급하고 살인 도구로 취급했으니까요. 그래도 잘 생각해보면 선생님은 언제나 그랬어요. 이쿠타 선생님에게 시체를 처리하게 한 것. 페페코 씨의 몸으로 성욕을 해소한 것. 외래 환자였던 저를 속여 승합차 소유주를 알아내는 데 이용한 것. 선생님이 사람을 사람으로 보지 않는다는 점은 명확해요.

그래도 마후유 양은 다르죠. 선생님의 딸이라고는 생각할 수 없을 만큼 제대로 사람을 배려하는 마음을 가지고 있었어요. 종종 '난 네 도구가 아니야'라고 동생을 꾸짖은 것도 그런 품성이었기 때문이겠죠. 그런 마후유 양을 죽이는 데 남자친구인 하루 군을 도구로 이용하다니. 선생님은 정말 못된 사람이에요."

기쁜 듯이 기사야마를 바라본 후, "참고로"라며 볼펜 끝을 하루의 이름 위에서 빙글빙글 돌렸다.

"살인 도구로 이용된 하루 군은 동시에 이 장치의 급소가 될 수도 있는 존재였어요. 그가 차에 타고 있었다는 사실이 알려지면 고구마 줄기처럼 줄줄이 이 장치의 전체상이 드러나게 되죠. 다른 선생님들이 그의 존재를 깨닫지 못하게 하는 게 이 장치의 핵심이었단 말이죠.

범행 계획을 세울 당시 선생님은 무이 씨의 본성까지는 알지 못했어요. 하지만 라이히 프로모션이 세일즈를 위해 많은 사실을 왜곡했다는 사실은 알고 있었겠죠. 코카인 베이비스의 보컬 미키오 씨가 동반 자살했을 때는 애인의 존재를 은폐하고는 병에 괴로워하다가 혼자서 목숨을 끊은 것처럼 발표할 정도였으니까요.

아카다마는 라이히 프로모션의 효자 노릇을 하고 있었어요. 보컬 erimin의 죽음은 큰 반향을 불러일으키겠죠. 이미 녹음을 마친 곡의 판매나 추모 이벤트 등으로 엄청난 매출을 기대할 수 있어요. 그런데 젊은 남자와 여행 중에 사고로 사망했다는 사실을 알게 되면 팬들의 마음은 금방 식어버릴 테죠. 라이히 프로모션은 erimin이 혼자서 죽은 것처럼 발표하지 않을까. ……그렇게 예상하는 것도 그리 어려운 일은 아니었겠죠."

그뿐만이 아니다.

실제로 무이가 한 일은 기사야마의 상상조차 뛰어넘었다. 마후유가 혼자서 죽었다는 인상을 주기 위해 마후유의 시체만이 찍힌 사진을 인터넷에 올린 것이다.

"선생님들은 거울에 기억을 비춰 각자의 시간선 속에서 일어난 일들을 공유했어요. 기억을 서로 전하는 수단으로 영상이라는 형식을 사용한 거죠.

만약 다른 선생님들이 사고 상황을 물으면 텔레비전이나 인터넷에 보도된 라이히 프로모션의 왜곡된 보도를 공유하면 되죠. 경찰에게 직접 설명을 듣거나 사진을 보거나 했더라도 그건 거울에 비추지 않으면 그뿐입니다. 물론 실제로는 그렇게 되기 전에 경찰에 쫓기는 신세가 돼버렸지만 말이에요."

우라시마는 리모컨을 들고 TV를 켰다. 투어 최종일 영상에서 자른 듯한 마후유의 사진을 배경으로 미노야 시즈카가 턱을 괴고 있었다. "참 가엽네요. 이제 막 꽃을 피우고 있었는데."

"맞다. 하루 군이 트릭의 급소라고 말했는데, 여기에는 또 하나의 의미가 있어요."

우라시마는 텔레비전의 음량을 낮추며 능숙하게 집게손가락을 세웠다.

"하루 군의 죽음으로 인해 연쇄 현상이 벌어지는 건 선생님이나 산송장 씨의 시간선뿐만은 아니에요. 복원자 씨나 도망자 씨의 시간선에서도 당연히 하루 군은 찌부러져 죽게 되죠. 연쇄 현상으로 하루 군이 목숨을 잃은 걸 알게 되면 선생님의 장치를 간파할지도 몰라요.

선생님은 이에 대해서도 미리 검토를 마쳤어요. 다행이었던 점은 복원자 씨가 하루 군을 불사관 지하에 가두어둔 거였죠. 복원자 씨는 그럼으로써 하루 군의 입을 막고 가족에게는 하루 군이 약물중독이었다는 거짓말을 믿게 했어요.

어느 날, 갑자기 지하실의 하루 군이 찌부러져 죽어 있다면 복원자 씨는 어떻게 생각할까요. 그 방의 천장 높이는 약 15미터 정도. 그리고 거기에는 천창이 있죠. 하루 군은 벽돌로 마감된 벽을 올라 천창을 통해 도망치려다가 미끄러져 추락사했을 거라고 생각했겠죠."

페페코도 감금된 지 얼마 되지 않아 벽을 올라 천창으로 도망치려 했다. 복원자가 그것을 떠올리고 하루도 같은 시도를 했으리라 생각하는 것은 충분히 예상할 수 있는 일이다.

"또 한 명인 도망자 씨의 경우, 애초에 하루 군의 시체를 발견할 가능성이 거의 없죠. 그도 그럴 것이 경찰에게 수배당해 도피 생활을 하는 중이었으니까요. 만에 하나 뉴스 등에서 하루 군이 찌부러져 죽었다는 사실을 알게 되더라도 복원자 씨의 시간선에서의 죽음이 연쇄 현상으로 벌어진 것이라는 설명이 가능하죠. 즉, 어느 선생님도 이 트릭을 눈치챌 가능성은 낮다고 생각한 거죠."

갑자기 우라시마가 몸을 일으켰다. 바닥에서 먼지가 날렸다.

"아아, 정말 훌륭한 계획이에요. 선생님은 천재예요. 정말 놀랍게도 **선생님은 마후유 양에게 아무것도 하지 않았어요.** 문자 그대로 손가락 하나 대지 않았죠. 그저 표지판을 숨기고, 문자를 적은 것뿐. 공범인 산송장 씨도 스마트폰을 한 번 터치한 것뿐이에요. 퇴원 후, 절벽 아래의 시체를 처분할 필요가 있지만, 마후유 양의 사고에 관해 의심을 받을 걱정은 없죠. 그도 그럴 것이 아무것도 하지 않았으니까요."

주먹을 쥔 채 방방 뛰면서 외쳤다.

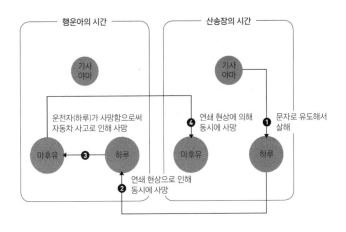

"이 세상에 이런 생각을 하는 사람이 있다니. 저는 꿈을 꾸

는 기분이에요."

"처음에 이렇게 말했지? 명탐정 놀이에 함께해줬으면 한다고."

우라시마는 주먹을 쥔 채, 멍하게 눈을 뜨고 기사야마를 바라봤다. "네."

"꽤 훌륭한 탐정 놀이였어. 하지만 내가 왓슨이라면 이렇게 말할 거야. 네 추리는 이상해. 그렇게 가족을 사랑하던 범인이 왜 딸을 죽여야 했지?"

아아, 하고 우라시마는 망고 냄새가 나는 숨을 내쉬었다.

"나는 네 명 중 유일하게 가족과의 평온한 삶을 유지하고 있었어. 그런 내가 왜 내 딸을 죽여야만 했지?"

"그걸 저한테 묻는 건가요?"

우라시마는 제정신을 차린 듯한 표정으로 방석에 엉덩이를 가져다 댔다.

"뭐, 모처럼이니 답해드리죠."

드물게도 눈을 내리깔았다.

"한마디로 말하자면, 그건 시스마 탓이에요."

◆

차가운 빗방울이 어깨를 적셨다.

로드바이크 앞 바구니에 들어 있는 책에도 물방울이 떨어졌다. 서둘러 도서관에 가야 한다. 핸들 옆의 레버를 당겨 기어를 무겁게 하려는 참에 기사야마 마후유는 얼굴에 강한 충격을 받았다.

시야가 붉게 일그러졌다. 뚝, 뚝, 하고 판자를 부러뜨리는 것 같은 소리. 어째선지 숨을 쉴 수 없다.

"……어?"

아빠의 로드바이크는 과할 정도로 커스텀 파츠가 많다. 그중 하나, 핸들에 달린 백미러를 보고 눈을 의심했다.

얼굴이 일그러져 있었다. 이마가 패고 안구가 튀어나오고 콧날이 깨지고 턱에서 살점이 덜렁거린다. 좌우의 콧구멍과 입술 끝에서 피가 뚝뚝 떨어진다. 귀 주변에서 흘러나오고 있는 것은…… 뇌?

뭐야 이게. 왜 내 머리가 터지고 있지?

클랙슨 소리가 고막을 관통했다.

놀라서 앞을 바라봤다. 로드바이크의 타이어가 가드레일을 스쳤다. 핸들을 움직이려 했지만 팔에 힘이 들어가지 않았다. 페달에 얹은 발도 꿈쩍도 하지 않았다. 마치 다른 사람의 몸만 같다. 뒤쪽에서 클랙슨이 울려 퍼졌다.

"아, 아……."

이제 틀렸다. 먹색 하늘을 올려다보려는 순간 타이어가 가드레일에 닿았다. 반쯤 회전한 차체를 뒤쪽에서 트럭이 들이받았다. 시트의 감촉이 사라졌다.

자전거 프레임이 휘어지고 백미러 유리가 깨지는 소리.

입원 중인 아버지의 얼굴이 떠올랐다. 미안. 아빠가 아끼는 건데, 내가 망가뜨린 것 같아.

몇 초 후, 마후유는 차가운 아스팔트를 굴렀다.

나는 죽는다.

의식이 끊기는 순간 눈꼬리에 눈물이 맺혔지만, 몇 초 후에 비가 그것을 씻어내렸다.

3

"만약 시스마를 맞지 않았다면 선생님은 마후유 양을 죽이지 않았겠죠."

우라시마는 무뚝뚝하게 말했다.

맥주 캔 측면에 물방울이 흘러내렸다. 도에이장의 단칸방. 커튼 사이로 스며드는 햇빛이 어느샌가 주황색으로 바뀌어 있었다.

"시스마를 맞음으로써 시간선이 분기됐고, 선생님은 다른 시간선을 들여다보게 됐어요. 그 결과, 어쩔 수 없이 마후유 양을 죽일 수밖에 없게 된 거죠."

역시 글렀나.

기사야마는 눈치채지 못하게끔 한숨을 내쉬었다.

"선생님과 마후유 양의 관계는 원만했어요. 하지만 그건 선생님의 시간선에만 해당하는 이야기예요. 다른 자신들과 기억을 공유하는 가운데, 선생님은 복원자 씨의 시간선 속 마후유 양이 아버지의 거짓말을 간파하고 아버지에게 의심의 눈길을 향하고 있다는 사실을 알게 됐죠."

이 남자는 모든 것을 꿰뚫어 보고 있다.

쓸데없는 발버둥을 쳤던 자신이 한심해졌다.

"주변 상황이 크게 다른 탓에 잊어버리기 쉽지만, 두 명의 마후유 양은 완전히 같은 인간이에요. 다만 몇 달쯤 걸어온 시간이 다를 뿐이죠. 복원자 씨의 시간선 속 마후유 양도 선생님의 시간선 속 마후유 양과 같은 사람이라는 말이에요.

그런 마후유 양이 아버지에게 의심의 눈길을 향하고 있죠. 선생님이 마후유 양에게 의심을 받고 있지 않은 건 그저 계기가 없었기 때문에 불과해요. 실수로 하나의 잘못을 범하면 언제 같은 상황에 빠져도 이상하지 않죠. 그런 상황이 얼마만큼 사람을 궁지로 몰아가는지 선생님도 잘 알고 있을 거예요."

우라시마의 말대로였다.

산부인과의 이쿠타를 보면 알 수 있다. 유명 의사 가문에서 태어난 그 남자는 낙오자를 향한 조롱을 들으며 언젠가 자신도 조롱의 대상이 되는 것이 아닐지 불안감을 품고 있었다. 본인은 임상과 연구 양쪽에서 뛰어난 성과를 올리며 가문에 부끄럽지 않은 활약을 하고 있었음에도 불구하고 말이다.

가가조 의과대학 부속병원 이사장도 마찬가지다. 인근의 나고리 종합병원이 인터넷에서 좋지 않은 소문이 난 것을 계기로 폐원에 내몰렸다는 사실을 알게 된 이사장은 병원에 관한 인터넷 게시물에 촉각을 곤두세웠고, 말도 안 되는 단체 메일을 직원에게 보내며 인터넷상의 이슈에서 병원을 지키려고 했다. 가가조 의과대학은 단 한 번도 인터넷상에 나쁜 소문이 오르내리지 않았음에도 불구하고 말이다.

추가로 말하자면, 아버지 또한 같았다. 마술사였던 아버지는 TV라는 무대를 떠난 사람에게 향하는 모멸적인 말에 고통스러워했고, 언젠가 자신도 같은 말을 듣지는 않을까 겁냈다. 자신은 '백번 죽은 남자'로서 큰 인기를 얻고 있었음에도 불구하고 말이다.

일이 잘 풀려도, 아니 오히려 잘 풀리고 있기에 더더욱 거기에서 추락한 자들을 향하는 말에 사람은 마음이 깎여나가게 되는 것이리라.

"선생님은 어렸을 때, 온화하고 다정했던 아버지가 모든 걸 잃는 모습을 목격했어요. 딱 한 번 기구에서 떨어졌을 뿐인데 아버지는 일과 꿈, 그리고 행복한 가정마저 모조리 잃고 말았죠.

어른이 된 선생님은 가족을 지키기 위해 그걸 위협할 수 있는 요인을 철저하게 제거하게 됐어요. 기키 씨의 스토커를 죽인 것도, 페페코 씨를 감금하여 성욕 발산의 대상으로 삼은 것도, 그 근본에 자리하고 있는 건 같죠. 아버지처럼 가족을 잃는 게 두려웠던 거예요. 선생님은 행복한 가정을 꾸려왔음에도 불구하고……, 아니, 꾸려왔기 때문에 언젠가 그걸 잃는 건 아닐까 하는 불안을 떨쳐버릴 수 없게 된 거죠.

그런 선생님이 무슨 생각을 했을까요. 시스마 주사로 인해 시간선이 분기되고, 다른 자신들의 고난을 알고 나서는 더욱 뚜렷한 공포에 사로잡히게 됐을 거예요. 복원자 씨처럼 언젠가 마후유 양에게 의심받게 되는 건 아닐까. 자신의 시간선에서는 아직 관계가 원만했기 때문에 오히려 그런 미래가 두려워서 견딜 수가 없었겠죠."

우라시마는 순간 혀라도 씹은 것처럼 볼을 일그러뜨렸다.

"가족을 지키기 위해서는 미래에 그중 한 명에게 의심받을 가능성도 배제해두어야만 한다. 선생님은 그렇게 생각해서 마후유 양을 죽이기로 한 거예요."

"그렇다면 왜 내 손으로 하지 않은 거지?"

헛수고라는 것을 알면서도 마지막 발버둥을 치지 않을 수 없었다.

우라시마는 "그거야 물론"이라며 대만 맥주를 전부 비웠다.

"달리 방법이 없었기 때문이죠. 규칙에 따라 마후유 양을 죽이자고 제안해도 모두의 동의를 얻을 수는 없을 테니까요. 그렇다고 해서 아무런 조치 없이 마후유 양을 죽이면, 인질 규칙에 의해 다른 선생님들에게 보복의 권리를 주게 되죠. 그거야말로 선생님에게 매우 큰 위험 요소가 아닐 수 없어요. 남은 방법은 하나. 자신의 범행임을 들키지 않는 방법으로 마후유 양을 죽이는 수밖에 없었어요."

텅 빈 캔을 비닐봉지에 던져 넣고, '어떤가요?'라고 묻는 것처럼 기사야마를 바라봤다.

반론의 여지가 전혀 없었다. 기사야마는 답하는 대신에 밥상의 캔을 쥐었다.

"맞아. 내가 마후유를 죽였어."

딸깍, 하고 뚜껑을 땄다.

"하지만 그것뿐이야. 아야카를 폭발시킨 것도, 기키의 내장을 끄집어낸 것도 내가 한 짓이 아니야. 어떻게 하면 그런 짓을 할 수 있지? 나는 도무지 모르겠어."

미지근해진 대만 맥주를 목에 들이붓고는 밥상에 캔을 던지듯 내려놓았다. 맥주가 튀자 "우앗" 하며 우라시마가 몸을 젖혔다.

"나와 산송장을 제외한 두 명, 복원자와 도망자가 같은 방식을 썼을 가능성도 물론 있어. 하지만 네가 말한 것처럼 이 트릭에는 약점이 있지. 표적을 죽인 현장에 반드시 또 다른 시체가 하나 남는다는 점이야. 복원자가 거울에 비춘 현장에 그런 시체는 없었고, 도망자의 이야기를 들어봐도 그의 시간선 속 현장에 다른 시체가 있었다고는 생각할 수 없어."

"왜 갑자기 약한 모습이죠? 선생님답지 않아요. '두더지남'을 찾아냈을 때는 훨씬 쿨하고 멋있었는데."

우라시마는 다시 일어나서는 양손을 허리에 가져다 댔다.

"연립주택에 뛰어든 천재 정신과 의사! 마루 밑에서 끌어낸 괴인 두더지남! 그리고 형사들의 간담을 서늘케 하는 명추리!"

갑자기 털썩 주저앉더니 너츠를 하나 집어서는 눈에서 몇 센티미터 앞으로 들어 올렸다.

"저, 그때 배웠어요. 인간은 가까이 있는 건 오히려 보이지 않는 법이라고요."

너츠를 얼굴에서 떼고는 "캐슈넛이네요"라며 웃었다.

"나중에 떠올리고는 왜 깨닫지 못했을까, 하고 고개를 갸웃거릴 만한 방법. 아야카 양과 기키 씨에게 벌어진 일도 그야말로 그런 것이었어요."

4

카드를 뽑는 소리.

뭐야, 재수 없네, 하고 음습하게 투덜거리는 소리가 이어졌다.

복원자가 9의 포카드를 바닥에 펼쳤다. 양철통에 앉은 도망자가 카드를 집어 던졌다. 소품인 트럼프로 포커를 치는 듯했다.

"너는 왜 내가 만들려고 생각한 패만 만드는 건데?"

"어쩔 수 없잖아. 나도 너니까."

복원자가 종이에 결과를 적고 카드를 모았다.

"아, 시시해." 도망자가 단두대에 기댄 채 천창을 올려다봤다. "대마 담배 피우고 싶어."

"피우시던가."

"바보 아니야? 나, 유치장에 갇혀 있잖아. 어떻게 대마를 반입하겠어?"

"그거야말로 자업자득이잖아."

복원자가 카드의 모서리를 정돈하다가 갑자기 손을 멈췄다. 관에 앉아 있는 남자의 그림자를 발견한 것이리라. 이쪽으로 눈을 돌리더니 "어?" 하고 카드를 흩뜨렸다.

"즐거워 보이네. 나도 끼워줄래?"

도망자도 이쪽을 돌아봤다. 둘 다 유령을 본 듯한 표정을 지었다.

"……행운아?"

복원자가 일어서서 손가락을 흔들어 살점을 던지려고 했다.

"몇 번을 해도 결과는 달라지지 않아."

기사야마는 복원자가 띄운 살점을 떨어뜨렸다. 수술대의 산송장도 상반신을 일으켜 플라스틱 마스크를 벗고 기사야마를 바라봤다.

"도대체 어떻게……."

"나도 놀랐어. 해마나 뇌간과의 연결이 끊어졌을 텐데, 왜 나는 변함없이 존재하고 있는 걸까. 어떻게 과거를 기억하고 육체를 인식하고 있는 걸까."

세 명은 꼼짝도 하지 않고 침묵을 지켰다.

"이 의문 끝에 모든 해답이 있었어. 맞아. 모든 건 이어져 있어. 우리 가족이 불가능해 보이는 상황에서 살해당한 것도, 그리고 지금 내가 여기에 있는 것도. 너희가 내게 최고의 여행을 시켜준 덕에 모든 수수께끼가 풀렸어."

"무슨 꿍꿍이인지는 모르겠지만 더는 너한테 속지 않아."

도망자가 목소리를 높였다.

기사야마는 자신의 공적인 것처럼 계속했다.

"그런 말 하지 말고 내 말 좀 들어봐. 등잔 밑이 어둡다고 흔히 말하잖아. 모든 수수께끼를 풀 수 있는 단서가 바로 여기. **우리가 매일 밤 만나던 이 지하실에 있었어.**"

몇 초간의 침묵.

"단서 같은 게 있을 리 없잖아." 복원자가 눈썹을 모으고는 연극 같은 동작으로 지하실을 둘러봤다. "그도 그럴 것이 여기는 꿈속이니까."

"하지만 그렇지도 않아. 사실 우리는 한번 이 꿈의 비밀을 알아차릴 뻔한 적이 있었어. 진실 바로 앞까지 다가섰다고 해도 좋아. 그 일등 공신이 복원자, 바로 너야."

복원자의 미간 주름이 더욱 깊어졌다.

"4월 7일 밤, 너는 기억 대체설을 선보였어. 이 추리에서 범인으로 지목된 건 산송장이야. 근거가 된 건 산송장의 기억에 포함돼 있던 구급차의 사이렌 소리였지."

점점 커지다가 어느 시점부터 갑자기 작아진다. 고층 병동에 입원해 있던 산송장에게 사이렌이 그렇게 들릴 리가 없었다던, 바로 그 소리다.

"그때는 TV 드라마의 효과음이었다는 얼빠진 결론이 났지만, 그건 제쳐두고. 복원자의 추리의 착안점은 꽤 나쁘지 않았어.

일정한 거리가 있는 곳에 있는 경우, 사람은 소리를 내는 물건의 이동을 그렇게 뚜렷하게는 느낄 수 없어. 너는 그래프까지 그려서 그걸 선보였지. 그런데 우리가 아이였던 때의 일을 떠올려봐."

세 명이 똑같이 어? 하고 입을 열었다.

"마지막 TV 출연이 될 예정이던 〈백번 죽은 남자─마지막 기적〉 촬영 중, 아버지는 지상 10미터 높이의 기구에서 떨어져서 중상을 입었어. 다행히 목숨은 건졌지만, 소뇌를 다쳐 보행 기능에 장애가 남았지. 꿈이 무너진 아버지는 불사관에 틀어박혀 때때로 아들을 지하실에 가두게 됐어.

그때의 나는 자주 이런 소리를 들었지."

쿵······. 스르륵.

입으로 그 소리를 재현했다.

"다리가 불편한 아버지가 걷는 소리야. 우선 왼발을 앞으로 내디디고 오른발을 끌어당겨. 이 소리가 다가올수록 나는 이제야 암흑에서 벗어날 수 있다고 가슴을 쓸어내리곤 했지.

하지만 잘 생각해봐. 아버지는 불사관 안에서 이동할 때 거의 휠체어를 사용했어. 자신의 다리로 걷는 건 이 지하실에 올 때뿐이야. 본관과 별관을 잇는 복도 앞뒤에 단차가 있어서 휠체어를 쓰지 못했기 때문이지. 하지만 이 복도는 짧고, 5미터 정도밖에 안 돼."

한편, 이라고 말하며 기사야마는 천장을 가리켰다.

"보시다시피 이 지하실의 천장 높이는 15미터 정도야. 가령 내가 저쪽, 즉 복도랑 먼 쪽 벽에 등을 대고 앉아 있었다고 치자. 아버지가 복도를 통과하기 전과 후에 나와의 거리는 얼마나 달라질까.

방의 가로 너비는 5미터 정도니까 피타고라스 정리를 이용해 계산하면 아버지가 복도에 들어선 시점에 나와의 거리는 $\sqrt{(5+5)^2+15^2}$로, 약 18미터. 그리고 복도를 빠져나온 시점에는 $\sqrt{5^2+15^2}$로 약 15.8미터가 돼. 두 거리는 겨우 2.2미터밖에 달라지지 않아. 이래서는 소리가 들리는 방식은 거의 변하지 않았을 거야."

만약 복도가 있는 쪽 벽에 등을 대고 앉아 있었다면 어떨까. 아버지가 복도에 들어온 시점의 거리는 $\sqrt{5^2+15^2}$로 약 15.8미터, 별관에 도착한 시점의 거리는 15미터니까 그 차이는 불과 80센티미터. 소리가 들리는 방식의 차이는 더욱 줄어들게 된다.

"하지만 아버지의 발소리는 분명 가까이 다가오는 것처럼 들렸어. 왜 아버지의 발소리는 점점 커지는 것처럼 들렸을까."

"그 발소리가 환청이었다고 말하고 싶은 거야?"

복원자가 천창을 올려다보더니 곧장 눈을 내리며 말했다.

"그건 말도 안 돼. 내가 지하실에 갇혀 있던 것도, 아버지가 자신의 발로 나를 꺼내러 왔던 것도 사실이야. 하지만 내가 생각했던 것보다 나와 아버지의 거리는 가까웠어. 즉."

기사야마는 지하실을 둘러봤다.

"내가 갇혀 있던 곳은 **여기**가 아니었던 거야."

방에서 소리가 사라졌다.

"그럼 나는 어디에 있었을까. 아버지와의 거리가 가까웠다는 말은 내가 조금 더 지상에 가까운 곳에 있었다는 말일까?

벽을 기어오르는 도중에 그 발소리를 들었다면 분명 지상과의 거리는 가까워져. 하지만 내가 갇혀 있던 곳은 완전한 암흑이었어. 그런 상황에서 벽을 기어오를 수는 없고, 천창이 닫혀 있는데 벽을 기어오를 이유도 없어."

"혹시." 산송장이 벽의 벽돌을 쓰다듬었다. "여기 말고 다른 장소에도 지하실이 있던 건가? 그 방은 여기보다 얕고, 지상까지 거리가 가까웠던 거지."

"가능성이 없다고는 할 수 없어. 하지만 아버지가 자신의 다리로 걷고 있던 이상, 아버지가 향한 곳은 별관이야. 내가 별관에 있던 건 틀림없어."

"그럼 아버지의 발소리가 위에서 들리는 장소는 이 지하실밖에 없잖아."

"아니, 하나가 더 있어."

기사야마는 집게손가락을 세웠다.

"힌트는 망상증 환자 우라시마가 살던 도에이장이야. '두더지남'은 어디에 있었지?"

손가락을 아래로 향했다.

"바닥 밑이야."

복원자의 손에서 카드가 떨어졌다.

"내가 갇혀 있던 곳은 이 방보다 더 깊은 곳이었어."

"무슨 말을 하는 거야." 도망자가 바닥을 찼다. "여기보다 아래라면 아버지의 발소리는 더더욱 제대로 안 들렸겠지."

"그렇지 않아. **내가 암흑 속에서 들은 발소리는 아버지가 지금 이 방을 걷는 소리였거든.**"

기사야마는 관에서 몸을 일으켜 단두대로 다가갔다. 도망자가 양철통에 앉은 채 기사야마를 노려봤다.

"너는 항상 그 양철통에 앉아 있지. 단두대에 앉는 게 더 편할 텐데, 왜 그런 불안정한 물건에 앉아 있는 거야?"

도망자의 시선이 흔들렸다. "그거야 내 마음이지."

"네가 양철통에 앉는 건 거기에 뒤집은 양철통을 놓기 위해서야. 너는 우리가 눈치채지 못하도록 또 하나의 지하실 입구를 막고 있었어."

누군가가 침을 삼키는 소리.

"슬슬 질리지 않아? 언제까지 거기 숨어 있을 건데? 이제 나와서 같이 이야기하는 게 어때?"

고개를 숙이고 목소리를 높였다.

양철통 아래의 바닥판이 덜컥, 흔들렸다.

"젠장."

도망자가 일어나 양철통을 걷어찼다.

기사야마는 바닥판에 손가락을 대고 단번에 들어 올렸다.

암흑에 희미한 빛이 들이비쳤다.

계단 벽에 기대선 기사야마 세이타가 "여어" 하고 손을 흔들었다.

5

그곳은 세로 1미터, 가로 1.5미터 정도의 직사각형 방이었다.

기사야마의 집 화장실과 비슷한 크기일까. 벽은 콘크리트가 드러나 있고, 바닥에는 나무상자가 쌓여 있다. 계단에서 비치는 빛으로 살펴보자, 마술용 의상과 로프, 체인, 낚싯줄, 수갑 등이 가득 들어 있었다.

복원자에 이어서 짧은 계단을 올라 첫 번째 지하실로 돌아갔다. 다섯 명째의 기사야마가 미소를 지으며 단두대와 전기의자를 바라보고 있었다.

"도대체 뭐가 어떻게 된 거지?"

복원자가 다섯 명째의 기사야마를 보더니 곧바로 시선을 돌렸다.

"딱히 이상할 건 없어."

기사야마는 설명을 계속했다.

"별장에 아이들을 초대해 마술을 잔뜩 선보인다. 그게 아버지의 꿈이었지. 그러기 위해 재산을 쏟아부어 만든 게 이 불사관이야. 이 첫 번째 지하실도 애초에는 아이들에게 마술을 선보이기 위한 장소였어. 그렇다면 거기에서 열리는 쇼의 장치를 위해 또 하나의 지하실을 준비하는 것도 이상한 일은 아니야."

바닥의 구멍 앞에 서서 발꿈치를 울렸다.

"하지만 아버지의 꿈은 이뤄지지 않았지. 아이들이 지하실을 방문하는 일도 없었고, 대신 거기에 갇힌 건 심기에 거슬리는 아들이었어.

지금 이렇게 정확한 꿈을 꾸고 있는 걸 보면, 내 뇌의 깊은 곳에 이 지하실에 대한 확실한 기억이 잠들어 있었던 건 틀림없어. 하지만 내 의식이 거기에서 꺼낸 건 내가 반복해서 지하실에 갇혀 있었다는 사실뿐이었어. 지하실이 2층으로 되어 있던 것이나 내가 더 깊은 쪽 방에 갇혀 있던 건 방대한 기억의 밑바닥에 파묻혀 있었지.

그런 상태인 내가 30여 년 만에 이 불사관을 찾아 첫 번째 지하실을 보게 됐어. 그리고 그 방의 기억만이 선명하게 되돌아왔지. 그 결과, 첫 번째 지하실의 기억과 어둠 속에 갇혀 있던 기억이 연결되면서 한때 내가 갇혀 있던 곳도 첫 번째 지하실이라고 착각하게 된 거야."

천천히 방을 둘러봤다. 교수대, 단두대, 전기의자, 수술대. 매일 밤 보고 있던 그것들이 다른 색채를 띠는 것처럼 보였다.

"암흑 속에서 지상에서 들린 그 발소리는 엘리베이터로 첫 번째 지하실로 내려온 아버지가 방을 가로질러 두 번째 지하실 입구로 향할 때의 소리였어. 하지만 나는 두 번째 지하실의 존재를 잊고, 내가 첫 번째 지하실에 갇혀 있었다고 믿고 있었지. 그리고 기억이 어긋나지 않도록 무의식중에 앞뒤를 짜 맞춘 결과, 그 발소리를 아버지가 1층 복도를 걸으며 내던 소리라고 착각하게 된 거야.

물론 원래라면 이렇게 많은 인간이 같은 착각을 할 리 없겠지. 하지만 우리는 작년 8월까지 한 사람이었어. 분기되기 전의 내가 착각했다면, 분기 후에 깨닫지 못하는 한 모두가 같은 착각을 계속하게 돼."

"그런 건 아무래도 좋아."

복원자가 목소리를 높였다.

"내가 묻고 싶은 건 저기에 다섯 번째의 내가 있는 이유야."

눈을 피한 채 남자가 있는 쪽을 가리켰다.

"시스마를 주사하면 시간선이 분기돼. 그때 새롭게 생겨난 쪽의 시간선에서는 시간 역행이 벌어져. 다만 시스마는 그 자체에는 작용하지 않아. 즉, 시스마의 효과는 그 효과를 만든 시스마 자체에는 적용되지 않아. 따라서 시스마를 맞고 과거로 돌아가도 그 시스마를 다시 사용할 수 없어. ……분명 그랬잖아?"

기사야마가 끄덕였다. "그 말이 맞아."

"우리가 에덴에게 산 시스마는 두 개뿐이야. 사용할 수 있는 만큼의 시스마를 사용한다고 해도 2×2로, 늘릴 수 있는 의식은 네 개까지야."

복원자는 포커의 승패를 기록하던 종이에 연필을 휘갈겨 기사야마에게 보였다.

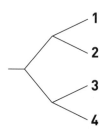

"이런 건 중학생도 알 수 있는 거야. 그게 아니면 너는 우리가 모르는 루트로 세 번째 시스마를 손에 넣은 거야?"

"설마." 기사야마는 고개를 저었다. "내가 빈집에서 에덴과 재회했을 때 시스마는 이미 전부 사라진 상태였어. 다른 시간선에서도 그 남자의 상황은 변하지 않았지. 우리가 손에 넣을 수 있던 시스마는 두 개뿐이야."

복원자는 흥분을 가라앉히려는 듯 숨을 내쉬고는 다섯 명째의 기사야마를 바라봤다.

"그럼 도대체 이 남자는 어디에서 나타난 건데?"

당사자인 기사야마는 그런 복원자를 보고 이상하다는 듯 웃었다. 도망자처럼 초췌하지도 않고 산송장처럼 다치지도 않았다.

"두 개의 시스마로 다섯 명째의 나를 만들어내는 그런 마법 같은 방법이 있었어."

기사야마는 헛기침을 한번 한 후에 말을 이었다.

"처음으로 시스마를 맞은 8월 30일, 우리 몸에 일어난 일을 확인해보지.

오후 1시. 마후유의 남자친구로서 집에 찾아온 하루가 전날 나와 가네샤에 간 사실을 폭로했어. 가족은 분개하며 집을 나갔지. 나는 불사관에 가서 오후 5시 50분, 첫 번째 시스마를 맞았어. 거기에서 시간선이 분기했고, 나, 즉 행운아는 약 다섯 시간 전인 낮 12시 50분으로 거슬러 올랐어. 나는 하루를 습격해 가족을 지키는 것에 성공했지.

한편 시간 역행을 하지 않은 쪽의 나는 주사를 맞고 약 한 시간 후인 오후 6시 50분에 의식을 되찾았어. 불사관 현관 홀에서 목을 매려고 했지만, 샹들리에의 암이 부러지며 실패. 바닥으로 떨어진 채 의식을 잃었지. 다음 날 오전 2시에 다시 의식을 되찾고는 지하실에서 두 번째 시스마를 맞았어. 그때 시간선이 분기했고, 운이 좋은 쪽의 기사야마, 즉 복원자는 약 다섯 시간 전인 오후 9시로 거슬러 올랐어. 하지만 그때 그는 목을 매는 것에 실패해서 현관홀에 뻗어 있던 상태였지. 모처럼의 시간 역행이 쓸모없어진 걸 한탄하며 복원자는 다시 잠에 빠졌어. 한편, 반대쪽인 운 나쁜 쪽의 기사야마, 즉 도망자는 한 번도 시간 역행을 하지 않고 그날을 마쳤어.

여기까지 세 명의 기사야마가 태어났어. 첫 번째 시스마 주사로 시간 역행을 한 나, 행운아. 첫 번째에는 시간 역행을 하지 못하고 두 번째에 시간 역행을 한 복원자. 그리고 두 번 다 시간 역행을 하지 못한 도망자야.

계절은 흘러 3월 26일 오전 11시. 나는 집을 나선 참에 산부인과 의사 이쿠타에게 습격당해 중상을 입었어. 나는 집에 달려 들어가 서재에서 두 번째 시스마를 맞았지. 또다시 운 좋게 나는 약 다섯 시간 전인 오전 6시로 거슬러 올랐어. 나는 경찰을 불러 도검류 관리법 위반으로 이쿠타를 체포하게 했지. 한편, 시간 역행에 실패한 쪽의 기사야마, 즉 산송장은 가가조 의과대학 부속병원에 입원했어.

이렇게 두 번의 시스마 주사에 두 번 다 시간 역행한 행운아와 첫 번째는 시간 역행을 했지만 두 번째는 하지 못한 산송장이 태어났어. 드디어 이 네 명이 갖춰지게 된 거지."

"다섯 번째가 생겨날 여지는 어디에도 없잖아."

울며 웃는 듯한 표정으로 복원자가 중얼거렸다.

"실은 지금 말한 것 중에 잘못이 한 군데 있어. 내가 그걸 깨달은 계기는 대마 담배야."

물을 뿌린 것 같은 침묵.

"대마 담배라니, 그……."

"너희도 잘 알고 있는 대마초로 채운 그 담배 말이야."

기사야마는 도망자에게 눈을 돌렸다.

"아야카가 폭발했을 때, 아파트에 침입한 걸 계기로 유치장에 갇히기 전까지 너는 매일 밤 여기에서 대마 담배를 피웠어. 이 꿈에서는 잠자리에 들 때의 복장이 반영되지. 잠을 잘 때 대마 담배와 지포 라이터를 주머니에 넣어두면 여기에서 몇 번이고 그걸 피울 수가 있어. 물론 현실 속 대마 담배는 줄어들지 않지. 그야말로 꿈 같은 방식이야."

"그게 어쨌는데?"

도망자가 눈썹을 찌푸렸다. 그것이 무엇을 의미하는지 본인도 깨닫지 못하고 있으리라.

"나는 네가 부러웠어. 너와 처음 만난 8월 31일 밤 시점에 나는 대마 담배를 전부 피워버린 상태였으니까. 에덴의 행방을 모르니 새롭게 대마 담배를 만들 수도 없지. 한 개비라도 남겨두었다면 매일 밤 피울 수 있었을 텐데. 그렇게 후회할 수밖에 없었어.

그런데 잘 생각해봐. 왜 내 담뱃갑은 비었는데, 네 담뱃갑에는 대마 담배가 남아 있었을까?"

기사야마는 거울에 가족이 집을 나간 8월 30일의 기억을 비췄다. 불사관의 지하실. 엘리베이터를 내려온 자신이 페페코를 내려다보며 대마 담배를 문 채 불을 붙였다.

"이날, 나는 대마 담배를 두 번 피웠어. 첫 번째는 오후 5시 50분, 시스마를 맞기 위해 이 지하실을 찾아왔을 때야. 이제 죽을지도 모른다는 생각에 묘하게 감상적인 기분이 들어서 주사를 맞기 전에 한 대 피웠지. 두 번째는 시간을 거슬러 올라간 오후 1시 직전. 어떻게 하면 하루를 마주치지 않고 넘길 수 있을까 생각하며 집 현관에서 두 대를 피웠어. 합치면 이날 내가 피운 대마 담배는 세 개비야.

한편 도망자는 어땠는가 하면, 이날 내가 아는 한 대마 담배를 두 번 피웠어. 첫 번째는 오후 5시 50분, 첫 번째 시스마를 맞기 위해 불사관 지하실을 찾았을 때. 뭐, 이건 나랑 분기하기 전이니까 내 첫 번째 대마 담배와 같지. 두 번째는 다음 날 오전 2시, 두 번째의 시스마를 맞기 직전. 여기에서 내 시간선과의 차이가 생겨. 목을 매려다 실패했을 때 손가락을 삔 탓에 지포 라이터로 불을 붙이기 어려웠던 것도 영향을 끼친 것인지 도망자가 이때 피운 건 한 개비뿐이야. 합치면 이날 도망자가 피운 대마 담배는 두 개비였어."

산송장이 주판을 퉁기듯 손가락을 움직인 후에,

"행운아가 세 개비, 도망자가 두 개비를 피웠다. 행운아의 담뱃갑은 텅 비었고, 도망자의 담뱃갑에는 대마 담배가 한 개비 남았다. 이상한 게 아무것도 없는데?"

"나도 처음에는 그렇게 생각했어." 무심코 웃음이 터져 나왔다. "하지만 아니었어."

"어째서……."

"나는 이날, 시간을 거슬러 올랐어. 오후 5시 50분에 대마 담배를 한 개비 피운 후, 낮 12시 50분으로 돌아갔지. 그렇다면 그 시점에 내가 대마 담배를 한 개비 피운 과거는 상쇄돼 없어져버려야만 해."

산송장의 손가락이 멈췄다.

"이날, 내가 피운 대마 담배 중 실제로 피웠다고 말할 수 있는 건 하루를 습격하기 전의 두 개비뿐이야. 그러면 내가 피운 개수는 도망자가 피운 개수와 같아지지. 그런데 왜 내 담뱃갑은 비었는데 도망자의 담뱃갑에는 대마 담배가 남아 있었을까."

복원자가 멍하니 허공을 바라봤다. 도망자가 쓴웃음을 짓더니 고개를 숙여 그것을 숨겼다.

"바꿔 말하면 이렇게 돼. 8월 30일의 낮 12시 50분, 나는 집의 현관에서 대마 담배를 두 개비 피웠고, 그로써 담뱃갑은 텅 비게 됐지. 이 시점에 내 담뱃갑에 들어 있던 대마 담배는 두 개비였다는 말이 돼. 우리가 애초에 같은 인간인 이상, 이날 도망자의 담뱃갑에 들어 있던 대마 담배도 역시 두 개비였다는 말이 되지.

하지만 불사관을 방문했을 때, 도망자는 대마 담배를 두 번 피웠어. 그런데 어째서 대마 담배가 한 개비 남아 있었을까?"

기사야마는 어깨를 움츠리고 네 명을 차례대로 바라봤다.

"설마."

산송장의 건조한 입술에서 목소리가 새어 나왔다.

"행운아에게 일어난 것과 같은 일이 벌어진 건가."

기사야마는 끄덕였다.

"도망자는 시간 역행에 성공했어. 그로 인해 대마 담배를 한 대

피운 과거가 상쇄돼버린 거야.

　목매달기에 실패한 후, 의식을 되찾은 도망자는 두 번째 대마 담배를 피운 후 두 번째 시스마를 맞았어. 이 시스마의 효과로 인해 도망자는 시간을 거슬러 올랐어. 그래서 대마 담배를 한 대 피운 과거가 지워져버린 거지."

　"잠깐 기다려. 지금 무슨 말을 하는 거야?" 복원자가 거친 목소리를 내며 거울 속의 기억을 전환했다. "시스마 주사로 분기되는 두 개의 시간선 중에 시간을 역행하는 건 하나뿐이야. 그때 시스마 주사로 시간을 거슬러 오른 건 나라고."

　거울에 석재 바닥이 비쳤다. 엎드린 채 쓰러진 복원자가 상반신을 일으키고 불사관의 현관홀을 둘러봤다.

　"너처럼 가족을 되찾지는 못했지만, 내가 시간을 거슬러 오른 건 분명해. 시계의 시간이 오전 2시에서 오후 9시로 거슬러 올라 있었고, 시스마를 맞은 지하실에서 현관홀로 몸이 이동한 상태였어. 무엇보다 ㄱ자로 꺾여 있던 페페코의 팔이 원래대로 돌아와 있었다고."

　"그건 다 네 착각이야."

　기사야마는 발꿈치로 발밑의 살점을 뒤집었다.

　"가장 알기 쉬운 게 시계의 시간이야. 네 손목시계 바늘이 2시를 가리키고 있던 건 목매달기에 실패하고 바닥에 떨어졌을 때 커버 유리가 깨져 바늘이 어긋났기 때문이야. 실제 시간은 그보다 훨씬 전이었어."

"설마 내가 몽유병에 걸려서 지하실에서 현관홀까지 무의식중에 걸어갔다고 말할 셈이야?"

"나머지 두 개는 한꺼번에 설명할게. 한마디로 말하자면, 너는 페페코에게 한 방 먹은 거야."

복원자는 격하게 눈을 깜박이더니 페페코? 하고 입술을 움직였다.

"페페코가 한 행동은 이랬을 거야. 오후 7시 넘어 네가 본관의 현관홀에서 목을 매달아 자살하는 데 실패했을 때쯤, 별관의 지하실에서 의식을 되찾은 페페코는 네가 엘리베이터를 움직이는 발전기 스위치를 끄는 걸 잊어버렸다는 사실을 알아차렸어. 페페코는 엘리베이터로 1층에 올라 복도를 빠져나가 본관으로 향했지. 현관홀에 뻗어 있는 너를 밀어내고 문으로 달려갔을 거야. 하지만 문에는 지문인식 도어록이 걸려 있었어.

다행히 바로 뒤에는 네가 뻗어 있었지. 페페코는 너를 끌어다가 손가락을 센서에 가져다 대려고 했어. 하지만 악운이 센 것인지, 너는 바닥으로 떨어질 때 오른손 엄지손가락을 삐었지. 관절이 부어 지문이 일그러진 탓에 지문인식 도어록이 해제되지 않았어. 애당초 페페코가 도망치지 못하도록 창문과 문은 전부 막혀 있지. 페페코는 울고 싶어졌을 거야."

거울 속 복원자가 손을 짚고 몸을 일으켰다. 오른손 엄지손가락의 제1관절이 붉게 부어 있었다.

"하지만 이런 기회가 두 번 다시 찾아올 것 같지는 않아. 어떻게든 불사관을 빠져나갈 방법은 없을까 페페코는 머리를 굴렸어. 그리고 눈에 들어온 게 현관홀에 방치돼 있던 이즈미 사키의 시체였어."

도망자가 먼 곳을 바라보며 "아, 그런 게 있었지."

"페페코는 이런 계획을 세웠어. 침낭에서 이즈미 사키의 시체를 꺼내 옷을 벗겨 지하실로 옮긴다. 머리에 베갯잇을 씌워 바닥에 눕힌다. 본관으로 돌아가 이즈미가 들어 있던 침낭에 숨어든다. 그리고 너, 기사야마 세이타가 의식을 되찾기를 기다린다."

그 광경이 떠오른 것이리라. 복원자가 윽, 하고 목을 꿀렁였다.

"페페코의 노림수는 하나. 지문인식이 걸린 문을 돌파하는 거야. 그 자물쇠는 해제되고 5분 후에 다시 잠기도록 설정되어 있지. 페페코는 그 사실을 알고 있었어."

"나이스 타이밍. 5분간 내버려두면 알아서 잠기거든."

그 전날인 8월 29일, '아야카'와의 행위 도중에 페페코가 도망치려 했을 때 간발의 차이로 문이 잠긴 것을 보고 기사야마는 그렇게 말했다.

"바닥에 뻗어 있는 남자도 언젠가는 의식을 되찾아 불사관을 나갈 터. 문에는 지문인식 센서와 키패드가 붙어 있다.

엄지손가락의 부기가 가라앉지 않아도 비밀번호를 입력해서 도어록을 해제할 수 있겠지. 그 후 5분 이내에 침낭에서 나와 문을 열면 불사관에서 도망칠 수 있다.

하지만 이 남자도 바보는 아니다. 지하실에 페페코가 없다는 사실을 깨달으면 곧장 불사관을 샅샅이 뒤져 지하실로 데리고 돌아갈 테니까. 이즈미 사키의 시체를 지하실로 옮긴 건 그녀를 자신처럼 보이게 만들어서 지하실을 빠져나가려고 한 사실을 눈치챌 가능성을 조금이라도 줄이기 위해서였어."

페페코의 체형은 이즈미 사키와 꽤 비슷했다. 둘 다 체격이 작았고, 뚱뚱하지는 않았지만 가슴은 꽤 컸다. 일주일에 한 번 이쿠타에게 정강이털을 밀게 했기에 다리의 모습도 크게 다르지 않다. 물론 성별은 다르지만 음경과 음낭을 떼어 냈으니 국부도 크게 다르지 않았다.

"이윽고 의식을 되찾은 너는 침낭 속의 내용물이 바뀌어 있다는 사실을 깨닫지 못한 채 별관 지하실로 향했어. 그런 다음 바닥에 쓰러진 페페코를 걷어차서 팔뼈를 부러뜨렸지. 하지만 그건 이즈미 사키의 시체야. 배를 걷어찰 때, 퍼흡, 하고 베갯잇이 부풀었지만, 그건 가득 차 있던 부패 가스가 새어 나온 탓이겠지. 대마 담배를 한 대 피우고 마음을 진정시킨 너는 거기에서 두 번째 시스마를 맞았어.

한편, 진짜 페페코는 침낭 안에서 숨을 죽인 채 네가 돌아오기만을 기다렸어. 하지만 너는 지하실에 가서는 도무지 돌아오질 않아. 불안해진 페페코는 침낭에서 나와서 천창을 통해 지하실을 들여다봤어. 거기에는 주사를 맞고 의식을 잃은 너와 팔이 부러진 이즈미 사키의 시체가 있었지."

산송장이 팔을 누른 채, 아아, 하고 천창을 올려다봤다.

"페페코는 엘리베이터로 지하실에 내려가 너를 관찰했어. 현관홀에 뻗어 있던 때와 비교하니 손가락 부기도 꽤 가신 것 같았어. 무슨 일이 벌어지고 있는지는 전혀 몰랐겠지만, 지문인식 도어록만 해제할 수 있다면 다른 건 아무래도 좋아. 이번에야말로 신에게 기도하면서 페페코는 너를 질질 끌어 엘리베이터로 옮겼어. 그리고 지상으로 올라 복도를 지나 본관 현관홀로 돌아갔지.

하지만 신은 매정했어. 이제 코앞까지 와서 손을 당겨 센서에 가져다 대면 도어록이 해제될 참이었는데, 네가 깨어나기 시작한 거야."

복원자가 자신의 엄지손가락을 보고 힘없이 한숨을 내쉬었다.

"페페코는 당황했어. 네가 완전히 깨기 전에 어디엔가 숨지 않으면 도망치려 했다는 사실을 들키고 말아. 전날에도 베갯잇을 얼굴에 씌운 채로 그 위로 몇 번이고 주삿바늘을 찔렀었지. 침낭에 들어가면 되지만, 안에는 모포와 방부제가 차 있는 탓에 머리까지 숨어들려면 시간이 걸려. 어설프게 반쯤 얼굴이 드러난 채로 들키면 끝장이지.

당황할 법도 한데, 페페코는 거기서도 현명한 선택을 했어. 그는 재빨리 별관으로 향해 엘리베이터를 타고 지하실로 내려갔어. 그리고 팔이 부러진 이즈미 사키의 시체를 침대 밑에 숨기고, 베갯잇을 뒤집어쓴 채 바닥에 누운 거지.

한편, 현관홀에서 의식을 되찾은 너는 시계의 시간이 거슬러 올랐다는 점, 몸이 지하실에서 현관홀로 이동했다는 점에서 시간을 거슬러 오른 건 아닐까 생각하기 시작했어. 이때 침낭을 쳐다봤다고 해도 모포와 방부제로 부풀어 있던 탓에 안이 텅 비어 있는 것으로는 보이지 않았겠지.

너는 지하실로 향해서 이즈미 사키와 막 바꿔치기한 페페코를 봤어. 이게 결정타가 됐지. 부러졌던 팔이 원래대로 돌아갔다고 믿은 너는 시간이 되돌아갔다고 확신하기에 이르렀어."

수술대가 삐걱거렸다. 산송장이 안쓰러운 눈빛으로 복원자를 바라봤다.

"참고로 그 후, 너는 엘리베이터로 1층에 돌아가서 발전기 스위치를 끄고 객실에서 잠에 빠졌어. 페페코는 다시 지하실에 갇혔고, 며칠 후에는 이즈미 사키의 시체도 이쿠타에 의해 처분되고 말았지. 반년 후, 연쇄 현상으로 목숨을 잃을 때까지 페페코에게 탈출의 기회는 찾아오지 않았어."

"잘 알겠어."

산송장이 기침하며 목소리를 쥐어짰다.

"요컨대 이런 거잖아. 복원자는 두 번째 시스마 주사로 시간을 거슬러 올랐다고 믿었지만 사실은 거슬러 오르지 않았다. 반면, 도망자는 두 번째 시스마 주사로 시간을 거슬러 올랐지만 거슬러 오르지 않은 시늉을 했다."

기사야마는 끄덕였다. 당사자인 두 명에게서는 어떤 반론도 없었다.

"그건 알았어. ……하지만."

산송장은 다섯 명째의 기사야마를 가리켰다.

"내가 알고 싶은 건 저 남자가 여기에 있는 이유야. 시간을 거슬러 오른 게 복원자가 아니라 도망자라고 한들, 왜 다섯 번째의 내가 생겨나는 거지?"

다섯 명째의 기사야마가 쓴웃음을 지으며 이쪽을 바라봤다. 얼른 말해, 라고 말하는 표정이었다.

"나머지는 간단한 이야기야. 복원자는 오전 2시에 두 번째 시스마를 맞았다고 믿었지만, 그건 시곗바늘이 어긋난 것에 의한 착각이었어. 그럼 그가 두 번째 시스마를 맞은 건 언제였을까?"

기사야마는 복원자에게 시선을 돌렸다.

"너는 오후 5시 50분에 첫 번째 시스마를 맞은 후, 한 시간 후인 오후 6시 50분에 눈을 떴어. 시간 역행이 발생하지 않은 경우, 시스마 주사를 맞은 후 의식을 되찾기까지는 대략 한 시간 정도 걸리는 것으로 보여. 두 번째 시스마를 맞은 후, 네가 눈을 뜬 건 오후 9시야. 역산하면 네가 두 번째 시스마를 맞은 건 오후 8시 무렵이라는 말이 되지. 네가 처음에 믿고 있던 것보다 시스마는 약 여섯 시간 빨리 주사했다는 말이 돼.

그런데 거기에서 실제로 시간을 거슬러 오른 건 도망자 쪽이었어. 시스마에 의해 거슬러 오르는 시간은 대략 다섯 시간이니까 도망자가 거슬러 오른 시간은 오후 8시보다 다섯 시간 전, 즉 오후 3시경이라는 말이 돼. 이때, 나는 아직 첫 번째 시스마를 맞지 않은 상태였지."

복원자가 고개를 들었다. 깜박이지도 않고 눈을 크게 뜨고 있었다.

"시스마는 그 자체에는 작용하지 않아. 즉 시스마의 효과는 그때 사용된 시스마 자체에는 적용되지 않지. 따라서 시스마를 맞고 과거로 돌아가도 그 시스마를 다시 사용할 수는 없어.

하지만 도망자가 두 번째 시스마 주사로 거슬러 오른 오후 3시 시점에서는 아직 첫 번째 시스마 주사가 사용되지 않았어. 그 시스마를 사용하면 거기서 다시 한번 시간선을 분기할 수 있어."

아후와, 하고 산송장도 이상한 소리를 냈다.

"도망자는 두 번째 시스마 주사의 효과로 첫 번째 시스마 주사를 맞기 전의 시간으로 거슬러 올랐어. 그리고 아직 사용하지 않은 첫 번째 시스마를 써서 다시 한번 시간선을 분기시킨 거야."

기다리다 지친 것처럼 하품하면서 다섯 명째 기사야마가 빙긋 웃었다.

"너는…… 그렇군. 우라시마의 집 마루 밑에 숨어 있던 남자에 빗대서 **두더지**라고 부르기로 하자.

두 번째 시스마 주사 후, 도망자는 가족이 사라진 자택에서 눈을 떴어. 시간을 거슬러 올랐다는 사실은 곧장 깨달았을 거야. 나아가 주머니를 뒤지자 시스마가 하나만 원래대로 돌아와 있었지. 너는 서둘러 불사관으로 향해 지하실의 주사기로 세 번째의 시스마를 맞았어. 그 결과, 또다시 시간이 분기하며 두더지가 탄생했어. 도망자가 가족을 되돌리지 못한 것으로 추측하건대 두더지가 시간 역행에 성공했고, 도망자에게는 아무 일도 일어나지 않은 게 아닐까."

도망자가 "젠장" 하고 바닥의 살점을 걷어찼다. 두더지는 미소를 짓고 있었다.

"이 두 명은 누구보다도 먼저 이 지하실에서 얼굴을 마주하고 서로의 경험을 주고받았겠지. 신경이 쓰였던 건 역시 두 번째 시스마 주사 후, 시스마가 하나만 원래대로 돌아온 거였을 거야. 양쪽 다 돌아온 것도, 양쪽 다 사라진 것도 아니었지. 이런 사실에서 자신들에게 일어난 일을 추측한 결과, 두더지가 탄생한 경위, 즉 두 번째 시스마의 효과로 원래대로 돌아온 첫 번째의 시스마에 의해 세 번의 시간선 분기가 가능해진 걸 알아챘을 거야.

　이에 더해 이 두 사람은 일찌감치 연쇄 현상의 존재에 관해서도 깨달았던 게 아닐까. 한쪽이 바퀴벌레라도 밟아 죽이고, 다른 한쪽이 그 장소에 있었다면 이 현상을 간파할 수 있어. 너희는 이런 사실들을 고려한 결과, 두더지의 존재를 숨기기로 했어. 앞으로 벌어질 수 있는 위험을 예측한 후, 한 명이 숨어 있는 편이 우리보다 우위에 설 수 있다고 생각한 거야. 지하실 바닥에서 벗길 수 있는 바닥판을 찾아낸 것, 그곳이 도망자가 앉아 있던 단두대 바로 근처에 있던 것도 행운이었지."

　"즉, 이렇게 된 거군."

　산송장이 차가운 목소리로 말했다.

　"두더지, 네가 우리 가족을 죽인 거야."

　두더지는 시치미를 떼듯 목을 긁었다. 기사야마가 대신 답했다.

　"다른 가능성은 없어. 이 남자는 우리가 깨닫지 못한 걸 기회로 자신의 시간선에서 차례로 가족을 죽였어. 기억을 확인당할 걱정이 없다면 아야카를 폭약으로 날려버리는 것도, 기키의 입에서 내장을 끄집어내는 것도, 마후유의 머리를 터뜨리는 것도 어려운 일이 아니야. 물론 무이를 두 동강 내서 찢어버린 것도 이 남자야."

　엄밀히 말하면 여기에는 억울한 누명이 하나 섞여 있다.

마후유를 죽인 것은 자신과 산송장이다.

다만 그것을 인정할 수도 없는 노릇이고, 두더지가 다른 범행을 저지른 것도 틀림없다. 모든 혐의를 두더지에게 덮어씌우는 것이 최선이리라.

"너는 왜 가족을 죽인 거지?"

산송장이 굳은 목소리로 말했다.

"도망자가 자신을 버린 가족을 원망하고, 첫 번째 시스마 주사로 시간을 거슬러 오른 우리를 질투했다는 건 알겠어. 하지만 실제로 손을 쓴 건 너잖아?

너는 시스마를 세 번 맞았고, 그중 두 번 시간을 거슬러 올랐어. 시간 역행의 횟수로 말하자면 행운아와 다르지 않지. 아니, 그것만이 아니야. 가령 두 번째 시스마 주사 후, 한 시간 만에 세 번째 시스마를 맞았다고 하면 거슬러 오른 시간은 오전 11시야. 하루가 집에 오는 건 오후 1시니까, 충분할 만큼의 시간이 있어. 너는 다른 누구보다 운이 좋았어. 우리를 질투하는 건 완전히 번지수가 틀린 거 아니야?"

두더지의 동기는 기사야마로서도 알 수 없었다. 우라시마에게도 듣지 못했다.

"무척이나 기뻐."

네 명의 시선을 받은 두더지는 몇 초 침묵한 후 갑자기 잇몸을 드러내며 먼지로 가득한 공기를 들이마셨다.

"사실은 조금 더 빨리 이 순간이 오길 바라고 있었어. 계속 혼자였으니까 말이야.

 다만 솔직히 기대하지는 않았어. 특히 너, 행운아에겐 더더욱. 네가 그때 그 캡슐 폭탄설을 선보였을 때는 마루 밑에서 웃음을 참느라 필사적이었는데 말이야. 하필이면 대마 담배를 통해 내 존재를 알아차릴 줄이야. 혹시 명탐정에게 상담이라도 받은 거야?"

 웃음을 억누르듯 심호흡을 하고는 기사야마를 바라봤다. 망상증 환자가 가르쳐준 것이라고는 입이 찢어져도 말할 수 없다.

 "행운아가 말한 걸 인정하는 거지?"

 "뭐, 대부분은."

 "그럼 왜 가족을 죽였지? 우리를 증오할 이유가 있는 거야?"

 "설마. 증오 같은 거 안 해. 오히려 그 반대지. 나는 너희를 위해 녀석들을 죽인 거야."

 산송장의 입술이 비스듬히 구부러진 채 움직이지 않았다.

 "내 파트너, 너희가 말하는 도망자의 시간선에서 기키가 무슨 짓을 했지? 너희도 알고 있잖아. 그 여자는 남편을 경찰에 고발해 성폭행 혐의로 수배당하게 했어. 지금까지 줄곧 남편에게 보호받아왔음에도 불구하고 말이야. 스토커도 몇 명을 죽여줬는데, 너무 심하다고 생각하지 않아?"

 "그건 도망자의 이야기잖아."

"그러니까 더 화가 난 거야."

두더지는 발밑의 살점을 밟아 으깼다.

"나는 하루를 집에서 쫓아내 가족의 삶을 지켰어. 내 시간
선 속 기키는 나를 의심하지 않았지. 하지만 그건 그저 운이
좋았기 때문이야. 아무리 많은 불량배를 죽이고 사치스러운
생활을 하게 해준다고 해도 어떤 하나의 계기만 생기면 그
여자는 나를 배신할 거야. 파트너의 이야기를 듣고 그 사실
을 잘 알게 됐지. 그 여자의 속은 새까매. 그래서 내장을 끄
집어내서 얼마나 속이 더러운지 보여준 거야."

기사야마는 두더지의 말을 이해할 수 있었다. 산부인과 이
쿠타나 가가조 의과대학 부속병원 이사장, 혹은 아버지와도
같다. 제대로 주변의 모든 것이 잘 풀렸기에 언젠가 거기에
서 추락했을 때 쏟아져 내릴 비난이 무서워서 견딜 수 없었
으리라.

"뭐 모두를 놀라게 해주고 싶다는 마음이 없었다고 하면
거짓말이겠지만."

거울에서 비명이 울려 퍼졌다.

벌거벗은 기키가 침대에 누워 있었다. 불사관 지하실. 팔
다리를 묶은 것은 목을 맸을 때도 사용했던 로프였다. 입술
에서 뻗어 나온 하얀 선은…… 마술 도구인 낚싯줄인가. 낚
싯줄은 침대 헤드 위의 파이프를 거쳐 두더지의 발밑에 있
는 감김 장치로 뻗어 있었다.

두더지가 핸들을 돌린다. 낚싯줄이 당겨지고 기키의 가슴이 부푼다. 우엑. 손목에 로프가 파고든다. 핸들을 돌린다. 입에서 나온 낚싯줄이 새빨개진다. 목이 부푼다. 우엑. 핸들을 돌린다. 입이 크게 벌어진다. 꿀렁, 하고 축축한 주머니가 튀어나오고 초롱처럼 파이프에 매달린다.

"아무리 그래도 기키가 내장을 토해내고 죽으면 너희도 내 존재를 깨닫는 건 아닐까 생각했어. 하지만 너희는 얼빠진 추리를 주고받으며 선보인 결과, 연쇄 현상에 의해 생겨난 패러독스 탓에 세 명이 죽었으니 어쩌니 하는 엉터리 결론에 이르렀어. 모처럼 너희를 위해 기키를 죽였는데, 그래서는 너무하잖아. 그래서 덤으로 이 남자를 죽인 거야."

같은 방, 같은 침대에 묶여 있는 사람이 무이로 바뀌었다. 두더지가 두 개의 로프를 동시에 당기자 무이는 거기에서 아이를 낳는 것처럼 가랑이를 벌렸다.

바닥에 늘어선 크고 작은 공구를 둘러보더니 활톱을 집어들었다. 음낭과 항문 사이에 칼날을 대고 앞뒤로 썰었다.

"우아아아아아악!"

거친 비명. 피부가 찢어지고 튕겨 오른 피로 하복부가 붉게 물들었다.

"딸들은 관계없잖아." 복원자가 거울에서 눈을 돌리더니 "아야카와 마후유까지 죽일 필요는 없었잖아?"

두더지가 한순간 눈을 끔뻑거렸다.

"그것도 잘못된 부분 중 하나야."

거울을 가리켰다.

"내가 죽인 건 기키와 무이뿐. 아야카와 마후유는 죽이지 않았어."

기사야마는 쓴웃음을 지었다.

이 남자, 깨끗이 체념하지 못하는군.

"자 봐. 4월 3일 오후 10시 30분, 아야카가 폭발했을 때의 나야."

다시 기키가 나타났다.

이번의 기키는 거꾸로 매달려 있었다. 배가 임신한 것처럼 부풀어 있었다. 힘없이 "그만해"라고 중얼거리는 얼굴 아래에 두더지가 양철통을 내려놓았다.

"이 직전까지 기키는 드라마의 친목 모임에 가 있었어. 무척이나 많이 먹었는지 쥐를 삼킨 뱀처럼 배가 불룩하게 부풀어 있었지. 낚싯줄로 위를 잡아당겨도 목에 걸려 나오지 않으면 곤란하잖아. 설사약도 없고, 억지로 빼내다가 죽어버리면 본전도 못 찾지. 그래서 중력에 의지할 수밖에 없었어."

"오늘은 어떻게든 무쓰오를 공략하고 싶어요."

천진난만한 목소리가 들렸다.

사물함 위에 스마트폰이 놓여 있었다. 화면을 보자 헤드셋을 쓴 아야카가 투명탐정을 조종하는 중이었다.

"이게 증거야."

펑, 하는 소리가 나더니 아야카가 사라졌다. 렌즈가 붉게 흐려지고, 살점의 파편 같은 그림자가 미끄러져 떨어졌다. 시계는 10시 31분을 가리키고 있었다.

"아야카가 자택의 방에서 폭발했을 때, 나는 불사관 지하실에 있었어."

이게 무슨 일이지.

왜 이 남자에게 아야카 살인의 알리바이가 있는 거지?

"그리고 이게 4월 4일 오후 1시 50분, 마후유의 머리가 터졌을 때의 나야……."

그런 것 따윈 아무래도 좋다. 마후유를 죽인 것은 자신과 산송장이니까.

문제는 아야카다.

우라시마의 추리는 틀린 걸까.

아야카를 폭발시킨 것은 두더지가 아니었나?

"말하고 싶은 건 그것뿐이야? 더 정정하고 싶은 건 없어?"

복원자가 차분한 목소리로 말했다. 두더지는 긁적긁적 콧등을 긁더니, "아" 하고 손가락을 멈췄다.

"하나만 보충할게. 너희를 증오하지 않는다고 했지만, 한 명 예외가 있어. 바로 너야."

기름이 묻은 손가락을 기사야마에게 향했다.

"너, 페페코를 죽였잖아."

페페코?

기사야마는 귀를 의심했다.

"너무한 거 아니야? 도망자의 이야기를 듣고 나서부터 나는 기키를 품지 못하게 됐어. 그래서 **그거**랑 하는 것만이 유일한 즐거움이었지. 갑자기 죽여버리다니 제멋대로 구는 것도 정도가 있지 않아?"

쓴웃음이 나왔다.

그런 일로 증오한다니, 과장이 심한 놈이다.

"너만은 용서할 수 없어. 언젠가 벌을 내려줘야지. 그렇게 결심했어."

두더지가 손가락을 흔들었다. 쩌억, 하고 바닥에서 살점이 떨어졌다.

핏기가 가셨다.

이 남자, 진심인가.

"조금 더 빨리 이 순간이 오길 바라고 있었다……, 아까 그렇게 말한 이유는 이거야."

복원자, 도망자, 산송장 세 명은 이미 한번 기사야마의 카우프만 피질과의 연결을 끊었다. 기사야마가 이곳으로 돌아올 수 있었던 이유는 두더지의 카우프만 피질과의 연결이 남아 있었기 때문이다. 두더지는 꿈속에서 다른 방에 있었기에 세 명처럼 살점을 조종해 기사야마를 봉쇄할 수 없던 것이다.

지금 두더지가 기사야마와의 연결을 끊는다면 기사야마

는 모든 것을 잃는다.

"너는 우리에게서 삶의 즐거움을 빼앗았어. 벌을 받아야만
해."

살점이 날았다.

몸을 뒤집었다. 점프하고, 쭈그리고, 좌우로 발을 미끄러
뜨리며 필사적으로 살점을 피했다. 두더지는 "오오", "그거
야", "우와"를 연발하며 즐거운 듯 살점을 계속해서 날렸다.

더는 체력이 버티지 못한다. 관으로 뛰어들고자 바닥을 발
꿈치로 박차는데, 바닥의 구멍에 발이 걸렸다. 양철통의 가
장자리에 턱을 부딪혔다.

얼굴을 들자 눈앞에 살점이 떠 있었다.

"잘 가."

살점이 떨어졌다.

차가운 살점이 코에 부딪ㅎ

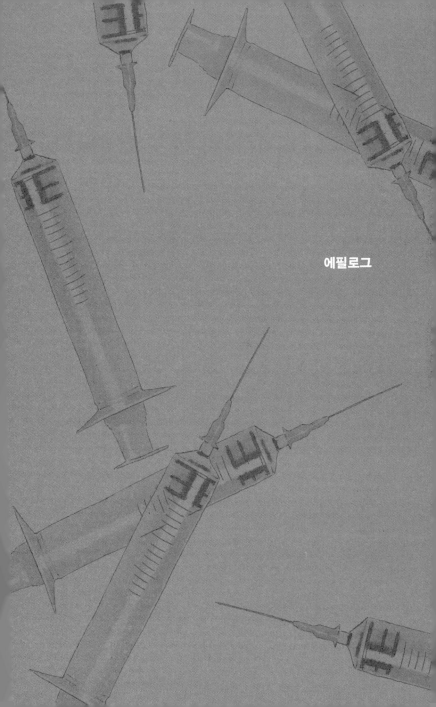

에필로그

1

부두가 차츰 작아진다.

항구를 달리는 자동차 엔진소리가 파도에 먹힌다. 가기리야마가 검은 그림자로 변한다.

태어나서 자란 땅이 멀어진다.

……그런 것 따윈 아무래도 좋다.

기사야마에게는 가족이야말로 인생의 전부였다. 어울리지 않는 양복을 입은 하루가 현관 앞에서 고개를 든 순간, 자신은 모든 것을 잃었다. 더는 가가조에도, 일본에도 미련은 없었다.

바다를 등진 채 아무도 없는 페리의 갑판을 바라봤다. 시각은 오후 11시. 신천옹이 서치라이트에 앉은 채 날개를 접고 쉬고 있었다.

파도가 암벽에 부딪히는 소리가 들리지 않기를 기다린 후, 기사야마는 계단을 내려갔다.

선실로 들어서자 가무잡잡한 남자가 어눌한 목소리로 주의사항을 읽고 있었다. 태국어와 일본어로 같은 내용을 반복했다. 승객은 서른 명 정도. 시내 변두리의 싸구려 술집에서 데려온 것 같은 중장년이 대부분이지만 화려한 옷차림의 호스트 같은 남자와 아기를 안은 젊은 여자도 섞여 있었다.

방구석에 슈트케이스를 내려놓고 모포에 궁둥이를 붙였다. 썩은 조개 같은 냄새가 났다. 환기구가 돌아가는 것을 확인하고 킹배트를 물었다. 구찌 롱코트를 입은 임신부가 이쪽을 힐끔 보더니 곤란한 듯 다리를 꼬았다.

일본을 떠나고자 마음먹은 것은 다른 시간선의 자신들과 거리를 두기 위해서였다.

기사야마 세이타는 아무렇지도 않게 사람을 죽인다. 인질 규칙이 더는 작동하지 않는 이상, 가까운 사람들이 언제 어디서 죽더라도 이상하지 않다. 그들과 같은 땅에 사는 한, 항상 예측 불가능한 위험과 함께 살아가야 한다.

남은 인생을 어떻게 보내든 우선 그들과 멀어질 필요가 있다. 기사야마는 그렇게 생각했다.

담배 연기를 내뿜으며 해방감을 만끽했다. 이런 기분은 오랜만이었다.

잔잔한 흔들림에 몸을 맡기다 보니 서서히 졸음이 밀려왔다. 담뱃갑을 바지 주머니에 넣고 모포에 몸을 눕혔다.

눈꺼풀을 감자, 그곳은 이미 지하실이었다.

"선생님, 담배 떨어졌어요."

누군가의 목소리가 들렸다. "저기요" 하고 어깨를 흔들더니 기사야마의 셔츠 주머니에 무언가 딱딱한 것을 집어넣었다.

머리카락을 긁으며 상반신을 일으켰다. 하품을 참으며 눈꺼풀을 열자, 지하실이 선실로 바뀌었다.

눈앞에 얼굴이 있었다.

긴 곱슬머리 사이로 커다란 눈동자가 엿보였다. 어딘가의 아이돌 그룹에 있더라도 이상하지 않을 법한 미남이 멍한 얼굴로 이쪽을 보고 있었다. 악마에게 감시당하던 남자, 망상증 환자인 우라시마 가즈토시다.

왜 이 남자가 여기에 있는 거지. 나는 지금 환각을 보고 있는 걸까.

"아니요. 저, 진짜예요."

마치 머릿속을 읽은 것처럼 빙그레 웃었다.

"왜 여기에 있지? 사기꾼에게 속아서 야반도주하는 중인가?"

우라시마는 "아니, 뭐"라며 후드 티 소매를 흔들더니 기사야마의 모포에 가부좌를 틀고 앉았다.

"이유 따위 아무래도 좋잖아요. 어차피 여기 있는 사람들은 다들 사정이 있으니까요."

구찌 임신부가 스마트폰에서 고개를 들더니 칫, 하고 혀를 찼다.

벽에 걸린 디지털시계를 봤다. 오전 8시 10분. 어느샌가 날이 밝았다. 선실은 약간 어둡지만, 바깥에서는 태양이 파도를 비추고 있으리라.

도대체 무슨 일이 벌어지고 있는 걸까. 무심코 바지 주머니에서 담뱃갑을 꺼내려고 하는 순간 더욱 큰 의문이 떠올랐다.

히시오가마에서 출항할 때 마지막까지 갑판에 남아 있던 것은 기사야마였다. 그 후, 선실로 들어왔을 때 승객 중에 이 남자가 있었다면 알아챘을 것이다. 그렇다고 히시오가마를 떠난 후에 이 페리가 어딘가에 정박한 것도 아니다.

이 남자는 도대체 어디에서 나타났을까.

"늦어서 죄송해요. 선생님, 복역하느라 고생 많으셨습니다."

우라시마는 천진난만하게 기사야마의 어깨를 두드렸다.

"아, 집행유예가 나왔던가요. 죄송합니다, 선생님."

"나는 더는 네 주치의가 아니야. 영문을 알 수 없는 망상에 함께해줄 생각도 없어."

"그런가요. 그렇다면 선생님이라 부르면 안 되겠네요. 이렇게 부르면 어떨까요." 우라시마는 갑자기 표정을 없애더니 똑바로 기사야마를 바라봤다. **"도망자 씨."**

손가락에서 킹배트가 떨어졌다.

이 남자가 어째서 그 호칭을 알고 있는 거지.

"행운아 씨에게 아무것도 못 들었나요? 치사하네요, 그 선생님. 전부 자기 공으로 돌리려고 한 거군요."

맞다, 하고 손뼉을 치더니 비닐봉지에서 코카코카 라임을 꺼냈다.

"아, 또 선생님이라고 불러버렸네요. 그렇게 하늘이 무너진 것 같은 표정 짓지 마세요. 실은 저, 천재랍니다. 거기다 선생님의 몇만 배나 더 살아왔고요. 경험이 가장 큰 선생이라고 하던가요. 저, 어떤 시간, 어떤 시간선에든 고개를 내밀 수 있거든요."

우라시마는 코카코카 라임의 뚜껑을 열려던 손을 멈추고 기사야마가 떨어뜨린 킹배트를 주웠다.

"그래도 인간이란 겸손해야 하는 법이었어요. 천재라고 우쭐거려봐야 좋을 게 하나 없는데 말이죠. 저, 아야카 양을 죽인 것도 두더지 씨라고 믿었거든요. 아, 부끄러워. 이래선 선생님이 기대한 바대로죠."

우라시마는 아이처럼 볼을 부풀리고는 기사야마에게 킹배트를 내밀었다.

"아야카 양을 죽인 건 선생님이죠?"

2

그곳에 있을 리 없는 인간이 나타나서 알 수 없는 말을 주절주절 떠든다.

이 감각은 경험한 적이 있다.

꿈이다.

가슴을 쓸어내리려다가, 아니, 하고 다시 생각했다.

작년 여름에 시스마를 맞고 나서 기사야마는 제대로 된 꿈을 꾼 적이 없다. 엉터리인 데다가 앞뒤가 맞지 않는 그런 평범한 꿈을 말이다.

우라시마의 얼굴을 돌아봤다. 이것은 현실인가.

"송클라까지 앞으로 엿새인가요. 역시 태국은 머네요."

우라시마는 벽의 시계를 올려다보며 중얼거렸다.

"어떤가요. 혹시 괜찮으시면 제 명탐정 놀이에 함께해주실 수 없을까요?"

"나를 협박할 셈이야?"

최선을 다해 허세를 부렸다. 우라시마는 토라진 듯 입술을 내밀었다.

"아, 싫다. 그런 게 아니에요. 저, 선생님께는 감사하고 있어요. 이렇게 감동한 적이 몇만 년 만인지 모르겠거든요."

이번에는 하아, 하고 한숨을 쉬었다.

"그거야 행운아 씨의 발상에도 감탄했어요. 하지만 마후유 양을 죽인 그 트릭은 조금 치사하죠. 범행 현장에 반드시 다른 하나의 시체가 남으니까요. 그 시체가 발견되면 스르르 트릭이 깨져버려요. 그 트릭은 어디까지나 거울 너머로만 사건을 파악할 수밖에 없는 다른 자신들을 대상으로 한 장치에 불과하죠.

그 점에서 두더지 씨는 대단했죠. 행운아 씨의 잔재주와는 달리 두더지 씨는 존재 그 자체가 놀라움이었으니까요. 하지만 그 사람은 태어난 경위가 색다를 뿐 본인이 특별한 일을 한 건 아니에요. 그저 숨어서 몰래 기키 씨와 무이 씨를 죽인 것뿐이죠."

배의 밑부분이 흔들렸다.

이 남자, 도대체 어디까지 알고 있는 거지.

"그래도 선생님…… 도망자 씨는 다르죠. 선생님이 아야카 양을 죽인 현장에는 도화선이나 뇌관은 물론, 행운아 씨가 마후유 양을 죽인 현장에 남아 있던 것처럼 다른 하나의 시체도 없었어요. 사건이 일어난 순간에는 도에이장에 있었고, 아야카 양에게 접근하지도 않았죠. 물론 두더지 씨처럼 모습을 숨기고 있던 것도 아니고요. 선생님은 마법을 부렸거나 게임 세계의 '보이지 않는 폭탄'을 사용했다고밖에 생각할 수 없어요."

그럼에도, 하고 우라시마는 목소리에 힘을 줬다.

"선생님은 틀림없이 그 손으로 아야카 양을 죽인 단 하나의 범인이에요."

기사야마는 자신도 모르게 선실을 둘러봤다. 구찌 임신부는 스마트폰 게임을 하는 중이었다. 이빨 빠진 남자가 쿠엉, 하고 이상한 소리를 내며 코를 골았다. 누군가가 엿듣는 것으로는 보이지 않았다.

"바보 같은 소리 하지 마. 나는 딸을 죽이지 않았어."

그럼에도 반론할 수밖에 없었다.

우라시마는 모포를 두드리며 휘익, 하고 휘파람을 불었다.

"좋아요. 그렇게 나오지 않으면 명탐정 놀이를 하는 보람이 없으니까요. 그렇다면 범인의 기대에 부응해서 제가 어떻게 진상을 간파했는지 설명해보죠.

참고로 컨닝은 하지 않았어요. 선생님의 시간선에도 얼굴을 내밀긴 했지만 아야카 양을 죽인 방법을 알 수 있는 장면은 보지 않았어요. 그래서는 즐거움이 사라져버리니까요.

제가 알고 있는 건 다른 선생님들이 알고 있는 것과 같아요. 그러니 지금부터 말하는 건 다른 선생님들, 특히 저와 사이가 좋았던 행운아 씨가 아야카 양을 죽인 진상을 간파하려면 어떻게 생각하는 편이 좋았을까, 라는 가정의 이야기라고 생각해주세요."

우라시마는 코카코카 라임을 한 모금 마시고는 쿨럭, 하고 기침했다.

"저는 얼마 전까지 아야카 양을 죽인 건 두더지 씨라고 믿었어요. 하지만 아야카 양이 폭발했을 때, 두더지 씨에겐 알리바이가 있었죠. 그걸 알게 된 저는 다시 한번 선생님들이 공유한 기억과 지하실에서 주고받은 대화를 떠올려봤어요. 그러자 어떻게 해도 이치에 맞지 않는 걸 하나 찾아낸 거죠. 그건…… 바로 이것."

기사야마의 코끝에 병을 내밀었다.

"정수리 폭발 코카코카 라임에 관한 거였어요."

자신도 모르게 목을 당겼다.

이 남자는 도대체 무슨 말을 하는 거지?

"11월 중반 정도였던가요. 선생님이 경찰에 수배당해 가기리야마의 기슭에 있는 빈집에 숨어 있을 때의 일이에요. 선생님은 캠프장의 쓰레기장을 뒤지고 돌아가는 길에 아르바이트 여성에게 시음용 코카코카 라임을 받았어요.

그 5개월 후, 행운아 씨도 같은 빈집을 찾았죠. 그 무시무시한 악마도 거기에 숨어 있었는데, 그건 제쳐두고요. 이 집으로 향하는 도중, 행운아 씨도 가기리야마 캠프랜드 앞을 지나갑니다. 하지만 코카코카 라임을 나눠준 여성들에 대한 반응은 선생님과는 정반대였죠. 행운아 씨는 여성들에게 들키지 않고자 일부러 숲속을 지나 빈집으로 향했거든요.

거기서 문득 신경이 쓰이더군요. 선생님은 왜 아무런 망설임 없이 캠프랜드의 여성들에게 코카코카 라임을 받을 수 있었을까."

우라시마는 과장된 동작으로 팔짱을 꼈다.

무슨 말을 하고 싶은 것인지 알 수 없었다.

"아르바이트 여성들에게 목격당하는 정도로 신고당할 가능성은 적어. 너무 살금살금 행동하면 오히려 의심을 받을 뿐이야. 나는 행운아보다 도망자 생활이 길었으니 그만큼 행동이 대담해진 상태였던 거야."

"뭐, 그게 답이겠죠."

반론을 제기하리라 생각했지만 우라시마는 싱겁게 끄덕였다.

"하지만 그것만으로는 설명이 되지 않는 점도 있어요. 그게 뭐냐면, 아야카 양은 작년 여름, 이 캠프랜드에서 코카코카 라임을 나눠주는 아르바이트를 했었다는 점이에요. 그 일주일 후, 아야카 양을 포함한 가족이 집을 나가버렸으니 이 아르바이트가 일회성이었는지, 그 후에도 계속됐는지 선생님으로선 알 도리가 없었을 거예요.

더군다나 이날은 이슬비가 내리고 있었고, 아르바이트 여성들은 레인코트를 입고 있었어요. 후드를 눌러쓴 탓에 근처까지 가지 않으면 얼굴을 분간할 수 없었을 테죠. 아무리 도피 생활에 익숙해져 있다고 해도 친딸이 있을지도 모르는 곳에 어슬렁어슬렁 술을 받으러 가는 건 이상하다는 생각

안 드시나요?"

위가 조여오는 느낌이 들었다.

분명 그 말대로다.

하지만…… 설마 이 남자, 겨우 그거 하나만으로 진실을 간파했다는 것인가?

"경찰에 수배당해 빈집에 몸을 숨기고 있던 선생님으로서는 아야카 양의 아르바이트 예정을 알 수단이 없었어요. 그런데 선생님은 캠프랜드에서 시음용 음료수를 나눠주는 아르바이트생 중에 아야카 양이 없다는 사실을 알고 있었죠. 그건 왜일까요?"

우라시마는 집게손가락을 세우고 기사야마의 얼굴을 가리켰다.

"아야카 양이 작년 여름, 캠프랜드에서 아르바이트를 했다고 말한 건 거짓말이었다. 그리고 선생님은 그게 거짓말이었다는 사실을 알고 있었다."

우라시마는 기사야마가 반론하려는 것을 양손으로 제지했다.

"이걸 뒷받침할 사실이 하나 더 있어요. 아야카 양이 폭발한 4월 3일. 행운아 씨의 시간선 속 아야카 양은 아카다마의 라이브 전에 이치반초의 콜라보 카페를 찾아 그다지 맛있어 보이지 않는 콜라보 메뉴를 잔뜩 먹었죠. 하지만 단 하나, 점원에게 거절당한 메뉴가 있어요. 그것은 '전기탐정 강

454

탄산 코카코카 라임'이었죠.

코카코카 라임은 술이니까 고등학생인 아야카 양이 가게에서 마실 수 없어요. 하지만 아야카 양은 당당히 그걸 주문하려고 했죠. 어째서일까요? 아야카 양은 코카코카 라임을 주스라고 착각하고 있었기 때문이에요. 몇 달 전, 정말로 시음용 음료수를 나눠주는 아르바이트를 했다면 그런 착각을 할 리 없습니다."

즉, 하고 우라시마는 목소리에 힘을 담았다.

"아야카 양은 이 아르바이트를 한 적이 없다. 이건 진실이에요. 그렇다면 다음으로 신경 쓰이는 건 아야카 양이 캠프랜드에서 코카코카 라임을 나눠준다고 거짓말하고 집을 나선 8월 22일, 실제로는 어디에서 무엇을 했는가, 하는 점이죠."

오른손으로 입을 막고 꺼억, 하고 트림했다. 손가락 사이로 무척이나 품위 없는 미소가 엿보였다.

"뭐 그렇게 말해도 답은 뻔하죠. 아야카 양은 언니의 담당 매니저인 무이 씨와 남다른 관계였어요. 두 명은 이날, 가족을 속이고 데이트를 하러 간 거겠죠."

기사야마는 쓴웃음을 지었다. 아무리 그래도 그것은 논리의 비약이다.

"부모에게 거짓말을 했다고 해서 남자를 만났다고 확신하는 건 너무 성급한 결론 아닌가?"

"그런가요? 그래도 이날 이후의 아야카 양은 육상부인지 수영부인지 헷갈릴 정도로 피부가 새까맣게 그을린 채였어요. 며칠 후에 집에 찾아온 무이 씨도 마치 다른 사람처럼 피부가 새까매져 있었고요. 무이 씨는 더군다나 애인이랑 바다에 다녀왔다고 확실히 말하기도 했죠."

"누가 언제 햇볕에 타든 이상하지 않아. 여름이니까."

"아니요. 작년 여름의 날씨를 잘 생각해보세요. 8월에 접어들어 장마가 끝났다고 생각했더니, 태풍에 연이은 태풍. 21일, 22일에 겨우 여름다운 맑은 날씨가 펼쳐지는가 했더니, 23일에는 다시 구름. 애타게 기다렸는데 어느새 이미 지나가버린 퍼레이드처럼 작년 여름은 순식간에 끝나버렸어요.

아야카 양이 캠프장에서 아르바이트한다고 말하고 햇볕에 그을린 채 돌아온 게 22일이에요. 그렇다면 무이 씨의 피부가 그을린 건 언제죠? 21일 밤, 집 앞에서 검정 승합차를 발견했을 때의 무이 씨는 아직 햇볕에 탄 상태가 아니었어요. 그가 피부를 태울 수 있던 건 역시 22일뿐이라는 말이 되죠.

다른 사람의 눈을 피하는 사이였던 두 명이 마침 같은 날에 비슷하게 피부가 그을렸어요. 그런데도 아직 데이트가 아니라고 우기실 셈인가요?"

뭐라도 꼬투리를 잡고 싶었지만 구체적인 말이 나오지 않았다. 우라시마의 말에 반론하더라도 곧장 그것을 부정하는 논리가 되돌아오리라.

"참고로 아야카 양은 왜 캠프랜드에서 아르바이트를 한다는 엉뚱한 거짓말을 했을까요? 이것도 두말할 필요가 없죠. 강렬한 태양 아래 바다로 외출하는 이상, 제아무리 선크림을 발라도 피부는 타게 되니까요. 평소처럼 엘름에서 아르바이트를 한다고 말하면 피부색이 달라진 것만 봐도 단번에 들키고 말죠. 그래서 야외인 캠프장으로 아르바이트를 하러 간다고 거짓말한 거예요."

우라시마는 꿀걱 코카코카 라임을 마시더니, 병을 놓고 "자, 그럼" 하고 손뼉을 쳤다.

"길게 돌려 말했지만, 지금부터가 드디어 본론입니다. 여기까지 말한 걸 감안하더라도 아직 남은 의문이 하나 있어요. 그 의문을 풀면 선생님이 아야카 양을 죽인 방법이 명확해집니다."

쿨럭, 하고 기침을 하고는 말을 이었다.

"그 의문이란 선생님이 어떻게 아야카 양과 무이 씨의 관계를 깨달았는가, 하는 점이에요."

생각에 잠긴 얼굴로 팔짱을 꼈다.

"조금 복잡한 이야기가 되지만, 이 의문의 답은 아까 제가 말한 것, 즉 두 사람이 같은 8월 22일에 피부가 그을렸다는 사실을 깨달았기 때문은 아닙니다. 당시의 선생님은 무이 씨를 완전히 신뢰하고 있었어요. 그 무렵의 선생님은 가령 두 명이 같은 날에 피부가 탔다는 사실을 깨달았더라도 아야카 양의 말을 의심하거나 둘 사이를 의심하거나 하지 않았겠죠.

참고로 행운아 씨가 둘의 관계를 깨달은 계기는 4월 3일의 아카다마 라이브 후, 자연공원에서 아야카 양이 흘린 말실수 때문이었어요. 아야카 양은 어딘가의 기자가 집을 감시했다는 사실을 알고 있었다. 하지만 자신은 그에 대해 말한 적이 없다. 그렇다면 누가 알려줬을까……. 그렇게 생각한 결과, 아야카 양과 무이 씨가 심상치 않은 관계라는 사실을 깨달았죠.

그리고 이튿날, 전화로 무이 씨를 추궁한 결과 행운아 씨의 의심은 확신으로 바뀌었죠. 뒤집어 말하면 만약 아야카 양이 잘못 말을 흘리지 않았다면 행운아 씨도 두 사람의 관계를 깨닫지 못했을 것이란 말이 됩니다.

하지만 선생님은 행운아 씨가 둘의 관계를 깨닫기 네 달 전, 캠프장에서 코카코카 라임을 받은 11월 중순에 이미 그 사실을 알고 있었다는 말이 되죠. 경찰에 수배당해 빈집을 전전하던 선생님이 어떻게 두 사람의 관계를 간파할 수 있었을까요."

심장박동이 빨라졌다. 이제 얼마 남지 않았다. 우라시마는 핵심에 다가서고 있다.

"계기는 역시 선생님이 아직 가족과 같이 살던 무렵에 있다고 생각해야겠죠. 저는 몇 번이고 과거로 돌아가 이 무렵의 선생님을 관찰했어요. 하지만 두 사람의 관계를 간파할 만한 기회는 역시 딱 한 번. 아야카 양이 바다에 가서 피부가 타서 돌아온 그때뿐이었어요.

말할 필요도 없지만, 행운아 씨나 복원자 씨도 8월 30일에 시스마를 맞기 전까지는 선생님과 같은 사람이었어요. 이 중의 한 사람, 오후 5시 50분의 시스마 주사로 선생님과 분기한 행운아 씨가 두 명의 관계를 알지 못했다는 말은, 선생님이 그 사실을 깨달은 건 이 시스마 주사를 맞고 난 이후라는 말이 됩니다.

그렇다면 이게 무엇을 의미하는가. 아야카 양이 바다에 간 게 8월 22일, 그리고 선생님이 아야카 양의 거짓말을 간파한 게 8월 30일 이후라면, 그사이에 적어도 일주일이 지나 있었다는 말이 되죠. 바다에 간 걸 나타내는 여러 흔적, 예를 들어 젖은 머리카락, 바다 냄새, 샌들에 붙은 모래 등은 일주일쯤 지나면 사라져버릴 거예요.

그럼 선생님이 두 사람의 관계를 간파하는 계기가 된 **무언가**는 일주일이 지나도 사라지지 않는 것, 몸을 씻고 옷을 갈아입어도 없앨 수 없는 것이었다는 말이 됩니다. 그런 건 하나밖에 없죠. 아니, 아무리 그래도 너무 집요하다고 느껴지겠네요. 물론 그건 햇볕에 탄 흔적입니다."

진지한 얼굴로 말한 후에 부끄러운 듯 입가를 풀었다.

"그렇다고는 해도 평범하게 살이 탄 흔적은 아니죠. 그저 얼굴이나 팔다리의 피부가 탄 걸 보고는 그게 데이트 때 생긴 것이라고 알아차릴 수는 없으니까요. 선생님이 눈으로 본 흔적은 아야카 양이 바다에 간 사실을 명확하게 드러내는 것이었어요. 맞아요. **수영복 자국**입니다. 선생님은 햇볕에 타서 피부에 생긴 수영복 자국을 보고 아야카 양이 바다에 갔다는 사실을 깨달았어요. 그리고 애인과 바다에 갔다고 말한 무이 씨의 말을 떠올리고는 둘의 관계를 깨달은 거죠."

위험하다.

조금만 더 가면 우라시마의 말이 진실과 맞닿게 된다.

"하지만 수영복 자국은 가슴 언저리나 엉덩이 주변에밖에 남지 않죠. 평범하게 생활하는 가운데 수영복 자국을 남에게 보이는 일은 없어요. 노출이 심한 옷을 입는다면 이야기는 또 달라지겠지만, 아야카 양은 바다에 갔다 온 사실을 가족에게 숨기고 있었기에 굳이 그런 옷을 고르진 않았을 겁니다.

하물며 선생님이 수영복 자국을 깨달은 건 8월 30일 오후 5시 50분에 시스마를 맞은 후, 즉 가족이 집을 나간 이후의 일이에요. 같이 살면서 옷을 갈아입거나 목욕을 하는 와중에 우연히 보게 됐을 가능성도 없다는 말이죠."

머리를 감싸 안고 싶어졌다.

이제 틀렸다.

"그럼에도 선생님이 아야카 양의 가슴과 엉덩이를 봤다고 하면, 생각할 수 있는 가능성은 단 하나뿐입니다. 선생님은 다른 가족이 몸을 의탁했던 기키 씨의 친가에 가서 아야카 양의 옷을 벗긴 거예요."

잠시 뜸을 들인 후에 말했다.

"선생님은 아야카 양을 범한 거죠."

배의 바닥이 크게 흔들렸다. 파도 때문일까, 아니면 현기증 때문일까.

"선생님은 아야카 양에게 성적인 욕망을 품고 있었어요. 페페코 씨를 이용해 유사 성행위를 반복할 정도였으니 아무리 그래도 그건 부정할 수 없겠죠. 자신의 이상적인 가정을 지키기 위해 꽤 무리한 방식으로 욕구를 억제하고는 있었지만, 가능하다면 실제 아야카 양과 하고 싶다. 선생님은 그렇게 바라고 있었을 겁니다.

8월 30일, 오후 8시. 선생님은 불사관 지하실에서 두 번째 시스마를 맞고 다섯 시간 전인 오후 3시로 거슬러 올랐어요. 시스마에 시간 역행 작용이 있다는 건 이미 깨달았을 거예요. 그런데 수중에는 아직 사용하지 않은 하나의 시스마가 있었죠. 그때 선생님은 과연 어떻게 했을까요. 불사관으로 세 번째 시스마를 맞으러 가기 전에 잠깐 샛길로 빠진 거예요. 향한 곳은 기키 씨의 친가였어요. 선생님은 오랜 기간 쌓인 욕망을 이루고자, 그곳에서 아야카 양을 범한 겁니다."

우라시마는 이제야 목소리를 낮췄다.

"아야카 양을 범한 후, 틈을 두지 않고 시스마를 맞으면 그 사실을 지워버릴 수 있다. 선생님은 그렇게 기대한 거겠죠.

물론 시스마를 맞더라도 시간을 거슬러 오른다는 보장은 없어요. 이미 시간 역행에 한 번 실패했던 선생님은 그 사실도 알고 있었겠죠. 하지만 그건 합리적인 선생님의 경우에요. 시간 역행을 할 수 있다면 운이 좋은 것이고, 가령 실패하더라도 그 경우에는 이미 이상적인 가족은 붕괴된 상태니까 나쁜 짓을 하나 더한다고 해서 상황이 크게 달라지지는 않죠.

즉, 어느 쪽으로 굴러가든 새로운 위험은 생겨나지 않는다. 그렇게 생각했을 거예요."

갑자기 마약 딜러 남자의 말이 되살아났다.

"피부에 새겨진 것에는 반드시 큰 의미가 있어요."

이게 도대체 무슨 일인가. 아야카의 피부에 새겨진 햇볕에 탄 흔적에서 이런 것까지 간파당할 줄이야.

"다만" 하고 선실 가득 울려 퍼지는 목소리를 내고는 우라시마는 놀란 듯 어깨를 움츠렸다. "선생님은 한 가지 중대한 착각을 하고 있었어요."

우라시마는 화려한 재킷을 입은 남자에게 "죄송합니다"라고 고개를 숙였다.

"복원자 씨가 큰 착각을 하고 있었다는 사실은 행운아 씨에게 들었어요. 복원자 씨는 실제로는 오후 8시경에 두 번째 시스마를 맞았지만, 시곗바늘이 어긋나 있던 탓에 이튿날 오전 2시에 그걸 맞았다고 착각했죠. 나아가 몇 가지 우연이 겹친 결과, 실제로는 시간 역행을 하지 않았음에도 불구하고 오전 2시에서 전날의 오후 9시로 시간을 역행했다고 믿고 말았어요.

하지만 시간을 착각한 건 복원자 씨만이 아닙니다. 선생님, 즉 도망자 씨와 복원자 씨는 시스마를 맞기 전까지 같은 인간이었기에 선생님도 당연히 오전 2시에 시스마를 맞았다고 믿고 있었다는 말이 되죠. 그러면 어떻게 되는가. 실제로는 오후 8시에서 오후 3시까지 약 다섯 시간을 거슬러 올랐을 뿐인데, 선생님은 오전 2시에서 전날 오후 3시까지 약 열한 시간을 거슬러 올랐다고 착각하고 만 겁니다."

우라시마는 싸구려 손목시계를 벗더니 기사야마의 코끝으로 내밀었다.

"이 착각을 전제로 하는 경우, 하루 군이 집에 찾아오는 오후 1시에 맞춰 시간을 거슬러 오르려면 어떻게 하면 좋은가. 열한 시간이 지나지 않게끔만 하면 되는 거니까, 날짜가 바뀌는 자정 이전까지 시스마를 맞으면 된다는 말이 됩니다. 선생님은 밤까지 충분히 시간을 만끽한 후에 세 번째 시스마를 맞은 거겠죠.

하지만 선생님은 시간 역행에 실패. 성폭행 혐의로 경찰에 수배당해 도망자 신세가 됩니다. 한편 두더지 씨는 시간 역행에 성공했지만, 거슬러 올라간 건 겨우 다섯 시간뿐. 이래서는 하루 군을 쫓아내기는커녕, 아야카 양을 강간한 사실도 없애버릴 수 없었어요.

두더지 씨는 선생님들 앞에서는 가족을 되찾은 척했지만 그건 허세였죠. 두더지 씨는 자신을 버리고 딸에게 행한 짓을 경찰에 고발한 기키 씨에 대한 분노를 품게 됩니다. 이윽고 내장을 끄집어내기에 이르게 된 거지만. ……그 일은 일단 제쳐두고."

우라시마는 나머지 코카코카 라임을 단번에 비우고는 병을 바닥에 놓았다.

"자, 길고 길었던 서두가 끝났습니다. 이번에야말로 정말 본론이에요. 4월 3일, 선생님은 어떻게 아야카 양을 죽였는가. 손가락 하나 건드리지도, 현장에 다가가지도 않고 어떻게 딸의 몸을 폭발시켰는가."

마술사처럼 양손을 펼치고는 곧장 내렸다.

"그렇게 말해도 수수께끼 풀이는 이미 끝난 거나 마찬가지죠. 사건이 일어나기 7개월 전, 선생님이 욕망을 풀기 위해 한 행위가 선생님에게 하나의 도구를 가져다줬어요. 기대치 않게 손에 넣은 그 도구, 그야말로 '보이지 않는 폭탄'을 써서 선생님은 놀라운 마술을 성공시킨 거죠. 그 도구란 물론……."

후훗, 하고 입가를 가리고는 사춘기 중학생 같은 미소를 보였다.

"**아기입니다.** 선생님은 도피 생활을 하면서 점차 자신을 버린 가족에 대한 증오심을 키워갔어요. 시스마의 힘으로 가족을 되찾은 행운아 씨나 순조롭게 인생을 다시 회복하던 복원자 씨에 대한 질투도 있었겠죠. 가족을 죽이고 싶다. 하지만 다른 자신들 앞에서 어설프게 손을 쓸 수는 없다. 두더지 씨가 손을 빌려주면 좋겠지만, 그는 자신을 경찰에 고발한 기키 씨를 증오할 뿐, 나머지 가족에게 손을 댈 생각은 없다고 했겠죠.

그러는 사이, 가가조 시내에서 빈집을 찾던 선생님은 가가조 의과대학 부속병원에서 나온 아야카 양과 우연히 마주칩니다. 체형 변화를 통해 선생님은 아야카 양이 임신한 사실을 깨달았죠."

우라시마는 빵, 하고 배를 두드렸다.

"그건 1월 둘째 주였으니 아야카 양은 임신 20주 정도 됐을까요. 둘째 딸이 자신과의 사이에서 생긴 아이를 임신 중이다. 선생님은 곧장 그렇게 확신했어요."

"어떻게 확신할 수 있지? 아야카는 무이와도 관계를 맺었을 텐데."

"후훗. 그거야 뻔하죠. 행운아 씨나 복원자 씨의 시간선 속 아야카 양이 임신하지 않았으니까요. 선생님의 시간선 속 아야카 양이 임신한 건 다른 선생님은 하지 않고 선생님만 이 한 일의 결과라는 말이 되죠. 선생님은 아야카 양을 범했 어요. 그래서 아기가 생긴 거죠."

수화기를 쥐듯 우라시마는 오른손을 귀에 가져다 댔다.

"선생님은 산부인과 이쿠타 선생님께 연락을 취했어요. 선 생님이 시체 처리를 시키고 페페코 씨를 돌보게 했던 그 이 쿠타 선생님 말이죠.

아무리 이쿠타 선생님이라도 경찰에 수배당해 행방을 알 수 없던 선생님의 지시를 순순히 따랐을 리는 없어요. 이 부 탁을 들어준다면 쓰샨에게 팔아넘긴 아기 모친의 데이터를 넘겨주겠다며 마지막으로 한 번만 부탁을 들어달라고 강요 했겠죠. 이쿠타 선생님은 결국 선생님의 지시에 따르기로 했어요.

구체적으로 선생님이 이쿠타 선생님에게 시킨 건 세 가지 입니다."

집게손가락을 세웠다.

"첫 번째. 아야카 양의 담당의가 되어 출생 전 DNA 테스 트를 권하는 것. 그 결과를 위조하여 배 속 아기가 선생님의 아이가 아니라고 믿게 하는 것.

이건 아야카 양이 중절 수술을 생각하지 않게 하고자 필요한 조치였어요. 애당초 20주 차 정도까지 중절 수술을 받지 않았다는 시점에서 아야카 양에게 무언가 중절을 고민하게 하는 이유가 있었을 가능성이 크죠. 자신을 범한 친부의 아이를 낳을 생각은 없었을 테니, 다른 남자, 아마도 무이 씨의 아이인 건 아닐까 하는 의심이 있었을 거예요. 그에게 부탁해서 검체를 채취한 후에 혈연관계를 증명하는 감정 결과를 건넨다면, 아야카 양이 아기를 낳을 확률은 크게 올라갑니다.

물론 고등학생이라는 처지를 생각하면 그럼에도 중절을 선택할 가능성이 있지만, 결과는 선생님의 뜻대로 풀리게 됐어요."

가운뎃손가락과 넷째 손가락을 동시에 세웠다.

"두 번째와 세 번째는 한 세트예요. 우선 두 번째. 아기가 몸 밖으로 나와도 곧장 목숨을 잃을 위험성이 없는 크기로 성장한 상태에서 그 아기를 조산시키는 것. 그리고 세 번째. 구급 조치를 취하는 척하며 아기를 격리한 후 살아 있는 상태로 선생님께 넘기는 것.

이 두 번째와 세 번째는 빚에 시달리던 과거의 이쿠타 선생님께 쓰샨이 시켰던 것과 같습니다. 선생님은 그걸 다시 한번 하라고 이쿠타 선생님께 명령한 거죠."

우라시마는 갑자기 설사라도 나는 것처럼 배를 눌렀다.

"사건 며칠 전. 이쿠타 선생님은 인플루엔자나 B형 간염 바이러스의 불활성화 백신이라고 속이고 아야카 양에게 자궁수축제를 투여합니다. 진통을 느낀 아야카 양은 그날 밤, 32주가 된 아기를 출산합니다. 이쿠타 선생님은 구급 조치가 필요하다고 말하며 아기를 격리하고, 과거 쓰산이 준비한 산소 공급장치가 포함된 방음 박스에 넣습니다. 그런 다음 최선을 다했지만 구할 수 없었다고 거짓말을 하고 장례 절차를 책임지겠다고 약속한 후 선생님께 그 박스를 건넨 거예요."

거기에 상자가 있는 것처럼 손을 움직여서 그것을 기사야마에게 내밀었다.

"32주 차 아기라면 바로 목숨을 잃을 가능성은 적지만, 그렇다고 해도 가만히 내버려두면 위험한 건 틀림없어요. 선생님은 아기의 상태를 보면서 범행 준비를 진행했죠.

아마도 무대는 불사관의 현관홀이었을 거예요. 사용한 도구 대부분은 멀리서 찾을 필요 없이 이미 아버지의 마술 도구 안에 있었어요. 선생님은 봉지에 든 함수폭약을 아기의 몸에 매달고, 거기에 뇌관과 도화선으로 구성된 기폭 장치를 설치했어요. 나아가 목을 맬 때 사용했던 로프를 지포 라이터 오일에 적신 후 로프 끝을 도화선에 연결하여 간단한 시한폭탄 장치를 만듭니다.

그리고 맞이한 4월 3일, 즉 사건 당일이죠. 선생님은 로프에 불을 붙여 시한폭탄 장치를 기동한 후 도에이장으로 돌아갔어요. 그리고……."

펑, 하고 입술을 튕겼다.

"그날 밤, 아기는 폭발했습니다. 그런 후에 어떻게 했냐고요?" 우라시마는 하아, 하고 한숨을 내쉬었다. "아무것도 하지 않았어요. **선생님이 한 건 그것뿐이죠.**"

비닐봉지에서 코카코카 라임 병을 차례로 꺼내 들었다. 다 마신 것도 포함해서 네 개의 병을 나란히 놓았다.

"여기에서 떠올려보았으면 하는 게 두더지 씨입니다. 두더지 씨는 시간 역행에 성공했음에도 불구하고, 역행하는 시간을 착각한 탓에 아야카 양을 범한 과거를 지우는 데 실패했어요. 선생님의 시간선과 마찬가지로 두더지 씨의 시간선 속 아야카 양도 아기를 잉태하고 있었을 테죠.

선생님은 두더지 씨에게 같은 방식으로 아야카 양의 중절 수술을 막아 달라고 부탁했어요. 자신은 아기를 죽이고 싶지 않다. 하지만 두더지 씨의 시간선 속 아야카 양이 중절 수술을 받으면, 연쇄 현상으로 아기가 목숨을 잃고 만다. 어떻게든 아야카 양이 아이를 낳았으면 좋겠다. ……그렇게 머리를 숙였겠죠.

선생님이 아기를 폭발시켰을 때, 두더지 씨의 시간선 속 아야카 양의 배에는 32주 차의 아기가 있었어요. 그러면 어떻게 될까요?"

우라시마는 첫 번째 코카코카 라임을 손가락으로 밀었다.

"연쇄 현상으로 인해 두더지 씨의 시간선 속 아야카 양의 배 속에서 아기가 폭발하게 됩니다."

첫 번째 병이 쓰러지고 두 번째 병에 기대어 섰다. 마치 도미노처럼.

"배 속에서 아기가 폭발하면 아야카 양도 무사할 수 없죠. 폭약과 기폭 장치가 존재하지 않을 뿐, 그것으로 감싼 아기가 자궁 안에서 폭발한 것과 마찬가지니까요. 폭발의 충격으로 인해 아야카 양의 몸도 폭발하게 됩니다."

이번에는 두 번째 병을 밀어서 세 번째 병에 기대게 했다.

"두더지 씨의 시간선 속 아야카 양이 폭발함으로써 이번에는 선생님의 시간선으로 역방향의 연쇄 현상이 일어납니다. 선생님의 시간선 속 아야카 양은 이미 출산한 상태로, 배 속에 아기는 없죠. 그럼에도 마치 배 속의 아기가 폭발한 것처럼 아야카 양의 몸이 폭발하게 됩니다."

아아, 이게 무슨 일일까요. 선생님은 아기를 폭발시켰을 뿐, 아야카 양에게는 아무 짓도 하지 않았어요. 그런데 불사관에서 아기가 폭발하자, 동시에 히시오가마의 아파트에서 아야카 양이 폭발하게 되는 거죠."

세 번째의 병을 쓰러뜨렸다. 네 번째 병이 옆으로 굴렀다.

"덤으로 연쇄 현상은 다른 세 시간선에도 영향을 미칩니다. 행운아 씨, 복원자 씨, 산송장 씨는 모두 아야카 양을 범하지 않았어요. 이 세 시간선 속 아야카 양은 당연히 임신한 상태가 아니죠. **처음부터 아기는 존재하지 않았음에도 불구하고 연쇄 현상에 의해 그들의 시간선 속 아야카 양 또한 폭발하게 됩니다.**"

우라시마는 비닐봉지에서 영수증을 꺼내 우체국 마크가 있는 볼펜을 휘갈겼다.

"믿어지시나요? 아야카 양의 몸은 명백하게 폭발했어요. 보통이라면 어느 한 시간선 속의 아야카 양을 폭약으로 날려버리지 않으면 앞뒤가 맞지 않죠. 하지만 도망자 씨, 두더지 씨, 행운아 씨, 복원자 씨, 산송장 씨. **모든 시간선 속에서 아야카 양은 단 한 번도 직접 폭파당하지 않았어요.**

진범인 선생님은 물론, 모르는 사이에 공범이 된 두더지 씨조차 아야카 양에게는 아무 짓도 하지 않았죠. 폭발 순간, 아야카 양에 다가서지도 않았어요. 이게 마법이 아니면 뭐란 말입니까!"

우라시마는 쿨럭쿨럭 기침하더니, 눈꼬리를 닦으며 네 개의 병을 둘러보고는 황홀한 미소를 보였다.

"선생님이 사람을 도구로밖에 생각하지 않는다는 건 알고 있었어요. 하지만 설마 자신의 아기를 살인 도구로 쓸 줄은 꿈에도 몰랐습니다. 선생님은 다른 선생님들의 시간선에는 존재하지 않는 흉기, 그야말로 '보이지 않는 폭탄'을 써서 자신의 딸을 죽인 거예요."

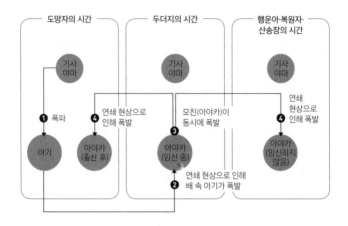

도망자의 시간   두더지의 시간   행운아·복원자·산송장의 시간

기사 야마 → ❶ 폭파 → 아기

기사 야마 → ❹ 연쇄 현상으로 인해 폭발 → 아야카 (출산 후)

기사 야마 → ❸ 모친(아야카)이 동시에 폭발 → 아야카 (임신 중) ← ❷ 연쇄 현상으로 인해 배 속 아기가 폭발

기사 야마 → ❹ 연쇄 현상으로 인해 폭발 → 아야카 (임신하지 않음)

3

킹배트를 물고 불을 붙이려고 하자, 갑자기 맹렬하게 메스꺼움이 밀려 올라왔다.

뱃멀미 탓이 아니다. 마치 몸이 현실을 거부하는 것 같았다. 곰 사냥꾼이 곰에게 사냥당하듯, 정신과 의사가 정신병에 걸린다. ……그런 말이 떠올랐다.

갑자기 나타난 망상증 남자가 자신이 한 짓을 하나도 틀리지 않고 맞혔다. 그야말로 악몽 그 자체다.

하지만 이것은 환각이 아니다.

자신의 운명은 지금, 사람을 바보 취급하는 이 남자에게 붙잡혔다. 이 남자가 다른 시간선에도 목을 들이밀 수 있는 것은 틀림없다. 아야카를 죽인 것을 다른 자신들에게 들킨다면, 자신은 그들에게 기억과 육체를 빼앗기게 된다. 뇌 안에 그저 있을 뿐인 존재가 되어버린다.

"네가 원하는 게 뭐지?"

우라시마의 눈을 보며 물었다. 진료실에서도 낸 적 없는 간사한 목소리가 나왔다.

"원하는 것?"

우라시마는 눈을 휘둥그레 떴다.

"싫네요. 제가 선생님을 협박한다고 생각한 건가요? 반대예요. 저, 선생님께 감사하고 있어요. 이런 생각을 하는 사람이 있다니 상상도 하지 못했어요. 선생님과 만나지 못한 채 보잘것없는 하루하루를 보냈다면 어땠을까 생각하니 끔찍해요. 보세요. 생각하는 것만으로 식은땀이 나네요."

문질 문질 이마를 닦더니 맞다, 하고 손뼉을 쳤다.

"모처럼이니, 감사 표시를 해도 될까요?"

"감사 표시?"

싫은 예감이 들었다.

우라시마는 스마트폰을 꺼내 화면을 터치해서 동영상을 재생했다.

"이것 좀 보세요."

화면에 페리의 선실이 비쳤다. 구찌 임신부가 우울한 듯

스마트폰을 스크롤했다. 이빨 빠진 남자가 코를 골았다. 기사야마는 모포에 누워 있었다.

"도촬인가? 고약한 취미군."

화면 속 자신 옆에 놓인 것을 깨닫고 눈을 의심했다.

지금, 자신 옆에 있는 것과 마찬가지로 코카코카 라임 병네 개가 줄지어 놓여 있었다. 이 동영상이 찍힌 것은 우라시마가 비닐봉지에서 모든 병을 꺼낸 이후라는 말이 된다.

하지만 이 남자는 병을 꺼낸 후, 계속 그것을 만지면서 연설을 이어가고 있었다.

"도대체 언제……." 동영상을 찍은 거지.

"9시 17분이에요."

우라시마가 화면을 터치해 촬영 시각을 표시했다.

황급히 선실의 디지털시계를 확인하자, 지금은 9시 9분. 동영상은 8분 후의 **미래**라는 말이 된다.

"아야!"

스마트폰 스피커에서 목소리가 들렸다. 구찌 임신부가 얼굴을 찌푸렸다.

갑자기 눈 부신 빛이 여자의 온몸을 감쌌다. 검은 연기가 피어올랐다. 파닥파닥, 코트가 불타고 있었다.

"……응?"

불똥이 튄 것인지, 가까이에서 코를 골던 남자의 모포에서도 연기가 피어오르기 시작했다. 발끝 주변에서 화염이 오르더니 점차 허벅지에서 허리 쪽으로 퍼져나갔다. 가슴 주변까지 불길이 뻗은 참에 겨우 남자가 몸을 일으키고는, "우악!" 하고 모포를 던졌다. 기듯이 불을 피해 도망치려고 했지만 이미 데님 셔츠에 불이 옮겨붙어 있었다. "도와줘!" 하고 외친 참에 두개골과 오른팔이 부서지며 튀어 나갔다.

선원 두 명이 괴성을 지르며 달려왔다. 방구석에 있는 상자에서 소화기를 꺼내려는 순간, 남자의 손가락이 뚝뚝 갈라지며 떨어졌다. 그것을 보던 호스트 풍의 남자 왼쪽 다리가 비틀렸고, 가죽바지에서 경추와 비골이 튀어나왔다. 옆에 있던 백발의 여자가 가슴을 쥐어뜯었다. 머리숱이 없는 남자가 불을 토하며 쓰러졌다. 여기저기에서 무수히 많은 비명이 겹치며 스마트폰의 소리가 깨졌다.

"엄청나죠? 이거." 우라시마가 목소리를 높였다. "마치 악마가 난동을 부리는 것 같네요."

사람은 보통 갑자기 불타오르거나 몸이 쪼개지거나 하지 않는다. 가능성은 하나. 다른 시간선에서의 연쇄 현상이 벌어진 것이다.

"누구 짓이지?"

"두더지 씨예요. 선생님이 이 배로 태국에 간다고 듣고, 그는 무이 씨의 동료에게 연락했어요. 그런 다음 폭약을 실은 슈트케이스를 준비해서 같은 배에 올라탄 거죠."

승객들이 점차 찌부러지고 조각나고 깨졌다. 이내 불길이 그것을 삼켰다.

나는 괜찮은 걸까. 직전까지 누워 있던 곳을 보자 벽에 등을 대고 멍하니 선실을 바라보는 기사야마가 있었다.

"안심하세요. 선생님은 목숨을 건지니까요."

기쁜 듯 말하더니, 우라시마는 곧장 눈썹을 내렸다.

"그래도 뭐, 무사하지는 못해요. 시체를 통해 옮겨 붙은 불로 인해 이 페리는 침몰하거든요. 저쪽 시간선의 두더지 씨는 미리 따로 준비해둔 구명보트에 재빨리 올라탔지만, 이쪽의 선생님은 기울어진 갑판에서 넘어진 후 미끄러져 떨어진 윈치에 양쪽 다리가 짓눌려요. 그 상태로 불에 타게 되니까 그야말로 악몽이죠. 침몰 직전에 운 좋게 구조되긴 하지만, 기관지에 중도의 화상을 입고 뇌에는 산소 결핍으로 인한 의식 장애가 남아요. 그로부터 22년, 식사도 자발적인 호흡도 하지 못한 채, 선생님은 가가조 의과대학 부속병원에서 천장만 올려다보며 지내게 됩니다."

목구멍 안쪽에서 아픔이 느껴졌다. 날붙이로 점막을 쓰다듬는 것처럼.

"너, 나한테 감사하다고 했지? 그럼 어떻게든 해줘."

"물론이에요. 그래서 이렇게 찾아온 거 아닙니까."

기사야마의 귀에 우라시마가 입을 가져다 댔다.

"선생님께는 이미 마법의 도구를 드렸어요."

자랑스러운 듯 기사야마의 가슴을 가리켰다.

"4년 전의 신촌대학 정신의학연구소에서 가져왔어요. 꼭 사용해주세요."

가슴 주머니에 든 것을 꺼냈다. 본 적 있는 앰플과 주사기였다.

한 시간 전, 우라시마가 깨웠을 때의 일이 떠올랐다.

"선생님, 담배 떨어졌어요."

이 남자는 그렇게 말했지만, 담뱃갑은 바지 주머니에 들어 있었다. 그때, 셔츠의 가슴 주머니에 담배를 넣는 척하며 앰플과 주사기를 찔러넣은 것이다.

"하나 보충하자면, 저는 선생님께 텅 빈 앰플은 선물하지 않아요."

분명 안에는 투명한 액체가 들어 있었다. 하지만 왜 그런 당연한 말을 꺼내는가.

"혹시 운이 좋으면 다시 만나요."

웃는 얼굴로 몸을 일으켜 가벼운 발놀림으로 선실을 빠져 나갔다. 뒤를 쫓고 싶었지만 몸에 힘이 들어가지 않았다.

벽의 시계를 봤다. 오전 9시 13분. 4분 남았다.

어찌 됐든 시스마를 맞는 수밖에 없다.

앰플 뚜껑을 따려다가 손가락이 멈췄다. 다시 시계를 보고는 핏기가 가셨다.

시스마로 거슬러 오를 수 있는 것은 약 다섯 시간이다. 페

리가 항구를 떠난 것이 어제 오후 11시. 이미 열 시간 이상
지났다. 가령 시스마를 맞고 시간 역행에 성공해도, 페리가
항구를 나서기 전의 시간으로 거슬러 오를 수는 없다.

자신은 이 배에서 내릴 수 없다.

선실을 뛰쳐나가 계단을 뛰어올랐다. 무거운 구름이 하늘
을 뒤덮고 있었다. 어두운 갑판을 둘러봤지만 우라시마의
모습은 어디에도 없었다.

그 무능한 자식. 잘난 척 말해놓고 시스마가 하나밖에 없
으면 아무 소용도 없잖아!

선원을 설득해서 근처의 항구로 향하게 할까. 하지만 이제
곧 승객들이 불타기 시작한다고 말해도 믿어 줄 리가 없다.

조종실의 시계를 봤다. 남은 시간은 3분. 어떻게 되든 간
에 시스마를 맞는 수밖에 없다. 심호흡하며 계단을 내려가
선실로 돌아갔다.

다시 앰플 뚜껑을 따려다가 우라시마의 말이 귀에 되살아
났다.

"저는 선생님께 텅 빈 앰플은 선물하지 않아요."

그 남자는 왜 그런 말을 했을까.

이 말에 의미가 있는 것이라면?

시스마는 그 자체에는 작용하지 않는다. 시스마를 맞고 시
간을 거슬러 올라도 시스마가 들어 있던 앰플의 내용물이
원래대로 돌아가지는 않는다. 우라시마가 가슴 주머니에 시

스마를 집어넣은 그 시점까지 거슬러 올라도 앰플은 이미 텅 비어 있을 터였다.

하지만 그 남자는 시간에 얽매이지 않는다. 그 남자의 대사를 있는 그대로 해석한다면, 가령 시스마를 맞고 거슬러 올라간 시간이더라도, 그 남자에게 새로 넘겨받는 시스마가 텅 비어 있을 리는 없다, 라는 말이 아닐까.

그렇다면 몇 번이고 시간을 거슬러 오를 수 있다.

사고에서 도망칠 수…….

아니, 안 된다.

우라시마에게 건네받은 시스마가 몇 번이고 되살아난다 해도, 그것으로 무한대로 시간을 거슬러 오를 수는 없다. 우라시마가 시스마를 건네주기 이전 시간으로 거슬러 오르더라도 그때의 자신은 아직 시스마를 손에 넣지 못한 상태다.

만약 우라시마가 히시오가마의 항구에서 페리를 탄 것이라면 거슬러 올라간 곳의 시간선에서 우라시마를 붙잡아 시스마를 빼앗을 수 있으리라. 하지만 우라시마는 기사야마를 찾아왔을 때 "늦어서 죄송해요"라고 입에 담았다. 그 남자는 선내에 나타나서 곧장 자신에게 말을 걸었다는 말이 된다. 그렇다면 그 이전 시간으로 거슬러 올라도 우라시마는 찾을 수 없다. 당연히 거기에서 또 한 번 시간을 거슬러 오를 수도 없다.

그 남자가 선실에 나타나서 기사야마의 주머니에 시스마를 넣은 것이 오전 8시 10분. 자신이 거슬러 올라갈 수 있는 시간의 한계는 그 다섯 시간 전, 오전 3시 10분이다. 이미 페리가 항구를 떠난 지 네 시간 이상 지났을 때다.

역시 배에서 내릴 수는 없다.

하지만.

배가 불타기 전의 시간에 계속해서 머무를 수는 있다.

지금 곧장 시스마를 맞는다. 2분의 1의 확률로 시간을 거슬러 올라 오전 8시 10분에 다시 우라시마와 만난다. 시스마를 받아 들고 주사를 맞는다. 2분의 1의 확률로 시간을 거슬러 오른다. 다섯 시간 후 우라시마와 만난다. 시스마를 받아 들고 주사를 맞는다. 2분의 1의 확률로 시간을 거슬러 오른다. 다섯 시간 후, 우라시마와 만나…….

내가 시간 역행을 계속할 가능성은 극히 낮다. 시스마를 두 번 맞으면 4분의 1. 세 번이라면 8분의 1. 네 번이라면 16분의 1. ……그 확률은 계속해서 낮아진다. 언제까지고 이 시간선에 머물 수 있는 사람은 오직 한 명의 행운아뿐.

하지만 아무것도 하지 않는다면 나는 중상을 입는다. 윈치에 두 다리가 짓눌리고 기관지가 불타고 뇌에는 장애가 남는다. 그리고 22년간 천장의 형광등만 바라보게 된다.

이런 미래에서 도망치려면 시스마를 계속해서 맞는 수밖에 없다.

막대하게 분기된 시간선 속에서 시간 역행을 계속할 수 있는 것은 한 명뿐. 하지만 그 한 명은 존재한다. 그리고 그 한 명은 다시 반드시 시스마를 맞는다.

우라시마의 노림수는 이것이다.

시스마는 모서리위이랑의 카우프만 피질을 분열시킨다. 시스마를 계속 맞으면 카우프만 피질도 계속해서 늘어난다.

무사할 리가 없다. 코끼리의 거대한 뇌를 사람의 두개골에 밀어 넣는 꼴이다. 나는 어떻게 될 것인가.

죽을 것인가.

망가질 것인가.

아니면 제정신을 유지한 채 계속해서 시스마를 맞을 것인가.

구찌 임신부가 우울한 듯 스마트폰을 스크롤했다. 모포를 뒤집어쓴 남자가 코를 골았다. 화려한 재킷의 남자가 하품했다.

시각은 오전 9시 16분. 1분이 채 남지 않았다.

할 수밖에 없다.

기사야마는 셔츠의 소맷단을 걷어 올렸다. 앰플 뚜껑을 열고 주삿바늘을 넣었다. 밀대를 당겨 액체를 빨아올렸다.

"혹시 운이 좋으면 다시 만나요."

우라시마의 말이 귓가에 맴돌았다.

구찌 임신부가 "아야!" 하고 얼굴을 찌푸렸다.

눈 부신 빛에서 시선을 돌리며 기사야마는 팔에 바늘을 찔러 넣었다.

옮긴이 **구수영**

고려대학교 법학과를 졸업했으며, 현재 일본어 전문 번역가로 활동 중이다. 옮긴 책으로는 《명탐정의 제물—인민교회 살인사건》, 《명탐정의 창자》, 《인간의 얼굴은 먹기 힘들다》, 《그리고 아무도 죽지 않았다》, 《호박의 여름》, 《쓰고 싶은 사람을 위한 미스터리 입문》 등이 있다.

엘리펀트 헤드

1판 1쇄 인쇄 2024년 10월 10일
1판 1쇄 발행 2024년 10월 18일

지은이 시라이 도모유키
펴낸이 문준식
디자인 공중정원
제작 제이오

펴낸곳 내 친구의 서재
등록 2016년 6월 7일 제2020-000039호
주소 서울시 성북구 정릉로305, 104-1109 우편번호 02719
전화 070-8800-0215 **팩스** 0505-099-0215
이메일 mytomobook@gmail.com **인스타그램** mytomobook

ISBN 979-11-91803-35-8 03830